Das Verschwinden der Luft

Christian Kahl

Das Verschwinden der Luft

Thriller

Divan KRIMIS

Auch wenn dieser Geschichte tatsächliche Begebenheiten zugrunde liegen, sind doch Personen und Handlung fiktiv.

Dunkelheit

Er spürte einen stechenden Schmerz. Sein Hinterkopf tat weh. Er öffnete die Augen und sah schwarz.

Ein tiefes, undurchdringliches Schwarz.

Nur langsam gewöhnten sich seine Augen daran. Ein dünnes, sehr diffuses Licht verwandelte Schwarz in Grau. Zum ersten Mal hatte er den Hauch eines räumlichen Gefühls. Seine Synapsen übersetzten Farben und Abstände in Signale, die sein Verstand nun mühsam dechiffrierte: Er hatte etwas über dem Kopf, in seinem Mund steckte etwas, das nach Stoff schmeckte, und seine Hände waren gefesselt. Zumindest konnte er sie nicht bewegen. Um ihn herum roch es nach rostigem Eisen und er hörte ein dumpfes Klopfen. Als er sich zur Seite bewegte, bekam er einen Tritt in die Magengrube. Er zuckte zusammen. Dann setzte ein gleichmäßiges Wummern ein. Zuerst dachte er an einen Motor. Doch das Geräusch klang anders. Es pulsierte, waberte. Eine laute, einnehmende Präsenz. Ein Helikopter! Rotoren. Ja, er musste sich in einem Helikopter befinden. Er wusste nicht, wie lange er schon auf dem Boden lag und dieses Geräusch verfolgte. Minuten, vielleicht Stunden – ein traumähnlicher Zustand der Zeitlosigkeit setzte ein.

Als ihn mehrere Hände umfassten, kam er wieder zu sich. Fremde Stimmen waren zu hören. Hände zerrten an ihm, hoben ihn an und trugen ihn davon. Etwas quietschte. Vielleicht eine Tür. Sein Kopf wurde angehoben, die Beine nach unten gedrückt und man richtete ihn auf, bevor man ihn auf einen weichen Untergrund legte. Ein Bett. Er lag auf einem Bett. Schritte entfernten sich und es wurde ruhiger. Bis auf das Atmen einer Person war nichts zu hören. Die Person berührte seine Hände. Etwas wurde zerrissen, vielleicht auch zerschnitten, ein kurzer Schmerz. Dann waren seine Hände frei. Man rollte ihn auf den Bauch. Dann entfernten sich die Schritte.

Stille.

Er rollte vorsichtig zur Seite und bewegte seine Arme. Keine Tritte. Langsam zog er die Maske von seinem Kopf und spuckte den Stofffetzen aus.

Der kleine Raum, in dem er sich befand, war abgedunkelt. Die vergilbten Vorhänge zugezogen. Trotzdem musste er die Augen zusammenkneifen. Alles wirkte so irrsinnig hell. Was war passiert? Wo zum Teufel hatte man ihn hingebracht?

Er richtete sich auf und erblickte seinen Rucksack. Jemand hatte tatsächlich seinen Rucksack neben das Bett gestellt. Hastig öffnete er die Verschlüsse. Alles schien an seinem Platz zu sein, sogar Ausweis, Geld und Kreditkarten. Wieso hatten sie das nicht gestohlen? Daneben fand er Schuhe, schmutzige Unterwäsche, Hosen, Shorts und eine Karte von Sarawak, die er nie benutzt hatte. Die größte Überraschung erwartete ihn in der rechten Seitentasche: ein Satellitentelefon. Es war nicht das gleiche Telefon, das im Dschungel so plötzlich verschwunden war. Aber es funktionierte. Er nahm den Rucksack, ging zur Tür und öffnete sie.

Eine Holztreppe führte nach unten. Dann stand er plötzlich vor einer verschlossenen Tür – der Ausgang, wie er vermutete. Kurz zögerte er, dann drückte er die Klinke nach unten. Die Tür sprang auf, grelles Licht blendete ihn. Er kniff die Augen zusammen und versuchte, die Umrisse der Umgebung zu erkennen. Eine karge Landschaft, getrockneter Schlamm, überall Baggerspuren. Irgendwo am Rand vermutete er die Reste verbrannter Palmen. Kaum erkennbare, in der Hitze flimmernde Stummel.

Weiter unten gab es mehrere Baracken, ähnlich dem kleinen Haus, aus dem er gekommen war. Daneben lagen abgeschlagene Baumstämme, kahl und tot. Alles erinnerte an ein Holzfällercamp. Arbeiter sah er nicht. Er kontrollierte, ob er das Satellitentelefon eingesteckt hatte. Es war existenziell, seine einzige Verbindung in die Zivilisation. Er hielt das dunkle Plastik fest in der Hand und überlegte, was er tun sollte. Bevor er einen Entschluss gefasst hatte, klingelte das Telefon. Ein leises, dumpfes Geräusch. Das Display leuchtete grün auf.

Als hätte er darauf gewartet, nahm Mat das Gespräch an. „Hallo?"

Zuerst nur Rauschen.

Dann ertönte eine dunkle Stimme, die ihm unmissverständlich mitteilte, dass sie Darlene in ihrer Gewalt hatten. Wenn er sie wiedersehen wolle, solle er sich strikt an die Anweisungen halten. Der Mann sprach ein leicht gebrochenes Englisch. Mat konnte der Stimme kein Gesicht zuordnen.

„*There is a bus stop down in the village.* Der Bus fährt in fünfzehn

Minuten nach Kuching. Nehmen Sie den Bus und warten Sie in Kuching auf weitere Anweisungen. Haben Sie das verstanden?"

„Verstanden."

„And no police!"

„No police", wiederholte Mat.

„If you do not follow our instructions, we'll chop off her head!"

Mat zitterte. *Wir werden sie köpfen, wenn du unsere Anweisungen nicht befolgst!* Dann wurde das Gespräch beendet.

*

Hinter einem der Schuppen fand er tatsächlich ein verrostetes Schild, auf dem ein Fahrzeug abgebildet war. Vermutlich die Bushaltestelle. Er stellte sich direkt daneben. Die Sonne brannte, er schwitzte. Ihm wurde heiß und augenblicklich wieder kalt, eine Art Fieberattacke, die nicht einmal verschwand, als er sich übergab. Der widerliche Geruch nach Magensäure stieg in seine Nase. Die Übelkeit wirbelte seine Gedanken auf. Alles raste, kreiste, verschwand für einen Augenblick in einer verschwommenen Leere, um dann wieder an die Oberfläche zu gelangen.

„If you do not follow our instructions, we'll chop off her head!"

Er wusste, dass in diesem Teil der Welt solche Dinge passierten. Er hatte Bilder im Netz gesehen von maskierten Männern, die einen Journalisten geköpft hatten. Umgeben von weinenden Müttern und schreienden Kindern hatten sie den Toten auf die Straße geworfen und dort liegen lassen. Ein Blick in den Abgrund war das gewesen, ein stilles Entsetzen aus der sicheren Distanz des eigenen Schreibtisches. Die empirische Bestätigung eines Grauens, das irgendwo tief in uns allen existiert. Selbst Teil dieses Wahnsinns zu sein, war jedoch etwas völlig anderes.

Irgendwann tauchte der Bus auf. Es war ein klappriges Mercedes-Modell. Der Busfahrer öffnete die Tür. Mat stieg die Stufen hoch und fragte auf Englisch, wo er sei. Der Busfahrer gab keine Antwort und zündete sich eine Nelkenzigarette an. Mat warf einen Blick in den Bus. Die meisten Sitze waren leer. Hinter dem Fahrer saßen zwei Arbeiter. Ihre Kleidung wirkte schmutzig und alt.

„Journalist?", fragte der Busfahrer.

„*No.*“ Mat schüttelte den Kopf.

Der Fahrer schien beruhigt zu sein.

„*What is the name of this place?*“ Mat zeigte durch die mit Sand und Dreck beschmutzten Fenster nach draußen.

„*No English.*“

„*This bus?* Kuching?“

„Kuching!“ Dieses Wort schien der Mann zu kennen. „*Yes.*“

Mat bezahlte und setzte sich in die Mitte des Busses. Den Rucksack mit dem Telefon klemmte er zwischen seine Beine. Sein Gepäck durfte er auf keinen Fall verlieren. Vor allem das Telefon nicht. Es war sein Kontakt zu diesem Mann, dessen Stimme er noch nie zuvor gehört hatte.

Um auf Nummer sicher zu gehen, stieg er mit dem rechten Bein in die Schlaufe des Rucksacks und band sich die andere um das linke Bein. Falls er einschlafen und jemand ihn bestehlen sollte, würde er es so hoffentlich merken.

*

Gegen drei Uhr morgens kam er in Kuching an. Die Straßen waren leer. In der Ferne rauschten Motoren, es roch nach Urin und Abfall. Vereinzelt hörte er das Surren der Laternen, die in unregelmäßigen Abständen die Straße ausleuchteten. Er sehnte sich nach einem Bett, einem Ort, wo er heiß duschen und sich wie ein zivilisierter Mensch fühlen konnte; einem Ort, wo er nachdenken und verstehen konnte, was hier vor sich ging. Die letzten Stunden waren ein Sog gewesen, der ihn mit immenser Wucht – um genau zu sein, mit einem sehr heftigen Schlag – aus seiner Umgebung gerissen hatte. Überfordert und müde ließ er sich von einem Taxi ins nächstbeste Hotel fahren.

An der Rezeption des Pullmann Hotels musste er warten. Seine Klamotten waren mit Schlamm verkrustet, seine Haare fettig und ungewaschen. Er sah aus, als hätte er seit Tagen nicht geschlafen. Wäre er in dieser Verfassung im Four Seasons aufgetaucht, wo er auf Reisen für gewöhnlich wohnte, man hätte ihm vermutlich den Zutritt verweigert. Seine Platin-Kreditkarte erfüllte jedoch ihren Zweck. Sein Portemonnaie hatten sie ihm seltsamerweise gelassen.

Mat hinterließ ein großzügiges Trinkgeld von dreißig Ringgit, was in etwa zehn Euro entsprach. Dann nahm er den Aufzug in die elfte Etage. Sein Zimmer war modern und geräumig. Ein King-Size-Bett stand quer zum Fenster. Direkt daneben ein Flachbildfernseher und eine Minibar. Mat nahm sich ein Tiger Beer. Nach deutschen Standards schmeckte das Bier wässrig, aber es beruhigte seine Nerven. Erschöpft ließ er sich mit seinen Kleidern auf das Bett fallen und schloss die Augen. Statt vom Schlaf wurde er von den Fetzen seiner Erinnerung übermannt: Er hörte das Schreien der Affen, das Rauschen des Waldes, sah nackte Frauen, die Tiere an ihren Brüsten stillten. Darlene hatte ihn fotografieren wollen. Dann der Schlag und die tiefschwarze Finsternis.

Die Sonne ging um halb sechs auf. Mat lag immer noch auf dem Bett. Die ganze Nacht hatte er kein Auge zugetan. Diese fremde, tiefe Stimme war ihm nicht aus dem Kopf gegangen: „*If you do not follow our instructions, we'll chop off her head.*"

Gegen 7.30 Uhr klingelte erneut das Satellitentelefon.

Mat schrak auf. Unbewusst hatte er auf dieses Geräusch gewartet. Als es erklang, begann er zu zittern. Sein Magen zerrte sich zu einer Faust zusammen. Er musste sich zwingen, den Anruf entgegenzunehmen.

„Sind Sie in Kuching?" Es war die tiefe Stimme. Gebrochenes Englisch, starker asiatischer Akzent. Er war sich sicher, dass er die Stimme vor dem ersten Anruf noch nie gehört hatte.

„*Yes*. Kuching."

„*Do you have a pen?*"

"*A pen?*" Mat war überrascht.

"*Yes, to write.*"

Er ging zum Nachttisch, zog die Schublade auf und fand einen Notizblock des Pullmann. Daneben lag ein Kugelschreiber mit dem Logo des Hotels. „Ja, jetzt."

„Notieren Sie sich folgende Koordinaten: N32/S47. Der Mann am anderen Ende gab ihm noch drei weitere Angaben durch. „Innerhalb dieser Koordinaten liegt der Dschungel, den Sie kaufen werden."

Er erwiderte nichts.

„Sie haben zwei Wochen Zeit. Wir haben in Ihrem Namen bereits einen Antrag beim Präfekten von Kuching gestellt."

Mat brachte kein Wort heraus. Ein Dschungel!

„Gehen Sie in die Villa des Präfekten. Er wird einen Vertrag für Sie vorbereiten. Schreiben Sie sich die Adresse auf: Jalan Padungan, 93675 Kuching. Haben Sie das notiert?"

„Ja."

„Sie haben zwei Wochen Zeit."

„Warten Sie!", sagte Mat.

Was ist mit Darlene?, wollte er fragen, doch er sagte nichts, wartete, bis die Stimme fortfuhr: „Tun Sie einfach, was ich Ihnen sage."

„Darlene!" Mat schrie ihren Namen in den Hörer. „Ich will ein Lebenszeichen!" Das Gespräch verschwamm für einen Moment in einem Teppich aus disharmonischen Klängen. Dann ein Klicken. Es hörte sich an, als würde jemand einen Schalter bedienen.

Mat hörte die Stimme von Darlene. Hastig sagte sie ihren Namen und die richtige Uhrzeit. Ihre Stimme klang leise, ängstlich. Dann war sie wieder weg. Mehrere Stimmen waren zu hören.

Mat stand leichenblass neben dem Bett. Seine Hände schwitzten. „Darlene? Bist du noch dran?"

Erneutes Klicken. „Kaufen Sie den Dschungel! Sie haben zwei Wochen Zeit."

Es klang wie ein Befehl, eine militärische Order, deren Konsequenzen man lieber nicht bedenken wollte. Mat wurde schwarz vor Augen. Ein immenser Druck breitete sich unter seiner Schädeldecke aus. In seinen Ohren fiepte es, alles schien sich zu entfernen. Doch er kämpfte dagegen an, schaffte es, sich mit aller Gewalt aus dieser Anspannung zu befreien, und konzentrierte sich wieder auf das Gespräch.

„Moment! Was ist ..." Der Hals schnürte sich ihm zu. „Was ist mit den anderen?", brachte er schließlich heraus.

Doch es war zu spät. Ein lang anhaltender Ton blieb in der Leitung zurück. Konstant, gleichmäßig, endgültig.

1. Teil

Tawau (Borneo)

Zwei Monate vor dem Anruf

Der Himmel über Tawau war wolkenlos. Die Sonne strahlte auf die Landebahn, färbte das Firmament azurblau. Mat verließ das Flugzeug und setzte seine Sonnenbrille auf. Der Winter in London war lang und kalt gewesen, trist und grau. Jetzt endlich, nach Monaten des endlosen Nieselregens, wurde alles hell und blau. Sogar die Luftfeuchtigkeit war erträglich. Er hatte sich das Klima auf Borneo drückender vorgestellt. Offensichtlich war der März ein sehr guter Monat zum Reisen. Die Wetter-App auf seinem Smartphone zeigte 29,4 Grad Celsius an. Er lief die Gangway hinab, passierte die Grenzkontrolle und hielt Ausschau nach seinem Fahrer. Er musste nicht lange suchen. Ein Malaie mit Jeans, T-Shirt und knallgelben Nike-Sneakers hielt ein Pappschild in die Höhe: MATTHIAS ENDESFELDER – MATAKING ISLAND.

Mat nickte und wurde mit einem Lächeln empfangen. „*Welcome to Borneo, Sir. My name is Naname San. I am yur driva.*"

„*Matthias. But you can call me Mat*", sagte er und schüttelte dem Fahrer die Hand. Den „*Call me Mat*"-Spruch verwendete er schon seit fünfundzwanzig Jahren. Damals war er zum Studieren nach London gezogen und hatte sich schnell damit abfinden müssen, dass ihn niemand mit Matthias anreden würde. Nur seine Mutter nannte ihn noch so und seine Frau, wenn sie wütend war. Ansonsten war er einfach nur Mat. Gerade beim Reisen war das einfacher. „*Matta, Massa, Messias.*" Er hatte schon alle möglichen Varianten gehört.

„*Where are you from?*" Der Handschlag hatte den Fahrer offenbar gesprächig gemacht.

„*Germany.*"

„*Yu sound like somebodi from Great Britanni.*"

„*Well, I have been living in London for quite a while*", erwiderte Mat akzentfrei und stieg in den Jeep.

Die Fahrt führte an der Peripherie von Tawau entlang. Auf der rechten Seite der Schnellstraße tauchten Einkaufszentren, Hochhäuser und Werbeschilder auf, in einer Sprache, die er nicht verstand. Auf der linken stieg schwarzer Rauch auf und ein leichter Geruch nach Verwesung lag in der Luft. Mat war froh, als sie den Slum passiert hatten und die Umgebung grüner wurde. An den Straßenrändern wucherten Blumen und wilde Orchideen. Silberfarben glänzende Palmwedel. Es sah aus, als habe die Regenzeit dem Land einen guten Dienst erwiesen.

Mat war siebenundvierzig Jahre alt und ein erfahrener Taucher. Er war fast überall gewesen: auf Curaçao, den Malediven, in den Höhlen von Yucatán, auf den Simalan Inseln, in Mikronesien und natürlich am Great Barrier Reef. Jedes Jahr nahm er sich mindestens sechs Wochen Zeit, beobachtete Wale, Haie, Mantarochen, Unterwasserschildkröten und alle möglichen Arten von Doktor-, Papageien- und Clownfischen. Hätte er Kinder gehabt, er hätte ihnen jede Fischart bei *Findet Nemo* benennen können.

In diesem Jahr stand Siapadan auf dem Programm, ein Tauchrevier, das Jacques Cousteau einmal als das schönste der Welt bezeichnet hatte. Riffhaie, Barrakudas und vor allem die Wasserschildkröten sollten fantastisch sein. Dass er pro Tag fast zweitausend Euro für das Luxusresort auf Mataking Island zahlte, störte ihn nicht. Seit er seine Firma verkauft hatte, ging es in Mats Leben nicht mehr um Geld, sondern eher darum, zu vergessen, dass er so viel Geld hatte. Trotzdem oder vielleicht auch gerade deshalb führten er und seine Frau ein unauffälliges Leben. Sie fuhren keine teuren Sportwagen, trugen keine Diamanten und hatten keine Yacht. Der einzige Luxus, den Mat sich gönnte, waren eine Villa in Greenwich, London, und ein Gestüt in Richmond.

Wer Mat Endesfelder traf, sah ihm nicht an, dass er Geld hatte. Und das mochte er. Nach dem Verkauf seiner Firma an Microsoft hatte er sein Vermögen recht konservativ in Immobilien angelegt. Der Aktienmarkt war ihm zu unstetig gewesen, der Kauf anderer Firmen zu zeitaufwendig. Das hatte dazu geführt, dass er Ende der Neunziger einige Immobilien in London erworben hatte: ehemalige Social-Housing-Komplexe, mehrere Stadthäuser in Chelsea und Kensington und das Gestüt im Süden von Richmond. Sein Estate hatte damals knapp dreißig Millionen Euro gekostet und war mittlerweile locker das Fünf- bis Sechsfache wert.

Als Investor hatte Mat alles richtig gemacht. Er hatte keinen Cent in die New Economy gesteckt. Und er profitierte von den steigenden Preisen auf dem Londoner Immobilienmarkt, die von russischen

Oligarchen, saudischen Prinzen, US-Amerikanern, Indern und reichen Europäern in die Höhe getrieben wurden. Falls er sich keine massive Fehlinvestition leistete, musste er sich in diesem Leben keine Gedanken mehr um seine Finanzen machen.

Mataking

Das Boot legte vor Mataking an. Eine leichte Gischt wurde aufgewirbelt. Unter Mat schimmerte smaragdgrünes Wasser. In den kristallklaren Strukturen spiegelte sich der Rumpf des Bootes. In der Ferne tanzten die Fächer der Palmen, Holzhütten säumten die schneeweißen Sandstrände und es roch nach Salz und Sonne.

Mat war nicht zum ersten Mal auf einer Privatinsel. Doch jedes Mal war die Ankunft etwas Besonderes. Gerade an einem Tag wie diesem: blauer Himmel, ruhige See und ein sanfter Wind.

Er ging über den Steg, der zu einer auf Holzpfeilern errichteten Empfangshalle führte. Überall standen mit weißem Stoff überzogene Korbsessel und Tische, auf denen Tauchmagazine und Bücher lagen. Daneben: asiatische Gottheiten, hinduistische Götter und Buddhas. An der Rezeption erwartete ihn eine lächelnde junge Dame. Dass sie perfekt Deutsch sprach und überaus westlich wirkte, überraschte ihn nicht. In einer fremden Welt, mitten im Ozean, jenseits der Realität, war alles möglich.

„Hallo, Herr Endesfelder. Willkommen auf Mataking." Die Empfangsdame lächelte. Mat sagte keinen Ton. Ihre großen Augen und ihre hohen Wangenknochen faszinierten ihn. Sie hatte blonde, kurz geschnittene Haare. Mit ihren geschätzten eins fünfundsiebzig war sie fast so groß wie Mat.

„Asong wird Sie zu Ihrer Lodge bringen", sagte die Frau. Asong war der Gepäckträger.

Mat stand einfach nur da und nickte. Wie einer dieser Wackeldackel auf der Rückablage eines Autos.

Er wusste, dass er dem Gepäckträger, Asong, folgen sollte. Doch er rührte sich nicht von der Stelle. Stattdessen starrte er auf den Busen der Empfangsdame, wo er ein Namensschild entdeckte: *Darlene*.

Es war schließlich der Gepäckträger, der ihn mit einem sanften „*Please, follow me, Sir*" aus der Lobby komplimentierte. Der Flug aus London, die Empfangsdame, sein Schweigen, ja die ganze Insel hatten ihn überfordert. Unentschlossen, ob er all das kitschig oder schön finden sollte, verließ er die Rezeption.

Der Privatsteg vor seiner Hütte reichte gefühlt bis zum Horizont. Ein Gegenentwurf zur bedrückenden Enge Londons. Keine Häuser, keine Stromleitung, keine S-Bahn, nicht mal eine Straße. Mat betrachtete die endlose Weite, kniete sich auf den Holzsteg und wirbelte mit seinen Fingern die klare Struktur des Wassers auf. Dann wandte er sich um und betrat die Luxushütte. Lautlose Ventilatoren sorgten für einen angenehmen Luftzug. Dass man auf eine Klimaanlage verzichtet hatte, gefiel ihm. Im Zentrum des Raumes stand ein Himmelbett. Seiner Frau hätte das gefallen. Die vielen Tücher und Kissen waren schön, wirkten seiner Meinung nach aber ein bisschen zu pompös. Der private SPA-Bereich dagegen beeindruckte ihn. Das in den Holzboden eingelassene Bad wirkte einfach *und* luxuriös. Er freute sich auf die sechs Wochen, die vor ihm lagen. Keine Immobilien, keine Shoppingtrips, keine Wohltätigkeitsveranstaltungen. Er war allein und konnte sich ganz aufs Tauchen konzentrieren.

Dass seine Frau und er beschlossen hatten, einmal im Jahr getrennt voneinander in Urlaub zu fahren, hatte ihre Ehe gerettet. Die Ferien, die sie gemeinsam gemacht hatten, waren unerträglich gewesen. Fast jedes Mal hatten sie sich in die Haare bekommen, und zwar aus einem einfachen Grund: Er tauchte am liebsten und Michele konnte sich am besten bei Kulturtrips entspannen. Sie liebte Städtereisen, er hasste das. Seitdem sie verstanden hatten, dass ihre Ehe nur dann funktionierte, wenn jeder in den Ferien das machen durfte, was er wollte, war ihre Beziehung harmonischer geworden.

Sie verbrachten schon zu Hause genug Zeit miteinander. Beide hatten seit Jahren keinen festen Job mehr, was nicht bedeutete, dass sie keinen Alltag hatten. Sie standen jeden Morgen um sieben Uhr auf und gingen gegen Mitternacht ins Bett. Eine Struktur zu haben gab ihnen das Gefühl, bodenständig zu sein.

Während Mat es sich zur Angewohnheit gemacht hatte, nach dem Frühstück eine Runde durch den Greenwich Park zu spazieren, vorbei am Greenwich Maritim Museum und der alten Sternwarte, machte Michele jeden Morgen eine Stunde Yoga, bevor sie sich in ihr Büro im obersten Stock der Villa zurückzog. Dort kümmerte sie sich um die Stiftung, die vom Geld ihres Mannes finanziert wurde.

Mat war froh, dass Michele sich für die Stiftung begeisterte. Er selbst kümmerte sich um die Immobilien. Viele Freunde hatten ihm dazu geraten, nach seinem Verkauf an Microsoft eine neue Firma zu gründen oder seinen kleinen Estate zu vergrößern. Beides interessierte ihn nicht. Er wollte erhalten, was er hatte. Außerdem empfand er den Papierkram und die Meetings mit den Immobilienverwaltern und Steuerberatern als echte Arbeit.

Mat war nicht faul. Aber er hatte kein Interesse daran, sein Vermögen weiter zu vermehren. Warum auch? Er hatte nicht mal Kinder, denen er etwas vererben konnte. Wenn er die Immobilienangelegenheiten abgearbeitet hatte, kochte er gegen Mittag (oftmals zusammen mit seiner Frau), legte sich dann eine halbe Stunde hin und beschäftigte sich am Nachmittag mit seiner Bibliothek. In aller Ruhe sortierte er dort Bücher und Bildbände. Auf seinen Tauchreisen rund um die Welt hatte er angefangen, sich für Forschungsliteratur zu interessieren. Seit Jahren sammelte er Werke von Abenteurern, Entdeckern und Anthropologen. Für viel Geld hatte er eine Originalabschrift von Marco Polos Tagebüchern erstanden und einen Kompass, der angeblich einmal Christoph Columbus gehört haben sollte. Wenn man ernsthaft tauchte, drang man in Gebiete vor, die kaum erschlossen waren. Die Frage, wie es für all jene gewesen sein musste, die als erste Europäer in diesen Gebieten gelandet waren, drängte sich förmlich auf.

Das Tauchen war auch der Grund, warum Mat wie ein Wahnsinniger trainierte. Wenn er am späten Nachmittag seine Bibliothek verließ, besuchte er entweder ein Schwimmbad oder ein Fitnessstudio in Canary Wharf. Er gehörte zu jenen Endvierzigern, die im Alter fitter waren als in ihrer Jugend. Mat Endesfelder hatte ziemlich genau drei Hobbys: Tauchen, Reisen und Entdeckerliteratur. Alles andere (dazu zählten der Immobilien-Estate und auch große Teile der Stiftungsarbeit) betrachtete er als eine Notwendigkeit. Und weil er sich regelmäßig und auch gewissenhaft mit all diesen lästigen Dingen herumschlug, hatte er auch kein schlechtes Gewissen, sechs Wochen im Jahr Tauchurlaub zu machen.

*

Am Abend seiner Ankunft gab es ein Dinner am Strand. Überall standen weiß gedeckte, von brennenden Fackeln umgebene Tische. Palmen raschelten im Wind, Zikaden zirpten und neben den Gesprächen, die Mat entgegenschwappten, hörte er das leise Rauschen des Meeres.

Die meisten Leute waren in Mats Alter – irgendwo zwischen vierzig und fünfundfünfzig Jahren, aber es gab auch ein paar jüngere Gäste. Er registrierte drei junge blonde Frauen. An einem anderen Tisch saßen drei Männer um die Dreißig.

Mat war zu schüchtern, um sich zu den Blondinen zu setzen, und zu eitel für den Tisch mit den älteren Leuten. Der Tisch mit den jungen Männern erschien ihm genau richtig. Außerdem saß dort noch ein Paar in seinem Alter.

Es dauerte keine Minute, bis Mat wusste, dass das Pärchen aus Australien und die Jungs aus London kamen. London wurde sofort zum Gesprächsthema.

„Mat! In welchem Teil der Stadt wohnen Sie?“, fragte einer der Männer, der sich als John Blakely vorgestellt hatte.

„Greenwich.“

„Besitzen Sie eins der Häuser auf dem Hügel?“

Mat fand die Frage etwas zu persönlich, wollte aber nicht unfreundlich sein und nickte.

„Was kostet so ein Haus dort oben? Neun, zehn Millionen?“

Die Frage war so unverschämt direkt, dass Mat keine Antwort gab. Er war hier im Urlaub und nicht bei einem Verhör. Er konnte es nicht leiden, wenn man ihn ausquetschte. Manieren schienen diese Leute nicht zu haben. Außerdem war so eine direkte Ansprache einfach nur *not very British*.

„Und wo kommen Sie ursprünglich her?“, wollte ein anderer wissen, als klar war, dass Mat den Wert seines Hauses nicht preisgeben würde. „Sie klingen wie ein echter Brite, haben aber diesen leichten Akzent.“

„*Germany*“, sagte Mat.

„*Bloody Germans!* Vor euch ist man auch nirgends sicher", rief John Blakely. Es sollte ein Scherz sein, klang aber wie eine Beleidigung.

Die zierliche Australierin, die sich als Grace vorgestellt hatte, versuchte zu schlichten. „Immerhin trägt Mat keine Socken in den Sandalen."

„Nach einer repräsentativen Umfrage des Goethe-Instituts glaubt der Durchschnittsbrite, dass alle Deutschen Nazis sind, die uns im Urlaub die Sonnenliegen wegschnappen", sagte Blakely.

Die Londoner lachten schallend. Mat grinste angestrengt.

Wie sich herausstellte, waren die jungen Männer Trader in der Londoner City. Ausschweifend erzählten sie von riskanten Deals, warfen stolz mit Broker-Slang um sich und brüsteten sich damit, einen entscheidenden Beitrag dazu geleistet zu haben, den Libor gefälscht zu haben.

„Und was machen *Sie*?", fragte John Blakely herablassend.

„Ich habe vor sechzehn Jahren meine Firma an Microsoft verkauft", antwortete Mat gelassen. Der Australier nickte anerkennend.

„Für wie viel?"

Mat und die Australier waren gelangweilt. Die Investmentbanker waren zum ersten Mal in einem Luxusresort wie Mataking. Spätestens als sie erwähnten, sie würden pro Jahr locker hunderttausend britische Pfund verdienen, mussten Mat und die Australier schmunzeln. Die Banker hatten keine Ahnung, wie man sich hier verhielt. Es gab zwar nicht viele Regeln, doch eine sollte man immer befolgen: Sprich niemals über Geld. Ein Klischee. Aber eben auch nicht ganz falsch. Dass alle Reichen Louis Vuitton, Diamantohrringe und Rolex trugen, war eine Mär. Mat kannte wesentlich mehr Leute mit Geld, die keinen Wert darauf legten, ihren Reichtum zur Schau zu stellen, und sich tendenziell eher an der oberen Mittelschicht orientierten. Natürlich gab es auch die Bling-Bling-Reichen, wie Mat sie gerne nannte. Doch in den wirklich guten Resorts dieser Welt sah man den Glamour eher selten. Wenn man die vier M (Moskau, Monaco, Mayfair und Miami) ignorierte, gab es mehr als genug Raum für unauffällige Dekadenz.

Nachdem die Londoner so dick aufgetragen hatten, konnte Mat nicht anders, als ihnen den Todesstoß zu versetzen, und zwar mit ihren eigenen Waffen. Eine kurze Antwort auf die „Wie viel?"-Frage reichte aus: „Ich habe für etwas mehr als hunderttausend britische Pfund an Microsoft verkauft“, sagte er. „Und da ich äußerst bescheiden lebe, bin ich seitdem arbeitslos.“

Der Australier lachte, seine Frau schmunzelte.

Zwei der Banker wurden knallrot. Der dritte sagte kein Wort. Sie hatten verstanden, dass sie den Gegner unterschätzt hatten. Knockout in der ersten Runde.

Der Australier legte dezent nach und erzählte von seiner Firma, die Konservendosen und PVC-Materialien für den pazifischen Raum inklusive Ozeanien herstellte, und von einer Ranch, die er zwei Stunden landeinwärts von Sydney bewohnte. Ohne eine Zahl zu nennen, hatte auch Anthony sich als Schwergewicht geoutet.

Milliarden oder Millionen. Das spielte keine Rolle.

Doch wenn manche Typen glaubten, sich mit Peanuts profilieren zu müssen, hielt das Establishment zusammen.

*

Über ihm lag eine Wand aus beweglichem Wasser. Streifenweise hellte die Sonne das Blau auf, durchdrang die Moleküle und erzeugte vereinzelt ein grünliches Schimmern. Mat atmete Sauerstoff ein und ließ Wasserbläschen aufsteigen. Dann ließ er sich absinken. Ruhig und schwerelos glitt er durch das Wasser. Er war in seinem Element. Mat fühlte sich hier als Teil eines fremden, vielleicht sogar künstlichen Universums, das unabhängig von ihm selbst existierte. Es war ein schwer zu beschreibendes Gefühl von Nähe und unüberbrückbarer Distanz.

Nähe und Distanz.

Mat gefiel diese Ambivalenz. Vielleicht auch deshalb, weil er über die Jahre ein zwiespältiges Verhältnis zu sich selbst und seinem Reichtum entwickelt hatte. Das viele Geld, das er beim Verkauf der Firma verdient hatte, hatte ihn frei und unabhängig gemacht. Er konnte reisen, wann und wohin er wollte, und je nach Belieben Hilfsprojekte unterstützen. Aber es gab auch Freunde, die sich von ihm abgewandt hatten, weil der finanzielle Graben zu tief geworden war.

An manchen Tagen, wenn das Gefühl der Einsamkeit zu groß wurde und er sich nicht mehr als Teil der Gesellschaft fühlte, setzte er sich an seinen Schreibtisch und rechnete aus, wie viel Geld er bis zu seinem Tod ausgeben müsste, um mittellos zu sterben. Die Zahl, die sein Rechner ausspuckte (wenn man annahm, dass er mit fünfundachtzig Jahren sterben würde), lag, je nach Stand des Pfunds und den Preisen des Immobilienmarktes, irgendwo zwischen 20.000 und 30.000 britischen Pfund. *Pro Tag.* Wie er jemals so viel Geld ausgeben sollte, war ein Rätsel, das ihm schlaflose Nächte bereitete.

Aus diesem Grund hatte er vor acht Jahren ein Stipendium ins Leben gerufen, das Studenten die Möglichkeit gab, ein Jahr lang das zu tun, was sie schon immer tun wollten. Da er keine Kinder hatte, war das Stipendium eine Möglichkeit, anderen zurückzugeben, was ihm durch harte Arbeit, Risiko, aber auch Glück in die Hände gefallen war.

Der Papierkram war fürchterlich gewesen. Doch die Anstrengungen hatten sich gelohnt.

Mittlerweile wählte Mat jedes Jahr zwei junge Menschen aus, die er nie traf, denen er aber, je nach Projektvorhaben, bis zu hunderttausend Pfund zur Verfügung stellte. Nach Ablauf des Stipendiums gab es nicht einmal die Notwendigkeit, die Projektergebnisse zu präsentieren. Das „*Do what you love*"-Stipendium hatte einen gewissen Grad an Berühmtheit erlangt und war der Hauptgrund für die vielen Briefe, die er Jahr für Jahr bekam. Da Mat seine Adresse nicht öffentlich machte, gab es einen Mittelsmann, der ihm die Post zustellte. In oftmals seitenlangen Schreiben dankten die Stipendiaten ihm für die finanzielle Unterstützung. Obwohl es keine Bedingung war, hatte er noch jedes Mal erfahren, was sie mit dem Geld gemacht hatten. Einige drehten Filme, andere versuchten sich an Romanen und Kurzgeschichten und wieder andere unterstützten Hilfsprojekte. Ein Student hatte ein Start-up gegründet, das Unternehmen Elektroautos als Taxiersatz anbot. Ein Student aus Hackney, der aus ärmlichen Verhältnissen stammte, war mit einer Gruppe Abenteurer zum Nordpol gewandert. Interessanterweise bedankten sich auch diejenigen, die das Geld vershoppt, versoffen oder anderweitig aus dem Fenster geworfen hatten. Immer, wenn Mat einen dieser Briefe las, spürte er tiefe Verbundenheit, die er sich (da machte er sich nichts vor) erkauft hatte. Mit echter Freundschaft hatte das nichts zu tun.

Als Mat mit einunddreißig Jahren seine Firma für 56,4 Millionen Pfund an Microsoft verkaufte, hatte sich das Verhältnis zu seinen Eltern dramatisch verschlechtert. Während wildfremde Studenten ihm ungefragt ihr Herz ausschütteten, hatte das Geld eine gewisse Distanz zwischen ihm und seiner Familie erzeugt.

„Zu viel Geld verdirbt den Charakter", hatte sein Vater gesagt und sich geweigert, auch nur einen einzigen Cent von Mats Vermögen anzunehmen. Auf Spenden sei man nicht angewiesen. Seitdem hatte Mat das Thema nie wieder angesprochen.

Seine katholischen Eltern hatten nie verstanden, warum er seit dem Verkauf nichts „Ernsthaftes" mehr mit sich und seinem Leben anstellte. Seine Immobilienprojekte, die sein Vermögen in eine Sünde babylonischen Ausmaßes verwandelt hatten, ignorierten sie. Mat hatte das Gefühl, dass sie ihn aus einer bizarren Protesthaltung heraus nicht verstehen wollten.

Sie selbst hatten vierundzwanzig Jahre gebraucht, um das eigene Haus abzubezahlen. Dass ihr Sohn innerhalb so kurzer Zeit zu so viel Geld gekommen war, erschien ihnen schlichtweg kriminell. Sie hatten geschuftet, damit es ihre Kinder einmal besser haben würden, und Mat mit Hilfe eines Kirchenstipendiums zum Informatik- und Mathematik-Studium nach London geschickt. Für sie war ein Leben nur dann gut, wenn man einen ehrlichen Beruf ausübte. Als Microsoft die Online-Plattform ihres Sohnes nicht einmal nutzte, hielten sie Mat endgültig für einen Hochstapler.

Während er die Welt bereiste, neue Tauchgebiete entdeckte und gemeinsam mit seiner Frau Spendengalas in London besuchte, fuhren seine Mutter und sein Vater im Sommer ins Tessin und im Winter in den Schwarzwald. Dass seine Eltern und er keine gemeinsamen Interessen hatten, konnte Mat noch verkraften, doch ihre Ablehnung tat weh.

Als er sich jetzt in die Tiefe gleiten ließ, vorbei an Korallen, Seeanemonen und Doktorfischen, dachte er weder an Geld noch an seine Eltern. Er ließ sich einfach nur treiben, passte sich der kaum spürbaren Strömung des Wassers an, tarierte in einer Tiefe von zehn Metern seine Fallgeschwindigkeit und schwebte durch den Ozean.

Dschungel von Sarawak

Der Mann schwitzte. Schweiß lief ihm über die Stirn. Die Äderchen in seinen Augen waren geplatzt. Panisch suchte er nach Möglichkeiten, der Situation zu entkommen. Aber es war aussichtslos. Jemand, dessen Hände und Füße an einen Baum genagelt waren, konnte nicht fliehen. Jeder Versuch, die Position seiner Arme und Beine nur minimal zu bewegen, löste einen unerträglichen Schmerz aus, der in Wellen durch seinen gesamten Körper lief.

Er konnte nicht einmal schreien. Diese Bastarde hatten einen Knebel in seinen Mund gesteckt.

Hatten sie ihn gekreuzigt, weil er Christ war, weil irgendwo ein Stück Papier existierte, das ihn als Mitglied der römisch-katholischen Kirche auswies? War das der Grund, warum der Alte und die Soldaten ihn quälten? Oder taten sie ihm das an, weil er sich geweigert hatte, das Land seines Volkes an einen Holzkonzern zu überschreiben?

Das Stück Papier jedenfalls hatte er einem Missionar zu verdanken, der vor über achtzig Jahren seinen Stamm zum Christentum bekehrt hatte. Trotz der neuen Religion hatten sie weiterhin die Geister des Waldes angebetet. Selbst sein Urgroßvater, der den Missionar ins Dorf gelassen hatte, war den Naturgeistern treu geblieben. Ihre Religionszugehörigkeit war nichts weiter als eine Formalie. Sollten sie ihn wirklich deshalb quälen, weil er auf dem Papier Christ war?

Mehr und mehr rückte sein Geist in eine diffuse, tranceartige Sphäre. Es fiel ihm schwer, alles genau zu durchdenken. Dieser Schwebezustand ermöglichte es ihm jedoch, seine Situation aus der Distanz zu betrachten. Hinter seinem Körper war ein massiver Baum. Seine leicht aus dem Boden ragenden Wurzeln reichten bis tief ins Erdreich, bedeckt von modrigem, mit Bakterien und Insekten angereichertem Schlamm. Es roch nach Verwesung, nach dem ewigen Zyklus von Leben und Tod.

Sein blutender, langsam dehydrierender Körper war gewaltsam mit dem Baum verbunden. Sie hatten seine Hände über seinen Kopf genagelt und seine Füße an die Wurzeln. Der Alte hatte nur daneben gestanden und gegrinst.

Aus der Ferne sah sein Körper aus wie eine dünne Linie, die sich nur leicht von der dunklen Rinde des Baums abhob.

Plötzlich schlug ein Hammer auf die Rinde.

Direkt neben ihm.

Er zuckte zusammen. Doch dieses Mal traf der Hammer nur den Baum.

Er blickte auf, sah den Mann an, den er für den Anführer hielt. Seine Gesichtszüge waren eingefallen, Falten zerfurchten seine lederartige Haut. Der Alte trat sehr dicht an ihn heran. Seine Augen waren furchterregend klar.

Er hatte von diesem Mann gehört. Die Stammesältesten hatten über ihn und seine Soldaten gesprochen. Von Folter hatten sie berichtet und einem Penan, dem der Alte vor einigen Jahren die Haut vom Körper gezogen hatte. Und das nur, weil er – gemeinsam mit einem Weißen – gegen die Holzfäller und die Macht der Konzerne protestiert hatte. Er selbst hatte die Geschichten der Stammesältesten heimlich belächelt. Jetzt hatte ihn der Alte höchstpersönlich vom Gegenteil überzeugt. Einen stichhaltigeren Beweis als die rostigen Nägel in seinen Händen und Füßen konnte es nicht geben.

„Du fragst dich, was das hier soll", sagte der Alte. Seine Stimme war tief, aber sanft. Er hatte einen härteren Ton erwartet. „Und du fragst dich, was du tun kannst, um dich aus der Situation zu befreien."

Der Alte runzelte die Stirn. „Leider kannst du sehr wenig tun, um ... nun ja ... diesem Ritual zu entkommen. Wenn ich dir den Knebel aus dem Mund nehmen würde, könntest du mich vielleicht sogar davon überzeugen, dass ich dich laufen lassen soll. Sie sagen, du bist ein kluger Häuptling, jung, aber sehr umsichtig und bedacht. Manche behaupten sogar, du bist weise. Das respektiere ich. Ich mag Menschen, die nachdenken, bevor sie etwas tun. Umsicht ist eine Gabe, die sehr wertvoll sein kann. Die einem echte strategische Vorteile bringen kann. Unter anderen Umständen hätten wir miteinander geredet und unsere Erfahrungen ausgetauscht. Möglicherweise wären wir sogar Freunde geworden. Aber dazu wird es nicht kommen, weil ich dir den Knebel nicht aus dem Mund nehmen werde." Der Alte wandte sich von ihm ab, machte ein paar Schritte, blieb dann abrupt stehen und fuhr fort: „Die Wahrheit ist, dass du das hier nicht überleben wirst."

Er spürte, dass er panisch wurde. Angst kroch in seine Poren, breitete sich in seinem Körper aus wie ein aggressiver Virus. Er atmete hastig. Er würde diesen Ort nie wieder verlassen.

„Die Zeit deines Volkes ist abgelaufen. Was ihr tut, ist nicht mehr zeitgemäß“, sagte der Alte. „Niemand sollte hier in den Wäldern leben. Hier draußen gibt es keine Zukunft. Weder für deine Generation noch für deine Kinder. Es mag sich seltsam anhören, aber nicht ich habe diese Entscheidung getroffen, sondern das Kollektiv der modernen Welt. Und dieses Kollektiv will nur das Beste für seine Kinder. Bessere Schulen, bessere Chancen, mehr Wohlstand, mehr klimatisierte Büros. Vermutlich kannst du nicht beurteilen, ob das wirklich das Beste ist, weil du nicht weißt, was Büros überhaupt sind. Vermutlich hast du noch nie in deinem Leben einen Computer gesehen. Und ich sage dir, eigentlich hast du nichts verpasst. Aber das spielt jetzt keine Rolle. Fest steht, dass die moderne Welt sich entschieden hat. Sie will Popcorn, Kinofilme, Urlaub, feste Arbeitszeiten und künstliche Hüftgelenke. Und deshalb müsst ihr Platz für das bessere Leben machen. Ihr habt keine andere Wahl, als den Dschungel zu verlassen und in die Stadt zu ziehen. Es ist an der Zeit, ein Zeichen zu setzen. Und dieses Zeichen bist du.“

Der Alte sah dem jungen Häuptling noch einmal in die Augen. „Ich habe dich ausgewählt, weil du ein vernünftiger Anführer bist. Tötet man die Vernunft, ist es nur noch eine Frage der Zeit, bis der nackte Wahnsinn euer Gleichgewicht zerstört.“

Damit drehte der Alte sich um und entfernte sich mit seinen Männern, verschwand zwischen dichten Farnen und schwerem Wurzelwerk. Die Schreie der Affen und das leise Zirpen der Zikaden waren alles, was blieb.

Mataking

Gegen 17 Uhr setzte Mat sich an die Poolbar. Das Resort war wunderbar ruhig. Die meisten Gäste hatten den Poolbereich verlassen und bereiteten sich in ihren Luxushütten auf den Abend vor. Mat saß in Shorts und Poloshirt vor einer Piña Colada. Leise Musik tröpfelte durch die Luft. Die Oberfläche des Pools war ein glänzender Spiegel aus Wasser. Direkt dahinter begann der Ozean. Zum ersten Mal seit Langem verspürte Mat wieder das Gefühl, frei zu sein. Er genoss dieses Gefühl, das, verstärkt durch den Alkohol, langsam jede Zelle seines Körpers durchströmte.

„Wie war Ihr Tauchgang?“ Es war Darlene, die hübsche Empfangsdame. Sie setzte sich auf den Barhocker neben ihn.

„Sehr gut. Danke der Nachfrage“, antworte er. Es war das erste Mal, dass er wieder mit Darlene redete. Dass es dieser Frau gelungen war, ihn bei seiner Ankunft im Resort so aus der Fassung zu bringen, war ihm immer noch peinlich. Andererseits kein Wunder. Er gehörte nicht zu den älteren Männern, die sich ständig mit jungen Frauen umgaben. Junge Frauen sah er praktisch nur bei seinen morgendlichen Spaziergängen im Greenwich Park oder nachmittags im Fitnessstudio.

„Sami hat erzählt, Sie sind ein richtiger Profi, quasi Tauchlehrer“, sagte Darlene.

„Ich habe einige Tauchscheine, Lehrer bin ich aber nicht. Und Sie? Tauchen Sie auch?“

Darlene schüttelte den Kopf. „Ich leide an Asthma. Eine Krankheit, die ich meinem Bruder zu verdanken habe.“

Ihr Bruder? War ihr das nur so herausgerutscht oder wollte sie, dass er nachfragte? Sollte er Interesse zeigen oder war es zu aufdringlich, wenn er bei etwas so Privatem nachhakte? Aus Angst, einen Fehler zu begehen, sagte er schließlich gar nichts. Ein beklemmendes Schweigen war die Folge.

Es war schließlich Darlene, die sie aus der unangenehmen Situation befreite. „Und was machen Sie im normalen Leben?“

„Du“, sagte Mat vielleicht etwas zu hastig, „ich bin Matthias, aber die meisten nennen mich Mat.“ Er streckte ihr die Hand entgegen.

„Darlene.“

Ich weiß, wollte er sagen. Doch dann konzentrierte er sich nur auf ihre Hand. Sie war weich, gleichzeitig übten ihre Finger einen beachtlichen Druck aus. Eine Mischung, die ihm gefiel.

„Also, was machst *du*?"

Wenn ihm jemand diese Frage stellte, antwortete er in der Regel, dass er Unternehmer sei, auf Nachfrage erwähnte er seine Immobiliengeschäfte. Erst wenn er Vertrauen zu seinem Gegenüber gefasst hatte, erzählte er vom Verkauf seiner Firma an Microsoft. Darlene sagte er frei heraus, dass er seine Firma verkauft hatte und seitdem in Rente war. Das wirkte vielleicht arrogant, aber auch selbstbewusst.

„Sie gehören also zu den Leuten, die vor lauter Geld keine Ahnung haben, was sie mit sich und ihrem Leben anfangen sollen", sagte Darlene spöttisch.

Mat überlegte, ob er das Gespräch beenden sollte. Solche Diskussionen führten zu nichts, das wusste er aus Erfahrung. Doch er war immer noch bemüht, einen guten Eindruck zu hinterlassen.

„Waren wir nicht beim Du?"

„Tut mir leid", sagte sie. „Ich hatte nicht die Absicht, dich zu beleidigen. Ich hatte nur gerade bei diesen Investmentheinis aus London zu tun. Die ... ach ... die ..."

„ ... sind Idioten."

„Wenn Leute glauben, dass ich ihnen für tausend Dollar einen Blowjob gebe, macht mich das immer noch fassungslos."

Mat sagte nichts.

„Sorry, das hätte ich besser für mich behalten sollen. Aber Sie glauben nicht, wie oft ich hier solche Angebote bekomme."

„Also, ich ..." Mat wusste nicht, wie er reagieren sollte.

„Irgendwie ist heute nicht mein Tag. Ich habe keine Ahnung, warum ich Ihnen das alles erzähle."

„Ist schon in Ordnung." Endlich hatte er sich wieder im Griff. „Wie wäre es mit einem davon?" Er zeigte auf seine Piña Colada.

„Während der Arbeitszeit leider nicht gestattet." Sie wandte sich dem Barmann zu, redete mit ihm in einer Sprache, die Mat nicht verstand, und bekam eine Flasche Wasser.

Mat versuchte, sie unauffällig von der Seite zu mustern. Es war nicht seine Art, aber er konnte nicht anders, er musste sie anstarren. Eigentlich verachtete er Männer in seinem Alter, die ungehemmt mit jungen Frauen flirteten. Im Fitnessstudio, in dem er trainierte, gab es eine Gruppe von Männern, die junge Frauen wie Fleischstücke betrachteten. Er hatte sich immer etwas darauf eingebildet, in dieser Hinsicht anders zu sein, distanzierter, respektvoller. Ältere Männer, die mit jungen Frauen anbandelten, waren ihm lächerlich erschienen, irgendwie verzweifelt. Darlene gegenüber verspürte er jedoch eine ungewohnte Neugier, die sich nicht abschütteln ließ. Am liebsten hätte er einen Finger ausgestreckt und sie zärtlich berührt. Was war nur los mit ihm?

Darlene bemerkte seine Blicke nicht. Sie war immer noch gereizt, ärgerte sich, dass sie so offen gewesen war. Das war absolut unprofessionell. Dafür konnte sie gefeuert werden. Bevor sie noch mehr Unheil anrichtete, stand sie auf. „Dir noch einen schönen Tag."

„Ebenfalls." Schon wieder hatte er es nicht geschafft, sie in ein längeres Gespräch zu verwickeln.

Sie blieb kurz stehen, schien einen Moment lang zu überlegen und trat dann sehr nah an ihn heran. „Und diese Sache mit dem ..."

„Blowjob?"

„Ja. Genau. Das bleibt bitte unter uns. Wenn jemand erfährt, dass ich mit dir darüber geredet habe, bekomme ich Ärger." Ihre Worte klangen wie ein Befehl. Er würde ihn in jedem Fall befolgen.

*

Darlene konnte nicht schlafen. Unruhig wälzte sie sich auf ihrem Bett hin und her. Über ihr surrte ein Ventilator, draußen zirpten Grillen. Die Hütten der Bediensteten lagen im Inneren der Insel. Verdeckt von Kokospalmen, dichtem Gebüsch und einem eingezäunten Elektromotor, der Mataking mit Strom versorgte, gab es hier keinen Meerblick. Nicht einmal Sterne waren zu sehen.

Heute war sie nach Dienstschluss in ihrer Hütte verschwunden, hatte den Ventilator angestellt und war ins Bett gefallen. Dass ihr die Investmentbanker Geld angeboten hatten, beschäftigte sie weniger als die Tatsache, dass sie die Geschichte weitererzählt hatte.

Blowjob gegen Geld. Davon ging die Welt nicht unter. Ihr eigentliches Problem war dieser Matthias Endesfelder. Er wusste jetzt etwas, das sie in Schwierigkeiten bringen konnte. In der Vergangenheit waren Angestellte wegen ähnlicher Dinge gefeuert worden. Vor vier Monaten hatte Lucien Steiner, der Resortleiter, ein malaysisches Zimmermädchen an die Luft gesetzt, das von einem Japaner mit einem Gürtel verprügelt worden war. Sie hatte den Fehler gemacht, sich zu beschweren.

So kurz vor dem Ziel zu stehen und einen so dummen Fehler begangen zu haben, machte sie rasend.

Schweiz

Zehn Jahre früher

Es gibt Menschen, die Dinge so miteinander kombinieren, dass etwas Neues entsteht. Benz, Porsche, Gates und Jobs waren solche Menschen. Sie hatten Einzigartiges geschaffen, indem sie hartnäckig eine Vision verfolgt und sich über konservative Geister hinweggesetzt hatten. Ihr Erfolg lag letztendlich darin, dass sie das Bewahrende zur Seite gedrängt und etwas noch nie Dagewesenes entwickelt hatten.

James Waltz war einundzwanzig Jahre alt und hatte noch keinen Gedanken daran verschwendet, welche Art von Mensch er war. Dass er sich vor einigen Jahren dazu entschlossen hatte, das Gymnasium in Zürich zu verlassen und eine Lehre als Tischler im ländlichen Tessin zu machen, war eine intuitive Entscheidung gewesen. Für ihn war schnell klar gewesen, dass er sich nicht für die Funktionsweise von Computern interessierte, kein Interesse an Literatur, Architektur, chemischen Prozessen oder Vektoren hatte. Er interessierte sich ausschließlich für die Hardware der Natur.

In der Natur gab es genug Dinge und Materialien, aus denen man Nützliches herstellen konnte. James interessierte sich für alles, was mit Handwerk und jeglicher Form von Handarbeit zu tun hatte. Nach seiner Ausbildung zum Tischler besuchte er Kurse an der Volkshochschule, lernte, wie man Körbe flocht, Kleider nähte und Tierhäute in Leder verwandelte. Vor allem letztere Tätigkeit, das Gerben, fesselte ihn. Im Garten der Großeltern standen seine Töpfe mit tierischen Fetten, mit denen er sich an der Fettgerbung versuchte. Er war fasziniert davon, Leder herzustellen, und verzichtete dabei auf chemische Bindemittel wie Acrylate, Butadiene und Polyurethane.

Niemand in der Familie verstand, warum James sich mit solchen Dingen beschäftigte. Anstatt Mädchen in seinem Alter zu treffen, Sport zu treiben oder mit Freunden ins Kino zu gehen, werkelte er im Keller seiner Großeltern und verwandelte Tierhäute in Messeretuis.

Sein Vater, Bruno Waltz, Diplomat und ehemaliger Schweizer Botschafter, hatte seinem Sohn die Erlaubnis gegeben, zu den Großeltern ins Tessin zu ziehen. Er wollte, dass sein Sohn tat, was ihm gefiel. Und er hoffte, dass die Bergluft James' chronische Bronchitis mildern würde. Als sein Sohn anfing, tagelang allein durch die Wälder des Tessin zu streifen, machte die Familie sich Sorgen. Die Wälder waren weitläufig und es bestand durchaus die Gefahr, sich zu verlaufen. Hin und wieder war es in der Gegend bereits zu Todesfällen gekommen. Dass James außer Kompass, Schnur, Angelhaken, Feuerzeug und einem Messer, das in einer selbst gegerbten Lederhülle steckte, nichts mitnahm, nicht einmal Wasser, führte zu Streit.

„Unverantwortlich!", hatte sein Vater getobt. „Wenn dir etwas zustößt, mache ich mir für den Rest meines Lebens Vorwürfe!"

Überlebenstraining mit Zelt sei nun mal kein Überlebenstraining, hatte James entgegnet.

„Wenn sich dein Verhalten nicht ändert, kommst du zurück nach Zürich!"

Daraufhin blieb James noch länger in den Wäldern.

„Ist eben ein Naturbursche", sagte der Großvater.

„Manche sagen dazu auch Spinner", bemerkte Bruno Waltz. Er dachte nicht zuletzt an seinen Ruf als Diplomat. Seit sein Sohn diese Streifzüge unternahm, hatte er Angst, dass die Presse darüber berichten könnte. Jeder im Dorf kannte die Familie und wusste, dass Bruno Waltz es bis zum Botschafter gebracht hatte. Es war nur eine Frage der Zeit, bis irgendein vertrottelter Nachbar die Eigentümlichkeit des Diplomatensohns an den Boulevard verkaufen würde.

Botschafterjunge lebt vernachlässigt im Tessin. Während James Waltz (21), Sohn eines Schweizer Top-Diplomaten, die Wälder des Tessin nach Essbarem durchsucht, verkehrt der Herr Papa mit Gattin und Tochter in der noblen Villa am Zürichsee ..." Auf solche Schlagzeilen konnte er verzichten. Dazu noch ein Bild von James, wie er verdreckt aus dem Wald zurück in die Zivilisation kam, und die Story wäre perfekt.

Doch die Zeitungsartikel blieben aus. Erst als James eines Tages spurlos verschwand, wurde der Boulevard auf ihn aufmerksam. Familie Waltz vermutete, dass er verunglückt war. Der Botschafter hatte sofort seine Beziehungen spielen lassen. Suchtrupps hatten mit Hundestaffeln das Tessin durchkämmt, Helikopter das Gebiet überflogen, Bruno Waltz hatte alle In- und Auslandsflüge kontrollieren lassen. Aber James war wie vom Erdboden verschluckt.

Drei Wochen nach seinem Verschwinden klingelte das Telefon.

Bruno Waltz nahm ab. Sein Gesicht wurde erst starr, dann bleich.

„James ... es ist James", sagte er.

„Wo ist er?", rief seine Frau.

„Es geht ihm gut", antwortete Bruno Waltz.

James hatte sich nach Borneo abgesetzt. Um keine Spuren zu hinterlassen und, was vielleicht noch wichtiger war, um zu vermeiden, dass seine Familie ihn von seiner Reise abhielt, war er mit dem Zug nach Paris gefahren, hatte sich dort ein One-Way-Ticket gekauft und war über Kuala Lumpur nach Borneo geflogen.

„Was zum Teufel will er auf Borneo?", fragte seine Mutter. Einerseits war sie erleichtert, dass ihr Sohn lebte, aber da waren auch Wut und Verzweiflung. Warum tat James ihnen das an? Warum hatte er sie verlassen? Und warum ausgerechnet *Borneo*?

James erklärte seinem Vater am Telefon, er wolle im Dschungel von Sarawak nach einem Nomadenstamm suchen, den die Einheimischen sinngemäß als „Luft" bezeichneten. Die Luft seien eines der letzten Urvölker, das völlig autark im Dschungel lebte. Und er habe vor, bei diesen Menschen zu leben. Er wisse, das sei schwer zu verstehen, aber er müsse herausfinden, ob ein einfaches Leben abseits der Zivilisation heutzutage noch möglich sei.

Der Botschafter hatte seinem Sohn zugehört, doch verstanden hatte er ihn nicht. Sich aus der Gesellschaft entfernen – das war absolut verrückt. Er selbst hatte als Diplomat fast sein ganzes Leben damit verbracht, in der Gesellschaft anzukommen.

„Wann wirst du zurückkommen?", fragte Bruno Waltz mit leiser, fast zaghafter Stimme.

James wusste es nicht. Zuerst wolle er die Luft finden, dann müsse er weitersehen. Sie sollten sich keine Gedanken machen, er habe die Familie gern und richte liebe Grüße aus. Es tue ihm leid, dass er so überstürzt verschwunden sei, doch er hätte nicht warten können, bis die Familie seinen Wunsch verstanden habe.

Dann beendete er das Gespräch.

Bruno Waltz saß kreidebleich neben dem Telefon. „James ... er ... geht ... in den Dschungel."

Mataking

Mat war erschöpft. Gemeinsam mit Grace war er an diesem Tag bis auf siebzig Meter Tiefe getaucht. Die Australierin und er waren ein gutes Team. Selten hatte er eine Frau getroffen, die so viel getaucht war (in ihrem Logbuch waren siebenundfünfzig Tauchgänge über hundert Meter verzeichnet). Aber das Entscheidende war etwas anderes gewesen: Ungewöhnlich schnell hatte er zu ihr Vertrauen gefasst.

Jetzt saß Mat am Strand von Mataking und beobachtete das Meer. Er dachte an den sanften Rausch, den er verspürt hatte, als er zusammen mit Grace zu den steilen Felskratern der Celebes Sea getaucht war.

Außer Mat gab es nur noch ein asiatisches Paar an dem fast leeren Strand des Resorts. Er beobachtete ihre schlanken Körper und ertappte sich dabei, wie er sich die beiden nackt vorstellte. Das Paar saß in der Brandung und küsste sich. Mat dachte an seine Frau Michele.

Die Tauchurlaube ohne Michele waren, was Sex anbelangte, unspektakulär. Mat war eine treue Seele. Er hatte in zwanzig Jahren Ehe seine Frau kein einziges Mal betrogen. Jemanden gefunden zu haben, der an ihm und nicht an seinem Geld interessiert war, bedeutete ihm viel. Und da er seine Frau schon seit der Uni kannte, aus Zeiten, als er noch kein Millionär gewesen war, glaubte er, dass sie ihn auf einer – es klang übertrieben, entsprach aber der Wahrheit – zutiefst menschlichen Ebene anziehend fand.

Er dachte daran, wie er Michele in London kennengelernt hatte. Mit hochrotem Kopf hatte er sie in der Bibliothek angesprochen, nachdem sie auf einer Studentenparty unbeholfen einige Worte gewechselt hatten. Michele kam wie er aus Deutschland, was auf beide zunächst eher abschreckend gewirkt hatte. Weil man natürlich in London war, um sich neu zu erfinden. Letzten Endes schweißten die Gemeinsamkeiten sie dann aber doch zusammen: Beide waren unerfahrene, wenn auch kluge Teenager aus der deutschen Mittelschicht, die ein Stipendium bekommen hatten, um an einer Londoner Universität – inmitten von reichen afrikanischen Sprösslingen, politisch verfolgten Irakern und verwöhnten Indern – zu studieren. Dass sie die gleichen Jazz-Platten hörten und eine krankhafte Abneigung gegen den Disco-Pop der Achtziger hatten, war ein weiterer Grund gewesen, warum man die gemeinsame Herkunft in Kauf nahm und immer mehr Abende im Wohnheim miteinander verbrachte. Die Platten von Monk, Coltrane und Davis zu durchdringen, empfanden beide als genauso spannend, wie stundenlang im Bett zu liegen. Zum ersten Mal in seinem Leben ließ Mat eine Person so nah an sich heran, dass es ihm schon fast unheimlich wurde. Als er das Stadium der Angst überwunden hatte, war er sich sicher, in Michele verliebt zu sein. Er fühlte sich in jeder Beziehung zu ihr hingezogen. Dass sie mehr über Kierkegaard wusste als er, faszinierte ihn genauso wie ihre fast schon schmerzhafte Empathie und ihr analytischer Scharfsinn. Sie liebten es, eng umschlungen bis tief in die Nacht wach zu bleiben und Psychogramme von Kommilitonen, Freunden und Familienangehörigen zu entwickeln. Ihre ausschweifende Fantasie hatte sie zusammengeschweißt. Ein Wir-Gefühl war entstanden, das Mat in dieser Intensität nie wieder verspürt hatte.

Nach zwanzig Jahren Ehe war vor allem die körperliche Lust nahezu komplett verschwunden. Zwar hatten die beiden noch Sex, aber das war kein Vergleich zu früher, kein Vergleich zu dem leidenschaftlichen Kuss des asiatischen Pärchens. Gelegentlich stellte Mat sich sogar die Frage, ob er das Verschwinden der sexuellen Anziehung weiter ertragen konnte. Vertrautheit und ein reger geistiger Austausch waren das eine. Auch das sich über die Jahre aneinander Gewöhnen hatte einen unschätzbaren Wert. Aber der Verlust der Körperlichkeit erzeugte Unzufriedenheit. Ein Vakuum war entstanden, das Michele mit ihrer Vorliebe für Gartenarbeit und Renovierungen in ihrem Haus in Greenwich und Mat mit seinen Tauchreisen auszufüllen versuchte. Befriedigend war das nicht. Dazu kam, dass Mat immer häufiger daran dachte, dass sein Körper (auch wenn er zehn, im Glücksfall vielleicht noch zwanzig Jahre Zeit hatte) irgendwann einfach nicht mehr dazu in der Lage sein würde, physisch aktiv zu sein. Davor hatte er Angst.

War das der Grund, warum er sich von Darlene so angezogen fühlte? War es sein Körper, der ihn dazu drängte, ihre Nähe zu suchen? Oder war es eine tiefere Sehnsucht, die ihn zu ihr hinzog?

Unsinn. Er sollte nicht so viel über solche Dinge nachdenken. Um sich abzulenken, suchte er sich einen schattigen Liegestuhl und bestellte sich bei einem der Angestellten ein Club Sandwich und ein kühles Bier der Marke Amstel.

*

Am frühen Nachmittag hatte Darlene frei. Sie vertrieb sich die Zeit an der Poolbar und unterhielt sich mit dem Barkeeper. Eher zufällig bekam sie mit, dass Mat Endesfelder am Strand lag und sich ein Bier und ein Club Sandwich bestellt hatte. Obwohl es nicht ihre Aufgabe war, bestand sie darauf, dem Gast höchstpersönlich die Bestellung zu bringen.

„Herr Endesfelder! Schön, Sie zu sehen." Sie lächelte. Ihr Tonfall war übertrieben höflich, fast schon unterwürfig. Aber das hatte noch keinen gestört.

„Darlene!" Mat war überrascht. Vor wenigen Minuten hatte er noch an sie gedacht, jetzt stand sie plötzlich vor ihm. Dieses Mal musste er es schaffen, sie besser kennenzulernen, er musste sie ... zum Lachen bringen. Ja, das war gut. Und dann würde er sie fragen, was sie auf diese Insel geführt hatte. Er wollte mehr über diese Frau erfahren, deren Anwesenheit ihn so verunsicherte, wollte wissen, welche Gedanken hinter ihrer glatten Stirn verborgen waren. Er wollte ihr nahe sein. Doch allein schon der Gedanke an sie machte ihn so nervös, dass seine Hände schweißnass wurden. Er konnte sich nicht daran erinnern, dass die Anwesenheit einer Frau ihn je so beunruhigt, ihn in einen Tölpel verwandelt hatte, der unfähig war, ein auch nur halbwegs vernünftiges Gespräch zu beginnen.

„Club Sandwich und Amstel?“

„Oh, ja ... ja, das habe ich bestellt“, stammelte er und schob sich auf die Kante des Liegestuhls.

Darlene lächelte ihn an und stellte das Tablett im Sand ab.

Verlegen lächelte er zurück.

Mat suchte krampfhaft nach einem Gesprächsthema, doch ihm fiel nichts ein. In seinem Kopf war nur Leere, ein endloses schwarzes Loch. Das betretene Schweigen kam ihm quälend lang vor.

Darlene wusste, dass sie das Gespräch in Gang bringen musste. Sie wählte ein Thema, bei dem niemand einen Fehler machen konnte. „Hast du heute keinen Tauchgang gehabt?“

„Habe ich schon hinter mir.“ Während Mat sich über seine knappe, nicht sonderlich kreative Antwort ärgerte und erneut ein Augenblick der Stille eintrat, betrachtete Darlene ihn skeptisch. Für einen Mann von Ende vierzig sah er gar nicht mal so schlecht aus. Sportliche Figur und, was ihr direkt ins Auge fiel, kaum Bauchansatz. Männer Ende vierzig, Anfang fünfzig hatten in der Regel Probleme mit ihren Bäuchen, ja, Darlene war der Überzeugung, dass man am Bauch die Disziplin eines Mannes ablesen konnte. Mat hatte nicht gerade ein Sixpack, aber für sein Alter war er gut in Form. Und die leicht angegrauten Haare gefielen ihr auch. Mit seinen eins achtzig war er recht groß. Obwohl er immer aufgeregt wirkte, wenn sie sich ihm näherte, vermutete sie in Mat einen Mann, der mit sich im Reinen war.

Je länger niemand etwas sagte, desto nervöser wurde er. Ohne darüber nachzudenken, fing er schließlich an, von seinem Tauchgang mit Grace zu erzählen. Anstatt jedoch das außergewöhnliche Verhältnis zwischen ihm und der Australierin in den Vordergrund zu stellen, schwadronierte er über Helium-Sauerstoff-Gemische, CO_2-Zusätze und die Schwierigkeiten mit Pressluft beim Tiefseetauchen.

Alles Dinge, die Darlene absolut egal waren.

Nachdem sie eine Weile so getan hatte, als würde sie zuhören, unterbrach sie ihn. „Kurze Zwischenfrage.“ Mat wollte gerade dazu ansetzten, die besondere Rolle des Mundstücks zu erklären, das beim Tiefseetauchen seiner Ansicht nach oft unterschätzt wurde, als sie ihm ins Wort fiel: „Die Sache mit den Bankern.“

Mat nickte.

„Ich wäre dir wirklich sehr dankbar, wenn das unter uns bleibt. Das könnte mich meinen Job kosten."

„Kein Problem."

„Danke", sagte sie und lächelte. Sie beugte sich zu ihm vor, drückte ihm einen Kuss auf die Wange und ging.

Völlig verdattert blieb Mat mit seinem Amstel und dem Club Sandwich am Strand zurück.

*

In den nächsten Tagen stellte sich für Mat eine Art Urlaubsrhythmus ein. Jeden Morgen gegen halb neun Uhr wachte er auf, sprang von seinem Privatsteg ins Meer und schwamm etwa eine Viertelstunde. Dann ging er zum Haupthaus und frühstückte gemeinsam mit Anthony und Grace. Gegen zehn Uhr legten die Boote ab und brachten die Gäste in die Tauchreviere. Am frühen Mittag pausierte man an einem der Strände um Siapadan und tauschte Unterwassererlebnisse aus. Rund um die Insel wimmelte es von Riffhaien, Barrakudas und Büffelkopfpapageienfischen. Doch das Highlight waren Suppenschildkröten, *Chelonia mydas*. Sie waren *das* Gesprächsthema in den Mittagsstunden.

Nach dem zweiten Tauchgang fuhren die Boote zurück nach Mataking Island, wo Mat für gewöhnlich zuerst duschte und sich anschließend auf seinem Privatsteg sonnte. Die Abende verbrachte er wieder mit Tony und Grace, um gegen Mitternacht, von Lagavulin beschwipst und mit gegrillten Makrelen vollgestopft, zurück in seine Hütte zu wanken. Bis auf die Tatsache, dass er immer noch keinen Weg gefunden hatte, Darlene in ein längeres Gespräch zu verwickeln, hatte Mat an seinem neuen Alltag auf Mataking nichts auszusetzen.

Ohne den Unfall hätte sich dieser entspannte Rhythmus bis zum Ende des Aufenthaltes fortgesetzt. Doch der Unfall änderte alles.

*

„Nach der Gesetzmäßigkeit von Boyle verändern sich bei jedem Tauchgang das Volumen der Luft und das Volumen der Lunge", dozierte Sami, während er vor seiner Tauchgruppe stand und sie auf den Achtzigmetergang vorbereitete. „Taucht ein Mensch tief, wird seine Lunge und die darin enthaltene Luft zusammengepresst. Taucht er wieder auf, geschieht das Umgekehrte. Für alle von euch, die das nicht verstehen, hier ein einfaches Beispiel. Atmet ein Taucher in einer Tiefe von zehn Metern sechs Liter Luft ein und schwimmt dann an die Oberfläche, ohne aus- und einzuatmen, beträgt das Volumen der Luft an der Oberfläche zwölf Liter. Das Volumen der Luft hat sich verdoppelt. Was muss man also tun?", fragte er in die Runde.

„Immer regelmäßig ein- und ausatmen und niemals die Luft anhalten." Grace hatte diesen Vortrag schon tausendmal über sich ergehen lassen. Sie war es leid. Jedes Mal musste sie sich das aus Versicherungsgründen anhören.

„Richtig! Und niemals schneller als zehn Meter pro Minute aufsteigen. Steigt ein Taucher nämlich zu schnell auf, atmet er nicht genügend Stickstoff ab. Der Stickstoff bildet dann Bläschen im Blut und es kann zu einer Mangeldurchblutung oder einer Gasembolie kommen. Also, regelmäßig ein- und ausatmen und nicht zu schnell auftauchen."

Sami selbst war nicht gerade scharf darauf, vor jedem Tauchgang diesen Vortrag zu halten; er wusste, dass vor allem die fortgeschrittenen Taucher davon gelangweilt waren. Doch der Tauchverband schrieb diese Einführung vor und er hielt sich daran. Die Tauchlizenz war alles, was er besaß. Jahrelang hatte er bei einer Tauchschule Flossen und Neoprenanzüge geschrubbt und jeden Cent gespart, bis er genug Geld hatte, um den Schein als Tauchlehrer zu machen. Und darauf war er stolz. Die Lizenz machte ihn zum einkommensstärksten Mitglied seiner Familie.

Seine Freunde und Verwandten lebten zwischen stinkendem Müll in einem Slum auf den Philippinen. Sein Cousin, der sich sein Einkommen als Rikscha-Fahrer verdiente, hatte vor einiger Zeit bei einem Unfall sein Bein verloren, seine Schwester akzeptierte stillschweigend die Übergriffe eines reichen Chinesen, in dessen Haushalt sie jeden Tag den Boden schrubbte. Niemand hatte einen Job, den er liebte, vielmehr waren alle froh, irgendein Einkommen zu haben. Sami tat etwas, das ihm Spaß machte und ihn und seine Familie gut ernährte. Hätte er sich im letzten Jahr nicht in Darlene verliebt, wäre sein Leben auf Mataking perfekt gewesen.

Die reichen Touristen, die anderen Resort-Angestellten gegenüber herablassend sein konnten, verhielten sich draußen auf dem Meer in den meisten Fällen anständig. Schließlich war er es, der sie in die nach sehr speziellen Regeln funktionierende Unterwasserwelt einführte. Am liebsten arbeitete er mit Anfängern zusammen. Die waren auf seine Hilfe angewiesen und dankbar für schnelle Erfolgserlebnisse. Profis wie Mat und Grace musste er eigentlich nur beaufsichtigen, was stressfrei war, seine Funktion als Tauchlehrer aber auf die Rolle eines Aufpassers reduzierte. Gerade bei diesem Deutschen tat er sich schwer, weil es ihn störte, dass Darlene so oft mit ihm redete. Die Art, wie Mat Darlene anschaute, bereitete ihm Bauchschmerzen. Er ärgerte sich, dass ausgerechnet er es gewesen war, der Darlene von Mats hervorragenden Tauchfähigkeiten erzählt hatte, eine Information, die sie genutzt hatte, um mit ihm ins Gespräch zu kommen.

Tauchen, das war *sein* Element.

Mitansehen zu müssen, wie Darlene mit Mat an der Bar stand und seine Tauchkünste lobte, machte ihn rasend vor Eifersucht.

„Habt ihr die Regeln verstanden?" Sami sah in die Runde und zwang sich, so professionell wie möglich zu wirken.

Die Asiaten nickten. Grace und Mat nickten. In einer Entfernung von etwa dreißig Metern ging ein zweites Boot vor Anker.

Mat war der Erste, der auf dem Boot die drei Schwedinnen und die Londoner Banker entdeckte. Allein schon der Anblick bereitete ihm schlechte Laune. Dass Anthony und er die Männer am ersten Abend in die Schranken gewiesen hatten, schienen die längst vergessen zu haben. Ihre lauten, um Aufmerksamkeit buhlenden Stimmen schwappten bis zu ihnen herüber. Einer der Engländer stand mit knallrotem Oberkörper an der Reling und winkte. Als er Mat entdeckte, lehnte er sich ein Stück nach vorne und schrie: *„Heil Hitler! The bloody German is in da house!"*

Seine beiden Kumpel brüllten vor Lachen. Diese Idioten!

Sami musste schmunzeln. Grace sagte nur: *„British folks, you can't take them seriously!"*

Zu allem Überfluss zog einer der Engländer auch noch seine Shorts herunter und zeigte ihnen unter dem johlenden Applaus seiner Freunde und der Schwedinnen seinen splitternackten Hintern.

Grace schüttelte den Kopf.

Sami ließ ein paar Sekunden verstreichen, um dann ganz professionell den Vortrag zu beenden: „Wenn ihr regelmäßig ein- und ausatmet und langsam aufsteigt und beim Auftauchen alle zehn Meter eine Pause einlegt, kann es kaum zu Lungenüberdehnungen oder Dekompressionskrankheiten kommen. Ich will euch keine Angst einjagen, sondern euch nur gut vorbereiten."

Während Mat und Grace sich in die Tiefe gleiten ließen, hielt ein zweiter Tauchlehrer den Engländern und Schwedinnen den gleichen Vortrag über das Boylsche Gesetz und die Gefahr der Dekompression.

Siapadan bot nicht nur atemberaubende Riffe, sondern auch ein steil abfallendes Unterwassergebirge. Am nördlichen Punkt der Insel, den man *Drop out* nannte, ging es siebenhundert Meter nach unten. An klaren Tagen war der Abstieg für erfahrene Taucher kein Problem. Wenn die Sicht gut war, musste man sich nur dicht an den Felsen halten. Weiter draußen war der Abstieg theoretisch zwar auch möglich, doch die Strömung war dort stärker. Deshalb hatte Sami sie angewiesen, dicht bei den Felsen zu bleiben.

Mats Tauchcomputer zeigte fünfundzwanzig Meter an. Ganz langsam waren er und Grace hinabgeglitten. Unter ihnen war dunkelblaues Wasser. Über ihnen fielen Sonnenstrahlen schräg ins Meer. Trotz der guten Sicht konnten die beiden nicht bis zum Boden sehen. Siebenhundert Meter. Das war eine alles, sogar das Licht verschlingende, schwarze Schlucht.

Gleichmäßig atmeten sie ihr Helium-Sauerstoff-Gemisch ein. Bei vierzig Metern pausierten sie und gaben sich per Daumenzeichen zu verstehen, dass alles bestens sei. Grace zeigte auf einen Riffhai, der unweit von ihnen die steil abfallenden Klippen nach Fischen absuchte.

Und es war Grace, die Mat in knapp fünfundfünfzig Metern Tiefe auf einen Taucher aufmerksam machte, der unkontrolliert mit den Armen ruderte. Immer wieder hielt er an, schaute sich kurz um und stieß sich dann mit kräftigen Bewegungen in die Tiefe. Die Bewegungen wirkten übertrieben, fast schon theatralisch. Mat wusste, dass ein Tiefenrausch bereits bei dreißig Metern einsetzen konnte. Langsam ließen er und Grace sich zu dem Taucher gleiten. Je näher sie kamen, desto offensichtlicher schien es, dass etwas nicht stimmte.

Grace und Mat waren die Ersten im Wasser gewesen. Sie waren noch vor Sami getaucht. Das wiederum bedeutete, dass die Person vor ihnen viel zu schnell nach unten gegangen war. Nicht mehr lange und die Euphorie des Mannes würde in Panik umschlagen, wusste Mat. Er hatte Taucher erlebt, die sich in sechzig Metern Tiefe das Atemgerät vom Gesicht gerissen hatten. Er hatte gesehen, wie andere versuchten, Hilfe zu leisten, und dabei selbst ihre Geräte verloren. Aber all das war ihm jetzt egal. Er musste helfen, er würde sich schwere Vorwürfe machen, wenn er untätig blieb.

Mat entfernte sich vom Felsen, ließ Grace zurück und tauchte hinunter ins offene Meer. Er schaufelte Wasser zur Seite, legte Meter um Meter zurück, und dann erkannte er in dem einsamen Taucher einen der Investmentbanker – John Blakely.

Weit aufgerissene Augen starrten ihn an. Panik. Blakely hatte die Kontrolle verloren. Wenn er keinen Tiefenrausch hatte, war er kurz davor. Er glitt weiter in die Tiefe. Mat folgte ihm. Mit aller Kraft arbeitete er sich nach unten, kämpfte gegen die Strömung. Seine Arme schmerzten. *Atmet regelmäßig ein und wieder aus.* Er dachte an Sami, dachte daran, dass er sich nicht überfordern durfte. Er musste atmen, durfte in keinem Fall überstürzt handeln, sonst würde er sich in Gefahr bringen. Doch der Körper unter ihm entfernte sich, wurde kleiner. Nicht mehr lange und er wäre verschwunden. Für immer. Der Graben war siebenhundert Meter tief. Dort unten war es stockdunkel.

Mat war auf achtzig Metern, als er Blakely einholte. Er umfasste ihn und zog ihn nach oben. Zuerst wehrte sich der Mann, doch dann schien er zu verstehen, dass man ihm helfen wollte. Er wurde ruhiger und verharrte schließlich regungslos in Mats Armen. Sie bewegten sich weiter nach oben, machten wichtige Meter gut. *Steigt langsam auf. Atmet ein und wieder aus ...* Mat wiederholte die Worte in Gedanken wie ein Mantra.

John Blakely war ein junger Mann. Neunundzwanzig, allerhöchstens dreißig Jahre alt. Für die meisten Menschen nicht genug Zeit, um der eigenen Existenz eine Bedeutung zu verleihen und etwas zu hinterlassen. Mats Herz schlug gegen seine Brust. Jede Bewegung, jeder Flossenschlag wurde jetzt schwerer. Was, wenn sie zu schnell aufstiegen? Was, wenn sie es nicht schafften?

Was würde er, Mat Endesfelder, hinterlassen?

Er hatte nichts erschaffen, was von Bedeutung war. Alles, was er hatte, funktionierte auch ohne ihn. Er war ersetzbar. Das Wichtigste, was der Mensch aus evolutionärer Sicht tun konnte, war, sich fortzupflanzen. Das hatte er nicht hinbekommen. Wenn Michele starb, würde auch die Erinnerung an ihn verblassen. Jede Existenz war nichts weiter als ein winziges Rädchen im Laufwerk der Zeit; ein Dahinsiechen und Faulen, das einsetzte, kurz nachdem die Fruchtblase geplatzt war. Vielleicht war das Leben eine Überforderung, die wir nur ertrugen, indem wir uns vormachten, bedeutend zu sein. In Wirklichkeit waren wir kleine, wurmartige Geschöpfe, die bis zum letzten Moment darauf hofften, unsterblich zu sein.

Und dann war es so weit.

Sie waren angekommen.

An der Oberfläche.

John Blakely krümmte sich vor Schmerzen. Obwohl Mat langsam aufgestiegen war, schien sich der lebensbedrohliche Stickstoff in seinem Körper abgelagert zu haben. Sein Blutkreislauf transportierte nicht mehr genug Sauerstoff. Jetzt musste alles schnell gehen. Blakely musste in eine Dekompressionskammer, sonst würde er sterben.

Bei ihrer Ankunft auf Mataking wartete ein Hubschrauber auf sie. Blakely wurde aus dem Boot gehievt und in den Helikopter verfrachtet.

Mat stand abwesend daneben. Um ihn herum herrschte Aufregung. Angestellte, Tauchlehrer und Touristen, ein hektisches Gewusel. Mat sah eine Touristin, die entsetzt die Hand vor den Mund hielt, als sie den schlaffen Körper des Engländers erblickte.

„Sie sollten besser mitfliegen", sagte Darlene, die vorsichtig ihre flache Hand auf seinen Rücken legte, „man wird auch Sie untersuchen müssen. Nicht dass Sie bleibende Schäden davontragen."

An jedem anderen Tag hätte er Darlene darauf hingewiesen, dass man doch beschlossen habe, sich zu duzen. Doch in diesem Moment befolgte er einfach ihre Anweisung und stieg in den Helikopter. Die Rotoren dröhnten, sie hoben ab und entfernten sich von der Insel.

Bei der Landung standen schon Bahren bereit. Blakely und Mat wurden abtransportiert. Offensichtlich wusste man hier, wie man reagieren musste, Tauchunfälle waren in der Region keine Seltenheit. Und wenn die Kunden auch noch zahlungskräftig waren, gab man sich durchaus Mühe.

Mat wurde von einer Krankenschwester in einen Rollstuhl gesetzt und in ein modern wirkendes Gebäude gefahren. Die Schiebetür schloss sich automatisch hinter ihnen. Die Gänge, durch die man ihn schob, rochen nach Desinfektionsmittel. Alles sah aus wie in einem westlichen Krankenhaus. Mat erblickte grauen Boden aus Linoleum, Gummibäume und eine Fotografie der Alpen, die einsam an einer weiß gestrichenen Wand hing. Nur das asiatisch aussehende Personal erinnerte ihn daran, dass er auf Borneo war.

In einem abgeschlossenen Raum, dessen Begrenztheit Mat für einen Augenblick Angst einjagte, kümmerten sich zwei Schwestern und ein Arzt um ihn. Sie steckten Nadeln in seine Venen und zapften ihm Blut ab. Er musste in ein längliches Gerät atmen. Doch abgesehen von dem Schock, der ihm immer noch in den Knochen steckte, ging es ihm gut. Mit weichen Knien hievte er sich aus dem Rollstuhl. Eine Schwester wollte ihn stützen. Er verweigerte die Hilfe und verließ den Raum. Im Flur fühlte er sich besser. Hier war alles weitläufiger, freier. Er atmete tief durch. Langsam realisierte er, dass er verdammt viel Glück gehabt hatte. Um ein Haar hätte es auch ihn erwischt. Die Schwester, die ihm gefolgt war, teilte ihm in perfektem Englisch mit, dass man seine Tests nun auswerten würde. Er solle hier so lange warten.

Etwa zehn Minuten vergingen. Dann tauchte Sami, der Tauchlehrer, auf. Er winkte ihm zu und strahlte.

„Herr Endesfelder! John Blakely hat es geschafft. Sie haben ihn in die Dekompressionskammer gebracht."

„Gott sei Dank!", sagte Mat. Es waren die ersten Worte, die er sprach, seit er vor Stunden ins Wasser gesprungen war. Er war nicht gläubig und hatte keine abschließende Meinung über Gott. Doch er war sich durchaus im Klaren, dass eine ganze Reihe glücklicher Zufälle oder Fügungen notwendig gewesen waren, um Blakely zu retten.

„Noch ist alles möglich", sagte Sami. „Es gibt Leute, die trotz Dekompression nicht durchkommen. Aber die Chancen stehen gut."

Mat nickte.

„Wir können jetzt nichts mehr tun, außer zu warten."

„Dann lassen Sie uns von hier verschwinden", sagte Mat. „Ich hasse Krankenhäuser und ich hasse diesen Geruch nach Desinfektionsmittel."

„Was ist mit Ihren Ergebnissen?"

„Mit mir ist alles in Ordnung", sagte Mat und ging den langen Gang hinunter in Richtung Ausgang.

Mataking

Mat hatte alles richtig gemacht. Er wusste es. Alle waren davon überzeugt, redeten ihm gut zu und versuchten, ihn aufzumuntern.

„Sie haben mutig und vorbildlich gehandelt“, sagte Sami.

„Wenn du nicht eingegriffen hättest, wäre er tot“, meinte Grace.

Darlene kam auf ihn zu und versprach, Bescheid zu geben, sobald sich die Klinik in Tawau melden würde.

Sogar die Banker, gefolgt von drei traurig wirkenden Schwedinnen, bedankten sich bei ihm und klopften ihm überschwänglich auf die Schulter. Wenn John durchkommen würde, dann sei das einzig und allein seinem Einsatz zu verdanken. Eigentlich hätten ihm diese Worte Genugtuung bereiten müssen. Doch Mat konnte sich nicht freuen.

Grace legte ihre Hand auf seine Schulter. „Die anderen meinten, Blakely sei unbemerkt vom Boot ins Wasser gesprungen.“

„Wie kann man es nicht bemerken, wenn jemand ins Wasser springt?“, fragte Tony.

„Vielleicht hat er sich ins Wasser gleiten lassen. Jedenfalls ist es keinem aufgefallen, dass er plötzlich weg war.“

„Habt ihr eigentlich Kinder?“ Die Frage kam aus dem Nichts. Doch Mat meinte sie ernst. Seit Tagen verbrachte er Zeit mit den beiden Australiern und er hatte keine Ahnung, wie sie wirklich lebten. Die Antwort auf seine Frage erschien ihm plötzlich ungeheuer wichtig.

„Wir haben einen Sohn“, sagte Grace. „Wieso?“

„Keine Ahnung. Ihr habt nie darüber geredet.“

„Timothy ist achtundzwanzig und wohnt in Melbourne“, sagte Tony.

„Das ist gut“, sagte Mat mit regloser Mine. „Es ist sehr gut, etwas zu hinterlassen.“ Dann stand er auf und ging.

Der Whisky schmeckte nicht. Trotz der milden Abendtemperaturen wollte er seinen torfigen Geschmack nicht recht entfalten. Mat hatte es nie geschafft, sich im Falle eines Unglücks bis zur Bewusstlosigkeit zu betrinken, nach dem sechsten oder siebten Whisky hatte sich jedes Mal die Vernunft gemeldet. Vielleicht war es auch der Optimist in ihm, der glaubte, dass morgen alles besser werden würde, dass man keinen Grund hatte, sich hemmungslos zu betrinken. Doch heute wäre er gerne ins Delirium gesunken, um nicht mehr an John Blakely denken zu müssen und daran, wie das Gewicht seines Körpers auf seinen Armen gelastet hatte. Mat zwang sich zu seinem vierten Whisky, merkte aber schon beim ersten Schluck, dass sich kein Rausch einstellen würde.

Er wollte gerade hinaus auf seinen Steg gehen, als jemand an der Tür klopfte. Es war Darlene.

„Ich bringe die Ergebnisse deiner Untersuchung", sagte sie und reichte ihm ein Stück Papier. „Das hat mir das Krankenhaus gemailt. Offenbar ist da jemand abgehauen, bevor er wusste, wie es ihm geht."

„Mir geht es gut."

„Sieht ganz danach aus", sagte sie, „deine Ergebnisse sind jedenfalls in Ordnung, schreibt der Arzt."

Mat nahm den Ausdruck entgegen und zerknüllte ihn. „Wie wäre es mit einem Drink? Immer noch im Dienst?" Bevor sie antworten konnte, fügte er hinzu: „Kommen Sie rein und tun Sie einem alten Mann einen Gefallen."

„Tu."

„Wie bitte?"

„Tu einem alten Mann einen Gefallen. Ich denke, wir duzen uns?" Darlene grinste und trat ein.

Wie genau er es geschafft hatte, dass er plötzlich mit Darlene auf dem Privatsteg saß und gemeinsam mit ihr Whisky trank, wusste er selbst nicht so genau. Es war ihm aber auch egal. Heute wunderte ihn nichts mehr.

„John und seine Freunde sind völlig betrunken und zugekokst zum Tauchen rausgefahren. Sami hat es aus ihnen herausgequetscht", sagte Darlene.

Mat gab keine Antwort.

„Die haben die letzte Nacht eine regelrechte Orgie gefeiert. Überall lag Koks herum. Das Reinigungspersonal hat mich gerufen, weil zwei Spiegel kaputt waren. Da drin sah es vielleicht aus."

„Wäre immerhin ein guter Abschluss gewesen, eine Orgie, bevor man stirbt", sagte Mat und sah in den sternenklaren Nachthimmel. Der Anblick war überwältigend und traurig, wenn man bedachte, dass die meisten der Sterne längst verloschen waren.

Eine Weile sagte niemand ein Wort.

„Was ist mit dir?“, fragte Mat schließlich. „Wie würdest du dich gerne von dieser Welt verabschieden?“

„Ich würde gerne sterben, ohne über diese Frage nachzudenken.“

Damit gab sich Mat nicht zufrieden. „Vielleicht sollte ich es anders formulieren. Ich meine, wie man sich verabschiedet, ist etwas, das man unter Umständen nicht beeinflussen kann. Es kann einfach passieren. Deshalb sollten wir uns eher die Frage stellen, was wir der Welt hinterlassen wollen, wenn wir einmal sterben.“

„Ich hatte die ganze Zeit schon eine Vermutung. Aber jetzt bin ich mir wirklich sicher: Sie haben eine Midlife-Crisis“, scherzte Darlene.

„Du! Du hast eine Midlife-Crisis“, korrigierte Mat. Er versuchte sie anzulächeln, sie mit seinen Blicken zu berühren. „Ich halte das für eine wichtige Frage. Jeder sollte darüber nachdenken!“ Endlich hatte er es geschafft, Worte zu finden, die bedeutsam waren, die zeigten, dass er mehr konnte als nur schweigend neben Darlene zu sitzen, passiv zu sein, ihr zuzuhören. Er konnte existenzielle Dinge ansprechen, die sonst unter der Kruste der Gewohnheiten verborgen blieben. Dass Darlene einen Augenblick lang nichts sagte und ernsthaft über seine Worte nachdachte, freute ihn.

„Für die meisten Frauen ist die Antwort doch klar“, sagte sie schließlich.

„Kinder?“

„Was kann ich sonst zurücklassen? Geld? Ja, vielleicht. Aber im Gegensatz zu dir habe ich keine Firma, die ich an Microsoft verkaufen kann. Unter Umständen erbe ich mal das Haus meiner Eltern, aber das kann dauern. Mein Vater ist ein wirklich zäher Brocken, der stirbt unter Garantie nicht so schnell. Außerdem wäre das nicht meine Hinterlassenschaft, sondern die meines Vaters. Und berühmt bin ich auch nicht. Also muss ich mich darauf verlassen, dass meine Kinder es richten.“

Bevor Darlene ihm die gleiche Frage stellen konnte, wechselte Mat das Thema. „Was macht eigentlich so eine hübsche Frau wie du auf Mataking?“

„Vielleicht sucht sie nach einer passenden Erklärung.“

„Für was?“

„Sich selbst. Sind Leute mit Ende zwanzig nicht überwiegend damit beschäftigt, sich zu fragen, was sie vom Leben wollen?“

„Eine Frau wie du weiß doch genau, was sie will."

„Ist das eine Anmache?"

„Um Gottes willen, nein."

„Schade." Sie lachte.

Mat wusste nicht, was er sagen sollte. Er spürte Unruhe in sich aufsteigen, vielleicht sogar ein leichtes Gefühl von Erregung. In jedem Fall freute er sich, dass seine Nervosität gegenüber Darlene verschwunden war. Endlich konnte er der sein, der er in seinen Augen wirklich war: ein feinsinniger, nachdenklicher Gentleman, in manchen Augenblicken sogar unterhaltsam.

Darlene hatte nicht vorgehabt zu flirten. Aus irgendeinem Grund strahlte Mat heute etwas irrsinnig Vertrautes aus, etwas, das sie dazu veranlasst hatte, sich zu offenbaren. Trotzdem zwang sie sich, Distanz zu wahren. Sie hatte wichtigere Pläne.

„Ich muss jetzt los", sagte sie und stand hastig vom Steg auf. „Wir beide haben morgen übrigens ein Date. Ich werde dich zur Nachuntersuchung nach Tawau bringen. Keine Widerrede. Das ist Vorschrift. Allein schon aus Versicherungsgründen."

Mat sah schweigend zu, wie Darlene sich vom Steg entfernte und durch die Hütte verschwand. Es kam ihm vor, als hätte er das Bild schon einmal gesehen. Immerhin, und das empfand er als einen ersten, wichtigen Schritt, hatte er sie zum Lachen gebracht.

Festland / Borneo

Am nächsten Morgen saß Darlene am Steuer eines Jeeps und jagte über eine verstaubte Straße. Neben ihr saß Mat. Mit einem Speed-Boot waren sie von Mataking nach Semporna übergesetzt, hatten das Boot im Hafen festgemacht, um dann mit einem der Jeeps des Resorts weiterzufahren.

Mat hatte letzte Nacht kaum geschlafen. Immer wieder hatte er an John Blakely gedacht. Wenn John sterben würde, würde er sich ein Leben lang die Frage stellen, ob er vielleicht doch zu schnell aufgetaucht war. Er hatte eine Art Trauma davongetragen. Aber für diese Diagnose brauchte er keinen Arzt. Er hatte der Nachuntersuchung nur zugestimmt, weil Darlene ihn begleitete.

„Wenn es dir nichts ausmacht, würde ich gerne einen kleinen Umweg fahren“, sagte sie. „Ich habe noch etwas zu erledigen.“

Mat war einverstanden.

Nach etwa zehn Minuten bogen sie von der Hauptstraße ab und fuhren in eine sandige Seitenstraße. Der Jeep quälte sich durch Schlaglöcher und überholte Laster, die turmhoch mit Säcken beladen waren. Dann tauchten die endlosen Palmöl-Plantagen auf. Mat hatte davon gelesen; auf Borneo, in ganz Indonesien schien man in den letzten Jahren nichts anderes zu tun, als Regenwald zu zerstören und Palmöl-Plantagen anzulegen. Er wusste, dass man aus dem Zeug so ziemlich alles herstellen konnte: Cremes, Waschmittel, Schokoriegel, Bio-Diesel. Die Nachfrage der westlichen Industriestaaten war unersättlich.

Der Anblick der Monokulturen war zunächst überwältigend, dann abschreckend. Sogar das Gezwitscher der Vögel schien hier zu verstummen.

Hin und wieder tauchten Soldaten auf. Mit halbautomatischen Gewehren bewaffnet, hatten sie sich am Straßenrand postiert und beäugten den vorbeifahrenden Jeep. Schweißgebadet standen sie mit ihren AK-47 in der Sonne und beobachteten Arbeiter, die schwere Säcke schleppten und blaue Fässer auf ihren Köpfen trugen. Mat glaubte zu hören, wie einer der Soldaten einen Befehl erteilte. Er drehte sich um, versuchte zu erkennen, was passierte. Doch der aufgewirbelte Staub verdeckte die Sicht.

„Sind diese Typen vom Militär?“

„Nein, das sind private Sicherheitsleute“, sagte Darlene, „sie bewachen die Arbeiter und passen auf, dass niemand abhaut.“

„Und dazu brauchen sie Maschinengewehre?“

„Es gibt Gerüchte, dass sie ungehorsame Arbeiter niederschießen.“

„Du übertreibst.“

„Ich habe die Schusswunden mit eigenen Augen gesehen. Einige Bedienstete auf Mataking haben vorher hier auf den Plantagen gearbeitet. Diese Leute kratzen die Scheiße mit bloßen Händen aus den Latrinen, nur damit sie nicht zurück auf die Plantagen müssen.“

„Das ist Sklavenhaltung."

„*Welcome to Borneo*", sagte Darlene und fuhr weiter.

Einen halben Kilometer später tauchte eine Straßensperre auf. Etwa zehn Sicherheitsleute in Khakiuniform hatten zwei Autos vor ihnen angehalten, damit ein Strom von Arbeitern die Straße überqueren konnte. Einige trugen Säcke auf ihren Rücken, andere blaue Plastikfässer auf Schultern und Köpfen. Die Aktion dauerte etwa fünf Minuten. Dann gaben die Sicherheitsleute die Straße wieder frei. Mat beobachtete die Arbeiter. Ihm fielen vor allem die Männer mit den blauen Fässern auf.

„Was ist in den Fässern?"

„Pestizide", sagte Darlene und beschleunigte den Jeep. Allein der Gedanke an dieses Wort löste in ihr einen Hustenreiz aus. Es hatte eine bestimmte Eigenschaft für sie. Es roch nach Chlor. Für Darlene waren Pestizide und der Geruch nach Chlor untrennbar miteinander verbunden. Gemeinsam mit ihrem Bruder war sie als Kind in eine Schweizer Papierfabrik eingestiegen, wo sie mit giftigem Chlor in Berührung gekommen waren, das der Besitzer der Fabrik später als Pestizid bezeichnet hatte, das er angeblich als Düngemittel verwenden wollte. Seitdem litt sie unter Asthma bronchiale, einer Krankheit, die ihr in manchen Momenten die Kehle zuschnürte und maßgeblich dafür verantwortlich war, dass sie in einem Tauchresort arbeitete, ohne jemals getaucht zu sein.

„Du meinst, in diesen Fässern ist Dünger für die Palmen", sagte Mat.

Darlene konnte nicht antworten. Sie hustete.

„Alles in Ordnung?"

Sie nickte. Langsam wurde es wieder besser. „Was die genau mit diesem Gift machen, weiß ich nicht. Aber ja, vermutlich verwenden sie es als Dünger."

Die Palmöl-Plantage schien kein Ende zu nehmen. Abwechselnd wurde es im Jeep hell und dunkel, je nach Einfallswinkel der Sonne und Größe der Pflanzen. Hypnotisiert von der stupiden Gleichmäßigkeit der Landschaft, hingen sie ihren Gedanken nach, bis Mat das Schweigen nicht mehr ertragen konnte.

„Wohin fahren wir eigentlich?"

„Wirst du gleich sehen."

Mehr war nicht aus ihr herauszubekommen.

Darlene folgte dem Verlauf der Straße, dann bog sie irgendwann ruckartig links ab und lenkte den Jeep auf einen Schotterweg. Sie entfernten sich von der Plantage und neben ihnen tauchte eine brachliegende schwarze Fläche auf. Der dunkle Boden sah aus, als hätte hier ein heftiges Feuer getobt. Hinter der niedergebrannten Ebene sah man die Umrisse eines Dorfes, das von grünen Hügeln umgeben war. Ein bizarrer Anblick: Hinter dem Dorf lagen von großen grünen Farnen gesäumte Hügel, davor hunderte Meter verbrannte Erde.

Im Dorf passierten sie Gräben voller Müll. Die Straßen bestanden aus Schotter, die Unterkünfte waren aus Wellblech und erinnerten an einen Slum. Gelegentlich lugten alte Frauen mit Kopftüchern aus den Hauseingängen. Sie hatten von tiefen Falten gezeichnete Gesichter. Mat versuchte, ihren Blicken zu begegnen, doch die Frauen schienen ihn für eine Bedrohung zu halten. Schnell wandten sie sich ab und verschwanden wieder in den Wellblechhütten. An manchen Ecken tauchten zerzauste Hunde auf. Junge Leute und Kinder schien es nicht zu geben.

„Hier wohnen Arbeiter aus den Plantagen“, sagte Darlene.

„Wieso gibt es hier nur alte Frauen?“

„Den Arbeitern ist es verboten, ihre Familien herzubringen. Ein Arbeiter auf Mataking hat mir erzählt, dass so die Plantagenbesitzer mehr Druck ausüben können. Strengt sich ein Arbeiter nicht an, darf er seine Familie nicht sehen.“

„Aber warum die alten Frauen?“

„Keine Ahnung“, entgegnete Darlene und zog ihre Schultern hoch, „vielleicht sind sie billige Reinigungskräfte und kochen für die Arbeiter. Eine andere Art von Altersheim.“

Am Rand des Dorfes wurde der Schotterweg breiter und die Häuser größer. Einige Häuser schienen sogar aus Beton zu sein. Hier gab es Bäume, Palmen, Farne und Rasenflächen. Dieser Teil des Ortes wirkte gut erhalten. Darlene reduzierte das Tempo und parkte den Jeep.

„Ich bin in zehn Minuten wieder da“, sagte sie und stieg aus.

Bevor Mat etwas erwidern konnte, war die Tür bereits ins Schloss gefallen. Er fühlte sich wie ein Schuljunge. Ohne widersprechen zu können, musste er im Auto sitzen bleiben. „Ich bin in zehn Minuten wieder da.“ Was erlaubte Darlene sich eigentlich. Er wollte verdammt noch mal wissen, was hier vor sich ging.

Nach ziemlich genau zehn Minuten öffnete er die Tür und stieg aus.

Feuchte Hitze schlug ihm entgegen. Er ging um den Jeep herum und steuerte auf das Haus zu, in dem Darlene verschwunden war. Im Schatten einer kleinen Palme standen vier Stühle und ein rostiger Tisch. Eine Katze lag daneben und sah ihn an. Dahinter das Haus, alt, aber stabil. Dann hörte er Schritte und Stimmen.

Gemeinsam mit einem Einheimischen trat Darlene aus der Tür. Der Mann wirkte hager und drahtig wie einer dieser Rikscha-Driver. Die beiden lachten und hielten sich an der Hand. Mat stand etwa vier Meter von ihnen entfernt, nah genug, um die Augen des Mannes zu sehen. Wach und freundlich waren sie, glänzend vor Begeisterung. Als sich die beiden dann auch noch innig umarmten, hatte Mat plötzlich ein schlechtes Gewissen. Es war ihm peinlich, dass er Darlene beobachtete, und gleichzeitig bemerkte er eine leise Eifersucht. Wer war der Mann, der die Frau berührte, zu der er sich hingezogen fühlte?

„Das war nur ein kurzer Zwischenstopp“, sagte Darlene und ging an Mat vorbei in Richtung Wagen.

Mat folgte ihr. Trotzig wie ein beleidigtes Kind stapfte er hinter ihr her und setzte sich in den Jeep.

Als sie den Hügel hinter dem Dorf hochfuhren, verlor er die Beherrschung.

„Wo zum Teufel fahren wir hin?“

„Nur Geduld.“ Darlene grinste. Ihr machte es sichtlich Spaß, ihn auf die Folter zu spannen.

„Ich hasse es, wenn mir Informationen vorenthalten werden!“

„Du bist nur daran gewöhnt, dass man dir alles sagt. Das ist ein großer Unterschied.“ Sie ließ sich ihre gute Laune nicht verderben, trat aufs Gas und raste den Hügel hinauf. Mat klammert sich am Sitz fest. Seine Fingerkuppen wurden weiß, gruben sich tief in den Sitzbezug. Darlene flog den Hang hoch, schaltete die Gänge rauf und runter und schien sichtlich Spaß daran zu haben, durch die Kurven zu preschen.

Dann trat sie plötzlich auf die Bremse. Staub wirbelte auf und sie sagte: „Aussteigen! Wir sind da!“

Das Grün erstreckte sich bis zum Horizont. Vor ihnen lag der Dschungel. Mat stand eine ganze Weile einfach nur da und verlor sich in der grünen Weite. Die Banker, der Unfall, Mataking, der Umweg, den er in Kauf genommen hatte – alles fiel von ihm ab und schien plötzlich unbedeutend zu sein.

Der Ausblick war überwältigend. Aus dem grünen Dickicht drang lautes Geschrei. Im Gegensatz zu einem europäischen Wald, der wie ein gutmütiger Riese gelassen und ruhig vor sich hin döste, schien der Dschungel hier zu leben: alles zirpte, surrte und klapperte. Mat spürte die Anwesenheit einer gewaltigen Energie. Es kam ihm vor, als höre er ein Orchester von Stimmen, die in einer fremden Sprache mit ihm kommunizierten. Sie schienen ihm etwas sagen zu wollen, das er nicht verstand, aber intuitiv anziehend fand. Klare, feuchte Luft strömte durch seine Nasenflügel. Ein sanfter Wind hüllte ihn ein, schien ihn mitnehmen zu wollen in diesen unendlich erscheinenden Organismus.

„Du wolltest doch wissen, was ich auf Borneo mache", sagte Darlene und setzte sich auf einen Felsvorsprung.

Ein Nicken reichte als Antwort.

„Früher reichte dieser Dschungel bis runter zum Meer. Der ganze Weg, den wir von Semporna bis hierher gefahren sind, war Dschungel. Heute sind überall Plantagen." Darlene schaute auf das gleichmäßige Grün. „Der Hügel ist ein natürlicher Schutzwall. Würde er nicht existieren, würden die Plantagen mit Sicherheit noch mehr Platz einnehmen. Offiziell steht dieses ganze Areal unter Naturschutz. Es ist verboten, Bäume zu roden. Aber in der Realität holzen die Konzerne die Bäume ab. Sie rauben den Wald, bis alle Bäume, die sie verkaufen können, weg sind. Und dann brennen sie alles nieder."

Mat dachte an die schwarze Fläche, die sie auf dem Weg zum Dorf passiert hatten. „Wieso brennen sie alles nieder, wenn sie den Wald bereits gerodet haben?"

„Eigentlich unnötig. Machen sie aber, um sich den Wald rechtlich anzueignen. Die Regierung darf Wald, der unter Naturschutz steht, nicht verkaufen. Ist aber alles niedergebrannt, dann gibt es Ausnahmeregelungen. Das Feuer hebelt sozusagen den Naturschutz aus. Konzerne können abgebrannte Wälder leichter kaufen. Außerdem kann man auf den abgebrannten Flächen dann Palmen anbauen, um daraus Palmöl zu gewinnen."

„Die Großkonzerne profitieren also auf mehreren Ebenen", fasste Mat zusammen. „Zuerst roden sie illegal Edelhölzer, die sie zu Geld machen, und dann investieren sie in Palmöl, das wiederum Geld bringt."

„Es geht nur ums Geld. Das gilt auch für die korrupten Politiker. Politik- und Wirtschaftsbosse profitieren. Die Einzigen, die nichts davon haben, sind die Urvölker", sagte Darlene. „Sie werden aus ihren Dörfern vertrieben und gezwungen, die Plantagen zu bewirtschaften. Du hast ja die Sicherheitskräfte mit den Maschinenpistolen gesehen."

Mat sah Darlene skeptisch an. Er glaubte, dass sie übertrieb. Vielleicht gab es solche Dinge, aber sicherlich waren es nur Einzelfälle. Er wurde immer misstrauisch, wenn jemand Konzerne für alles Übel in der Welt verantwortlich machte. Sicher gab es verbotene Absprachen, Scheingeschäfte, korrupte Unternehmer und Politiker. Aber oft war das nur die halbe Wahrheit. Mat war nicht naiv, aber er war voreingenommen. Schließlich hatte er seinen Reichtum einem der mächtigsten Konzerne der Welt zu verdanken.

„Wer genau sind denn diese Großkonzerne, von denen du sprichst?", wollte er wissen.

„Ein Netzwerk von Firmen und Scheinfirmen. Green Prime Borneo Inc., GPB, ist zum Beispiel so ein Player, der sowohl im Holz- als auch im Palmölgeschäft aktiv ist. GPB liefert Holz in die ganze Welt, besitzt Palmöl-Plantagen und hat mehrere Fabrikanlagen, die Palmöl produzieren. Auf dem Papier ist das natürlich alles legal. Aber das Unternehmen arbeitet eng mit der Holzmafia zusammen, die illegal Edelhölzer abholzt und den Dschungel niederbrennt, damit GPB neue Plantagen anlegen kann."

„Die Holzmafia! Schon wieder so ein ungenauer Begriff."

„Ich kann dir nicht sagen, wer die Holzmafia ist. Aber ich weiß, dass dieses Land seit Jahren von einem Zirkel von Männern regiert wird, die einen entscheidenden Beitrag dazu leisten, dass die Wälder abgeholzt und niedergebrannt werden, damit Plantagen angelegt werden können."

„Und woher weißt du das?"

Darlene sah Mat an. „Das ist ein offenes Geheimnis. Es gibt zum Beispiel einen offiziellen Bericht der Weltbank. Unabhängige Wissenschaftler schätzen, dass die Holzmafia auf Borneo jährlich zweistellige Milliardenbeträge umsetzt. Nicht Millionen. Milliarden!

Das muss man sich mal vorstellen! Kaum einer weiß davon, weil die Kriminellen hier nicht so viele Toten hinterlassen wie die Drogenkartelle in Mexiko oder Kolumbien. Aber die Mafia auf Borneo ist ein kartellartiges Geschwür. Und dem Westen ist sie scheißegal", sagte sie wütend und ließ ihren Blick über den Regenwald schweifen. „Solange wir genug Palmöl haben und daraus Seife, Cremes und Schokoriegel herstellen, ist alles gut. Mittlerweile produzieren wir daraus sogar Bio-Diesel! Das ist doch krank. Hier brennen sie die Wälder ab, rotten Tiere und Urvölker aus, nur um ein Produkt herzustellen, das wir im Westen wie die Wahnsinnigen kaufen. Dass der Regenwald Einfluss auf die Luft hat, die wir atmen, scheint egal zu sein. Scheißegal!"

„Und du bist hier, um das zu ändern?"

Darlene zögerte. Sie war nun fast zwei Jahre auf Borneo. Vierundzwanzig lange Monate hatte sie niemandem außer ihrer Familie und Sami etwas von ihrem Vorhaben gesagt. Ob sie Mat Endesfelder nun die Wahrheit erzählte oder nicht, machte keinen Unterschied.

„Ich bin hier, um meinen Bruder zu finden", sagte sie. „Vor acht Jahren ist er im Dschungel verschollen. Seitdem hat ihn niemand mehr gesehen."

Sie schwieg einen Augenblick, dann fuhr sie fort: „Der Mann, den ich vorhin im Dorf getroffen habe, heißt Adang. Er führt Dokumentarfilmer und Touristen in den Dschungel. Mit ihm werde ich nach meinem Bruder suchen."

Sprachlos folgte Mat Darlenes Blick, der über die Kronen der Urwaldriesen schweifte.

„Mein Bruder hat bei einem Urwaldvolk gelebt, die sich die Luft nennen. Er hat ihre Sprache und Bräuche gelernt. Dann ist er verschwunden. Einfach so."

Ein bedrückendes Schweigen legte sich über sie. Es war schließlich Mat, der etwas sagte: „Und was hat die Holzmafia mit dem Verschwinden deines Bruders zu tun?"

Schweiz

Zehn Jahre früher

Bruno Waltz konnte nicht mehr schlafen. Wie ein Geist wandelte er durch die Villa am Zürichsee. Seit Wochen ging das nun schon so. Zweimal hatte seine Frau ihn zum Arzt geschickt, doch die Antidepressiva, die man ihm verschrieben hatte, verweigerte er. Während sein Sohn auf Borneo nach einem Urwaldvolk suchte, um herauszufinden, ob es im 21. Jahrhundert noch möglich war, in der Natur zu überleben, brachte er es nicht übers Herz, seine Schlaflosigkeit mit Chemie zu bekämpfen.

In den meisten Nächten fragte sich der Botschafter, was er als Vater falsch gemacht hatte. Wie konnte das Leben seines Sohnes so dermaßen aus dem Ruder laufen? Was hatte er dem Jungen nur angetan?

An seinen guten Tagen versuchte Bruno Waltz, den Entschluss seines Sohnes zu verstehen; den Entschluss, alles hinter sich zu lassen und sich auf die Suche nach einem einfachen Leben abseits der Zivilisation zu machen. Das war ein beachtlicher Schritt. Jahrelang in Büros zu sitzen, Besprechungen zu leiten und Veranstaltungen zu besuchen, nur damit man irgendwann von sich selbst behaupten konnte, man hätte es zu etwas gebracht, war ja nicht zwingend eine besondere Leistung.

Natürlich konnte nicht jeder Diplomat werden. Nicht nur sein Prädikatsabschluss in Jura hatte ihn dahin gebracht, wo er heute war, auch seine Intelligenz, sein Durchsetzungsvermögen und jahrelang gepflegte Beziehungen waren notwendig gewesen. Manchmal hatte Bruno Waltz aber auch das Gefühl, als Diplomat nichts geleistet zu haben. Schließlich war das Ergebnis seines Handelns in den meisten Fällen eher abstrakt als greifbar. Etwas wirklich Konkretes blieb selten. Einmal hatte er entschieden dazu beigetragen, eine Schweizer Papierfabrik schließen zu lassen, die unerlaubt hohe Mengen an Chlor in die Luft geblasen hatte. Aber auch das Schließen der Fabrik war eher eine reaktive Handlung gewesen. Nichts, was wirklich blieb.

Sein Vater hatte als Bauer noch etwas Richtiges geleistet. Essen auf den Tisch gebracht, Milch, Fleisch und Eier produziert. Er konnte einen Tisch bauen und wusste, wie hoch die Sitzfläche eines Stuhls sein musste. Bruno Waltz hatte so etwas lange Zeit nicht interessiert. Erst in den letzten Jahren hatte er, angeregt durch James, angefangen, sich mit solchen Dingen zu beschäftigen. Einmal hatten sie gemeinsam einen Stuhl gebaut, hatten gesägt, gehobelt und die Stücke passend gefräst. Als der Stuhl schließlich zusammengesteckt und verleimt gewesen war, hatte es sich wie ein Triumph angefühlt. Noch heute stand der selbst gemachte Stuhl in seinem Arbeitszimmer. Vielleicht hatte es doch etwas Gutes, dass James von dem Bedürfnis durchdrungen war, eine Welt kennenzulernen, die sich im Wesentlichen – vielleicht bis auf einige religiöse Rituale – auf äußerst pragmatische Dinge konzentrierte und nicht auf Statistiken und Bilanzen.

Wenn Bruno Waltz darüber nachdachte, spürte er so etwas wie Stolz auf seinen Sohn, der ganz alleine nach Borneo aufgebrochen war, um bei einem Dschungelvolk zu leben. Wenn er so dachte, versuchte er sich immer wieder einzureden, dass es unnötig war, jeden Morgen nervös auf die Post zu warten. Aber auch an diesem verregneten Februarmorgen ging er, nur mit einem leichten Bademantel bekleidet, über den nassen Gehweg und wartete auf den Briefträger.

Sechs Wochen und vier Tage hatte er nichts als Rechnungen bekommen. Doch heute war es so weit: ein Brief aus Borneo.

„Danke vielmals!“, sagte er euphorisch zu dem Postboten.

„Nichts zu danken, Herr Waltz. Ich hoffe, es ist, worauf Sie jetzt schon so lange warten.“

„Sechs Wochen und vier Tage“, sagte Waltz und ging zurück ins Haus.

Er schaltete alle Lichter an, drehte die Heizkörper auf und rief seine Frau und seine Tochter. Er kochte Kaffee und heißen Kakao für Darlene. Alle sollten dabei sein, wenn er den Brief öffnete. Das betraf die ganze Familie.

Das Erste, was der Diplomat sah, als er den Umschlag abgestreift hatte, war eine Zeichnung. Vermutlich hatte James sie angefertigt; er konnte nicht nur hervorragend schnitzen, sondern auch gut zeichnen. Auf dem Bild waren Ureinwohner zu sehen. Einige saßen auf dem Boden neben einem offenen Feuer, andere hielten kleine Affenbabys auf ihren Armen. Alle nur mit einem dünnen Lendenschurz bekleidet. Im Hintergrund waren Hütten zu sehen, die auf Stelzen standen und an Baumhäuser erinnerten.

Der Botschafter reichte die Zeichnung herum. Frau Waltz sah sich alles genau an und gab die Bilder weiter an ihre Tochter, die mit müden Augen das Werk ihres Bruders beäugte.

„Hier ist ein Brief", sagte der Botschafter und begann vorzulesen.

Wenn Darlene die Worte ihres Vaters richtig deutete, hatte ihr Bruder es tatsächlich geschafft, die Luft zu finden. Tagelang war er durch den Dschungel Borneos geirrt. Nur mit Messer und Mundharmonika bewaffnet, war er durch das grüne Dickicht gepirscht, hatte sich von Insekten und Maden ernährt und Wasser aus Lianen getrunken.

James schrieb, er habe seine Mundharmonika benutzt, um wilde Tiere zu verjagen. Das Instrument habe bei seiner ersten Begegnung mit den Ureinwohnern eine entscheidende Rolle gespielt. Während die Luft ihn argwöhnisch aus dem Dickicht des Dschungels heraus beobachtet hätten, habe er auf der Mundharmonika weitergespielt, um zu zeigen, dass er ihnen freundlich gesonnen sei. Und das habe funktioniert.

Sie hatten ihn im Dorf aufgenommen, ihm ein breiartiges Gemisch zu essen gegeben und ihm einen Schlafplatz am Rand ihrer Baumhäuser zugeteilt.

Auch wenn James sich nur mit Händen und Füßen verständigen konnte, war er der Ansicht, dass der Stamm ihn willkommen hieß. Nach einer Woche hätten die Ureinwohner ihn sogar mit auf die Jagd genommen. James berichtete vom Heilwissen der Luft. Er selbst habe gesehen, wie ein Krieger von einer Mamba gebissen worden sei und die Luft ihn anschließend mit einer Pflanze geheilt hätten. Eigentlich hätte der Mann sterben müssen, schrieb James.

Frau Waltz musste schlucken, als ihr Mann diese Stelle vorlas. Sie tat sich schwer, den Worten ihres Sohnes Glauben zu schenken, sie fand, dass es unverantwortlich war, dass er sich den Gebräuchen und Ritualen irgendwelcher Wilden aussetzte. Sie hatte Angst, weil sie sich nicht vorstellen konnte, wie es James bei diesen Ureinwohnern ging. Und als er am Ende des Briefes schrieb, er wolle so lange bleiben, bis er die Sprache des Stammes beherrsche, fing sie an zu weinen.

Bruno Waltz musste ihr ein Glas Wasser bringen. Seine Frau saß auf der Couch und starrte in das trübe Morgenlicht. Der Zürichsee zitterte im kalten Wind und sie konnte nicht begreifen, was ihren Sohn antrieb.

Drei Jahre würde es dauern, bis er die fremde Sprache gelernt hätte, schrieb er. Drei gottverdammte Jahre!

„Warum tut er das?", fragte sie.

„Ich weiß es nicht", sagte ihr Mann und reichte ihr das Glas mit dem Leitungswasser.

„Er hat keine Ahnung, was er uns damit antut."

„Er will sehen, ob es möglich ist, in der Natur zu überleben", erklärte Darlene ruhig. „Das hat er doch am Telefon gesagt." Sie war gerade achtzehn Jahre alt geworden und musste sich in diesen Tagen auf die Matura-Prüfung vorbereiten. Wenn sie ehrlich war, nervte sie es, dass ihr Bruder abgehauen war und sich wieder einmal alles nur um ihn drehte. Und es nervte sie noch viel mehr, dass ihr Vater immer noch nicht wusste, dass sie schon seit Jahren keine heiße Schokolade mehr zum Frühstück trank.

„Wenn er glaubt, dass dies seine Aufgabe ist, müssen wir das akzeptieren", sagte der Botschafter. Doch er klang nicht überzeugt.

„Aber was sucht er denn in diesem Dschungel? Bei diesen ... diesen Ureinwohnern, diesen ..." Frau Waltz suchte nach Worten. „... diesen primitiven Menschen?"

Stille.

„Was ist so schlimm an unserem Leben?" Sie starrte abwesend und traurig aus dem Fenster. Der Wind bewegte die kahlen Baumkronen. Am liebsten hätte sie sofort ihre Sachen gepackt und wäre ihrem Sohn hinterher gereist. Mehrere gottverdammte Jahre sollte es dauern, bis er die Sprache der Luft beherrschte! Die Zeit, bis sie ihn wiedersah, würde unerträglich lang werden.

Festland / Borneo

Zehn Jahre später

„Wir waren so eine Art verschworene Gemeinschaft, eine kleine Sekte, die geheime Treffen abhielt und den Erzählungen eines verbotenen Gottes lauschte", sagte Darlene zu Mat und lachte. „Ich habe damals oft vor dem Spiegel gestanden und mein Gesicht mit schwarzer Farbe bemalt, wie eine Kriegsbemalung. Irgendwie hatte ich dadurch das Gefühl, James näher zu sein. Jeder von uns hatte seine eigene Art, mit seiner Abwesenheit umzugehen. Mein Vater sprach nicht gerne über James. Meine Mutter dagegen liebte es, über ihn zu reden. Es gab Tage, an denen wir stundenlang in der Küche saßen und uns vorzustellen versuchten, wie es ihm wohl ging. Meine Mutter wollte auch immer mal wieder wissen, ob er vielleicht ein Mädchen kennengelernt habe. Aber darüber schrieb er nicht. Mit der Zeit wurden die Briefe immer kürzer. Während er am Anfang ausführlich über die Zusammenhänge zwischen der Natur und dem Leben der Luft erzählte und darüber, wie wenig man zum Überleben brauche, schrieb er später von einer plötzlichen Unruhe. Ein Schamane, ein Mann mit sechs Fingern, hätte angekündigt, dass das ganze Volk aufbrechen und das vertraute Territorium verlassen müsse."

„Ein Mann mit sechs Fingern? An einer Hand?", fragte Mat.

„Ja", sagte sie und fuhr fort, als sei dies ein unwichtiges Detail: „Meine Mutter drehte fast durch, als James uns im Unklaren ließ, wohin es nach dem Aufbruch gehen sollte. Sie dachte an die Geschichten von irgendwelchen Sekten, die ihrem Guru gefolgt waren und sich umgebracht hatten. Aber wie sich herausstellte, wollten die Luft ihr Gebiet verlassen, weil Holzfäller ihren Lebensraum bedrohten und anfingen, die Gegend zu roden."

Darlene sah Mat ernst an.

„Die Luft hatten schon Erfahrungen mit den Holzfällern gemacht. Einer ihrer Stammeskrieger war von einem Truck überrollt worden. Seitdem fürchteten sie sich vor den Leuten mit den riesigen Sägen. Umgekehrt lebten aber auch die Holzfäller in Angst vor den Ureinwohnern. Sie glaubten, dass die Luft übersinnliche Kräfte hätten, und ließen ihre Camps bewachen. Die Interessen der Holzfirmen und der Ureinwohner waren so unterschiedlich, dass man sich aus dem Weg ging. Aber James schaffte es, sowohl die Luft als auch andere Stämme davon zu überzeugen, dass man bleiben müsse. Er sagte, dass sie sich früher oder später den Holzfällern stellen müssten. Denn wo auch immer sie hinziehen würden, die Holzfäller würden kommen, ihre Bäume niederschlagen und ihre Pflanzen zerstören. James überredete die Urvölker zu einem politischen Protest. Und dann blockierten plötzlich mehrere Urwaldstämme die wichtigste Zugangsstraße für die Holzkonzerne. Damit legte James sich mit der Holzmafia an.

Die Firmen sind es gewohnt, dass die Urvölker keinen Widerstand leisten. Im Notfall überrollen sie ein paar Eingeborene mit einem Bagger oder legen ein Feuer. Spätestens dann suchen die Urvölker das Weite. Aber Straßensperren und politischer Protest, so etwas war bis dato vollkommen unbekannt. Und James ging noch weiter. Er machte Bilder von den demonstrierenden Ureinwohnern und schickte sie an Pressevertreter in Tawau, Kuala Lumpur, Europa und den USA. Die Folge war ein ziemlicher Medienrummel. Sogar die *New York Times* schrieb über James Waltz und das Aufbegehren der Urwaldvölker gegen die Holzmultis. Reporter aus der ganzen Welt reisten an und berichteten über die Demonstration."

„Du übertreibst", sagte Mat und sah Darlene skeptisch von der Seite an. Er konnte sich kaum vorstellen, dass diese Geschichte der Wahrheit entsprach.

Doch Darlene sagte: „Ich kann dir gerne die Artikel zeigen. *The Independent, Le Monde, GEO, ZEIT, SPIEGEL* ... alle haben über meinen Bruder berichtet. Ich meine, ein Schweizer, der seit Jahren unter einem Urwaldvolk lebt und dieses Volk noch dazu motiviert, zusammen mit anderen gegen die Holzmultis zu demonstrieren, ist eine echte Story. Für die Holzkonzerne und die Regierung wurde der Trubel jedenfalls zu einem Problem. Jahrelang hatten sie nach dem immer gleichen Muster gehandelt: Die Konzerne drangen tief in den Dschungel vor, begannen, illegal Edelhölzer zu schlagen, brannten dann, wenn nötig, noch ein bisschen Regenwald ab und stellten anschließend Anträge, die gerodeten Flächen im Nachhinein aufkaufen zu dürfen. Und die Regierung mischte bei dem Spiel fleißig mit. Ganz nach dem Motto, was zerstört ist, kann nicht mehr repariert werden, verscherbelte sie die gerodeten Gebiete zu Spottpreisen an die Plantagenbesitzer."

„Von welcher Regierung redest du?", fragte Mat.

„Borneo gehört ja zu drei verschiedenen Ländern: Malaysia, Indonesien und Brunei. Im Fall meines Bruders war es die Regierung von Malaysia, die aktiv wurde. Das Territorium der Luft lag auf ihrem Staatsgebiet. Aber ich denke, alle diese Länder kooperieren mit der Holzmafia", sagte Darlene. In ihrem Blick lag Enttäuschung, Resignation.

Hinter Mat und Darlene erstreckten sich kilometerweit Monokulturen des Raubtierkapitalismus. Vor ihnen lag der älteste Dschungel der Welt, der seit Jahrmillionen Stickstoff in Sauerstoff verwandelte und biochemische Prozesse in Gang setzte, die nun ehrgeizigen Wachstumsraten zum Opfer fielen.

„James konnte nichts an der Situation ändern. Borneo bekam ein paar Monate lang schlechte Presse, dann geriet alles in Vergessenheit. Aber die Regierung und die Holzkonzerne vergaßen nicht. Sie sahen in James eine Bedrohung, hatten Angst, dass er einen Präzedenzfall schaffen und die Rechte der Urvölker stärken würde. Sie wollten ihn aus dem Weg schaffen und ließen aus fadenscheinigen Gründen nach ihm fahnden. Angeblich wegen Besitz von Marihuana. Etwa ein Jahr lang konnte James sich verstecken. Aber nachdem sie ein Kopfgeld auf ihn ausgesetzt hatten, wurde es zu gefährlich."

„Kopfgeld?"

„Ja, irgendeine schwarze Liste kursierte im Internet. Söldner wurden auf ihn angesetzt. Mein Vater machte einen Riesenwirbel. Doch die Regierung in Malaysia behauptete, nichts von diesem Kopfgeld zu wissen."

„Um wie viel ging es da?"

„Ich glaube, um 400.000 Dollar."

Mat sah Darlene erstaunt an.

„Nach fünf Jahren bei den Luft traf James die Entscheidung, zurück in die Schweiz zu reisen. Im September vor acht Jahren hat er uns einen Brief geschrieben, in dem er uns mitteilte, dass er zurück nach Zürich kommen wolle. Das war das letzte Mal, dass wir von ihm gehört haben." Darlene machte eine Pause und ließ ihren Blick erneut über das Grün des Dschungels schweifen. „Acht Jahre", sage sie. „Mein Vater behauptet, alles Menschenmögliche getan zu haben, um ihn zu finden."

„Es gab also Bemühungen?"

„Ja, mein Vater hat es geschafft, Schweizer Elitetruppen nach Borneo zu schicken. Die waren in offizieller Mission unterwegs, konnten ihn aber nicht finden. Einige Jahre danach hat ein Team von Journalisten versucht, ihn aufzuspüren. Auch sie waren erfolglos."

„Und du glaubst, er lebt noch?"

„Das Verrückte an der ganzen Geschichte ist, dass die Suchtrupps weder James *noch* die Luft finden konnten. Das Volk scheint sich, genau wie James, nun ja ... quasi aufgelöst zu haben. Mein Vater hat viel Geld bezahlt, um seinen Sohn zu finden. Aber er hat aufgegeben. Für ihn ist James tot. Sobald ich genug Geld zusammen habe, werde ich meine eigene Expedition starten. Ob mein Bruder noch lebt oder nicht, ändert nicht das Geringste an meinem Vorhaben."

Mat hatte keine Ahnung, warum Darlene ihm das alles erzählte. Er wusste nur, dass sie entschlossen genug war, sich wirklich auf diese Expedition zu begeben.

Er richtete sich auf, verließ den Felsen und ging ein paar Meter die Straße entlang. In der Ferne hörte er lautes Geschrei. Vielleicht Affen, vielleicht auch nur der grelle Gesang eines Vogels. Dieses dichte Grün, das da vor ihm lag, unterschied sich diametral vom Wasser, von seinem Element. Und doch schien alles zusammenzuhängen, Erde, Wasser und Luft, und dieser Moment, der sich so unwirklich und lebendig anfühlte.

Mataking

Im Tauchresort gab es gegrillten Fisch. Eingepackt in Bananenblätter, hatte der Koch die rohen Makrelen auf einem großen Stahlgerüst zubereitet. Bevor die Kellner die Makrelen servierten, waren Flammen aufgelodert und hatten auf spektakuläre Art und Weise den Nachthimmel erleuchtet. Erst nach diesem großen Auftritt wurde der Fisch aufgetischt. Mat vermutete, dass der Resort-Manager das Dinner am Strand inszenierte, um den Tauchunfall zu überspielen.

Mittlerweile wurde der Aperitif serviert und Mat erörterte mit seinen australischen Freunden die Situation.

„Vielleicht ist es das Beste, dass sie die Sache nicht an die große Glocke hängen", sagte Tony, machte eine kurze Pause und trank einen Schluck von seinem Cointreau. „Ich meine, wir können jetzt nicht alle unseren Urlaub abbrechen, nur weil dieser Kerl sich überschätzt hat."

„Tony!"

„Was denn? Stimmt doch!" Tony nippte wieder am Cointreau. „Oder, Mat? Was meinst du?"

„Ich ... also ... Ja, vermutlich hast du recht."

„Hast du Blakely im Krankenhaus gesehen?", fragte Grace.

Mat schüttelte den Kopf. „Er liegt in der Dekompressionskammer. Sein Zustand ist stabil. Die Ärzte sagen, dass er durchkommen wird."

„*Thank God*", murmelte Tony.

„Die beiden anderen Londoner haben Mataking verlassen und sich in Tawau einquartiert. Anscheinend haben sie ein schlechtes Gewissen." Grace hatte sich etwas vorgebeugt und die letzten beiden Worte geflüstert.

„Schlechtes Gewissen?", wiederholte Mat. „Wieso?"

„Wegen der Orgie. Sie müssen vor dem Unfall eine ziemlich heftige Party gefeiert haben."

„Also, bevor ich absaufe, werde ich definitiv auch über eine letzte Orgie nachdenken", scherzte Tony.

Grace sah ihn wütend an. Sie hatte tiefe Ringe um die Augen und ihre sonst so aufrechte Haltung war verschwunden. Sie konnte nicht verbergen, dass ihr der Unfall naheging.

„Wirst du in den nächsten Tagen wieder tauchen?", fragte Tony.

Mat hatte noch nicht darüber nachgedacht. Die Nachuntersuchungen in Tawau hatte er über sich ergehen lassen, als ginge es um die Gesundheit eines anderen. Seiner Lunge war in bester Ordnung und auch seine Trommelfelle waren nicht im Geringsten angegriffen. Blutbild und Herzschlag: alles bestens. Der Arzt hatte sogar gesagt, sein Ruhepuls sei für einen Siebenundvierzigjährigen erstaunlich niedrig.

„Wenn ich der Diagnose des Arztes Glauben schenken darf, bin ich topfit", sagte Mat. „Tauchen dürfte also kein Problem sein."

„Das nenne ich Sportsgeist!", rief Tony etwas enthusiastischer, als er es vermutlich beabsichtigt hatte.

„Ich werde es die nächsten Tage erst mal langsam angehen lassen", sagte Grace und schaute nachdenklich ins Feuer.

*

Zurück in seiner Hütte, setzte Mat sich an den Schreibtisch, schaltete seinen Laptop ein und versuchte, sich ins Internet einzuwählen. Er gab den Zahlencode ein, den er an der Rezeption erhalten hatte, und wartete auf das Signal. Dann startete er seinen Browser und googelte James Waltz.

James Waltz Dschungel Borneo gab er ein und war überrascht, als ihm *ungefähr 75.900 Ergebnisse (0,42 Sekunden)* angezeigt wurden. Er scrollte die Liste durch und fand in der Suchhistorie eine ganze Reihe von Treffern. James Waltz schien tatsächlich auf mysteriöse Art und Weise verschwunden zu sein. Mat sah sich die Überschriften an:

- *James Waltz: Nach 8 Jahren noch keine Spur (swissinfo.ch)*
- *Schweizer Regenwaldschützer im Dschungel von Borneo verschollen (GEO)*
- *Der Preis der Mutigen – Sein Kampf gegen die malaysischen Holzfäller-Multis war spektakulär (DIE ZEIT)*
- *Vermisst: Umweltaktivist im Urwald verschwunden (Welt.de)*
- *Der Dschungel war James Waltz' Liebe und sein Tod (bz.basel.ch)*
- *Zivilisationsflüchtling im Urwald (nzz.ch)*
- *Erinnerungen an den Luft-Mann Waltz (tagblatt.ch)*

Mat arbeitete sich durch einige Artikel. Alles, was Darlene ihm erzählt hatte, schien zu stimmen. Ihr Bruder hatte tatsächlich über viele Jahre hinweg bei den Luft gelebt und es war ihm in einer „*spektakulären Aktion gelungen, verschiedene Volksstämme zu vereinen und sie dazu zu bewegen, friedlich gegen die Holzkonzerne zu demonstrieren*" (*DIE ZEIT*). Der von Waltz angeführte Protest hatte ein großes Medienecho im Westen ausgelöst. Mat fand sogar Artikel in der französischen *Le Monde* und im englischen *The Independent.* Darlenes Bruder war mit der Protestaktion kurzzeitig zu einer Art Medienstar geworden. Gleichzeitig hatte er sich auf Borneo Feinde gemacht. Nach einem Bericht des *Independent* gehörte der malaysische Minister von Sabah, Musa Aman, zu seinen Gegnern. Auch wenn kein handfester Beweis existierte, nahmen viele westliche Journalisten an, dass er es gewesen war, der das Kopfgeld ausgesetzt hatte.

James Waltz' Verschwinden war ein ungelöstes Rätsel. Je nach politischer Couleur lieferten die Zeitungen unterschiedliche Erklärungsversuche. Die einen glaubten in der Tat, dass korrupte Politiker und Konzernbosse ihn hatten töten lassen. Andere waren der Meinung, er wäre bei einem Unfall ums Leben gekommen. Die Schweizer Boulevardzeitung *BLICK* hielt es für möglich, dass Waltz untergetaucht sei. Sie war es auch, die die Vermutung anstellte, dass Waltz möglicherweise zusammen mit den Luft noch tiefer ins Landesinnere gezogen sei und seitdem dort lebe.

Beweise schien es für keine der Theorien zu geben.

Mat klappte den Laptop zu. Darlene hatte die Wahrheit gesagt. Ihr Bruder war verschwunden und sie war hier, um nach ihm zu suchen. Ein verrücktes Unterfangen, das ihn fast noch mehr aufwühlte als der Unfall von John Blakely.

*

Auch am nächsten Tag gingen nur wenige Gäste tauchen. Die meisten Besucher waren an den Stränden rund um die Insel. Wo sich in den letzten Tagen kaum jemand aufgehalten hatte, herrschte heute reges Treiben. Obwohl das Resort offiziell nichts von dem Tauchunfall bekannt gegeben hatte, hatte sich die Sache herumgesprochen. Ein Hauch von Unsicherheit lag in der Luft. Weiß gekleidete Kellner versorgten die Gäste mit Erfrischungen und versuchten, allen Wünschen nachzukommen. Anthony und Grace waren bereits am Strand, als Mat nach einem Platz suchte.

„Mat! Hier sind wir!“ Grace hatte ihn gesehen und winkte ihm, worauf Mat auf die Australier zusteuerte.

„How are ya, mate?“ Mat konnte es sich nicht verkneifen, den australischen Akzent nachzuahmen. Normalerweise antwortete Tony immer mit einem Spruch, wenn Mat den Aussie mimte. Doch an diesem Tag gab es keine Reaktion. Mat blickte in ungewöhnlich ruhige, fast traurig wirkende Gesichter.

„Was ist los?“

„Wir haben dir etwas mitzuteilen“, sagte Grace.

„Gibt es schlechte Nachrichten von John Blakely?“ Mats Herz schlug schneller.

„Nein. Aber wir werden die Insel verlassen. Der Unfall hat uns irgendwie die Laune verdorben.“

„Um 16 Uhr geht unser Boot nach Semporna“, sagte Tony, „und heute Abend fliegen wir von dort zuerst nach Tawau und dann zurück nach Sydney.“

Damit hatte Mat nicht gerechnet. Er wollte etwas erwidern, doch ihm fiel nichts ein.

„Tut mir leid“, sagte Grace.

„Schon in Ordnung“, sagte Mat und setzte sich. „Wenn ihr euch hier nicht mehr wohlfühlt, solltet ihr abreisen.“

„Mat, falls du jemals in Sydney sein solltest, weißt du, wo du uns findest. Du bist herzlich willkommen. *Mi casa es tu casa, any time, any day, mate!* Außerdem bin ich gespannt darauf, deine Frau kennenzulernen“, sagte Tony und bemühte sich um ein Lächeln.

Das Essen am Abend schmeckte zäh. Mat war sich nicht sicher, ob es wirklich an dem Steak lag oder an der Tatsache, dass er alleine aß. Auf einmal kam ihm alles trostlos vor. Er fragte sich, was er mit seiner restlichen Zeit auf der Insel anstellen sollte. Die Lust aufs Tauchen war ihm gründlich vergangen.

Gereizt kaute er auf seinem Stück Fleisch herum und fragte sich, ob es auch für ihn an der Zeit war, Mataking zu verlassen.

*

Es war zwei Uhr nachts und Mat schlief immer noch nicht. Als er noch jünger war, hatte er Schlaflosigkeit immer als eine Art Zeichen gesehen. Wenn er nicht schlafen konnte, glaubte er, etwas in seinem Leben ändern zu müssen. Mit Ende dreißig hatte er jedoch angefangen, sich an die Existenz solcher Nächte zu gewöhnen. Mittlerweile glaubte Mat, dass es sie einfach gab, diese Nächte, in denen man wach lag und sich unruhig hin und her wälzte. Doch das hier, heute Nacht, war keine Schlaflosigkeit, sondern Unruhe. Dieser Gedanke kam ihm, als er im Bad stand und sich kaltes Wasser ins Gesicht spritzte. Es war nicht der Tauchunfall, der ihn wach hielt. Und auch nicht die Abreise von Tony und Grace. Es war Darlenes Geschichte.

Seit zwei Jahren arbeitete sie hier auf Mataking, um ihre Expedition zu finanzieren und nach ihrem verschollenen Bruder zu suchen. Dass jemand so enthusiastisch und konsequent eine Sache verfolgte, faszinierte Mat. Seit Jahren plätscherte sein Leben vor sich hin. Unberührt von Erwartungen und Träumen, hatte er sich im luxuriösen Müßiggang eingerichtet.

Tauchen, Reisen und Immobilien. Die Projekte von Stipendiaten, die er finanzierte, gaben seinem Leben keinen tieferen Sinn, wie er sich eingestehen musste. Das waren nette Spielereien, wenn auch manchmal etwas Sinnvolles dabei herauskam. Aber zu keinem Zeitpunkt hatte er jemanden unterstützt, der so sehr für eine Sache brannte wie Darlene Waltz. Er hatte dieses Funkeln in ihrem Blick gesehen, als sie von ihrem Vorhaben erzählte. Etwas in ihr war regelrecht aufgeflammt, als sie ihm berichtete, dass sie nun schon seit zwei Jahren den Schoßhund für reiche Touristen spiele, damit sie ihre Expedition finanzieren könne. Ihre wilde Entschlossenheit erinnerte ihn an den Matthias Endesfelder, der vor vielen Jahren einem kleinen Vorort von Essen entflohen war, um in London Informatik und Mathematik zu studieren. Sie erinnerte ihn an den Matthias Endesfelder, der sich nach drei Jahren Berufsleben entschlossen hatte, einen überaus gut bezahlten Job in einer Beratungsfirma gegen eine verrückte Vision einzutauschen.

Mit Ende zwanzig hatte er gekündigt und sich ausschließlich auf seine Idee fokussiert. Drei Jahre hatte er mit viel Energie und Überzeugung und wenig Unterstützung von der Außenwelt an einer mathematischen Formel gefeilt, die Musiktitel erkennen und in verschiedene Genres einteilen konnte. Sechsunddreißig lange Monate hatte sich fast niemand dafür interessiert, dass er es geschafft hatte, anhand von BPM, Höhen, Tiefen, persönlichen Präferenzen und einer Reihe weiterer Parameter einen komplizierten mathematischen Code zu entwickeln, der Empfehlungen für Musikfans aussprechen konnte. Eine Gruppe von Freunden, Bekannten und ehemaligen Kommilitonen aus dem Informatik Department der University of London atte ihm Langspielplatten und CDs zur Verfügung gestellt, die er damals über ein Modem in seine Datenbank eingespeist hatte. So war eine digitale Jukebox entstanden, die jedem Nutzer auf der Grundlage seines Musikgeschmacks Titel empfehlen konnte. Drei Jahre lang hatte nur eine kleine Fangemeinde seine Webseite besucht. Drei Jahre lang war das Projekt ein finanzielles Desaster gewesen, das er im teuren London nur finanzieren konnte, weil er ein kleines Forschungsstipendium der Universität an Land gezogen hatte.

Doch dann hatte Mat auf einer Konferenz den deutschen Internetpionier Andreas von Becholtsheim kennengelernt. Als Mitgründer von Sun Microsystems und einer der ersten Investoren von Google hatte von Becholtsheim es zum Multimillionär gebracht, dem sogar im Valley der Ruf des Computergenies vorauseilte. Und ausgerechnet der Mann, den Mat jahrelang bewundert hatte, war Feuer und Flamme für seinen Algorithmus gewesen. Von Becholtsheim war so überzeugt gewesen, dass er – wenn Mat heute daran dachte, klang es immer noch absurd – ein Treffen mit Bill Gates, dem damals reichsten Mann der Welt, arrangiert hatte.

Damals war die erste dot.com-Bewegung noch keine Blase, sondern ein attraktiver Zukunftsmarkt gewesen, in den Unternehmen wie Microsoft Milliarden gesteckt hatten. Nach dem Treffen mit Gates hatte Mat seinen Freund Walter Borchert kontaktiert, der für ihn einen Übernahmevertrag aufgesetzt und dafür gesorgt hatte, dass seine Firma für 56,4 Millionen britische Pfund verkauft wurde.

Dass Microsoft Inc. seine Idee später eingestampft hatte und sein Algorithmus in einer Schublade verstaubt war, hatte mit Steve Jobs zu tun, der Ende der Neunziger mit iTunes eine Musikbibliothek auf den Markt brachte, die so erfolgreich war, dass Microsoft sämtliche Bemühungen in dem Segment einstellte.

Seine Idee hatte sich nicht durchgesetzt und wurde später von anderen Plattformen wie last.fm kopiert, aber das störte ihn nicht. Für Mat war etwas ganz anderes entscheidend gewesen: Er hatte seine Arbeit zu Ende gebracht. Zumindest redete er sich das seit Jahren ein. Auch wenn er nicht an Microsoft Inc. verkauft hätte, wäre der Musikmarkt von Apple dominiert worden. Hätte er nicht verkauft, würde er nicht sechs Wochen im Jahr tauchen gehen, sondern acht Stunden am Tag in einer Beratungsfirma Softwarelösungen programmieren.

Andererseits, hätte er sein Unternehmen damals nicht verkauft, hätte er vielleicht immer noch eine Vision, an die er glaubte und, was vielleicht noch viel wichtiger war, an der er arbeiten konnte. Dann würde er nicht auf dieser Insel sitzen und sich überlegen, ob er das Richtige tat, sondern hätte Verantwortung gegenüber seinen Mitarbeitern und auch den Menschen, die seinen Service nutzten. Vielleicht hätte er es wirklich geschafft, einen Online-Musikdienst zu kreieren, der Apple Konkurrenz machte, der global agierte und Menschen half, jederzeit und überall Musik zu hören, die ihnen gefiel. Vielleicht hätte er die komplette Musikindustrie auf den Kopf gestellt – und nicht Napster, Spotify und Soundcloud.

Doch er hatte verkauft.

Er hatte das Feuer verloren, das Darlene in sich trug und das ihn an sich selbst erinnerte, an einen Teil von sich, den er fast schon vergessen hatte, der aber zu ihm gehörte wie die Luft zum Atmen.

*

Mats Füße versanken im Sand. Neben ihm die Brandung, vor ihm ein glühender Punkt. Vermutlich rauchte jemand eine Zigarette. Hastig bewegte Mat sich auf den Punkt zu, erkannte eine Silhouette, die immer deutlicher wurde, und sah schließlich einen Mann vor sich.

Zunächst reagierte der Mann nicht. Doch als Mat sich räusperte, starrten ihn große Augen an; der Blick irgendwo zwischen Überraschung und Angst. Mat vermutete, dass er den Mann bei etwas nicht Genehmigtem gestört hatte. Als er den süßlichen Marihuanageruch wahrnahm, wusste er, warum sein Gegenüber ihn so entgeistert anschaute. Der Konsum von Drogen war dem Personal auf Mataking strengstens verboten. Dafür konnte er entlassen werden.

Mat versuchte, den aufgeschreckten Mann davon zu überzeugen, dass er ihm freundlich gesinnt war, und grinste ihn an.

„*Excuse me, Sir. No tourists allowed here*", sagte der Angestellte in gebrochenem Englisch. „*Only locals.*"

„*I know*", sagte Mat und steuerte auf einen beleuchteten Weg zu, von dem er annahm, dass er zu den Unterkünften des Personals führte.

„*Sorry, but I am not allowed to let you pass!*"

„*I beg your pardon?*"

„*No entry for tourists here, Sir. Official policy by the resort manager*", sagte der Mann vorsichtig.

„*And are you officially allowed to smoke marijuana?*" Mat zeigte auf den Joint, den der Mann in seiner Aufregung immer noch in der Hand hielt. „*I just want to visit Darlene.*"

Der Mann nickte, stand auf und führte ihn in das Camp. Im Gegensatz zu Mats Luxushütte, die auf Stelzen majestätisch ins Meer ragte, waren die Häuser der Angestellten schäbig. Irgendwo in der Nähe summte ein lautes Stromaggregat und im Licht, das den Lehmpfad beleuchtete, konnte Mat in die Hütten sehen. Auf der linken Seite schien es Unterkünfte für Frauen, auf der anderen Seite

Schlafgelegenheiten für Männer zu geben. Überall hing Wäsche. Es schien keine Kinder zu geben. Vermutlich waren die hier genauso verboten wie Touristen.

Darlenes Hütte lag am Rand der Siedlung. Auch sie hatte einige Kleider zum Trocknen auf eine Leine gehängt. Im Gegensatz zu den Baracken der anderen stand vor ihrem Verschlag eine kleine Strandliege. Auf einem Tischchen lag eine aufgeschlagene Karte von Borneo, daneben ein Aschenbecher, in dem eine Zigarette glühte. Wenn er Glück hatte, war sie noch wach.

Der Angestellte bat ihn zu warten, während er nachschaute, ob Darlene zu Hause war. Mat setzte sich auf die Liege und sah sich die Borneo-Karte an. Zwei Minuten später kam Darlene aus der Hütte. Ihre Haare waren ungekämmt. Sie wirkte müde. Als sie Mat erkannte und realisierte, dass tatsächlich er es war, der vor ihrer Hütte saß, wurde sie schlagartig wach.

„*This gentleman is looking for you*", sagte der Angestellte.

„Ich komme mit", sagte Mat ohne Umschweife.

„Wohin?"

„Auf die Expedition."

2. Teil

Dschungel

Die Expedition übte einen unbekannten Reiz aus, der in seiner Unbestimmtheit bedrohlich wirkte, gleichzeitig aber auch anziehend war. Aufzubrechen und nicht zu wissen, ob sie James Waltz finden würden, war im Grunde eine ziemlich verrückte Angelegenheit. Trotzdem war Mat freudig erregt, weil er endlich wieder ein Ziel vor Augen hatte. All das hier war besser, als im Resort zu sitzen, Anthony und Grace nachzutrauern und am Strand über sein nicht vorhandenes Liebesleben nachzudenken. Hier konnte er Darlene nahe sein, konnte mehr über sie in Erfahrung bringen, konnte verstehen, wer sie wirklich war. Die Geschichte ihres Bruders war faszinierend. Doch der wahre Grund, warum Mat Endesfelder hier war, da machte er sich nichts mehr vor, war Darlene.

Der Weg in den Dschungel führte vorbei an stark bewachten Palmöl-Plantagen. Diese Monokulturen schienen auch hier oben in Sarawak ein natürlicher Teil der Insel zu sein, den es erst einmal zu durchdringen galt.

Nach einer Stunde Fahrt ging die Sonne auf und es wurde heiß. Mat hatte das Gefühl, ständig zu schwitzen. Darlenes Haut dagegen wirkte trocken. Sie trug lange Khakihosen und ein graues Hemd. Ihre dunklen Augen waren hinter einer verspiegelten Sonnenbrille versteckt, ihre langen, zarten Finger fuhren nervös über eine Gürteltasche. Eingeschweißt in Folie war außen eine Karte zu erkennen, die das Gebiet zeigte, das sie nach ihrem Bruder und den Luft absuchen wollten.

In den letzten Tagen war Darlene kaum ansprechbar gewesen, hatte jede freie Minute damit verbracht, die Expedition zu planen. Sie hatte das erklärte Ziel, das Risiko so gering wie möglich zu halten, und wollte jede Unwägbarkeit, auch wenn das schier unmöglich war, im Vorfeld bedenken. Im letzten Augenblick hatte sie noch entscheidende Änderungen veranlasst: Sie hatte die Essensrationen aufgestockt und ein zweites Satellitentelefon und neue Akkus gekauft, mit dem sie im Notfall auch im Dschungel Hilfe anfordern konnten. Und dann war da noch ihr fast schon pedantisches Bemühen, die Expedition geheim zu halten. Darlene hatte alle Teilnehmer Verschwiegenheitsklauseln unterschreiben lassen und erklärt, dass nicht einmal die engsten Familienmitglieder informiert werden durften. Ihrer Ansicht nach gab es immer noch zu viele Leute auf Borneo, die ein großes Interesse daran hatten, dass ihr Bruder verschwunden blieb. Mat hielt die Geheimnistuerei für übertrieben. Er hatte den Vertrag zwar unterzeichnet, sich aber noch am gleichen Tag darüber hinweggesetzt und Michele von der Expedition erzählt.

Am frühen Vormittag erreichten sie den Dschungel. Hier wuchsen wilde Farne und hin und wieder tauchten lange, fast zehn Meter hohe Palmen mit federartigen Wedeln auf. Erst als die Straße nur noch ein von Schlamm gesäumter Pfad war, bemerkte Mat, dass sie die Zivilisation endgültig hinter sich gelassen hatten.

Am Flusslauf des Kashingwe hielten die Jeeps. In Windeseile luden die Helfer Kisten aus und bereiteten die Motorboote vor. Als die beiden Fahrer der Jeeps sich verabschiedeten, wurde Mat bewusst, dass es kein Zurück mehr gab.

Die Boote wurden zu Wasser gelassen und sie brachen auf.

Bereits nach wenigen hundert Metern veränderte sich die Umgebung. Fremdartige Geräusche waren zu hören. Um sie herum wucherte eine üppige Vegetation. Moskitoschwärme fielen über sie her. Sie tauchten ein in einen der ältesten Organismen der Erde, eine Biosphäre, die seit Millionen Jahren existierte.

„Der große Vorteil der Plantagen ist, dass es dort keine Moskitos gibt", sagte Mat zu Darlene und bemühte sich um ein Lachen.

„Gegen die Viecher hilft nur Gift." Sie kramte in ihrem Rucksack und gab ihm eine Dose Insektenspray.

„Wie viele Dosen haben wir von diesem Zeug?"

„Fünf."

„Und danach?"

„Sollten wir uns besser an sie gewöhnt haben."

Die Helfer redete kaum ein Wort. Mat und Darlene waren damit beschäftigt, die Moskitos abzuwehren. Der Einzige, der sich sichtlich wohlfühlte, war Adang. Er saß entspannt an der Spitze des Bootes. Den Blick nach vorne gerichtet, schien er sich auf etwas zu freuen, das ihm zutiefst vertraut war. Er war der Einzige im Team, der im Dschungel aufgewachsen war. Und der Einzige, der wusste, wie man sich hier orientierte. Während alle anderen schwiegen, summte er leise vor sich hin. Seine sonst eher raue Erscheinung hatte plötzlich fast etwas Erhabenes, seine Haut erschien glatt und trocken und seine leicht krausen Locken wirkten nicht mehr drahtig und ungekämmt, sondern weich. Mit ruhigen Bewegungen gab er den beiden Steuermännern Anweisungen und betrachtete die ins Wasser rankenden Lianen und Baumwurzeln, als würde er jede einzelne Faser kennen.

Schon als junger Mann hatte Adang Mitarbeitern von Ölfirmen und ausländischen Abenteurern geholfen, den Dschungel zu durchqueren. Seit zwanzig Jahren war das sein Beruf, hatte er Mat vor der Abreise erzählt und angedeutet, dass er, sobald er genug Geld zur Seite gelegt hätte, um seine beiden Söhne auf eine Universität zu schicken, in den Ruhestand gehen würde.

„*Oxford, Sir*", hatte Adang mit leuchtenden Augen gesagt, „*my two sons will go to Oxford or Cambridge.*"

Mat hatte nur genickt und sich ein Lächeln verkniffen. Doch Adang schien es ernst zu meinen. Er wusste sogar, dass ein Studienjahr in Oxford 30.000 Pfund kostete. Mat fand es interessant, dass ein Mann, der im Dschungel groß geworden war, so westlich dachte.

Die Boote glitten durch den Fluss, umschifften Felsen, im Wasser liegende Bäume und Stromschnellen. Die feuchtheiße Luft war schwer wie Blei. Am späten Nachmittag fand Adang eine begehbare Stelle am Ufer und ließ die Boote an Land ziehen. Während Mat und Darlene versuchten, ihre Hängematten zwischen den Bäumen zu befestigen, schlugen die drei Träger mit ihren Macheten die hohen Gräser am Ufer nieder. Adang und ein hochgewachsener Mann, der alle anderen um zwei Köpfe überragte, machten ein Feuer. Der Lange schien der Koch zu sein. Aus großen, sehr flachen Steinen, die er unten am Fluss gesammelt hatte, baute er einen Grill und briet Hühnchen.

Die ungewöhnlichste Aufgabe hatte ein Mann, den alle Bantang nannten. Mit einer Machete schlug er einen Pfad in den Dschungel und stellte dann einen roten Eimer an das Ende des Pfades.

„Das ist das Klo", erklärte Darlene.

Mat starrte den roten Eimer an. Er war mit Wasser gefüllt.

„Das Wasser darin, nun ja, also, es wird dazu verwendet, um sich den Hintern abzuwischen."

„*You're fucking kidding me.*"

„Ich habe einige Rollen Klopapier dabei, falls es dich stört. Aber es ist nur eine Frage der Zeit, bis auch wir das Wasser benutzen müssen."

Ein Eimer mit Wasser. Mat schüttelte den Kopf. Er wollte lieber nicht daran denken, wie das funktionierte. Er war unsicher, ob er all dem, was ihn hier erwartete, gewachsen war. Einen Augenblick stand er schweigend neben Darlene. Auch sie betrachtete gedankenverloren den roten Eimer. Dann begegneten sich ihre Blicke und sie prusteten los.

Nach dem Essen besprach Darlene mit Adang die geplante Route. Wenn Mat alles richtig verstand, wollten sie fünf Tage flussaufwärts fahren, dann die Boote zurücklassen und zu Fuß weiter durch den Dschungel in Richtung Süden wandern. Darlene hatte die Vermutung, dass James, und möglicherweise auch die Luft, irgendwo am Rand eines Berges lebten, der sich Batu Lawi nannte. Der Berg war ein ideales Versteck – schwer zu erreichen und von dichtem Dschungel umgeben.

Adang schätzte, dass sie mindestens zwei Wochen bis zum Heiligen Berg brauchen würden.

„Ich verstehe immer noch nicht, warum wir uns keinen Hubschrauber besorgen." Mehrmals hatte Mat angeboten, die Kosten für einen Helikopter zu übernehmen.

„Mein Bruder und die Luft könnten ihn hören und fliehen. Außerdem würde ein Helikopter die Aufmerksamkeit gewisser Leute erregen. Wir wollen uns so unbemerkt wie möglich voranbewegen."

„Du meinst die Holzmafia?", fragte Mat.

„Zum Beispiel. Diese Expedition muss geheim bleiben. James hat sich viele Feinde gemacht. Ich will ihn auf keinen Fall in Gefahr bringen. Wenn er noch lebt und Verdacht schöpft, dass außer uns noch mehr Leute nach ihm suchen, wird er nicht aus seinem Versteck kommen."

„Falls er noch lebt", hätte Mat beinahe gesagt, verkniff sich aber den Kommentar.

„Es kommt nicht darauf an, wie schnell wir uns fortbewegen, es kommt auf die richtige Art der Fortbewegung an", bemerkte Adang. „Der Fluss trägt uns langsam in den Dschungel, dadurch gewöhnen wir uns an ihn. Und wir gewöhnen uns aneinander."

„Wenn wir eine bestimmte Schwelle überschreiten, dauert es Tage, bis wir wieder zurück in der Zivilisation sind“, fügte Darlene hinzu.

„Aber ein Hubschrauber könnte uns doch jederzeit holen, wenn etwas passiert?“ Mat wirkte besorgt.

„Das Dach des Regenwaldes ist teilweise extrem dicht“, sagte Darlene. „Wenn wir eine Lichtung finden oder einen Berg besteigen, kann man uns per Hubschrauber holen, falls kein Nebel dem Piloten die Sicht nimmt. Prinzipiell ist es möglich. Aber hoffen wir doch einfach, dass es nicht so weit kommt.“

Mat stellte keine weiteren Fragen. Er fühlte sich wie ein Anfänger, der nicht einmal die einfachsten Regeln des Spiels verstanden hatte.

*

Er konnte nicht schlafen. Es waren diese Schreie, die ihn wach hielten. Manchmal hell und klar, dann wieder tief wie von einem Bariton. Unter dem beruhigenden Rauschen der Blätter manifestierte sich das Leben, unermüdlich und arrhythmisch, ein lebender Organismus. Adang hatte recht, dachte Mat, diesem Ort musste man sich langsam annähern. Das Geräusch der Nijat-Zikaden, das Zischen, fernes Geschrei.

Mat machte die ganze Nacht kein Auge zu. Die Klangkulisse war beunruhigend. Er nutzte die Zeit zum Nachdenken. Wie wahrscheinlich war es, dass sie James und die Luft finden würden? Zwei Suchtrupps hatten nichts ausrichten können. Wieso sollten ausgerechnet sie mehr Glück haben?

Mat wusste nicht sonderlich viel über James Waltz. Er wusste, dass er sich schon sehr früh für die Natur begeistert und sich als eine Art Autodidakt alle möglichen Dinge selbst beigebracht hatte. Zum Beispiel das Gerben von Leder. Wenn James noch lebte, musste er über ein umfangreiches Wissen verfügen, was die Natur, das Herstellen von Dingen und das Überleben im Dschungel anbelangte. Vielleicht war er gänzlich zu einem Ureinwohner geworden. Einige Zeitungen hatten berichtet, dass sein Aussehen sich stark dem des Dschungelvolkes angepasst hätte. Der einzige Unterschied sei seine Nickelbrille gewesen, die Waltz weiterhin tragen würde, um seine Sehschwäche auszugleichen.

Mat hatte keine Ahnung, wie dieser Mann dachte. Er konnte sich beim besten Willen nicht vorstellen, mehrere Jahre hier im Dschungel zu bleiben. Und wenn er ehrlich war, wusste er auch nicht sonderlich viel über die Luft, bis auf die Dinge, die Darlene ihm erzählt und die er im Netz gefunden hatte.

Sie schienen ein außerordentliches Wissen über Heilpflanzen zu besitzen und hießen Luft, weil sie sich angeblich jederzeit unsichtbar machen konnten. Kurz nachdem das Kopfgeld auf James ausgesetzt worden war, hatten sie offenbar von dieser Eigenschaft Gebrauch gemacht und sich niemandem mehr gezeigt. Vielleicht waren sie aber auch alle tot.

Gegen fünf Uhr sah Mat, wie die Helfer am Rand des Lagers sich auf den Boden warfen und Richtung Mekka beteten. Bis auf Adang, der an Naturgeister glaubte, waren die anderen tief gläubige Muslime. Mat lauschte eine Weile den Suren und verließ dann seine Hängematte, um sich an die Feuerstelle zu setzen.

Neben ihm bereitete Adang bereits Kaffee zu. Er brühte Wasser auf, goss es in eine Tasse, rührte mit einem Löffel Kaffeepulver ein und reichte Mat den dampfenden Becher.

„Instant Coffee im Dschungel?“ Mat schmunzelte.

„Hat Darlene gekauft. Sie meinte, Europäer könnten ohne Kaffee nicht wach werden“, antwortete Adang.

Mat beobachtete, wie Adang mit einem Stock die Glut neu entfachte, die er durch bloße Reibung mit einem Stock erzeugt hatte. Er begriff, dass er selbst keine Ahnung hatte, wie er hier überleben sollte. Adangs Fähigkeiten entschieden über ihr aller Wohlbefinden. Sie hatten keine Wahl, außer ihm zu folgen.

Mat nippte an seinem Kaffee und sprach aus, was ihn die ganze Nacht beschäftigt hatte: „Glaubst du, dass wir James und die Luft finden werden?“

Adang zog den Stock aus der Glut. „Wenn sie nicht gefunden werden wollen, wird es schwierig.“

„Ich frage mich, warum James und die Luft zur gleichen Zeit verschwunden sind. Das kann doch kein Zufall sein.“

Adang zeigte keine Reaktion.

„Außerdem frage ich mich, wie ein ganzer Stamm einfach so

verschwinden kann. Wie viele sind das, *die* Luft? Dreißig, vierzig Leute? Die müssen doch Spuren hinterlassen haben?“

„Darlenes Vater hat nach James und nicht nach den Luft suchen lassen“, sagte Adang, „nach einem Mann, der gelernt hat, hier zu leben, der weiß, dass man aus Lianen trinken kann. So jemand ist nur schwer aufzuspüren.“

Adang machte eine Pause. „Ich weiß nicht, ob James und die Luft noch leben. Aber wenn ich es richtig verstanden habe, sind wir hier, um das herauszufinden.“

Nach dem Frühstück (es gab Bananen und Reis zum Instant-Kaffee) wurde das Lager abgebaut und es ging weiter. Die Motoren wühlten die Strömung auf und trugen die Boote stromaufwärts. Mat und Darlene saßen schweigend nebeneinander. Wie von einem Schleier umgeben, hockten die beiden träge am Bootsrand und warteten darauf, dass sich die Hitze auf sie stürzen würde.

Die Wasserstraßen, auf denen sie sich von der Zivilisation entfernten, faszinierten Mat. Er stellte sich vor, dass die mächtigen Wurzeln, die er vom Fluss aus sehen konnte, bis tief in die Erde reichten. Von dort unten pumpten sie kontinuierlich taufrische Wassermoleküle bis ganz noch oben in die feingliedrigsten Blätter, wo sich dann alles in Sauerstoff verwandelte. Dieser unsichtbare Mechanismus sorgte dafür, dass Millionen von Käfern, Insekten und anderen Tieren überleben konnten. All das war erforscht, belegt und niedergeschrieben, und doch so unglaublich komplex, dass Mat es nicht begreifen konnte. Er fühlte sich wie ein Eindringling, dessen Bewusstsein mit neuen Eindrücken überschwemmt wurde. Seine Frau, sein Arbeitszimmer, seine Bücher über Abenteurer und sein geliebter Park in Greenwich schienen nur noch hauchdünne Erinnerungen zu sein, Erinnerungen an ein Leben, das immer weiter von ihm abrückte. Ob es wirklich der Dschungel war, der ihn so sehr in den Bann zog, oder die Reise ins Ungewisse, wusste er nicht.

In jedem Fall war diese Expedition ein Ereignis. Nicht zu wissen, was passieren würde, war beängstigend, aber auch befreiend. Im Grunde wusste man auch in seinem alltäglichen Leben nie genau, was der nächste Tag bringen würde, bildete sich mit zunehmendem Alter und größer werdendem Erfahrungsschatz aber ein, die eigene Zukunft unter Kontrolle zu haben.

Gegen Mittag machten sie eine kurze Pause. Adang und zwei Helfer stiegen aus den Booten und verschwanden im Dschungel. Es dauerte nicht lange, bis sie mit einem Sack voller Kokosnüsse zurückkamen. Die Nüsse waren nicht braun, sondern grüngelb. Adang griff nach einer Machete und öffnete sie mit schnellen Schlägen.

„Ich habe heute Morgen mit Adang gesprochen", sagte Mat und sah Darlene dabei zu, wie sie die Milch aus der Kokosnuss schlürfte. „Er hat, nun ja, irgendwie gar keine Meinung zum Verschwinden der Luft. Und ob James mit ihnen untergetaucht ist, darauf will er sich auch nicht festlegen. Vielleicht verschweigt er aber auch etwas. Ich werde aus diesem Typ nicht wirklich schlau."

„Er hat Wichtigeres zu tun."

„Und das wäre?" Mat wurde aufmerksam.

„Uns sicher durch den Dschungel zu bringen." Sie schnitt mit einem Messer das weiße Fleisch aus der Nuss, aß einige Stücke und sagte: „Ich habe viel Zeit damit verschwendet, mir darüber den Kopf zu zerbrechen, unter welchen Umständen James verschwunden ist. Ich habe über alles nachgedacht: über den politischen Protest, den er initiiert hat, das Kopfgeld, das sie auf ihn ausgesetzt haben, und über die Regierung, die ihn aus fadenscheinigen Gründen vertreiben wollte. Ich habe die Zeitungsartikel immer wieder gelesen, habe nach Antworten gesucht und nach versteckten Hinweisen. Aber die Luft sind verschwunden, genau wie James. Ich kann sie nicht befragen, und die Regierung behauptet, nichts mit seinem Verschwinden zu tun zu haben. Angeblich ist das Kopfgeld auch nie ausgezahlt worden. Ich weiß nicht, was und ob wir etwas finden werden. Deshalb sollten wir keine wilden Hypothesen aufstellen, sondern einfach schauen, dass wir diesen Fluss heil passieren. Das ist erst einmal alles, was zählt."

Am frühen Nachmittag ließ Adang die Boote anhalten. Die Helfer zogen sie an Land und bereiteten das Lager vor. Die Rollen schienen klar verteilt zu sein: Darlene und Mat verknoteten ihre Hängematten, andere schlugen Büsche und Lianen nieder und Bantang präparierte den Weg zur Toilette. Als der rote Eimer an seinem Platz stand und der Koch das Feuer angezündet hatte, ging die Sonne unter. Die Palmen, Farne und Lianen färbten sich zuerst orange und dann lila, bevor sie in ein dunkles Blau übergingen und schließlich schwarz wurden. Die Zikaden und Grillen begannen mit ihrem Lärm. Nachtschwärmer erwachten. Geschrei legte sich wie ein unsichtbarer Ring um das Camp und übertönte das leise Murmeln der Muslime, die auf dem Boden knieten und ihre Gebete gen Mekka schickten; ein Anblick, der Mat und Darlene mittlerweile vertraut war.

Mat lag in der Hängematte und dachte nach. Wenn er sich zurückerinnerte, hatte es in seinem Leben ziemlich genau zwei Phasen gegeben, in denen er sich mit großer Lust der Unergründlichkeit des Neuen ausgesetzt hatte. Die Gründung seines Unternehmens war so eine Phase gewesen und auch das erste Jahr an der University of London. Den kleinen Vorort von Essen zu verlassen, um in einer Weltstadt zu studieren, war faszinierend gewesen. Ein Ereignis, dem ein beschleunigendes Moment innewohnte. Entgegen seiner zurückhaltenden und grüblerischen Art, die er in Deutschland wie einen Schatten mit sich herumgeschleppt hatte, verwandelte er sich auf dem Campus in London zu einem Menschen, der unkonventionell und offen war. Eigenschaften, die dazu beitrugen, dass er einen festen Platz unter den Besten seines Jahrgangs ergattert hatte.

Er war allerdings nicht der Einzige, der Sartres *Das Sein und das Nichts* komplett gelesen hatte, den kategorischen Imperativ im Schlaf definieren und über Kierkegaards drei Stadien der Existenz des Menschen diskutieren konnte. Während ihn die Lektüre von Robert Shea und Robert Anton Wilson in Essen zu einem Außenseiter gemacht hatte, schien es an der UCL keinen Studenten zu geben, der das Buch *Illuminatus!* nicht kannte. Im Grunde war es Grundvoraussetzung, um mitreden zu können und Teil einer ungenau definierten Gemeinschaft zu sein, genau wie William Gibsons Buch *Neuromancer*, das 1987 zum ersten Mal in Deutschland erschienen war. Ehe Mat sich versah, war er in London plötzlich Teil einer Gruppe, die anerkannt und geschätzt wurde.

Dass ein Außenseiter wie er plötzlich im Mittelpunkt stand, hatte möglicherweise damit zu tun, dass Ende der Achtziger Punks durch Cyberpunks ersetzt wurden. Die Sex Pistols waren bereits Geschichte, Vivienne Westwood wanderte nach Wien aus, um eine Gastprofessur anzunehmen, und eine neue Generation von Nerds, Besserwisssern und Matheverstehern strömte an die Universitäten. Vertraut mit dem geistigen Rüstzeug der Achtundsechziger, dem unkonventionellen

Gebaren der Punks, dem Wohlstand der Nachkriegsgeneration und dem rasanten technischen Fortschritt (Bill Gates würde einige Jahre später sein Imperium mit Windows 95 endgültig etablieren), waren Mat und seine Kommilitonen überzeugt, dass sie das neue Zeitalter entscheidend mitgestalten würden. Diese Illusion hatte ihren Glauben in die eigenen Fähigkeiten gestärkt und die Unsicherheit ihres jungen Erwachsenenlebens plötzlich in etwas verwandelt, das sie als Chance begriffen. Vermutlich hatte jede Generation irgendwann einmal die Vorstellung, dass nur sie allein das Potenzial habe, die Welt zu verbessern. Wenn Mat zurückschaute, waren die meisten seiner Kommilitonen von damals am Ende eher in konservativen Jobs gelandet. Sie waren Anwälte, Banker, Professoren, Immobilienhaie und Softwareentwickler geworden. Sicher bildeten sich viele etwas darauf ein, zur Oberschicht zu gehören. Wirklich verändert hatte aber niemand von ihnen etwas. Sogar Mats Firma war spurlos vom Erdboden verschwunden. Die meisten Bemühungen seiner Kommilitonen begrenzten sich auf den Erhalt des eigenen Wohlstands; im Grunde waren sie zu den gleichen Spießern geworden wie die Generation ihrer Eltern. Von großen gesellschaftlichen Veränderungen, der Rettung der Menschheit und ähnlichen Dingen wollte niemand mehr etwas wissen. Insgeheim war Mat stolz darauf, dass er sich mit siebenundvierzig Jahren in ein Abenteuer stürzte, dessen Unbestimmtheit seine ehemaligen Kommilitonen mit großer Sicherheit abgeschreckt hätte.

*

Und dann begann es zu regnen. Schwere Tropfen wühlten den Boden auf. Mats und Darlenes Kleider klebten wie eine zweite Haut an ihren Körpern, doch das Dach aus Palmwedeln, das die Helfer errichtet hatten, war erstaunlich dicht. Unter seinem Schutz hatten sie ein Feuer angezündet. Immer wieder versuchten Mat und Darlene, ihre Sachen zu trocknen, mit dem ernüchternden Resultat, dass – wegen der hohen Luftfeuchtigkeit – alles innerhalb kürzester Zeit wieder nass wurde.

In den letzten Tagen waren sie näher zusammengerückt, sowohl emotional als auch räumlich. Darlene musste sich eingestehen, dass sie diese Nähe genoss. Sie war froh, Mat an ihrer Seite zu haben. Im Gegensatz zu den Einheimischen, deren Sprache und Gesten sie kaum verstand, teilte sie mit Mat wenigstens Werte und Worte. Außerdem war der Dschungel auch für ihn neu und ungewohnt.

Der Regen prasselte so laut und heftig auf das Palmdach, dass er sogar den Lärm der Zikaden übertönte.

„Das wird die nächste schlaflose Nacht", sagte Darlene und versuchte, eine bequeme Position in der Hängematte zu finden. Sie machte eine Pause und sagte: „Wegen dem Geld."

„Welchem Geld?"

„Na ja, deiner, nennen wir es mal: Spende für die Expedition?" Darlene erinnerte sich an den Abend, als Mat plötzlich in ihrer Hütte gestanden und ihr 30.000 Euro angeboten hatte. 30.000 Euro, wenn er sie auf die Expedition begleiten dürfe. Sie hatte sich einen Tag Bedenkzeit erbeten und alles mit Sami besprochen. Wenn man bedachte, was Darlene vorhatte, war es eine Farce, dass sie wegen der 30.000 Euro ein schlechtes Gewissen hatte und nicht schlafen konnte.

„Du bist nicht nur dabei, weil du mich finanziell unterstützt hast", sagte sie jetzt. „Natürlich spielt dein Geld eine Rolle. Immerhin konnte ich dadurch meinen Job kündigen. Aber mittlerweile bin ich wirklich froh, dass wir zusammen hier sind. Ich meine, du bist wie ich, hast Angst vor den Moskitos, überlegst dir lieber dreimal, ob du den roten Eimer benutzt, und kannst nachts auch nicht schlafen."

„Ich verbuche das mal als Kompliment."

„Aber warum hast du mir das Angebot unterbreitet?"

Mat dachte kurz nach und sagte dann: „Vielleicht hört es sich bizarr an. Aber ich denke, der Unfall hat mich wachgerüttelt. Er hat mir gezeigt, dass ich Dinge, die ich für sinnvoll erachte, unbedingt tun sollte. Nach dem Unfall ist mir bewusst geworden, dass uns allen irgendwann ... nun ja, die Luft ausgeht."

„John Blakely hat überlebt", sagte Darlene. „Wenn ich richtig informiert bin, ist er wieder zurück in London."

„Gott sei Dank", sagte Mat. „Aber um noch einmal auf deine Frage zurückzukommen: Wenn ich jemandem helfen kann, seine Ziele zu erreichen, ist das für mich eine Bereicherung. Und außerdem ist das hier ein Abenteuer. Genau das Richtige für einen

Siebenundvierzigjährigen in der Midlife-Crisis." Er lächelte Darlene an. Er verspürte nicht das Bedürfnis, ihr davon zu erzählen, dass sie ihn an ihn selbst erinnerte, als er noch jung gewesen war. Dieser Teil der Story hätte ihn steinalt wirken lassen.

„Ich glaube, die Expedition ist sehr wichtig für dich. Deshalb unterstütze ich dich", sagte er.

„Ja, sie ist sehr wichtig für mich, das stimmt", sagte Darlene. „Wichtiger, als du es dir jemals vorstellen könntest."

Bevor sie zu viel erzählte, wechselte sie lieber das Thema. „Eigentlich wollte ich ja ein paar Frauen mitnehmen. Aber die muslimischen Helfer waren dagegen. Das verstoße gegen irgendwelche Gesetze des Koran. Wenn eine Frau mitkäme, müsse sie Muslimin sein und sich stets bedecken, was bei der Hitze, wie ich finde, eine brutale Vorgabe ist. Der Widerstand war einfach zu stark."

„Ich wusste gar nicht, dass man sich auf Borneo so strikt an islamische Gesetze hält."

„Auf der Insel gibt es die unterschiedlichsten Religionen. Viele glauben an Naturgötter und animistische Rituale. Aber auch die christlichen Missionare haben ihre Spuren hinterlassen. Vor allem im malaysischen Teil sind viele Einwohner Christen. Ich schätze mal, dafür haben die Engländer gesorgt. In den letzten Jahren ist aber auch dort der Einfluss des Islam stärker geworden."

Am Rand des Lagers blitzten Taschenlampen auf. Die Helfer bereiteten sich auf das Abendgebet vor. Sie wuschen ihre Hände und Füße, bevor sie sich auf den Boden knieten und nach Mekka beteten. Vielleicht half ihnen das Beten, Ruhe zu bewahren. Welche Religion jemand praktizierte, so glaubte Mat in diesem Moment, spielte dabei keine Rolle.

*

Am nächsten Morgen hatte es aufgehört zu regnen. Überall stieg feuchtheißer Nebel auf, ein Dampfbad mitten im Dschungel. Irgendwo in der Ferne hörte Mat ein Rauschen. Mühsam entfernte er das Moskitonetz über seiner Hängematte, tastete nach seinen Wanderschuhen, die er im unteren Teil des Schlafsacks versteckt hatte, und mühte sich aus der Hängematte. Seine Schuhe waren feucht. Jeder Schritt quietschte. Er hätte die Dinger auch gleich aus lassen und barfuß durch den Schlamm warten können.

Während Darlene noch in ihrer Hängematte schlief, trat Mat unter dem Palmendach hervor und verließ das Camp. Er ging in Richtung Fluss. Das Rauschen wurde lauter. Auf halber Strecke traf er den groß gewachsenen Koch und Bantang, den Mann, der dafür verantwortlich war, dass der rote Eimer auf seinem Platz stand.

„*The riva*", sagte Batang und zeigte besorgt in Richtung Fluss.

"*What's the problem?*"

"*Danger*", sagte Batang.

Mat ging einige Schritte weiter. Dann sah er es selbst. Der Regen hatte den Fluss in einen reißenden Strom verwandelt. Ockerfarbene Stromschnellen hatten Teile des Ufers einfach weggespült. Mat dachte sofort daran, dass Adang gestern Abend noch den Befehl erteilt hatte, die Boote tiefer in den Dschungel zu ziehen. Die Arbeit war mühsam gewesen, aber sie hatte die Expedition gerettet. Ohne die Boote hätten sie aufgeben müssen. Adangs Erfahrung hatte dafür gesorgt, dass die Expedition nicht beendet war, bevor sie richtig angefangen hatte.

„Einen kompletten Tag warten!" Darlene war genervt. Besorgt starrte sie in die reißende Strömung.

Adang schien das Warten nichts auszumachen. „*We cannot control the weather. The weather controls us*", sagte er. Der Satz klang trivial. Doch er stimmte. Solange das Wasser des Flusses nicht sank, konnten sie nicht weiter.

Acht Jahre früher

Am späten Nachmittag eines bewölkten Tages war James durch die Schneise gewandert und hatte – ein nicht wieder gutzumachender Fehler – auf seiner Mundharmonika gespielt, dem Instrument, das ihm dabei geholfen hatte, die Luft bei seiner Ankunft von seinen friedfertigen Absichten zu überzeugen. Die Töne vermischten sich mit dem Kreischen und Fiepen der Vögel und dem Surren der Insekten.

Er war in Gedanken versunken, ließ die Zeit, die er in diesem Dschungel verbracht hatte, vor seinem inneren Auge Revue passieren. Er war auf dem Weg zurück in seine Heimat. Nach all den Jahren, die er hier verbracht hatte, hielt er es für angemessen, sich einen Moment lang seinen Erinnerungen hinzugeben. Er dachte an seine Ankunft als junger Mann, an seine Entwicklung zu einem Erwachsenen, der mit Pfeil und Bogen jagen und fast überall Wasser finden konnte. James Waltz dachte mit Stolz daran, dass er, *der Schweizer Naturbursche und Sohn eines Diplomaten,* es geschafft hatte, verfeindete Urvölker im Protest gegen die Holzmafia zu vereinen. Auch wenn sein Vater sein Vorhaben nie wirklich verstanden hatte, würde er ihn nach seiner Rückkehr von dem überzeugen, was er hier auf Borneo geleistet hatte.

Er war so tief in Gedanken versunken, dass er die drei bewaffneten Soldaten, die keine dreißig Meter vor ihm standen, zu spät bemerkte.

„James Waltz!"

Er erstarrte. Seit Jahren hatte er diesen Namen nicht mehr gehört. Die Urvölker nannten ihn seit Jahren den „Weißen", in ihrem jeweiligen Stammesdialekt.

„You are James Waltz!"

Einer der drei, ein Mann mit faltigem Gesicht und intensivem Blick, schien ihn erkannt zu haben.

Unfähig sich zu bewegen, starrte James die Soldaten an. Erst als der Alte, der weniger überrascht als neugierig wirkte, einen Schritt auf ihn zu machte, rannte er los.

Aus den Augenwinkeln sah er, wie sie ihre Gewehre anlegten, und lief schneller. Er musste raus aus der Schneise.

Dann fielen die ersten Schüsse. Adrenalin schoss durch seine Venen. Vor ihm der Dschungel. Nur noch wenige Meter. Zwischen den Bäumen würde er untertauchen können. Hier draußen war er eine Zielscheibe.

Kugeln durchschnitten die Luft. Er zwang sich, immer wieder abrupt stehen zu bleiben, in dem Glauben, dass die Soldaten ein Objekt, das sich nicht gleichmäßig bewegte, schwerer treffen konnten. Jedes Mal, wenn dicht neben ihm Patronen einschlugen, stockte ihm der Atem.

Dann endlich Dschungel. Ein Moment der Erleichterung. Ein weiterer Schuss fiel. James wurde von einem Holzsplitter getroffen und stürzte. Etwas Warmes lief über sein Gesicht.

Blut. Überall war Blut.

Er konnte noch sehen und zwang sich, aufzustehen und weiterzulaufen. Wenige Zentimeter neben ihm war eine Kugel in einen Stamm eingeschlagen. Hinter sich hörte er Schritte, Stimmen, Schreie.

Das Dickicht des Dschungels würde ihm einen Vorsprung verschaffen. Aber sie würden nicht von ihm ablassen. Sie würden ihn jagen.

*

Drei Tage später waren sie ihm immer noch auf den Fersen. Von einer Anhöhe aus hatte James gesehen, dass sie etwa eine Stunde Fußmarsch hinter ihm waren. Verzweiflung überkam ihn, als er an diesem Nachmittag seine letzten Beeren aß, die er in einem Lederbeutel mit sich herumschleppte. Bei dem Laufpensum, das er zurücklegte, würde ihm bald die Kraft ausgehen. Wasser zu finden war kein Problem. Es gab überall Lianen, die er mit seinem Messer zerschneiden konnte, um dann Wasser aus der Pflanze zu trinken. Aber früher oder später musste er etwas essen, sonst würde er das Tempo nicht durchhalten.

In der Nacht suchte er sich Verstecke unter dichten Baumwurzeln, wo er Maden fand, die ihn mit einem Minimum an Eiweiß versorgten. Schlafen konnte er nicht. Die Verstecke, die er wählte, waren eng und dunkel. Er war sich sicher, dass die Soldaten ihn hier nicht aufspüren konnten. Trotzdem bekam er kein Auge zu und vertrieb sich die Zeit damit, in Gedanken Briefe an seine Familie zu formulieren, die er früh morgens, wenn es dämmerte, auf einen feuchten Papierblock schrieb, den er seit Jahren mit sich herumschleppte und regelmäßig nutzte, um Zeichnungen von seltenen Pflanzen anzufertigen. Doch jedes Wort, das er zu Papier brachte, erschien ihm unpassend und falsch. Zudem war es ein sinnloses Unterfangen, einen Brief zu schreiben, der niemals seine Adressaten erreichen würde.

Absurd und sinnlos.

Genauso erschien im plötzlich alles.

Als junger Mann hatte er, besessen von der Idee, allein in der Natur überleben zu können, seine Heimat verlassen. Sein Ziel war es gewesen, unabhängig zu sein, ohne Geld auszukommen und sich von Anforderungen und Zwängen zu befreien. Während die meisten Reisenden nach wenigen Monaten wieder zurückkehrten, hatte er vielleicht das Pech gehabt, zu sehen, dass seine Träume Wirklichkeit wurden. Die Luft hatten ihm gezeigt, wie man im Rhythmus der Jahreszeiten lebte, wie man jagte, die richtigen Pflanzen erkannte. Seine Zeit bei dem Urwaldvolk hatte ihm aber auch deutlich gemacht, dass der auf Konsum und Wachstum basierende Lebensstil des Westens der uralten Lebensweise der Dschungelvölker ihre Berechtigung abgesprochen hatte. Im Dschungel zu leben und frei umherzuwandern, nur so viele Tiere zu jagen, wie man selbst essen konnte, war über tausende von Jahren Tradition gewesen. Doch nun war es nur eine Frage der Zeit, bis die Gier des Kapitalismus und die Regeln der Bürokraten, Banker und Unternehmer die letzten wilden Ecken des Planeten erreichten. Hochprofitable Palmöl-Plantagen würden bald überall dort entstehen, wo einst die Luft sich mit den Penan getroffen, Fische gefangen und zusammen von einer Geisterwelt jenseits des Heiligen Berges geträumt hatten. In diesen dunklen Nächten auf der Flucht, die er im Morast zwischen Wurzeln, Käfern und kalten Steinen verbrachte, schlich sich das Gift der Verzweiflung in seine Gedanken. Der von ihm angeführte Protest war sinnlos gewesen, nichts würde sich ändern, redete er sich ein. Malaysia und Indonesien hatten nach der Demonstration der Urvölker schlechte Presse erhalten. *Aufstand der Dschungelvölker!* Das war neu gewesen, sensationell. Aber eben auch nur eine Geschichte, die schon bald in Vergessenheit geraten würde. Borneos Regenwälder lagen nicht in Europa oder den USA. Die Probleme der Insel und seiner Ureinwohner waren zu weit weg, zu abstrakt, um in seiner Heimat verstanden zu werden. Schon bald würde der Westen ihn und die Luft vergessen. Der Hass der Konzernbosse und ihrer kriminellen Handlanger dagegen, deren Wachstumspläne er mit seinen Aktionen gefährdet hatte, würde nicht vergehen. Diese Leute würden nicht ruhen, bis sie ihn im Dschungel begraben hatten. Die Soldaten würden ihn töten.

James begann zu verzweifeln. Er hatte sich in ein Abenteuer gestürzt, das das Leben der Ureinwohner nicht verbessert und seiner

Familie geschadet hatte. Im Grunde genommen waren die Luft in ihrer Existenz bedrohter als je zuvor, und seine Familie litt unter Verlustängsten, die sie mit Psychopharmaka bekämpfte. Das hatte Darlene in einem ihrer letzten Briefe geschrieben. Alle mussten leiden, weil er ihnen seinen Willen aufgezwungen hatte.

Dafür musste er jetzt bezahlen.

Die Expedition

Am nächsten Tag war der Fluss immer noch zu hoch, um weiterzufahren. Adang weigerte sich, die Boote zu Wasser zu lassen. Die reißende Strömung sei zu gefährlich. Dass sie gezwungen waren, noch länger zu warten, ließ eine diffuse Unruhe entstehen. Darlene saß ständig über ihrer Karte und ging immer wieder die Route durch. Schon seit Tagen quälte sie Mat mit irgendwelchen Details und Zeitplänen, die man, aus welchen Gründen auch immer, unbedingt einhalten müsse. Am Anfang hatte er interessiert zugehört. Doch mittlerweile konnte Mat diese Karte nicht mehr sehen. Selbst Adang machte einen genervten Eindruck, wenn Darlene mit der Karte ankam.

Das Einzige, was Mat wirklich freute, war die Tatsache, dass er – vermutlich schon in wenigen Tagen – ein Urwaldvolk zu Gesicht bekommen würde. Adang hatte vorgeschlagen, einen Zwischenstopp bei den Penan einzulegen. Man könne Proviant auffrischen und möglicherweise Infos über James und die Luft erhalten. Schließlich seien die Penan lange Jahre ihre Nachbarn gewesen und hätten sich am Protest gegen die Holzkonzerne beteiligt.

Als es dunkel wurde, begann es erneut zu regnen. Mat und Darlene lagen in den Hängematten, über sich hatten sie eine Plastikplane gespannt. Unablässig plätscherte der Regen darauf. Darlene hatte ihre Kopflampe eingeschaltet und studierte (immer noch, vielleicht aber auch schon wieder) ihre Karte. Rings um sie drangen die gewohnten Schreie durch das Dickicht.

„Wenn es jetzt schon wieder die ganze Nacht durchregnet, hängen wir noch mehrere Tage hier fest", sagte Mat.

Darlene ignorierte ihn.

„Ich hoffe, wir begegnen den Penan", sagte Mat. Es war ihm egal, ob Darlene zuhörte oder nicht. „Ich habe schon mehrere Urvölker gesehen, aber jedes Mal hatte ich den Eindruck, dass sie mir eine Art Show vorspielten. Mit Federn, Speeren und Tänzen. Ein für Touristen inszeniertes Theater. Die Zeit der Entdecker ist eben endgültig vorbei. Marco Polo, Magellan und Livingston, die haben noch Dinge gesehen, die keiner vor ihnen gesehen hatte. Dass es heute noch unentdeckte Urvölker gibt, halte ich für ein Gerücht. Man hört ja immer wieder von solchen Dingen, aber ich weiß nicht recht ..." Er machte eine Pause und dachte kurz nach. „Irgendwie ist es traurig, dass der Mensch schon alles gesehen hat. Marco Polo würde heutzutage entweder Depressionen bekommen oder aus einer Raumkapsel springen."

Darlene sagte immer noch nichts. Sie starrte auf die Karte, richtete ihren Kompass aus und bemaß mit einem Zirkel Abstände.

Da verlor Mat die Geduld. „Was zum Teufel machst du eigentlich den ganzen Tag mit dieser Karte?"

„Ich rechne." Darlene sah Mat an. Die Lampe, die sie an einem Band um ihren Kopf gewickelt hatte, blendete ihn. „Ich versuche, die einzelnen Streckenabschnitte in Teile zu zerlegen und auszurechnen, wie lange wir für die Gesamtstrecke brauchen werden. Angenommen, wir schaffen drei Kilometer in der Stunde und gehen fünf Stunden pro Tag, dann werden wir im Schnitt fünfzehn Kilometer am Tag zurücklegen. Das wiederum würde bedeuten, dass wir für die Strecke bis zum Heiligen Berg doppelt so lange brauchen, wie Adang behauptet."

„Leider basiert diese Rechnung auf deiner Annahme. Adang wird es besser wissen. Er ist der Guide."

„Ich habe Adang gefragt, wie schnell wir vorankommen werden. Und er sagte mir, dass man mit Gepäck etwa drei Kilometer pro Stunde zurücklegen würde und dass die meisten Touristen zwischen vier und sechs Stunden pro Tag laufen könnten. Demnach ist der Mittelwert fünf. Das heißt, meine Annahmen sind korrekt."

„Und wenn er gar nicht weiß, wie lang ein Kilometer ist?"

„Er sollte es aber wissen. Er ist der Guide!" Darlene schaute wieder auf die Karte und Mats Gesicht wurde von der Dunkelheit verschluckt.

„Ich verstehe einfach nicht, warum dich das so beschäftigt", sagte er.

„Weil ich Statistikerin bin. Das habe ich studiert. Bevor ich auf dieser Insel gelandet bin, habe ich in Zürich Sozialwissenschaften studiert und mich schwerpunktmäßig mit statistischen Rechenmodellen beschäftigt."

„Das hätte ich nicht gedacht."

„Es gibt vermutlich einige Dinge in Bezug auf mich, die du nicht gedacht hättest", antwortete sie.

„Sozialwissenschaften", wiederholte Mat. „Wieso hast du dich für diesen Studiengang entschieden?"

Dicht über ihrem Kopf surrte ein Moskito. Nur ein dünnes Netz lag zwischen ihr und dem Stachel des blutrünstigen Insekts. Sie zögerte. Im Resort hatte sie ihre Geschichte auf ein Minimum reduziert: Sie kam aus der Schweiz und arbeitetet auf Mataking. Zwei Jahre war das alles gewesen. Die meisten Menschen hatten Angst vor der Schwere der anderen, ein Hauch sozialer Nähe genügte. Vielleicht hatte Darlene Mat falsch eingeschätzt, hatte geglaubt, dass er nur hier war, um sich selbst etwas zu beweisen. Vielleicht auch, weil er sie scharf fand. Doch je mehr sie ihn kennenlernte, desto sicherer war sie, dass er wirklich wissen wollte, wer sie war. Obwohl sie sich vorgenommen hatte, Distanz zu wahren, begann sie zu erzählen.

„Ich denke, ich wollte herausfinden, warum mein Bruder unsere Gesellschaft ablehnte. Ich wollte verstehen, warum er mit einer Gruppe von Menschen, die mir völlig fremd waren, mitten im Dschungel leben wollte. Mir ist aber schnell klar geworden, dass kein Buch diese Fragen beantworten kann. Vielleicht habe ich mich deshalb auf Statistik konzentriert, weil es da konkrete Ansätze gibt und echte Zusammenhänge leichter abbildbar sind, was natürlich auch trügerisch sein kann. Ich habe jedenfalls Gefallen an Statistik gefunden und im Institut meines Professors gearbeitet. Ich habe mich mit Aids und dessen Auswirkungen auf die Sterblichkeitsrate von Kindern beschäftigt. Wäre nichts Außergewöhnliches passiert, hätte ich mein Studium wohl beendet und mir einen Job gesucht. Vielleicht wäre ich auch an der Uni geblieben und hätte meinen Doktor gemacht. Doktor Darlene Waltz."

Mat glaubte, ein Lächeln auf ihrem Gesicht zu erkennen.

„Aber dann verschwand James und ich konnte mich nicht mehr auf die Uni konzentrieren. Ich verpasste Besprechungen und Vorbereitungskurse. Und bei der Arbeit am Institut machte ich ständig Fehler. Ich berechnete jede zweite Syntax falsch. Alles, was mir vorher leicht von der Hand ging, wurde plötzlich schwer. Nachdem ich zweimal hintereinander den Abgabetermin für ein Paper verpasst habe, hat mir mein Professor nahegelegt, eine Auszeit zu nehmen. Das war zu der Zeit, als die Suchtrupps der Schweizer Regierung aus Borneo zurückgekehrt waren und nichts gefunden hatten."

Mat sah zu der Plane hoch, auf die der Regen prasselte.

„Ja. Wir hatten auf ein Zeichen von James gehofft. Aber es kam nicht. Nur enttäuschte Gesichter und Beileid von allen Seiten. Und dann schrieb auch noch die Presse vom Verschwinden meines Bruders. Ich war zu diesem Zeitpunkt so angespannt, dass ich nicht mehr schlafen konnte. Da habe ich die Uni geschmissen und angefangen, meinen Vater zu bedrängen, erneut aktiv zu werden. Er hat sogar auf mich gehört, hat ein weiteres Team von Biologen und Journalisten zusammengestellt, das die Grenzregion zwischen Sarawak und Kalimantan durchkämmt hat."

„Du kannst deinem Vater nicht vorwerfen, dass er untätig war. Er muss ein Vermögen in diese Expeditionen gesteckt haben", sagte Mat.

„Ich werfe ihm keine Untätigkeit vor. Ich werfe ihm vor, dass er meinen Bruder aufgegeben hat. Das ist ein großer Unterschied."

Mat merkte, dass er sich hier auf einem mit Emotionen aufgeladenen Terrain bewegte. „Also bist du selbst nach Borneo?"

„Ja. Ich habe versucht, ein Team zusammenzustellen. Doch ich hatte nur siebentausend Euro und konnte niemanden finden, der als Guide in Frage kam. Also habe ich mir einen Job gesucht und von Mataking aus nach erfahrenen Dschungel-Führern gesucht. So habe ich Adang kennengelernt. Sami, der Tauchlehrer im Resort, hat ihn mir empfohlen."

Plötzlich kam Unruhe auf. Mat und Darlene schauten zum Lager der Helfer. Stimmen redeten durcheinander, überschlugen sich. Irgendwo knackten Äste, Farne wurden zur Seite geschoben, Schritte waren zu hören.

Darlene zog hastig ihre Schuhe an, verließ ihre Hängematte und lief durch den Regen in Richtung der Helfer.

Mat folgte ihr.

„Adang!“, rief sie. „Was ist los?“

Adang wandte sich von zwei Helfern ab, die triefend nass und völlig außer sich in einer für Darlene und Mat unbekannten Sprache auf ihn eingeredet hatten. Adang wirkte unentschlossen; er schien nicht genau zu wissen, wie er reagieren sollte. Zum ersten Mal bemerkte Mat einen Hauch von Unsicherheit an ihm.

„Zwei Helfer haben etwas gefunden“, sagte er. Dann hielt er kurz inne und versuchte, sich Bedenkzeit zu verschaffen.

„Was haben sie gefunden?“, fragte Darlene.

„Vor kurzem hat ein seltsames Gerücht die Runde gemacht, das viele Dschungelvölker sehr beunruhigt, ja eingeschüchtert hat. Man sagt, dass die Holzkonzerne einen Mann, den alle nur den Alten nennen, beauftragt haben, einen jungen Stammeshäuptling zu töten, weil der sich weigerte, das Land seines Volkes zu verkaufen.“

Darlene schüttelte den Kopf. Sie wurde ungeduldig, wollte, dass er endlich zum Punkt kam.

Adang hob beschwichtigend die rechte Hand und holte noch mal Luft. Dann fuhr er fort: „Einige Stämme berichteten davon, dass der Alte den jungen Stammeshäuptling mit Händen und Füßen an einen Baum genagelt hätte.“

„Eine Kreuzigung“, warf Mat irritiert ein.

Adang nickte. „Die Ureinwohner haben davon gesprochen, dass der tote Körper des jungen Häuptlings nun verflucht sei und dass der Alte alle, die in die Nähe des Toten kommen, töten würde.“

„Jetzt sag endlich, worum es geht“, insistierte Darlene.

„Wir haben den Leichnam des jungen Häuptlings gefunden.“

Stille. Niemand sagte ein Wort. Mat hatte den Eindruck, als habe sogar das Plätschern des Regen für einen Augenblick ausgesetzt.

„Die Leiche gefunden?“, fragte Darlene unsicher. „Hier?“

„Ja.“

„Ich will sie sehen“, sagte sie.

Adang riss die Augen auf.

„Ich will sie sehen“, wiederholte sie. In ihrer Stimme lagen Wut und Angst. „Wer sagt, dass es sich bei diesem Stammeshäuptling nicht um James handelt.“ Ohne eine Antwort abzuwarten, lief sie im strömenden Regen in die Richtung, aus der die Träger gekommen waren.

„Darlene! Das ist nicht richtig", sagte Adang verzweifelt. Mat beobachtete, wie die Kieferknochen des Guides mahlten. Sowohl Adang als auch ihm war klar, dass sie Darlene nicht aufhalten konnten. Hastig sagte Adang etwas zu zwei Helfern und lief dann Darlene hinterher. Mat folgte. Er war angespannt, hätte sich nicht gewundert, wenn plötzlich ein Blitz eingeschlagen wäre. Doch nichts dergleichen passierte. Der Regen rann gleichmäßig auf den Boden und verwandelte ihn in eine schwer zu durchschreitende, öde Sumpflandschaft.

Und dann tauchte dieser Baum auf, an dem ein schwer zu identifizierendes Bündel hing. Die Lichter von Darlenes und Adangs Taschenlampen huschten über den Stamm. Regenfäden durchdrangen die Lichtkegel. Mat kniff die Augen zusammen und versuchte, sich auf das Bündel zu konzentrieren. Tatsächlich, es hatte die Umrisse eines Menschen. Bei den dünnen Gliedmaßen handelte es sich eindeutig um Arme und Beine. Finger und Zehen waren deutlich zu erkennen.

Darlenes Taschenlampe verharrte am oberen Ende des Korpus, dann am unteren. Mat atmete tief durch. Jemand hatte diesen Mann in der Tat an den Stamm des Baumes genagelt. Es war eine Kreuzigung.

Der Körper wies Spuren von Verwesung auf. Der Kopf war noch zu erkennen, schien aber mit einer seifenartigen Fettschicht überzogen zu sein. Die Gesichtszüge waren bis zur Unkenntlichkeit entstellt. Dafür sah man umso deutlicher sehr dunkle Haare, die wild nach allen Seiten abstanden. Als Darlene ihre Lampe auf den Kopf des Leichnams richtete, krochen daumendicke Maden davon, flüchteten in die sichere Dunkelheit. Darlene schien das egal zu sein. Sie trat näher an den Toten heran, dessen Hände und Füße mit dem Baum verwachsen schienen.

„Darlene! Please!" Adang bettelte fast. *„Come back."* Er schien sich an diesem Ort sichtlich unwohl zu fühlen. Mat fragte sich, ob er wirklich an den Fluch glaubte, von dem er gesprochen hatte.

Darlene reagierte nicht. Sie nahm die Taschenlampe zwischen die Zähne, kramte in ihrem Brustbeutel und zog etwas heraus, das wie ein Schweizer Taschenmesser aussah. Damit wagte sie sich noch näher an den Toten und schnitt ihm ein kleines Bündel Haare ab.

Mat konnte trotz der Dunkelheit im Licht der Lampen erkennen, wie Adangs dunkle Haut aschfahl wurde.

Darlene kam zurück und trat neben den Guide, der vor Schreck kein

Wort sagen konnte. Sie schien zu merken, dass sie Unmut ausgelöst hatte, und versuchte, sich zu rechtfertigen. „Ich brauche die Haare, um mit Bestimmtheit sagen zu können, dass der Mann da nicht James ist."

Adang sah sie fassungslos an.

„Ich glaube aber nicht, dass er es ist", fuhr sie fort. „Die Leiche ist noch kaum verwest, offensichtlich ist es also noch nicht lange her, dass sie den armen Teufel gequält haben. James ist schon seit Jahren verschollen. Klar, er könnte untergetaucht sein und es könnte sich um eine späte Rache der Konzerne handeln. Aber das ist unwahrscheinlich. Adang, seit wann macht das Gerücht von dem toten Häuptling die Runde?"

„Seit einem Monat, vielleicht zwei."

„Das bestätigt, was ich gesagt habe", meinte Darlene nüchtern und nestelte an ihrer Brusttasche, in der sie die abgeschnittenen Haare des Toten verstaut hatte.

„Wir können gehen", sagte sie entschlossen. „Die Haare behalte ich. Keine Widerrede. Der Mann ist tot. Seine Haare wird er nicht mehr brauchen." Sie lächelte selbstbewusst, vielleicht war das aber auch nur eine unbewusste Reaktion, um den Schock zu verarbeiten. Dann stapften sie alle durch den Regen zurück ins Camp.

*

In der Nacht hatte es aufgehört zu regnen. Am späten Nachmittag des nächsten Tages ging es endlich wieder voran. Sie ließen die Boote zu Wasser und glitten noch tiefer in den Dschungel. Nach mehreren Stunden wurde der Fluss flacher und damit schwerer zu befahren. An manchen Stellen wurde das Wasser sogar so seicht, dass die Helfer die Boote über Steine hieven mussten. Immerhin war hier die Strömung nicht mehr so stark.

Hin und wieder musste Mat an den gekreuzigten Stammeshäuptling denken. Vor seinem inneren Auge sah er die kleinen Tierchen, die aus seinem Haar geflohen waren und sich in der Dunkelheit verkrochen hatten, sah die seifige Haut und das entstellte Gesicht. Es war die erste Leiche, die er nicht aufgebahrt in einer Leichenhalle gesehen hatte.

Nachdem sie ins Camp zurückgekehrt waren, war Adang seiner

Pflicht als Guide nachgekommen und hatte die Koordinaten des Fundorts per Satellitentelefon den Behörden durchgegeben. Danach waren alle in ihren Hängematten verschwunden und seitdem hatte keiner von ihnen auch nur ein einziges Wort über den grausamen Fund verloren. Sie schienen sich unbewusst darauf geeinigt zu haben, dass Schweigen die einzig richtige Antwort war.

Während Mat seinen Gedanken nachhing, studierte Darlene weiter wie besessen ihre Karte.

Einen ganzen Tag lang hatte Mat bis auf einige bunte Vögel, Moskitos und Käfer nichts Aufregendes gesehen. Dann begegneten sie dem ersten großen Tier.

Mit einem Handzeichen erteilte Adang den Befehl, dass man die Motoren abstellen und sofort anhalten solle. Er zeigte zum Ufer. Mat glaubte zuerst, einen Baumstamm im Wasser zu erkennen, realisierte jedoch an der schuppigen Oberfläche, dass es sich um ein Krokodil handeln musste.

Langsam glitten die Boote auf das Tier zu.

„Warum halten wir an?“ Darlene wurde nervös. Abgelenkt durch die Karte, hatte sie nicht mitbekommen, was vor sich ging.

Adang wechselte einige Worte mit dem Koch, woraufhin dieser die Kühlbox öffnete und ein Stück Fleisch herausnahm und auf die Spitze einer langen Holzstange spießte.

„Adang! Was soll das?“

„*Wait!*“ Dieses Mal machte der Guide nicht den Eindruck, als würde er Darlenes Worten Beachtung schenken.

Das Boot näherte sich dem Krokodil. Reglos lag es da, die Augen halb geöffnet. Die Stange mit dem Fleisch wurde ausgestreckt.

Und dann passierte es. Der Alligator sprang aus dem Fluss. Reißende Zähne zerfetzten die Stange. Wasser schäumte auf und das Tier tauchte wieder unter.

Sofort erteilte Adang den Befehl zum Weiterfahren. Die Motoren heulten auf und die Boote glitten davon.

„Was zum Teufel war das?“, schrie Darlene.

„Ein Alligator.“ Stolz wie ein Dompteur, dem ein außergewöhnliches Kunststück gelungen war, riss Adang seine Arme in die Luft.

Die Helfer blickten stolz zu ihrem Guide, der in einer für sie fremden Sprache über die Sprungkraft von Krokodilen dozierte.

„Nicht viele Menschen wissen, dass Alligatoren springen können. Sie haben nur kleine Füße, dafür aber einen sehr starken Schwanz. Mit dem schrauben sie sich aus dem Wasser."

Darlene war stocksauer. Sie hatte sich zu Tode erschreckt, als das Tier neben ihr aus dem Fluss gestiegen war. „Mach das nie wieder, Adang! Hast du verstanden? In Zukunft erst erklären, dann zeigen!"

„Kein Problem. Ma'am", sagte Adang höflich, strahlte aber über das ganze Gesicht. Wer zu dem Zeitpunkt noch daran zweifelte, wer auf der Expedition das Sagen hatte, der wusste spätestens jetzt, dass es weder Darlene noch Mat waren.

Darlene war für einen Moment nicht mehr sicher, ob sie Adang vertrauen konnte. Natürlich war die Sache mit dem Alligator ein Scherz gewesen. Aber wie würde der Guide in einer Extremsituation reagieren? Auf welcher Seite würde er stehen? Sie holte tief Luft und hoffte, dass alles bald vorbei sein würde.

*

Am achten Tag, drei Tage später als geplant, erreichten sie die Stelle, an der sie die Boote zurückließen und den Weg zu Fuß fortsetzten.

Die Helfer luden alles aus, verteilten Proviant, Medikamente, Töpfe, Schlafsäcke und Gewehre und machten sich an die Arbeit, die beiden Schlauchboote über quer liegende Bäume und mannshohe Gesteinsbrocken zu schleppen. Etwa fünfhundert Meter vom Flusslauf entfernt bedeckten sie die Boote mit Palmwedeln. Der Fluss würde Übernatürliches leisten müssen, um sie sich einzuverleiben.

Mat und Darlene schnürten ihre Wanderschuhe, schulterten ihre Trekkingrucksäcke und folgten Adang und den Helfern in den Dschungel. Sie hatten den Fluss bereits mehrere Stunden hinter sich gelassen, als Mat bemerkte, dass er das stille Rauschen des Wassers vermisste. Wie ein bedächtiger Grundton hatte es ihm in den letzten Tagen die Gewissheit gegeben, dass sie den richtigen Weg eingeschlagen hatten. Hier drinnen, zwischen giftgrünen Blättern, ungezählten Lianen und meterdicken, mit knallbunten Käfern besprengten Bäumen, sah alles irritierend gleich aus.

Mat konzentrierte sich darauf, Schritt zu halten und der Gruppe zu folgen. Der Rücken vor ihm wurde zu einem Orientierungspunkt, dem er vertrauen musste. Adang und seine Leute kannten sich aus und hatten ganz offensichtlich – im Gegensatz zu ihm – kein Problem, sich auf dem unebenen Boden fortzubewegen. Während Mats Schritte eher an ein unsicheres Stapfen erinnerten, glitten sie geschickt über das feuchte, rutschige Unterholz. Dabei hatten die Träger keine Schuhe, sondern ausgelatschte Flip-Flops an. Während Darlene und er nach westlichem Standard mit Kleidung von North Face, Black Diamond, Jack Wolfskin und anderen Outdoor-Marken ausgestattet waren, trugen ihre Begleiter ausgewaschene T-Shirts, abgewetzte Jeans oder alte Trikots von Manchester United.

Die Eintönigkeit der Umgebung machte Mat verrückt. Zweiflügelfruchtbäume, Meranti, Maulbeergewächse und Palmen, deren Wipfel nicht zu sehen waren, meterhohe Wurzeln und überall Schlamm. Mat dachte an Livingstone und daran, dass sich der Entdecker in Afrika mit seiner Mannschaft auf der Suche nach den Nilquellen mehr als nur ein Mal verlaufen hatte. Auch wenn sich die Vegetation eines afrikanischen Dschungels sicher von diesem unterschied, so konnte Mat nur zu gut nachvollziehen, wie diese Verlorenheit zustande gekommen war. Obwohl der Regenwald nicht so dicht war wie in den Filmen, die Mat kannte, konnte er beim besten Willen keinen Pfad erkennen. Wie Adang ohne Kompass wissen konnte, ob sie sich auf dem richtigen Weg befanden, war ihm ein Rätsel.

Acht Jahre früher

In dieser Nacht hatte er zum ersten Mal seit Tagen geschlafen. Der mit dichtem Moos bewachsene Boden hatte ihm als Unterlage gedient. Über ihm befand sich die mächtige Wurzel eines Urwaldriesen. Er wachte auf, als ein Sonnenstrahl, der seinen Weg durch dichtes Blattwerk und verwobenes Wurzelwerk gefunden haben musste, sein Gesicht wärmte. Einen Moment ließ er die Augen geschlossen und gab sich noch den Bildern seines Traumes hin. Er hatte vom Haus seiner Familie geträumt, von ihrem Garten und den Büschen, von denen man auf den Zürichsee sehen konnte. Er hatte die Stimme seiner Mutter gehört. Sie rief nach ihm, irgendein Affenbaby müsse gestillt werden. Neben ihm im Gras lag eine fremde Person, ein Mädchen, vielleicht Darlene, vielleicht auch eine Schulfreundin. Er konnte ihr Gesicht nicht erkennen, es war verschwommen, eine Abstraktion, verborgen hinter unklaren Farben und nicht zu Ende gedachten Linien.

Der Sonnenstrahl tanzte auf seinen Wimpern. Einen Augenblick noch, dachte er und zwang sich wieder in den Traum zurück. Das Gefühl war noch da, die Geborgenheit, die Stille, ein salziger Duft. Er wollte diesen Zustand für immer festhalten, ihn konservieren. Natürlich war das zwecklos, der Zürichsee, der Garten, die Stimme der Mutter, das zarte, gesichtslose Wesen ... Je stärker er versuchte, die Bilder aufrechtzuerhalten, desto mehr verwässerten sie.

Er schlug die Augen auf.

Schweigend und leise atmend saß er da und dachte über den Traum nach. Das gesichtslose Wesen, wer war sie? Seine Schwester? Möglicherweise stand dieses Wesen aber auch für etwas, das er in diesem Leben noch nicht kennengelernt hatte: die bedingungslose Liebe einer Frau. Natürlich hatte er mit einunddreißig Jahren bereits Erfahrungen mit Frauen gesammelt. Im Tessin hatte er sich ab und zu mit einem schüchternen Mädchen aus dem Dorf getroffen. Und er hatte auf einer seiner ausgedehnten Wanderungen eine sehr aufgeschlossene Frau um die Vierzig kennengelernt. Sie hatten zwei Tage zusammen in den Wäldern verbracht. Es war schön und aufregend gewesen.

Die Luft hatten ihm als Zeichen ihrer Gastfreundschaft Mädchen des Dorfes in seine Hütte geschickt; eine Geste, die er am Anfang eher unbeholfen, später dann mit wachsender Freude in Anspruch genommen hatte. Doch diese Begegnungen waren eher sexuelle Experimente gewesen, keine Liebesbeziehungen.

War seine Liebe zum Dschungel seine Daseinsberechtigung, seine persönliche Mission, die keinen Platz für die Nähe zu einer Frau zuließ? War es das, was ihm der Traum sagen wollte?

James' Gedanken waren abgeschweift, hatten sich verloren in Traumfragmenten und offenen Fragen. Für einen kurzen Augenblick hatte er sogar vergessen, dass die Soldaten ihn verfolgten. Doch dann ertönte der Schrei.

Er schrak zusammen. Die Schreie kamen eindeutig von einem Menschen. Und sie kamen aus dem Tal. Von irgendwo dort unten drangen verzweifelte Schmerzensschreie zu ihm herauf und wurden als Echo zurückgeworfen.

James bewegte sich langsam und vorsichtig voran. Er stieg auf einen Felsvorsprung und legte sich oben flach auf den Bauch. Von hier aus hatte er einen hervorragenden Ausblick auf eine mit Farnen und Gras bewachsen Fläche, in deren Mitte die Soldaten irgendetwas an einen Baumstumpf gefesselt hatten.

Ihm stockte der Atem.

Sie hatten einen Ureinwohner gefangen genommen und waren dabei – er musste erneut hinsehen, um es wirklich zu glauben –, diesem Mann die Haut abzuziehen. James vergrub den Kopf in seinen Armen, schloss für einen Moment die Augen, nur um sie kurz darauf wieder zu öffnen und festzustellen, dass es tatsächlich passierte. Aus einer Entfernung von nicht einmal dreißig Metern konnte James sehen, dass das rechte Bein des Gefangenen stark blutete. Einer der Soldaten hatte mit einem Messer die Haut vom Oberschenkel des Mannes geschnitten.

Was passierte dort unten? Sein Puls raste.

Der Eingeborene schrie, als einer der Soldaten (James glaubte zu sehen, dass es der Alte war) mit einem Stück Holz die blutende Wunde berührte. Der junge Mann, der dort unten an den Baumstamm gefesselt war, hatte eine topfähnliche Frisur und die Muster seiner Tätowierungen wiesen ihn eindeutig als einen Penan aus, einen Angehörigen des Volksstamms, den er mit den Luft mehrmals getroffen hatte.

Wie es den Soldaten gelungen war, einen Penan gefangen zu nehmen, war James ein Rätsel. Die Penan waren Meister der Tarnung. Und genau wie die Luft unauffindbar.

„James!“

Er zuckte zusammen und presste sich dicht an den Felsvorsprung. Hatten die Soldaten ihn gesehen?

„James Waltz! Komm raus! Wir wissen, dass du da bist. Zeig dich oder wir ziehen deinem Freund hier die Haut ab!“, rief einer der Soldaten auf Englisch. Höhnisches Gelächter ertönte.

James blieb auf dem Felsvorsprung liegen und regte sich nicht. Sein Herz schlug laut. Was sollte er tun?

„James Waltz!"

Der Penan musste leiden, vielleicht sogar sterben, weil sie es auf ihn abgesehen hatten.

„Ich gebe dir fünf Minuten! Verstanden?" Der Alte hob das blitzende Messer. „James Waltz! Siehst du das? Komm raus."

Was blieb ihm übrig?

Die Expedition

Es dämmerte bereits, als sie ihr erstes Nachtlager im Dschungel aufschlugen. Die exakte Tageszeit konnte man ohne Uhr nur schwer bestimmen. Am Fluss hatte sich der Abend oft durch ein gewaltiges Farbenspektakel angekündet, bevor alles in tiefem Schwarz versunken war. Mitten im Dschungel gab es nur wenig Sonnenlicht. Der Blick in den Himmel war von Geäst, Blattwerk und Lianen versperrt. Das Dach des Dschungels war so dicht, dass es sogar tagsüber düster war.

Das Lager war für Mat und Darlene eine Enttäuschung. Am Fluss hatten sie ihren privaten Bereich für sich beansprucht, hier bestand Adang auf einem Rastplatz, auf dem alle eng beieinander schliefen. Nur so könne man sich vor wilden Tieren schützen. Damit wurde der persönliche Radius eines jeden von ihnen eingeschränkt. Nicht mal einen Meter von Darlene entfernt hatte Bantang seine Hängematte aufgeknüpft. Grinsend beobachtete er, wie Darlene in ihre Matte kletterte, die aus Sicherheitsgründen etwa einen Meter zwanzig über dem Boden angebracht war. Dann wurde eine helle Kerosinlampe angezündet und die muslimischen Helfer knieten nieder und riefen Allah an.

„Können die nicht zum Beten in den Dschungel gehen?" Darlene war mit der neuen Situation sichtlich unzufrieden.

Mat verstand nicht, warum sie plötzlich gegen die Muslime wetterte. Vielleicht hatte es mit der Karte zu tun. Die hatte sie schon eine ganze Weile nicht mehr angeschaut. Vermutlich hatte sie eingesehen, dass es unmöglich war, sich anhand einer Karte im Regenwald zurechtzufinden. Vielleicht war es aber auch die Begegnung mit dem toten Dschungelhäuptling, die sie in Wahrheit mehr beunruhigte, als sie zugeben wollte.

„Mein Gott!", fluchte sie und wälzte sich in ihrer Hängematte. „Dieses Gebrabbel. Das macht mich noch irre!"

„Wieso?"

„Keine Ahnung. Es nervt einfach."

Mat hatte sich mittlerweile an die Gebete gewöhnt. Für ihn waren sie wie Musik. Über das monotone Gemurmel der Betenden legte sich das Zirpen der Zikaden.

„Vielleicht habe ich doch etwas gegen Muslime", sagte Darlene plötzlich. „Nicht gegen alle natürlich. Es gibt immer solche und solche. Aber seit ich auf Mataking war, kämpfe ich mit meinen Vorurteilen."

„Wieso?"

„Na, wegen Abu Sayyaf."

Mat glaubte, den Namen schon einmal gehört zu haben.

„Abu Sayyaf kämpft seit Jahren mit Waffengewalt dafür, dass die gesamte Insel Mindanao unterhalb der Philippinnen komplett muslimisch wird. Mittlerweile sollen sie sogar mit ISIS kooperieren."

„Und was hat das mit dir und Mataking zu tun?"

„Mataking liegt zwei Bootsstunden vom Einflussgebiet der Abu Sayyaf entfernt. Vor zwölf Jahren sind sie auf Siapadan eingefallen und haben Touristen entführt. Vielleicht sagt dir der Name Wallert etwas. Eine deutsche Familie, die eine Zeit lang in der Gewalt von Abu Sayyaf war. Das ging ziemlich groß durch die Presse."

Mat erinnerte sich dunkel.

„Seitdem Abu Sayyaf auf Siapadan Touristen entführt hat, reagieren fast alle Resorts sehr empfindlich auf Muslime. Ich bin sicher, die meisten Muslime haben kein Interesse daran, mir den Kopf abzuschlagen. Aber Abu Sayyaf ist gefährlich. In den letzten fünfzehn Jahren hat die Gruppe bestimmt achtzig Leute köpfen lassen und was weiß ich wie viele Frauen vergewaltigt."

„Ich dachte, es sei unbedenklich, die Region zu bereisen", sagte Mat. „Das Auswärtige Amt hält das Gebiet für stabil."

„Die malaysische und die indonesische Armee versuchen, Piraten und andere radikale Gruppen aus der Celebes Sea zu vertreiben, um den Tourismus nicht zu gefährden. Aber wirklich sicher ist die Region nicht. 2012 haben Abu-Sayyaf-Kämpfer einen Australier verschleppt und fordern immer noch zwei Millionen Dollar Lösegeld. Wenn sie das Geld nicht kriegen, werden sie ihm wohl bald den Kopf abschlagen. Solche Meldungen gehen nicht spurlos an dir vorbei. Wenn wir Arbeiter eingestellt haben, haben wir versucht, herauszufinden, ob sie Kontakt zu Abu Sayyaf haben. Aber wie man das machen sollte, wusste keiner so genau. Vermutlich hat es dazu geführt, dass wir im Zweifel Muslime eher abgelehnt haben, weil wir befürchteten, dass sie radikal sein könnten. Ich schätze mal, aus dem gleichen Grund mussten die meisten arabisch aussehenden Taxifahrer in New York nach dem 11. September ihren Job aufgeben. Entsprichst du einem gefährlichen Klischee, stehst du unter Generalverdacht."

„Warum erzählst du mir das?" Mat wollte Darlene nicht unterstellen, dass sie die Unwahrheit sagte. Aber wenn er ein Land bereiste, von dem er bereits im Vorfeld wusste, dass es gefährlich war, beschäftigte er sich nicht mit der Mordrate, sondern versuchte, positive Erfahrungen zu sammeln – trotz der hohen Mordrate. Nur weil Abu-Sayyaf-Krieger irgendwo in der Region ihr Unwesen trieben, hieß das noch lange nicht, dass er den Leuten, die seinen Proviant schleppten, misstrauen musste.

„Du hast mich gefragt, warum ich Angst vor den Muslimen habe. Jetzt weißt du es", sagte Darlene.

„Wenn du solche Probleme mit dem Islam hast, dann hättest du diese Expedition nicht mit Muslimen antreten dürfen."

„Ich habe fast zwei Jahre damit verbracht, jemanden wie Adang zu finden. Und der arbeitet nun mal mit Leuten zusammen, die Allah anhimmeln." Ihre Stimme wurde lauter. Sie klang gereizt. „Adang hat gesagt, dass er ohne diese Leute keine Expedition machen würde. Und weil ich meinen Bruder finden will, nehme ich das in Kauf."

„Ich glaube nicht, dass die Muslime das Wort anhimmeln verwenden würden", bemerkte Mat.

„Wie bitte?"

„Du hast gesagt, dass sie Allah anhimmeln."

„Na und?"

„Ich meine nur, anhimmeln ist wohl eher ein christlicher Begriff. Aber gut, ein unwichtiges Detail."

„Klugscheißer."

„Wie dem auch sei", sagte Mat leise. Er wollte die Schärfe aus dem Gespräch nehmen. „Borneo ist in jedem Fall kein sonderlich konfliktfreies Land. So viel habe ich jetzt verstanden. Wenn man sich nicht vor der Holzmafia oder den Sicherheitskräften auf den Plantagen fürchten muss, die offensichtlich nicht mal vor einer Kreuzigung zurückschrecken, dann sollte man sich vor islamischen Terrororganisationen in Acht nehmen."

*

Das Vorankommen im Dschungel war ein ständiger Kampf. Besonders die hohe Luftfeuchtigkeit machte Mat zu schaffen. Auch wenn er körperlich fit war, schien diese Umgebung nicht für ihn gemacht zu sein. Immer wieder musste er darauf achten, dass er nicht über eine Wurzel stolperte oder im Schlamm ausrutschte.

Er war sich immer noch nicht sicher, warum Darlene ihn am Abend zuvor so vor den Muslimen gewarnt hatte. Es ärgerte ihn, schließlich würde er den Trägern nun mit Vorurteilen begegnen. Dass sie sich im tropischen Regenwald befanden, abseits jeglicher Zivilisation, machte die Sache einerseits schwerer, weil jederzeit, zumindest theoretisch, die Gefahr bestand, dass die Helfer sie überwältigen könnten. Andererseits schuf der Dschungel aber auch Gleichheit, fernab von einem durch Besitz und Religion bestimmten Gemeinwesen. Jeder war den gleichen Gefahren ausgesetzt: Fieber, Moskitos, Blutegel, unsichtbare Erreger, die darauf warteten, sich im menschlichen Organismus einzunisten und im warmen Blut Nachfahren zu produzieren. Auf der Rinde der Bäume, tief unten im Schlamm, am Stachel der vielen Moskitos, überall verbargen sich potenzielle Feinde, die jeden von ihnen anfallen konnten, egal, welche Konfession er hatte.

Dass Darlene dem Dschungel-Guide und seinen Helfern bisher nur ein Drittel des vereinbarten Geldes gegeben hatte und erst am Ende der Expedition den vollen Betrag auszahlen würde, beruhigte Mat. Tausend Euro waren für die Träger viel Geld. Mat hoffte, dass es mehr als genug war und sie nicht auf falsche Gedanken kommen würden.

Acht Jahre früher

Die Zeit raste. James war, als befinde er sich in einem Zeitbeschleuniger. An den Rändern seines Bewusstseins tauchten unvollständige Gedanken auf, Visionen von verbrannten Landschaften, toten Körpern und seinem schweigenden Vater, der ihn verächtlich anschaute.

Er lag reglos auf dem Felsvorsprung. Er fühlte sich, als würde eine tonnenschwere Last auf ihm ruhen.

Wenn er nach unten ins Tal zu den Soldaten ging, würde er sich in die Hände dieser Kriminellen begeben, die vermutlich auch ihm unermessliche Schmerzen zufügen würden. Menschen waren zu wahnwitzigen Dingen in der Lage, wenn sie glaubten, davon profitieren zu können. Die Holzmafia und die Palmölkonzerne waren das beste Beispiel dafür. Mord, Rodung, Zerstörung. All das fand statt, weil es immer wieder jemanden gab, der moralische Werte über Bord warf, um einen persönlichen Vorteil daraus zu ziehen.

Jetzt aus seinem Versteck zu kommen und sich zu ergeben, käme einem Selbstmord gleich.

Aber er konnte unmöglich tatenlos mit ansehen, was dort unten passierte. Er konnte nicht mit ansehen, dass der Penan seinetwegen so unvorstellbares Leid ertragen musste. Doch sein Körper wollte diese selbstlose Haltung nicht akzeptieren. Seine Sehnen waren erstarrt, seine Mundhöhle ausgetrocknet. Angst lähmte seinen Körper.

Noch hatte er die Wahl, noch konnte er davonlaufen, mit etwas Glück den Soldaten entkommen. Er würde Beeren finden, Larven, Verstecke unter Baumwurzeln, und wenn er nicht die Orientierung verlor, würde er vielleicht sogar bis zur Celebes Sea kommen, unbemerkt auf ein Schiff steigen und nach Bali segeln. Er könnte es schaffen. Aber dann könnte er nie wieder zurück nach Borneo. Die Nachricht von seiner Flucht würde sich unter den Naturvölkern verbreiten. James Waltz hatte den Tod eines Penan zu verantworten. Die Soldaten würden dafür sorgen, dass die Nachricht die Runde machte. Er musste sich stellen. Schließlich war er es gewesen, der die Urwaldvölker in einen Krieg geführt hatte, der sie davon überzeugt hatte, dass es richtig war, für die eigenen Rechte einzutreten. James war Unruhestifter und Kriegstreiber in einer Person gewesen, hatte die Einwände der Ältesten, die von Anfang an die Rache der Holzkonzerne befürchtet hatten, kleingeredet und ihnen mit seiner naiven, von westlicher Hoffnung durchdrungenen Überzeugung verständlich gemacht, dass es an der Zeit war, aufzubegehren, dass es an der Zeit war, diese Missstände zu bekämpfen. Der erste Racheakt von Seiten der Regierung hatte sich gegen ihn gerichtet. Sie hatten das Kopfgeld auf ihn ausgesetzt. Eine Drohung, die James wenig beeindruckte, solange er unter dem Schutz der Luft stand. Doch plötzlich bekam die Gefahr, in der er sich befand, eine völlig neue Bedeutung.

„James Waltz! Komm raus!"

Er hatte seinem Vater immer vorgeworfen, er würde nur reden, alles endlos analysieren und letztendlich immer etwas tun, das ihm selbst nützte, aber in den allermeisten Fällen die Situationen anderer kaum oder gar nicht verbesserte. Und dann hatte sein Vater auch noch die Dreistigkeit besessen, dieses Handeln als Diplomatie zu bezeichnen. Von den Urwaldvölkern hatte er dagegen gelernt, dass er sich darauf verlassen konnte, wenn sie ihm etwas versprochen hatten. Ein Verhaltenskodex, der ihn tief und nachhaltig beeindruckt hatte.

Nun war es an ihm, dass er vollendete, was er begonnen hatte, dass er für das eintrat, was er gepredigt hatte – für seine Liebe zu einer Welt, die vom Aussterben bedroht war, auch wenn das in letzter Konsequenz bedeutete, dass er unmenschliche Qualen erleiden musste.

Seine Hände zitterten, als er sich aufrichtete. Gleichzeitig durchflutete ihn ein Gefühl der Erleichterung.

James tat, was er tun musste. Er stand für seine Überzeugungen ein.

„Hier", schrie er mit weit ausgebreiteten Armen, „ich bin hier."

Die Expedition

Mat hatte bisher nie groß darüber nachgedacht, wie das Fleisch, das er aß, erzeugt wurde. Er hatte keine Ahnung, was es bedeutete, ein Tier zu töten. Er hatte noch nicht einmal gesehen, wie man einem Hahn den Kopf abschlug. Nur aus Erzählungen wusste er, dass die

Tiere angeblich weiterliefen, wenn man sie mit einem Beil enthauptete. Als Kind hatte er mit dem Spaten Regenwürmer, Spinnen und Schnecken zerhackt. Dabei war er dem Prozess des Tötens wohl am nächsten gekommen. Dennoch war der Tod eines Tieres für ihn ein Mysterium. Wenn es zu Hause Fleisch gegeben hatte, war seine Mutter zum Metzger gefahren, in den Supermarkt oder zum Hähnchenstand auf dem Marktplatz. Auch in der Schule und an der Universität hatte man den Gedanken an die Auseinandersetzung mit dem Töten nie an ihn herangetragen.

Fleisch war etwas Sauberes, im besten Fall Biologisches. Blut spielte bei der Kaufentscheidung keine Rolle. Deshalb wunderte es ihn auch nicht, dass ihm schlecht wurde, als zwei Helfer dem getöteten Affen das Fell abzogen und mit einem Messer Gedärme und Innereien herausschnitten. Hätte er nicht so einen Hunger gehabt, hätte er sich geweigert, das Tier zu essen.

„Wann werden wir den Penan begegnen?", fragte Mat. Er hatte ein knuspriges Stück Affenfleisch im Mund, das ihm zu seiner Überraschung hervorragend schmeckte.

Adang schien zu überlegen und machte diese lange, nachdenkliche Pause, die so typisch für ihn war.

„Ich lese die Zeichen, die sie im Dschungel zurücklassen", sagte er schließlich. „Die Penan hinterlassen Blätter, Äste und bestimmte Lianen am Wegesrand. Und ich folge diesen Zeichen."

„Und was sagen die Zeichen? Wie lange werden wir noch brauchen?"

„Es kommt darauf an."

„Auf was?"

„Ob sie uns sehen wollen. Ich kann zwar die Zeichen deuten, doch ab einem bestimmten Punkt verschwinden die Wegweiser. Das dient den Penan zu ihrer Sicherheit. Sie werden merken, dass wir in ihrer Nähe sind, und dann entscheiden, ob sie uns willkommen heißen."

„Es kann also sein, dass wir ihnen nicht begegnen werden?" Mat war verwirrt. Das lange Marschieren brachte ihn an den Rand seiner Kräfte und er hatte das Gefühl, dass Darlene sich wieder mehr mit der Karte als mit ihm beschäftigte. Das Einzige, was ihm an diesem Abend wirklich Freude bereitete, war das Affenfleisch, das, auch wenn er es nur ungern zugegeben hätte, wirklich köstlich war.

„Wenn die Penan uns nicht sehen wollen, werden wir sie nicht finden“, sagte Adang. „Vielleicht ist es auch sicherer für uns, wenn wir ihnen nicht begegnen.“

„Sicherer? Wieso?“ Mat sah den Guide überrascht an.

„In den letzten Jahren hat es immer wieder Vorfälle gegeben“, gab Darlene zu bedenken. „Man sagt, dass die Penan Holzfäller umgebracht haben. Zumindest hat man tote Holzfäller gefunden, die an Baumstämme gefesselt und verdurstet waren.“

„Ist ja schön, dass ich das auch mal erfahre“, sagte Mat. „Ich dachte, die Penan wären ein friedfertiges Volk.“

„Eigentlich sind sie das auch“, erwiderte Darlene, „doch nachdem die Konzerne begonnen haben, ihre Dörfer zu zerstören und sie mit paramilitärischen Einheiten zu verfolgen beziehungsweise ...“, sie hielt kurz inne, „sie ... nun ja ... zu kreuzigen, haben sie irgendwann angefangen, sich zu verteidigen. Kann man ihnen ja nicht verübeln.“

„In jedem Fall müssen wir vorsichtig sein, falls wir ihnen begegnen“, sagte Adang. „Die Penan könnten denken, wir gehören zur Holzmafia. Außer den Holzfällern sind ihnen vermutlich noch keine Weißen im Dschungel begegnet. Aber wenn wir ihnen mit Respekt gegenübertreten und ihnen klarmachen, dass wir nichts mit den Konzernen zu tun haben, bin ich sicher, dass sie uns freundlich empfangen.“ Er lachte und biss in ein Stück Affenfleisch.

Mat war nicht überzeugt. Auf einmal war er sich nicht mehr sicher, ob er wirklich so scharf darauf war, Ureinwohner zu treffen.

*

Einige Stunden danach, sie lagen bereits in ihren Hängematten, zuckte Darlene plötzlich zusammen. „Hast du das gehört?“

Mat schlug die Augen auf. „Was gehört?“

„Ich glaube, da hinten hat sich etwas bewegt.“ Sie starrte ins Dunkel.

Mat konnte nur schwarzes Dickicht sehen.

„Ich habe ein ungutes Gefühl.“

„Vielleicht ein Penan.“ Mat hatte einen Scherz machen wollen. Doch als er sich umdrehte, sah er es auch: Irgendetwas bewegte sich im Gebüsch. Die Träger waren es nicht, nach dem Gebet waren sie zurück an ihre Plätze gegangen. Und die Toilette hatte Bantang am anderen Ende des Lagers aufgebaut. Seit Darlene die muslimischen Helfer als potenzielle Gefahr hingestellt hatte, hatte er – auch wenn er es nicht wollte – ein Auge auf jede ihrer Bewegungen. Er fühlte sich nicht bedroht, vielmehr hatte eine unbewusste Wachsamkeit von ihm Besitz ergriffen. Gerade abends, wenn die Muslime ihre Gebete verrichteten, achtete er genau darauf, was sie taten. Er war sich sicher, dass alle wieder an ihre Plätze zurückgekehrt waren.

„Da! Noch mal!“ Darlene kniete in der Hängematte.

Vorsichtig drehte Mat sich auf die Seite, immer darauf bedacht, nicht das Gleichgewicht zu verlieren, lehnte er sich ein Stück aus seiner Hängematte, kniff die Augen zusammen und versuchte, etwas zu erkennen.

„Dort drüben, hinter dem Baum“, flüsterte Darlene.

Jetzt erblickte er einen Schatten. Der Schatten sah aus wie ein Mensch, der ruhig neben dem Baum stand und sie beobachtete.

„Mat, was ist das?“

Die Gestalt war groß, wie ein Mann mit breiten Schultern. Während Mat den Blick weiterhin auf das Etwas gerichtet hielt, suchte er mit seiner rechten Hand nach der Taschenlampe, die irgendwo neben seinem Schlafsack liegen musste.

Und dann bewegte sich der Schatten.

Mat bekam die Lampe zu fassen, zog sie zu sich heran und betätigte den Plastikschalter. In Sekundenbruchteilen leuchtete das grelle Licht der LED-Lampe das Dickicht aus. Nichts. Kein Mensch. Nur Blätter, Äste und Bäume.

„Falscher Alarm.“ Mat versuchte, überzeugt zu klingen. Doch während er die Worte aussprach, bemerkte er, dass seine Hand zitterte.

*

Zwei weitere Tage waren vergangen. Ein Penan war nicht aufgetaucht. Adang sagte, die Wegweiser in den Bäumen seien verschwunden. Nun müsse man geduldig sein, müsse hoffen, dass man sie empfing.

Mat und Darlene hatten nie wieder über den Schatten gesprochen. Der Gedanke, dass James oder die Luft sie verfolgten, war fast schon lächerlich, und an Kopfgeldjäger oder die Holzmafia wollten sie lieber gar nicht erst denken. Am wahrscheinlichsten war es, wenn man denn annahm, dass der Schatten ein Mensch gewesen war, dass ein Penan sie beobachtet hatte. Aber dagegen sprachen zwei Argumente: Erstens waren die Penan – wenn Adangs Beschreibungen stimmten – recht klein. Der Schatten dagegen war groß und kräftig gewesen. Zweitens war es unmöglich, dass sich ein Mensch innerhalb weniger Sekunden geräuschlos entfernen konnte. Der Schatten musste eine Illusion gewesen sein, vielleicht ein durch Lichtbrechung bedingtes Phänomen. Und trotzdem wurden Mat und Darlene das Gefühl nicht los, dass jemand sie beobachtete.

Es war früher Nachmittag, als Adang die Gruppe anhalten und das Lager für die Nacht vorbereiten ließ. Der rote Eimer wurde positioniert, ein Feuer entfacht und der Koch bereitete eine einfache Reismahlzeit zu.

Nach dem Essen verzog Mat sich in die Hängematte. In der Hand hielt er das Satellitentelefon und wählte die Nummer von Michele. Der Gedanke, dass er gleich mit seiner Frau telefonieren würde, war seltsam. Da warteten sie darauf, ein Urvolk zu treffen, dessen Lebensweise der im Neolithikum ziemlich nahe kam, und er hielt ein Gerät in der Hand, das ihn durch unsichtbare Signale mit dem anderen Ende der Welt verbinden konnte. Die Diskrepanz zwischen der Lebensweise der Penan und dem mit Plastik ummantelten Satellitentelefon in seiner Hand war gewaltig. Tausende von Jahren Entwicklung lagen zwischen der Jungsteinzeit und der digitalen Moderne. Unendlich viel war passiert: Chinesen hatten die erste Uhr erfunden und den Sprengstoff entdeckt. Arabische Wissenschaftler hatten die Algebra entwickelt und erste empirische Messungen durchgeführt. Dann waren die europäischen Völker zu Weltmächten aufgestiegen, hatten die Gewürzrouten errichtet, die Buchdruckkunst erfunden, und die Denker der Aufklärung hatten die Ratio im kollektiven Unterbewusstsein der Moderne verankert. Recht und Besitz waren zu einer festen Basis der westlichen Gesellschaften geworden, die Medizin hatte die Zirkulation des Blutes erforscht, Blutkörperchen voneinander getrennt und herausgefunden, wo die inneren Organe des Menschen lagen. Die Chemie hatte die Bestandteile der Luft entschlüsselt ...

Mat hätte die Liste noch lange fortführen können. Fakt war, zwischen dieser Welt, in der er sich hier befand, und seinem Leben in

London bestand eine unüberbrückbare Differenz. Umso erstaunlicher war es, dass es noch Urvölker gab, die (wenn auch entdeckt und erforscht) im Einklang mit der Natur lebten, nur so viele Tiere jagten, wie sie essen konnten, und für jeden Baum, den sie fällten, tagelang die Geister des Waldes um Vergebung baten. Die meisten dieser Völker auf Borneo und Sumatra und in Indonesien litten weder Hunger, noch starben sie früher als die durchschnittlichen Einwohner dieser Länder. Diese Menschen wurden aktiv, wenn es nötig war, und ruhten, wenn sie konnten. Vollkommen unberührt vom Tempo der westlichen Welt, pflegten sie einen Lebensstil, der zwar steinzeitlich war, aber in Bereichen der Nachhaltigkeit, Zufriedenheit und sozialen Gerechtigkeit möglicherweise besser ausgeformt als in den meisten westlichen Gesellschaften. Zum ersten Mal hatte Mat den Hauch einer Vorstellung davon, welche Faszination der Dschungel auf James ausgeübt haben könnte und wie schwer es für ihn gewesen sein musste, seiner Familie seine Gefühle zu beschreiben.

Michele klang erleichtert. Sie freute sich, seine Stimme nach über zwei Wochen wieder zu hören. Sie hatte sich daran gewöhnt, dass Mat sich im Urlaub nur sehr unregelmäßig meldete. Anfangs hatte das zu Disputen geführt, doch mittlerweile hatte sie verstanden, dass ihr Mann einmal im Jahr für sechs Wochen absolute Freiheit brauchte. Immerhin hatte er sie über seine Reise in den Dschungel informiert. Mit leichter Besorgnis fragte sie, ob sie erste Spuren von James Waltz und den Luft gefunden hätten.

Mat dachte einen Augenblick an den Schatten, den er gesehen hatte, beschloss dann aber, nichts davon zu sagen. Dann begann Michele, vom Bau des Wintergartens zu erzählen, vom Geruch nach Zement und der Unzuverlässigkeit ihrer Bauarbeiter. All das war für Mat weit weg, unverständlich und bedeutungslos. Er wusste nicht, was er noch sagen sollte, und hielt das Satellitentelefon in die Luft. So konnte die Umgebung für sich sprechen: das Rascheln der Bäume, das Gezirpe und Geschrei der wilden Kreaturen. Er versprach, sich bald wieder zu melden, wünschte ihr viel Glück beim Bau des Wintergartens und legte auf.

Mat erhob sich und verstaute das Satellitentelefon in seinem Rucksack. Angetrieben von einem plötzlichen Impuls, verließ er das Camp und verschwand im Dschungel.

Er hatte das Gefühl, sich bewegen, sich von den anderen entfernen zu müssen, weil ihn etwas rief, das er nicht einordnen konnte. Als riefe ihn eine fremde Stimme. Leise und zaghaft zog sie ihn an. Irgendwie hatte er den Eindruck, als habe sich etwas um ihn herum verändert, als sei eine Tür aufgestoßen worden, von deren Existenz er nicht einmal gewusst hatte. Etwas schien sich verschoben zu haben, schien sich neu rings um ihn zusammenzusetzen. Vögel zwitscherten, Blätter raschelten und immer wieder hörte er die Geräusche dieser fremden Welt. Plötzlich und unbestimmt flogen ihm unbekannte Signale entgegen, versteckten sich dann wieder hinter Farnen und Zweigen und verschwanden schließlich zwischen Wurzelwerk. Mat hatte den Eindruck, als könne er den Puls der Umgebung spüren. Alles war in Bewegung, nichts war statisch. In dieser Sphäre war alles für die Ewigkeit und nichts hatte Bestand.

Er war schweißgebadet, als er zurück ins Camp kam, und suchte sofort nach seiner Wasserflasche. Er hatte das Gefühl, sich körperlich komplett verausgabt zu haben. Seine Hände zitterten, sein Puls raste. Das Wasser beruhigte ihn.

Vorsichtig und langsam nahm er einige Schlucke zu sich, dann setzte er sich neben die Hängematte.

Mat war sich nicht sicher, was er gerade erlebt hatte. Es war intensiv gewesen und hatte ihn berührt.

„Alles in Ordnung?" Darlene stand plötzlich neben ihm und sah besorgt auf ihn hinab.

„Ja. Alles gut", log er.

„Du siehst aus, als hättest du gerade einen Marathon hinter dir. Dein Gesicht ist knallrot."

Mat fuhr sich über seine Wangen. Seit Tagen hatte er sich schon nicht mehr rasiert. Seine Haut war heiß und schuppig.

„Alles gut", sagte er, „ich hatte nur ein bisschen zu wenig Wasser getrunken. Das ist alles. Kein Grund zur Sorge." Mat brachte es nicht übers Herz, Darlene von seinem inneren Aufruhr zu erzählen. Er war zu aufgewühlt, zu irritiert, um darüber zu reden. Der Augenblick, den er erlebt hatte, schien bedeutend zu sein, doch er hatte keine Ahnung, wie er dieses Erlebnis dechiffrieren sollte. Vielleicht sollte er gar nicht erst versuchen, die Perfektion dieses Augenblicks zu verstehen. Für immer schweigend sollte er sich dieser Parallelwelt unterordnen, die alles atmen und leben ließ, die lautlos war und unsichtbar, aber dennoch zu ihm sprach, mit all ihrer Kraft, mit Chemie, Physik und nicht zu fassender Poesie.

London

Walter Borchert saß am Schreibtisch in seiner Anwaltskanzlei und dachte nach. Durch die gläsernen, bis zum Boden reichenden Fenster konnte er auf den Spitalfields Market mit seinen belebten Cafés schauen. Sein Büro befand sich im achten Stock und war komplett einsehbar. So konnten die Kollegen von Allen & Overy, Deutsche Bank oder Barclays, die ihre Büros direkt gegenüber hatten, zu jeder Zeit verfolgen, was er trieb. Und umgekehrt. Doch das hatte ihn eigentlich nie gestört. Er dachte auch jetzt nur an diesen Umstand, weil er schon eine halbe Stunde einfach nur dasaß und nichts tat. Normalerweise war er an diesem Ort immer beschäftigt, Zeit zum Denken nahm er sich in seiner Wohnung, wo er mehr Ruhe hatte, Telefon und Klingel abstellen und im offenen Kamin ein Feuer anzünden konnte, dessen Glut seine Gedanken anregte. Doch heute konnte er sich nicht auf sein Tagesgeschäft konzentrieren. Er musste eine Entscheidung treffen. Und zwar in genau zwei Stunden.

Trotz der Anspannung, unter der er stand, bekam Walter plötzlich Hunger. Einen Augenblick spielte er mit dem Gedanken, runter ins La Chapelle zu gehen und sich einen späten Lunch zu gönnen. Vielleicht traf man mit vollem Magen bessere Entscheidungen.

Er stand von seinem Stuhl auf und trat ans Fenster. Der milde Märznachmittag hatte manche Leute dazu animiert, ihre Jacken zu Hause zu lassen. Einige trugen sogar T-Shirts. Typisch Engländer. Sobald die Temperaturen auch nur minimal anstiegen und ein Hauch von Sonne zu spüren war, tendierten die Einwohner dieser Insel dazu, alle Hemmungen über Bord zu werfen. In den Parks konnte man heute mit Sicherheit schon die ersten nackten Oberkörper begutachten. Dass das Thermometer erst seit einigen Tagen etwas mehr als 10 Grad Celsius anzeigte, schien sie nicht zu stören.

Walter rückte nervös seine rahmenlose Brille ein Stück nach oben. Er beneidete die Menschen draußen, die so sorglos die Sonne genossen. Wie gerne wäre er jetzt auch dort unten, beschäftigt allein mit der Frage, welches Sandwich er im Café bestellen sollte. Stattdessen saß er hier oben und brütete über Problemen, die seine Existenz bedrohten. Er musste unbedingt eine Lösung finden. Walter merkte, wie er trotz der Klimaanlage zu schwitzen begann, und fuhr sich hektisch über die kahle Stelle an seinem Kopf, die in den letzten Jahren immer größer geworden war.

Seine Kanzlei steckte in finanziellen Schwierigkeiten. Sie hatten zu schnell zu viele Büros auf der ganzen Welt eröffnet, zu viele hoch bezahlte Anwälte eingestellt und in den Staaten einen sehr großen Rechtsstreit verloren, an dem sie jahrelang pro bono gearbeitet hatten. Wenn Borchert & Partner nicht innerhalb der nächsten zwei Stunden einen hohen zweistelligen Millionenbetrag als Eigenkapital aufbringen konnten, mussten sie Insolvenz anmelden. Er selbst und seine Partner hatten bereits private Gelder zur Rettung der Kanzlei beigesteuert und mehrere Banken dazu überreden können, ihnen weitere zwanzig Millionen Dollar zur Verfügung zu stellen. Doch es fehlten immer noch über vierzig Millionen.

Walter ging zu einem Schrank, in dem er, versteckt hinter Aktenordnern, immer eine Flasche Lagavulin Single Malt Scotch aufbewahrte. Er öffnete die Flasche und nahm einen kräftigen Schluck. Der Whisky schaffte es in der Tat, ihn für einen Moment zu beruhigen. Trotzdem ärgerte er sich über sich selbst. Direkt nachdem seine Kanzlei in finanzielle Schieflage geraten war, hätte er seinen besten Freund anrufen und ihn um Hilfe bitten müssen.

Walter hatte zu lange gewartet und erst Anfang letzter Woche den Anruf getätigt. Dummerweise war sein Freund seit Wochen verreist und nicht zu erreichen. Das Verrückte an der Situation war, dass Walter das Konto dieses Freundes seit Jahrzehnten verwaltete und neben den Zugangsdaten auch über eine Vollmacht verfügte. Eine Vollmacht, durch die er in der Lage wäre, auf einen Schlag vierzig Millionen Dollar zu bewegen.

Er nahm noch einen Schluck aus der Flasche. Der Whisky kratzte leicht in seiner Kehle, dann trat ein kurzes Gefühl des Wohlbehagens ein, bevor ihm schlecht wurde. Vielleicht sollte er wirklich etwas essen gehen.

Die Kanzlei war alles, was er hatte. Seit Jahren steckte er seine Zeit und Energie in dieses Unternehmen und jetzt hatte er auch noch sein gesamtes privates Vermögen in die Rettung investiert. Walter hatte noch nie darüber nachgedacht, was er tun würde, wenn es all das hier nicht mehr geben würde. Die Kanzlei war sein Leben, ein Privatleben hatte er praktisch nicht. Eine frühzeitige Pensionierung kam für ihn nicht in Frage. Er wollte einfach weiter hier sein, an diesem mondänen Ort, direkt am Spitalfields Market, wollte sich mit Kunden im La Chapelle treffen, wollte Entscheidungen treffen und das Gefühl haben, gebraucht zu werden.

Ein letztes Mal wählte Walter die Nummer seines Freundes, ließ es läuten, bis sich die Mailbox einschaltete. Er stellte die Whiskyflasche auf seinen Schreibtisch, nahm den Schlüssel für den Tresor und suchte den Bank-Code zu Mats Konto. Seit Jahren bewahrte er den Zugang hier auf. Noch nie hatte er ihn benutzt. Mit zitternden Händen nahm er den verschlossenen Umschlag an sich, betrachtete ihn eine Weile und bereitete sich dann im Geiste darauf vor, etwas zu tun, das er eigentlich für unmöglich gehalten hätte. Er setzte sich an den Computer, rief die Webseite einer privaten Bank mit Sitz auf den Cayman Inseln auf und gab einen neunstelligen Code ein.

Das Dorf der Penan

Er tauchte plötzlich und unerwartet auf. Mat musste zweimal hinsehen, bis er seine Umrisse erkannte. Zwischen den dichten Zweigen und rankenden Lianen wirkte er wie eine Statue. Unbewegt und andächtig stand er da und sah sie an.

Der Penan sah unwirklich aus. Ein kleiner Mann mit Speer und Lendenschurz. Adang hatte die Hand in die Höhe gestreckt und signalisierte, dass sie schweigen sollten.

Der Anblick war überwältigend und bedrohlich. Der rote, mit Schlamm verkrustete Körper signalisierte Kampfbereitschaft. Mat sah sich um, versuchte herauszufinden, ob noch mehr Penan in der Nähe waren. Aber er entdeckte nichts. Nur das übliche Grün.

Adang ging auf den Penan zu, verbeugte sich und reichte ihm ein Päckchen Tabak. Der Mann öffnete die Verpackung, roch am Tabak und schien zufrieden zu sein. Adang wandte sich der Gruppe zu und sagte, dass sie dem Mann folgen sollten.

Das Dorf lag versteckt zwischen Bäumen. Die Häuser, die auf hohen Stelzen standen, waren schwer auszumachen. Teilweise waren sie so sehr mit Blättern und Ästen verwoben, dass sie sich kaum von der Natur unterschieden. In der Mitte der Ansiedlung brannte ein Feuer. Halb nackte Penan-Männer standen dort. Auch sie trugen Speere und eine Art Lendenschurz, der aus der Ferne wie aus Knorpel wirkte. Ihre Haut war mit einer dünnen Schicht aus Schlamm überzogen. Die Frauen hielten sich im Hintergrund. Ähnlich wie auf den Zeichnungen, die James angefertigt hatte, saßen viele auf ihren Hochständen und blickten auf die Besucher herab. Ihre braun schimmernde Haut war weder bemalt noch mit Schlamm bedeckt. Einige von ihnen trugen verwaschene T-Shirts und verblichene Wickelröcke, andere waren splitternackt. Mat fielen die Affenbabys auf. Sie waren winzig, nicht viel größer als Säuglinge, saßen auf den Schultern einiger Frauen oder lagen in ihren Armen. Ein Affe saugte am Busen einer Penan. Schweigend ließ sie es geschehen.

Wieder war es Adang, der die Initiative ergriff und sich bei der Feuerstelle mit den Männern unterhielt. Dass er die Sprache der Ureinwohner beherrschte, war ein Vorteil, der die Penan jedoch nicht dazu brachte, ihre Waffen abzulegen.

Mat, Darlene und die Helfer standen in der Nähe und ließen ihre Blicke vorsichtig schweifen. Niemand sagte ein Wort. Der groß gewachsene Koch tippelte mit seinen Flip-Flops unruhig auf der Stelle. Ihm schien die Situation unangenehm zu sein. Auch Mat fühlte sich wie ein Gast in einem fremden Land, der sehnlichst darauf wartete, dass der Gastgeber ihm möglichst präzise Anweisungen erteilte, bevor er einen Fehler machte.

Adang schenkte den Penan noch mehr Tabak und verteilte so viele selbst gedrehte Zigaretten, wie er konnte. Das Rauchen schien die

Atmosphäre etwas aufzulockern. Ein paar Penan kamen zu Mat und Darlene, umkreisten sie und betrachteten ihre weiße Haut, die Speere dabei fest in den Händen. Einige Jüngere hatten Pfeile in ihre Bogen gespannt, zielten aber auf den Boden.

„Laki Penan“, sagte einer plötzlich und zeigte auf Darlene.

Darlene erschrak. Sie wusste nicht, wie sie reagieren sollte; dass niemand lächelte, verunsicherte sie. Sie streckte dem Mann aber schließlich doch die Hand entgegen und ließ sich von ihm berühren. Er griff nach ihrem ganzen Arm und murmelte etwas, das Darlene nicht verstand. Hilfesuchend blickte sie zu Adang.

„Laki Penan“, sagte der Mann erneut.

„Er meint deinen Bruder“, übersetzte Adang. „Er hat ihn gekannt. James war hier im Dorf ein gern gesehener Gast. Sie nannten ihn hier Laki Penan. Es bedeutet der weiße Penan.“

Darlene brachte kein Wort über die Lippen. Mat sah, dass ihre Augen feucht wurden. Vermutlich hatte sie, seit sie auf Borneo war, niemanden getroffen, der ihren Bruder gekannt hatte. Vorsichtig entgegnete sie den Gruß, indem auch sie mit ihrer Hand den Arm des Penan berührte.

„Laki Penan“, wiederholte sie.

*

Die Penan erlaubten der Gruppe zu bleiben. Etwas unterhalb des Dorfes, in der Nähe eines Bachs, durften sie ihr Lager aufschlagen. Die Hängematten wurden wieder zwischen Bäumen vertäut, der rote Eimer aufgestellt und eine Feuerstelle errichtet. Jeder wusste, was zu tun war. Doch an diesem Tag wurde jede Bewegung von neugierigen Blicken überwacht. Keiner der Penan lachte. Sie trugen immer noch Waffen, schienen noch nicht endgültig davon überzeugt zu sein, dass die Fremden mit guten Absichten gekommen waren. Die Penan-Kinder scherten sich allerdings kaum um das Verhalten ihrer Eltern. Schreiend rannten sie zum Fluss und warfen sich in das flache Wasser. Immer wieder blickten sie leicht verängstigt, aber voller Neugier zu den Neuankömmlingen, die schweigend und mit der Situation sichtlich überfordert das Lager aufbauten. So ruhig hatte Mat die Helfer selten erlebt. Offensichtlich waren auch sie verunsichert.

Bantang war der Erste, der es schaffte, die Stimmung aufzulockern, indem er auf die Kinder zusteuerte, sie anlächelte und Bonbons verteilte. Dass einige junge Penan-Krieger ihre Bögen spannten, hatte Bantang entweder nicht bemerkt oder er ignorierte es. Den Kindern schien zu gefallen, dass Bantang ihnen Geschenke gab. Ein wildes Geschnatter war die Folge. Aus der Distanz beobachtete Mat, dass Bantang nur wenig sagte. Erst später erfuhr er, dass die Penan so gut wie kein Wort Malaysisch verstanden und nur ihren eigenen Stammesdialekt sprachen.

Während die Penan-Männer schweigend neben dem Feuer saßen und Adangs Tabak rauchten, bereiteten die Frauen das Essen vor. Es schien Tradition zu sein, dass man Gäste ordentlich bewirtete. Bei Einbruch der Dunkelheit wurden alle in zwei Häuser eingeladen. Mat folgte Darlene, Adang, Bantang und dem großen Koch und kletterte über eine mit Sprossen bestückte Stange in ein Baumhaus, dessen Konstruktion ihn an den Zugang zu einem überdimensionierten Hühnerstall erinnerte. Die Hütte wirkte alt. Das Holz war mit grünem Moos überzogen, die Balken hatten fingerbreite Risse. Der Boden war fest und machte einen stabilen Eindruck. Trotzdem konnte man zwischen den Holzpanelen bis hinunter auf den schlammigen Boden des Dschungels sehen. In einem Topf, der mitten im Raum stand und von einem kleinen Feuer beheizt wurde, köchelte ein breiartiges Gemisch. Daneben stand eine Schüssel, die mit einer wässrigen, nach Fäulnis riechenden Flüssigkeit gefüllt war. Die Gäste setzten sich auf den Boden und man brachte ihnen Becher.

Dies seien alkoholische Getränke, erklärte Adang und legte allen, auch Bantang und dem Koch, nahe, zumindest so zu tun, als würde man die Flüssigkeit zu sich nehmen. Das Angebot abzulehnen könnte falsch verstanden werden.

Mat nahm einen Schluck. Es schmeckte besser, als es roch. Zwar war das Getränk bitter, hatte aber einen süßen Nachgeschmack. Mit jedem Schluck wurde ihm wärmer und seine Aufregung legte sich.

„Das da drüben ist Sago“, erklärte Adang und zeigte auf den Brei, „für die Penan ist es eines der wichtigsten Grundnahrungsmittel. Die Herstellung von Sago ist übrigens ein gesellschaftliches Ereignis. Das ganze Dorf sucht zusammen die richtige Palme aus, und wenn sie fündig werden, sprechen sie Gebete, damit sich die Geister des Dschungels nicht gegen sie wenden, wenn sie die Pflanze töten. Erst danach wird die Palme gefällt. Mit Holzknüppeln schlagen sie so lange auf den Stamm ein, bis sich die Fasern lösen. Das Innere der Palme wird weich geklopft und auf Rattanmatten getrocknet. Wenn man das Sago später kocht, sieht es aus wie Brei."

Mat probierte. Das Sago schmeckte neutral, war aber sättigend.

Adang vertiefte sich in ein Gespräch mit dem Häuptling. Sein Name war Pajak. Mat verstand kein Wort, doch es machte ihm nichts aus, einfach nur dazusitzen und alles auf sich wirken zu lassen. Um ihn herum saßen drahtige Männer mit Tätowierungen und geweiteten Ohrläppchen und starrten ihn neugierig an. Auch die Frauen musterten ihn. Einige zeigten ihre Brüste, andere verhüllten ihre intimen Stellen mit alten T-Shirts und Shorts. Mat versuchte, alle anzulächeln und so zu tun, als würde ihm der Sagobrei ausgezeichnet schmecken. Eine universale Geste von verbindender Kraft, die er schließlich für sich entdeckte, war das Zuprosten. Auch wenn er nicht wusste, was er trank, schienen die Penan den Konsum des Alkohols gutzuheißen. Mat musste daran denken, dass in englischen Pubs das Biertrinken wohl eine ähnlich verbindende Funktion hatte. Alkohol verbrüderte, führte aber auch dazu, dass Mats Gedanken immer weiter und schneller kreisten.

Dieses Getränk war extrem stark, dachte er, und versuchte gleichzeitig, einem Gespräch zu folgen, das Darlene mit dem Penan-Häuptling führte.

„Wann war mein Bruder zum ersten Mal hier?"

Adang hörte Pajak aufmerksam zu und übersetzte dann: „James ist das erste Mal zusammen mit einem Krieger der Luft gekommen. Er sagt, sie haben sie überredet, gemeinsam gegen die Holzfäller zu protestieren. Zuerst wollten sie nicht mitmachen, doch als die Holzfäller eine ihrer Frauen vergewaltigten, schlossen sie sich dem Protest an. Aber genützt hat das nichts. Die Holzfäller kommen immer näher. Wenn es so weitergeht, gibt es bald keinen Platz mehr für die Penan."

Darlene schien sich für dieses Thema nicht sonderlich zu interessieren. Ihr ging es nur um eines. „Frag ihn, wie oft mein Bruder hier gewesen ist."

Der Penan murmelte etwas und Adang übersetzte: „Laki Penan ist oft hier gewesen. Er ist sogar mit ihnen jagen gegangen. Er konnte gut mit dem Blasrohr schießen. Besser als jeder andere Weiße, den er je gesehen hat."

„Und wann hat er ihn das letzte Mal gesehen?“

Die Antwort des Penan war kurz: „Als die Früchte die Größe eines Steines hatten und die Wildschweine reichlich waren.“ Adang dachte eine Weile nach und erklärte dann: „Die Penan benutzen keinen Kalender. Durch das dichte Blätterdach haben sie keine Beziehung zum Himmel. Zeit spielt für sie eine untergeordnete Rolle. Für sie ist nur eins gewiss: Wenn die Früchte auf dem Boden liegen, dann gibt es viele Tiere. Deshalb erinnern sie sich an die Größe der Früchte. Da es in der Gegend nach Aussagen des Häuptlings nur noch sehr wenige Tiere gibt, gehe ich davon aus, dass es schon einige Jahre her sein muss, dass die Früchte die Größe von Steinen hatten.“

„Und wann haben sie das letzte Mal die Luft gesehen?“

Der Häuptling schien unentschlossen. Er fragte in die Runde und erhielt eine Antwort von einem Penan, dessen Gesicht von tiefen Falten durchzogen war. „Der Mann sagt, dass er zwei Männer der Luft am Fuß des Batu Lawi, dem Heiligen Berg, gesehen habe. Aber seitdem habe er nichts mehr von den Luft gehört.“

„Wann war das?“

„Auch das war, als die Früchte die Größe eines Steines hatten. Die Luft haben ihm berichtet, dass die Regierung sie bedroht hat und sie Laki Penan verstecken mussten, weil die Regierung ihn töten wollte. Da er mittlerweile wie ein echter Ureinwohner ausgesehen habe, sei er unauffindbar gewesen.“

„Über was haben sie noch geredet?“

Die Antwort war ernüchternd. „Mehr haben sie nicht gesagt.“

Darlene konnte es nicht glauben. „Sie müssen doch mehr wissen.“ Skeptisch sah sie Adang an. Verschwieg der Guide etwas? Übersetzte er die richtigen Worte?

Darlene setzte sich gerade hin und sagte in einem für sie ungewöhnlich scharfen Ton: „Frag noch mal nach!“

Adang wirkte verärgert, tat aber, was sie verlangte. Zumindest richtete er ein paar Worte an die Penan. Er hätte aber genauso gut über das Wetter, Darlenes Frisur oder auch den Dreck unter seinen Fingernägeln sprechen können, Darlene und Mat hätten den Unterschied nicht bemerkt. Doch sie registrierten, dass plötzlich einige Penan anfingen, unruhig zu werden und begannen, sich gegenseitig etwas zuzuflüstern.

„Was haben sie gesagt?“ Darlene wirkte aufgebracht.

„Sie reden über die Demonstration mit Laki Penan“, sagte Adang. „Das Thema scheint sie zu erregen.“

„Warum?“

„Ich weiß es nicht“, sagte Adang.

Darlene war sich nicht sicher, ob Adang wirklich die Wahrheit sagte. Sie hatte mehr erwartet. Mat versuchte sie aufzuheitern, indem er ihr zuprostete. Als sie anstießen und tranken, lächelten die Penan plötzlich wieder und die angespannte Stimmung löste sich. Es schien den Ureinwohnern zu gefallen, dass ihre Gäste das leicht bittere Getränk zu sich nahmen. Immer wieder wurde nachgeschenkt. Und da Mat freundlich sein wollte, bemerkte er viel zu spät, dass alles um ihn herum sich zu drehen begann.

*

Er wurde von stechenden Kopfschmerzen geweckt. Wie eine Axt bohrten sich die Schmerzen in seinen Schädel. Er versuchte sich zu erinnern, wie er in die Hängematte gekommen war, doch diesen Teil des Abends konnte er nicht mehr rekonstruieren. Vereinzelt tauchten Fetzen seiner Erinnerungen auf. Die Penan saßen um ihn herum und lachten, forderten ihn auf, weiterzutrinken. Ihre Gesichter zogen sich in die Länge, schrumpften zusammen und lösten sich schließlich in einem nebelartigen Licht auf.

Was war mit ihm passiert? Hatten die Penan ihn verhext?

Unsinn! Er hatte einfach zu viel Alkohol getrunken.

Vorsichtig öffnete er die Augen. Trotz des leichten Schwankens der Hängematte konnte er alles um sich herum fixieren. Die Bäume, das Lager, Darlenes Hängematte. Alles war genau so, wie er es kannte. Vertraute Formen und gewohnte Bilder. Tausend Mal hatte er das in den letzten Tagen bereits gesehen. Doch etwas war heute anders. Einen Moment lang schien die Umgebung stillzustehen, wie ein Bild, das bewundert werden wollte.

Vorsichtig schob er das Moskitonetz zur Seite, überprüfte seine Schuhe routiniert auf Skorpione und stand auf. Erleichtert stellte er fest, dass er kein Problem mit seinem Gleichgewichtssinn hatte. Sein Körper federte seine Schritte ab, schätzte die Entfernung richtig ein.

Die meisten im Lager schliefen noch. Neben der Feuerstelle sah er Adang. Mit seitlich ausgestreckten Armen lag er auf dem Rücken. Seine Augen waren geschlossen. Er wirkte friedlich wie ein Kind, das sich auf eine grüne Wiese gelegt hatte und die Strahlen der Sonne genoss. Mat nahm ein Stück Holz und stocherte in der noch heißen Asche. Dann ging er zum Dorf der Penan. Auch hier war niemand wach. Es musste noch sehr früh sein. Dämmriges Licht brach durch das Blätterdach des Dschungels. Wildschweine streunten umher. Angebunden an langen Seilen, hielt man sie wie Hunde. Wie die Affenbabys schien man auch sie großzuziehen.

Irgendjemand hatte ihm gestern erzählt, dass sich die Penan um die Nachkommen ihrer erlegten Beutetiere kümmerten. Das war Tradition. Tötete man das Muttertier, zog man die Kleinen auf. Auf eine gewisse Art waren die Tiere dann Haustiere, die von den Brüsten der Penan-Frauen trinken durften. Gestern Nacht hatte er beobachtet, wie eine Frau ein Affenbaby gestillt hatte. Niemand hatte sich an diesem Anblick gestört.

Er scheuchte ein paar Wildschweine zur Seite und da tauchte er plötzlich wieder auf: *der Schatten.*

Mat blieb stehen. Einen Augenblick lang glaubte er, sich getäuscht zu haben. Doch die dunklen Umrisse, die er hinter den Bäumen erkannte, sahen aus wie die eines Menschen. Langsam bewegte sich der Schatten, schritt von einem Baum zum nächsten, blieb wieder stehen und verharrte. Mat lief ein kalter Schauer über den Rücken, sein Magen zog sich zusammen. Irgendetwas Unheilvolles ging von diesem Etwas aus. Entweder halluzinierte er oder dort drüben war jemand. Ein Mensch, größer als die Penan.

Mat ging einen Schritt näher. Das konnte keine Täuschung sein. Das musste echt sein. Irritierend menschlich wirkte dieses Etwas. Mat hätte am liebsten hinübergerufen, doch er brachte keinen Ton heraus. Wie angewurzelt stand er auf der Stelle und sah zu, wie der Schatten im Dschungel verschwand.

*

Im Lager lag der Duft nach frisch gebrühtem Kaffee in der Luft.

„Guten Morgen!“ Darlene hatte die Glut entfacht und reichte Mat einen Becher. Sie schien guter Dinge zu sein. Zumindest lag der Hauch eines Lächelns auf ihrem Gesicht.

„Morgen.“ Mat umfasste den heißen Becher. „Womit habe ich denn diesen Luxus verdient?“

„Ich dachte, du bräuchtest vielleicht etwas zum Wachwerden. Ich kann die Penan auch gerne nach dem Rezept für das alkoholische Getränk fragen, das sie uns gestern serviert haben.“

„Danke. Nein.“ Mat betrachtete den dampfenden Kaffee und dachte an den Schatten. Sollte er Darlene davon erzählen? Nein. Er wollte ihr die gute Laune nicht verderben. Er beschloss, die Sache für sich zu behalten, widmete sich seinem Kaffee und blickte nachdenklich in die Glut.

„Ich habe gestern zum Glück nur wenig getrunken“, sagte Darlene.

„Mir hat man zum Glück mehrmals nachgeschenkt“, scherzte Mat.

Sie grinste. „Ich hoffe, dir geht es wieder besser.“

„Bis auf die Tatsache, dass ich keinen Schimmer habe, wie ich zurück in meine Hängematte gekommen bin, schon.“

„Adang und der Koch haben dich getragen.“

„Wirklich?“ Mat war überrascht.

„Nachdem du gleich mit zwei Penan-Frauen das offizielle Begrüßungsritual praktiziert hast, dachten Adang und ich, dass es an der Zeit sei, dich in deine Hängematte zu bringen.“

„Was für ein Begrüßungsritual?“

„Nun ja, du hast an ihren Brüsten gesaugt.“

„Du machst Scherze!“

Darlene schüttelte den Kopf.

Mat versuchte herauszufinden, ob Darlene die Wahrheit sagte. Er suchte nach Hinweisen in ihrem Gesicht, ein Zucken mit der Wimper, eine Lachfalte. Doch Darlene blieb todernst. Offensichtlich schien es zu stimmen, was sie erzählte.

„Daran kann ich mich nicht erinnern“, sagte Mat.

„Halb so wild. Du solltest es positiv sehen. Die Penan haben dich als Gast willkommen geheißen.“

„Wie soll ich das meiner Frau erklären?“

„Am besten überhaupt nicht.“

„Was ist mir dir? Musstest du auch ein Begrüßungsritual machen?“

„Ich habe ein paar Penan-Schwänze gelutscht“, sagte sie gelassen.

Mat wäre beinahe der Kaffee aus der Hand gefallen. „Du hast *was* getan?"

„War nur ein Scherz."

„Das heißt, ich habe gar nicht ..."

„Das habe ich nicht gesagt." Ohne zu lachen, stellte sie ihren Kaffeebecher neben das Feuer und ging zurück zur Hängematte.

*

Häuptling Pajak und seinem Sohn Azit fiel die Anstrengung ihrer Gäste überhaupt nicht auf. Sie selbst verspürten weder Müdigkeit noch Durst. Evolutionsbedingt waren sie an lange Fußwege gewöhnt und hatten es sogar geschafft, das Trinken von Wasser auf ein Minimum zu reduzieren. Indem sie wasserhaltige Früchte aßen, sorgten sie dafür, dass ihrem Körper das notwendige Maß an Flüssigkeit zugeführt wurde.

Adang wies den Häuptling und seinen Sohn darauf hin, dass seine Leute dringend eine Pause bräuchten. Geduldig setzten sich Pajak und Azit unter einen großen Mangrovenbaum und warteten, bis ihre Besucher genug getrunken und sich ausgeruht hatten. Der Häuptling sah schweigend zu, wie sich die Gäste den Schweiß von der Stirn wischten und gierig aus den mit Wasser gefüllten Metallgefäßen tranken. Besonders der Anblick von Darlene schien ihm Freude zu bereiten. Er betrachtete sie als eine Art Totem. Durch sie konnte er Laki Penan sehen, den Weißen, der eines Morgens mit den Luft in ihrem Dorf aufgetaucht war. Pajak hatte schon zuvor Weiße gesehen, aber noch nie einen, der sich wie ein Luft kleidete. Die Beine von Laki Penan waren muskulös gewesen und sein Oberkörper stark. Auch den Lendenschurz hatte er mit Stolz getragen. Der Anblick eines Weißen, der sich ähnlich kleidete wie er selbst, hatte ihn gefreut.

Der Häuptling hatte sich oft gefragt, was mit dem weißen Mann passiert war. Genau wie die Luft schien er verschwunden zu sein. Wie einer ihrer eigenen Krieger, der vor einigen Jahren im Dschungel verschwunden und nie wieder aufgetaucht war. Selbst der Medizinmann hatte ihre Geister nicht orten können, der Krieger und die Luft schienen sich in Nichts aufgelöst zu haben. Die Welt hatte ihren Schlund aufgerissen und das benachbarte Volk, ihren eigenen Krieger und den Weißen an einen dunklen Ort gebracht, zu dem nicht einmal die Geister Zugang hatten. Irgendetwas hatte sie ausradiert. Pajak hatte schreckliche Angst, dass seinem Volk etwas Ähnliches zustoßen könnte, dass sie sich in ruhelose Schatten verwandelten, die weder Zugang zur Welt der Lebenden noch der Toten hatten. Alles in seiner Macht Stehende würde er tun, damit das Volk der Penan nicht verschwand. Alles! Das Schicksal seines Volkes war wichtiger als sein eigenes Leben.

Er hatte seinen Männern gesagt, dass der Plan nur dann funktionieren würde, wenn sie wachsam wären. Wenn alles so lief, wie seine Vision es ihm gezeigt hatte, würden die Fremden und der Dschungel-Guide ihnen helfen. Aber es konnte auch sein, dass die Fremden Pläne hegten, die er selbst nicht verstand, dass sie im Auftrag der Konzerne arbeiteten und nur vortäuschten, nach Laki Penan zu suchen. In diesem Fall müssten sie ihre Gäste bestrafen. Aber noch war der Häuptling voller Zuversicht. Seit der Begegnung mit Laki Penan war er niemandem mehr begegnet, der sich für ihr Leben interessierte. Stattdessen waren immer wieder Leute aufgetaucht, die sie vertreiben wollten, die ihm sagten, dass die Penan nicht in den Regenwald, sondern in die Stadt gehörten. Regierungssprecher und Leute mit Bauhelmen. Sie wollten ihnen vorschreiben, was sie zu tun hatten, und schlugen tiefe Schneisen in den Dschungel. Pajak hatte Angst vor diesen Menschen. Von ihnen ging eine große Gefahr aus. Schon jetzt war es schwer, Wildschweine und Affen zu jagen. Die Maschinen der Holzfäller vertrieben die Tiere, schreckten sie auf und machten sie so scheu, dass die Penan mit ihren Blasrohren nicht in ihre Nähe kommen konnten. Orang-Utans gab es kaum noch. Wenn die Holzfäller sie sahen, töteten sie die Muttertiere und verkauften die Babys auf dem Schwarzmarkt.

Seine Vorfahren hatten ihn gelehrt, dass man nur so viel für sich beanspruchen durfte, wie die Geister nicht wütend machte. Tötete man ein Wildschwein, musste man seine Jungen aufziehen. Fällte man einen Baum, um Sago herzustellen, musste man die Geister um Verzeihung bitten. Widersetzte man sich diesen Regeln, wurden die Götter zornig. Hier im Dschungel gehörte alles zusammen. Entfernte man eine Wurzel, zerstörte man eine ganze Welt. Pajak musste sich nur still auf den Boden setzten, um diesen Kreislauf zu verstehen.

Überall raschelte das Leben: Pflanzen, Tiere, sogar die Erde atmete. Alles machte Geräusche und sprach zu ihm, hatte einen Sinn, der nicht immer ersichtlich war, doch Teil der endlosen Welt der Ahnen und Geister. Pajak wusste auch, dass man sich mit Geld Gegenstände kaufen konnte. Zum Beispiel einen Filmprojektor, wie ihn ein Weißer ihnen vor einigen Jahren geschenkt hatte. Er selbst hatte nie Interesse an solchen Dingen gefunden. Er wollte lieber im Dschungel bleiben, mit Freunden und Kindern am Feuer sitzen und auf die Jagd gehen, wenn sie hungrig waren. Warum das so schlecht sein sollte, wusste er nicht.

Aber Pajak war nicht dumm. Er hatte den Reiz beobachtet, den die Stadt ausübte. Vor allem auf die Jungen. Sie wollten Neues entdecken, für sie waren die Angebote der Stadt verlockend. Für die Mahnungen der Geister dagegen schienen sie sich immer weniger zu interessieren. Es machte ihn traurig, dass seine Enkel vermutlich schon nicht mehr lernen würden, wie man mit einem Blasrohr jagte. Den Baum, aus dem seine Familie seit Jahrhunderten ihre Blasrohre herstellte, hatten die Holzfäller gefällt. Wo er gestanden hatte, verlief heute eine Schneise, und dorthin würde er seine Besucher führen. Aus zwei Gründen: Erstens würde die Schneise ihnen helfen, den Heiligen Berg zu finden. Wenn man zwei Tage der Schneise folgte und dann einen Tag den Dschungel durchquerte, kam man zum Batu Lawi, dem Ort, wo seine Gäste nach Laki Penan und den Luft suchen wollten.

Der zweite Grund hatte damit zu tun, dass für ihn selbst die Schneise symbolisch für die Gefahr stand, in der sich sein Volk befand. Würden die Holzfäller weiter so viel Regenwald verbrennen und abholzen, würden die Penan aussterben. Auf Sago konnten sie nicht verzichten und auch nicht auf die Heilkräfte ihrer Pflanzen. Von verbrannter Erde allein konnte auch ein Penan nicht leben.

Pajak hatte die Hoffnung, dass sein Plan funktionieren würde. Er war gespannt, aufgeregt und voller Vorfreude auf die Ereignisse, die unmittelbar bevorstanden. Bald schon würde er wissen, ob alles so funktionierte, wie es ihm in der Vision, die ihm die Ahnen gesandt hatten, erschienen war.

Die Schneise

Mats Kräfte ließen nach. Er hatte Probleme mitzuhalten und fiel ein wenig zurück. Nach der Pause hatten Pajak und sein Sohn Azit das Tempo erhöht. Mats Puls raste. Immer wieder trank er Wasser, um nicht zu dehydrieren. Obwohl er in guter körperlicher Verfassung war, strengte ihn das hohe Tempo zunehmend an. Wieder bereute er es, gestern Nacht so viel getrunken zu haben.

Je weiter sie gingen, desto geringer wurde der Umfang der Baumstämme. Auch das Blätterwerk lichtete sich. Immer mehr Sonnenstrahlen drangen durch die Astgabeln, färbten die Lianen sattgrün und leuchteten auf den Boden. Darlene und Mat genossen die Sonne. Sie verlieh ihnen Kraft, ließ Glückshormone durch ihre Körper strömen und erfüllte sie mit Zuversicht. Für Pajak und Azit war die Sonne gleichbedeutend mit dem Feuer, das alles Leben hinwegfegte und Existenzen vernichtete.

Als sie sich der Schneise näherten, verlangsamten sie das Tempo und betrachteten ehrfürchtig die leere Fläche, die von den Holzfällern in den Wald geschlagen worden war. Der Häuptling und sein Sohn standen auf einer kleinen, mit Moos bedeckten Anhöhe. Sie wirkten leichenblass. Mat war sich nicht sicher, ob es das Sonnenlicht war oder der Schatten der Blätter, der ihnen ins Gesicht fiel, oder ob sich ihre Gesichtsfarbe tatsächlich verändert hatte.

Schließlich war es Pajak, der das Wort ergriff und einen langen Vortrag hielt. Adang übersetzte: „Als die Früchte so groß waren wie Steine, stand dort drüben ein Pah-Baum.“ Er zeigte auf eine freie Fläche, wo hohes Gras wuchs. „Dieser Baum war wichtig für meine Familie. Über viele Jahrhunderte haben wir aus dem Holz des Baumes Blasrohre hergestellt. Wenn ein Kind sich in einen Krieger verwandelte, haben wir ein Stück Holz aus dem Stamm des Baumes geschlagen und dann die Geister um Verzeihung gebeten. Erst wenn die Wunde des Baumes verheilt war, durfte der Junge aus dem Stück Holz ein Blasrohr schnitzen und zur Jagd gehen. Das Blasrohr, das Pajak in den Händen hält, ist Teil des Baumes. Doch dann haben Holzfäller den Baum gefällt und Schande über die Familie gebracht. Sein Sohn …“ Adang zeigte auf Azit, der neben seinem Vater stand,

„besitzt schon kein Blasrohr mehr von diesem Baum. Das macht ihn sehr traurig."

Mat und Darlene starrten auf die freie Fläche.

„Doch nicht nur das Fällen des Baumes hat Unheil gebracht. Auch die Sonne hat Schlimmes angerichtet", übersetzte Adang weiter. „Die Sonne hat den Vater von Pajak, den alten Häuptling des Stammes, getötet, als er mehrere Tage hier an dieser Stelle um den gefällten Baum getrauert hat. Das Licht hat seiner Haut die Farbe geraubt und seine Seele verbrannt. Wenn die Holzfäller noch mehr heilige Bäume zerstören, wird die Kraft der Sonne alle Penan töten."

Adang machte eine Pause. Er sah den Häuptling an und schien auf weitere Worte zu warten. Doch Pajak schwieg. Er setzte sich auf den Boden, blickte zur Schneise und kniff die Augen zusammen. Azit setzte sich neben ihn.

Eine bedrückende Stille setzte ein.

„Ich verstehe ja, dass sie um den Baum trauern", sagte Darlene leise, „aber warum die Sonne das Volk der Penan tötet, wenn die Holzfäller noch mehr Bäume fällen, verstehe ich nicht."

Adang gab die Frage weiter. Pajak saß weiterhin einfach nur da und starrte in die Ferne. Es war schließlich Azit, der antwortete. Adang übersetzte: „Die Penan sind ein Volk des Dschungels. Sie brauchen die Geister des Waldes und der Schattenwelt, um zu überleben. Wenn ein Penan zu lange in der Sonne ist, fällt er in Ohnmacht. Und ja, es stimmt: Sein Großvater ist gestorben, weil er zu lange in die Sonne geschaut hat."

„Die beiden wirken auch plötzlich so blass." Mat war bereit, an das Mysterium der Penan zu glauben.

„Das ist Unsinn!", entgegnete Darlene. „Niemand stirbt, weil er in die Sonne geht. Das ist Aberglaube. Hokuspokus."

Adang ging langsam zu den Penan hinüber und setzte sich neben den Häuptling. Regungslos starrte der weiter auf die Schneise und sagte kein Wort.

„Pajak", sagte Adang vorsichtig, „gib mir Anweisungen. Sollen wir hierbleiben oder weiterziehen?"

Der Häuptling murmelte etwas. Adang wirkte beunruhigt, schien kurz über die Worte nachzudenken und sagte dann: „Pajak will von euch wissen, wie er sein Volk schützen kann. Wenn die Holzfäller weiterhin so viel Wald verbrennen oder abholzen, wird sein Volk bald nicht mehr hier leben können. Demonstrationen sind keine Lösung. Das haben sie schon probiert. Laki Penan hat zwar die Urvölker vereint und ihnen gezeigt, dass man sich gegen die Konzerne wehren kann, doch gebracht hat das nur wenig. Wenn ihnen niemand hilft, werden auch sie bald verschwinden, und zwar für immer. Aus diesem Grund will er wissen, ob ihr gekommen seid, um dem Volk der Penan zu helfen."

Wie ein ungebetener Gast stand die Frage im Raum. Darlene und Mat hatten keine Ahnung, was sie sagen sollten. Offensichtlich hatte der Häuptling sie an diesen Ort gebracht, um Antworten zu erhalten; Antworten, die über sein Schicksal entscheiden würden; Antworten, die weder Mat noch Darlene ihm geben konnten. Im Grunde waren sie Touristen. Sie hatten keine Ahnung, wie man die Penan aus ihrer misslichen Lage befreien konnte.

Wieder setzte ein unangenehmes Schweigen ein. Pajak schaute in die Ferne. Ein wacher Blick, konzentriert und gleichzeitig entrückt.

Weder Darlene noch Mat hatten mit einer solchen Situation gerechnet. Hatten die Penan sie nur deshalb als Gäste aufgenommen, weil sie sich Hilfe von ihnen erhofften? Betrachtete man sie als Heilsbringer?

Sogar Adang wirkte ratlos.

Es war Darlene, die versuchte, die Stille zu durchbrechen. „Wie ihr wisst, bin ich auf der Suche nach meinem Bruder James und den Luft. Wenn ich ihn gefunden habe, werde ich alles daransetzen, in Europa auf eure Situation aufmerksam zu machen."

Pajak lauschte der Übersetzung von Adang und entgegnete sofort etwas in seiner Sprache.

„Pajak fragt, wie Aufmerksamkeit ihnen helfen kann."

Dieses Mal antwortete Mat. „Sag ihm, dass die Menschen im Westen großes Interesse am Schutz der Natur haben. Je mehr Leute von der Situation der Penan erfahren, desto mehr werden auch bereit sein, Geld zu spenden. Je mehr Aufmerksamkeit erzeugt wird, desto mehr Geld wird es geben, und von diesem Geld können wir einen Teil des Waldes kaufen."

Die Penan sagten zuerst nichts, tauschten nach einer Weile aber einige Worte aus und wendeten sich schließlich erneut an Adang. „Sie sagen, dass dieser Wald ihnen bereits gehört, aber die Regierung ihre Rechte nicht anerkennt."

„Dann werden wir der Regierung diese Rechte abkaufen", sagte Mat.

„Bist du sicher, dass ich das übersetzen soll?"

„Wieso nicht?"

„Weil du dich mit dem Versprechen zu etwas verpflichtest. Du gibst ihnen dein Wort, das du vielleicht nicht halten kannst."

Mat überlegte. Er war in den letzten Jahren auf unzähligen Wohltätigkeitsveranstaltungen gewesen, hatte für Kinder, bedrohte Tiere und Fußballvereine gespendet. Er hatte jungen Menschen mit seinem „*Do what you love*"-Stipendium Weltreisen und Filme finanziert. Warum sollte er nicht einem Urvolk helfen, das Sago liebte und mit Blasrohren Affen jagte?

„Adang, sag ihnen, dass ich herausfinden werde, ob es möglich ist, der Regierung ein Stück des Regenwaldes abzukaufen."

„Bist du sicher?"

„Ja. Sag, dass ich alles daran setzten werde, den Penan zu helfen."

Adang übersetzte.

Die Penan schienen sich zu beraten. An ihrer Mimik konnte Mat keine Reaktion ablesen. Er hatte sich gerade einer Aufgabe verschrieben, von der er keine Ahnung hatte. Aber er hatte ein gutes Gefühl. Alles bekam plötzlich eine Bedeutung: das Treffen mit Darlene, der Tauchunfall, der Trip in den Dschungel, die Frage nach seinem Nachlass. Vielleicht konnte er hier etwas bewegen. Geld hatte er mehr als genug.

„Pajak und Azit bedanken sich für das Angebot", übersetzte Adan. „Sie haben gewusst, dass eure Anwesenheit gut ist. Aus Dank haben sie uns einen Tipp gegeben. Wenn wir zwei Tage durch die Schneise wandern und einen Tag landeinwärts durch den Dschungel, kommen wir zum Heiligen Berg."

„Das sind doch mal gute Nachrichten", sagte Darlene.

Der Häuptling und sein Sohn standen auf und wandten sich zum Gehen.

*

„Dass du den Penan ein Stück Dschungel kaufen willst, finde ich gut", sagte Darlene auf dem Rückweg. „Aber du glaubst doch nicht wirklich daran, dass du genug Spenden einsammeln kannst, um einen Dschungel von der Größe Belgiens zu kaufen. Wenn du das durchziehen willst, musst du den Wald selbst kaufen."

Darlene umlief eine Wurzel, die wie ein Keil aus dem Boden ragte. Dann drehte sie sich zu Mat um und fuhr fort: „Der Kauf des Dschungels – das könnte deine persönliche Mission sein. Du hast doch genug Geld."

„Ein Dschungel für die Penan", sagte Mat. „Auf so eine Idee scheint noch niemand gekommen zu sein."

„Sagen wir mal, du würdest wirklich ein Stück Regenwald hier kaufen", sagte Darlene. „Du müsstest eine Privatarmee haben, die dafür sorgt, dass die Holzmafia nicht die Bäume rodet und das ganze Gebiet niederbrennt."

Die Stimmen des Dschungels wurden lauter. Grillen zirpten und Vögel schrien. Winzige Würmer bohrten sich ihre Wege in den Boden, Schlangen glitten vor ihnen davon. Darlene und Mat waren in Gedanken versunken.

Mat fragte sich, ob er nicht zu viel versprochen hatte. Das Leben der Penan war für die Besitzenden wertlos, weil sie weder produzierten, noch konsumierten. Palmöl-Plantagen und Edelhölzer generierten Gewinne, wohingegen die Penan nichts besaßen. Nicht einmal der Wald war ihr Eigen. Die Penan wurden bedroht, weil sie etwas nutzten, was ihnen laut Gesetz nicht gehörte. Der Wert dieses Dschungels war der Preis, den man zahlen musste, um die Penan zu retten.

Das Dorf der Penan

Zurück im Dorf, verspürte Mat das dringende Bedürfnis, seine Frau anzurufen. Er öffnete seinen Reiserucksack und suchte nach dem Satellitentelefon. Wo war das verdammte Ding, wenn man es brauchte?

Mat wühlte sich bis nach ganz unten. Seine Finger fühlten T-Shirts, Hosen und den wolligen Rand seiner Socken. Er erwartete Widerstand, fand aber nur Weiches, von dem das meiste nass und klamm war. Er wusste genau, er hatte das Satellitentelefon zwischen seine T-Shirts und Hosen gesteckt, damit es dort besser geschützt war. Vielleicht war er zu hektisch, zu nervös. Das Gespräch mit den Penan hatte ihn aufgewühlt. Er hatte keine Ahnung, wie und ob man überhaupt einen Dschungel kaufen konnte. Er wusste nur, dass er jetzt die vertraute Stimme seiner Frau hören musste.

Er stand auf, unternahm einen zweiten Versuch und durchwühlte alle Innentaschen, jeden Winkel seines Rucksacks. Doch da war kein Satellitentelefon. Da waren auch keine Akkus. Hatte er das Ding nach dem letzten Telefonat nicht richtig verstaut? Hatte er es irgendwo liegen gelassen? Er musste sich Darlenes Telefon ausleihen. Zum Glück hatte sie vor dem Trip ein zweites Gerät gekauft.

„Das Satellitentelefon ist verschwunden?" Darlene wirkte überrascht. „Und du bist sicher, dass du es nicht übersehen hast?"

„Ich habe dreimal meinen Rucksack durchsucht."

„Vielleicht ist es in einer anderen Tasche. Oder in deiner Regenjacke?"

Mat schüttelte den Kopf.

„Dann benutz meins. Im Rucksack oben in der Innentasche." Darlene schien nicht sonderlich besorgt, dass Mat ihren Rucksack durchwühlen würde. Sie blieb neben Azit am Feuer sitzen.

Mat ging zurück zu den Hängematten, öffnete Darlenes Rucksack und suchte nach ihrem Telefon.

Da war es. Bei der Berührung des glatten Plastiks entspannte er sich. Er war erleichtert. Gleich würde er Micheles Stimme hören. Doch die Vorfreude wich bitterer Enttäuschung, als er das Satellitentelefon genauer anschaute. Am oberen Rand des Plastikrahmens war eine Solarplatte befestigt, die für zusätzliche Stromzufuhr sorgte. Und genau diese Platte war zerstört.

„Fuck!" Mat versuchte das Gerät mehrmals hintereinander anzuschalten. Er drehte es, schüttelte das Ding und klopfte auf das Plastik.

Keine Reaktion. Ein toter Gegenstand. Es war kaputt.

Er ging zu Darlene und zeigte ihr das Telefon.

„Was ist damit?" Sie nahm es in die Hand und betrachtete die zerbrochene Platte. „Das ist ..."

„... eine Katastrophe!"

Jetzt wirkte auch Darlene beunruhigt. Sie stand auf und ging mit Mat zu ihrem Schlafplatz, riss ihren Rucksack auf, wühlte sich durch die Innentasche und fand kleine Splitter der Solarplatte. Sie betrachtete die glänzenden Teile zwischen ihren Fingern. „Wie konnte das passieren?“

„Die Frage muss eher lauten: Wer hat das getan?“

Mat war beunruhigt. Ohne Satellitentelefon hatten sie keinen Kontakt zur Außenwelt und würden im Notfall niemanden um Hilfe bitten können. In seinem Kopf überschlugen sich die Gedanken. Wer hatte Darlenes Satellitentelefon zerstört und seins gestohlen? Sogar seine Akkus waren weg. Er war sich sicher, dass er das Gerät in den Rucksack geräumt hatte.

Er hatte die Situation deutlich vor Augen: Nach dem letzten Gespräch mit Michele hatte er das Telefon abgeschaltet und eingepackt. Jemand musste es gestohlen haben. Es gab zwar keinen Beweis, doch wusste er, dass es so war.

Darlene hatte mehrmals ihren Rucksack durchsucht und auch darauf bestanden, Mats Rucksack zu checken. Jeden Gegenstand hatte sie einzeln auf die Hängematte gelegt und am Ende wieder eingepackt. Das Telefon war nicht aufgetaucht.

Obwohl sie sich während der Reise skeptisch über die Muslime geäußert hatte, schloss sie es aus, das Gepäck der Helfer zu durchsuchen. Stattdessen setzte sie darauf, dass das Gerät wieder auftauchen würde. Mat dagegen hätte am liebsten die Rucksäcke aller Expeditionsteilnehmer kontrolliert. Doch Darlene hatte recht. Wenn sie die Träger unter Generalverdacht stellten, würde die Stimmung augenblicklich kippen. Das konnten sie nicht riskieren.

Mat saß in seiner Hängematte und versuchte, eine Alternative zu finden. Vor ihm tauchten die Gesichter der Helfer auf. Adang, Bantang, der Koch und die drei anderen. Er versuchte, in ihren Gesichtern nach Spuren zu suchen. Aber das brachte natürlich nichts. Nach einer Weile ließ er sich zurücksinken und schloss die Augen.

In dieser Nacht konnte Mat nicht schlafen. Die Gedanken schossen wild durch seinen Kopf. Der Verlust des Telefons machte ihm zu schaffen. Wenn das Gerät nicht wieder auftauchte, waren sie komplett abgeschnitten von der Zivilisation. Niemand würde sie orten können. Wenn er sich ein Bein brechen würde, müsste er sich vom Schamanen der Penan behandeln lassen. Plötzlich bekam er Angst.

Angst. Dieses Wort hatte für ihn bisher keine Bedeutung gehabt. Aufregung, das kannte er, ein mulmiges Gefühl in der Magengrube, ein Instinkt, der einem sagte, dass etwas schiefgehen könnte. Doch das hier war etwas anderes. Eine existenzielle Bedrohung, die an seiner Seele nagte und ihm Schlaf raubte, den er dringend brauchte. Er musste etwas tun, bevor er durchdrehte.

So leise wie möglich versuchte er, seine Hängematte zu verlassen. Während er im Dunkeln nach seinen Schuhen tastete, versuchte er die Umrisse von Darlenes Körper zu erkennen. Er konnte ihren Atem hören. Seit sie hier im Dorf waren, hatten sie sich wieder ein Stück von Adang und den Trägern distanziert. Ihr Lager war zwanzig Meter von dem der anderen entfernt, was Mat einerseits geholfen hatte, das unbewusste Gefühl abzulegen, dass die Träger etwas Böses im Schilde führten. Andererseits hatte diese Distanz möglicherweise dazu geführt, dass einer von ihnen ihre Sachen durchwühlt hatte.

Um sich im Dunkeln besser orientieren zu können, blieb er eine Weile schweigend neben der Hängematte stehen. Die Grillen zirpten, ein leichter Wind rauschte durch die Blätter und in der Ferne ertönte die Kakophonie des Dschungels. Eigentlich waren Mat die Geräusche längst vertraut. Doch in diesem Augenblick fühlten sie sich an wie eine akustische Dissonanz, die ihm zu sagen versuchte, dass etwas gewaltig schieflief. Dass er an einem Ort gelandet war, an den er nicht gehörte.

Bei den Helfern war es ruhig; alle schienen zu schlafen. Zwei lagen in Hängematten, die anderen eng nebeneinander auf dem trockenen Boden. Adang lag wie immer neben der Feuerstelle, wo einige Holzscheite vor sich hin glühten.

Vorsichtig näherte Mat sich dem Lager. Er setze einen Fuß vor den anderen, versuchte, nicht auf Äste zu treten, doch hin und wieder knackte es. Barfuß hätte er sich leiser anschleichen können, aber er hatte sich immer noch nicht damit angefreundet, ohne Schuhe durch den Dschungel zu laufen, er befürchtete, auf spitze Steine oder giftige Tiere zu treten. Die Gefahr, sich zu verletzen und sich mit etwas zu infizieren, war zu groß. Die hohe Luftfeuchtigkeit verwandelte die kleinsten Wunden in kürzester Zeit in gefährliche Verletzungen, offene Stellen mussten sofort desinfiziert und behandelt werden. Dass die Helfer und die Penan keine Schuhe trugen, war für Mat kein Grund, das Gleiche zu tun. Sie hatten ein anderes Immunsystem als er und Darlene. Überhaupt gab es fast nur Unterschiede zwischen diesen Leuten und ihnen. Sie sprachen eine andere Sprache, pflegten andere Bräuche, aßen andere Gerichte und hatten andere Ansprüche. Diese Leute aßen Affen. Gütiger Gott! Und er hatte es ihnen gleichgetan. Von wegen, der Dschungel machte alle gleich. Der Dschungel machte ihn zu einem Wilden!

„*Are you okay?*"

Mat zuckte zusammen. Aus dem Augenwinkel erkannte er eine Gestalt, groß und unheilvoll. Er drehte sich um, bereitete sich auf einen Angriff vor und schloss die Hand zu einer Faust. Dann sah er das breite Grinsen. Es war Bantang, der Mann, der dafür sorgte, dass der rote Eimer am richtigen Platz stand.

„*Are you hungry?*", fragte er freundlich, fast schon besorgt.

Mat entspannte sich. Fast hätte er laut losgelacht. Dieser Mann war alles andere als eine Bedrohung.

„*Yes, I am hungry*", antwortete er und war erleichtert, dass er sich noch nicht am Gepäck der Helfer vergriffen hatte.

Bantang konnte nicht ahnen, was er vorhatte, im Gegenteil, er schien sich über seine Anwesenheit zu freuen. Eine überraschende Herzlichkeit schwappte Mat entgegen. Eine Geste, die so unerwartet kam, dass sie all die dunklen Gedanken vertrieb, die ihm in den letzten Stunden durch den Kopf gegangen waren.

„*I am hungry too.*" Bantang lächelte noch breiter. „*Follow me*", sagte er und führte Mat zur Feuerstelle. Ohne auf den schlafenden Adang Rücksicht zu nehmen, stocherte er mit einem Stock in der Glut und entfachte die Flammen. Keine zwei Minuten später saßen sie vor einem lodernden Feuer und aßen das breiartige Gericht der Penan.

„*Sago! Very good!!*" Bantang schaufelte sich mit einem Löffel große Portionen in den Mund.

Mat nickte. Vor einigen Minuten hatte er noch die ganze Truppe verflucht und ihnen Diebstahl unterstellt. Jetzt saß er hier neben Bantang und fühlte sich so gut wie seit Stunden, vielleicht Tagen nicht mehr. Vermutlich war es ein naiver, durch ihr plötzliches Zusammentreffen bedingter Gedanke, aber Mat konnte sich auf einmal nicht mehr vorstellen, dass einer der Träger böse Absichten hatte. Ja, sie waren anders als er und Darlene, befolgten Rituale, die er nicht verstand. Doch im Grunde war diese Reise für sie genauso ungewohnt und aufregend wie für ihn. Auch sie hatten noch nie Ureinwohner gesehen, schienen nachts nicht schlafen zu können. Mat hatte das Gefühl, dass Bantang sich über seine Anwesenheit wirklich freute.

Aus welchem Grund sollten die Helfer sein Telefon stehlen und das von Darlene zerstören? Was um alles in der Welt sollten sie damit anstellen? Wahrscheinlich wusste niemand von ihnen – außer vielleicht Adang, der Guide –, wie man so ein Gerät überhaupt bediente.

*

Der nächste Tag verging nur langsam. Mat hatte lange geschlafen und verbrachte viel Zeit in seiner Hängematte. Seine Laune war unbestimmten Schwankungen ausgesetzt. Trotz der nächtlichen Begegnung mit Bantang dachte er weiter über die Satellitentelefone nach. Diebstahl und Sabotage. Ein sicheres Indiz, dass jemand versuchte, ihren Kontakt zur Außenwelt zu unterbrechen. Wollten die Penan nicht, dass jemand erfuhr, dass sie hier waren? Oder wurden sie von James' Feinden verfolgt, die ihnen Angst einjagen wollten? Wollte man sie demotivieren und zum Abbruch der Expedition zwingen oder aber verhindern, dass sie Hilfe rufen konnten, wenn man sie angriff? Vielleicht war es auch James selbst, dem es gelungen war, sich ihnen zu nähern, und der nun sichergehen wollte, dass ihre bevorstehende Begegnung geheim bleiben würde. War er der Schatten, der sie verfolgte?

Mat schloss mittlerweile intuitiv aus, dass die Träger hinter der Sache steckten. Sie bewegten sich im Dorf der Penan genauso unsicher wie er selbst. Ohne Kontakt zur Außenwelt waren auch sie im Notfall hoffnungslos verloren. Nur bei Adang war er sich nicht sicher. Ohne Telefon war er der Einzige, der die Gruppe aus dem Dschungel führen könnte. Hatte ihm jemand Geld gegeben, damit er sie in die Irre trieb? Arbeitete er für die Konzerne und täuschte nur vor, ein Freund der Penan zu sein? Dass der Guide unternehmerisch dachte, war Mat schon vor ihrer Abreise aufgefallen, als er über die ehrgeizigen Zukunftspläne für seine beiden Kinder gesprochen hatte.

Mat dachte darüber nach, in der kommenden Nacht den Rucksack des Guides zu durchsuchen. Er glaubte nicht, dass Adang etwas bemerken würde; schließlich schlief der Mann wie ein Stein. Aber das Risiko, von anderen Helfern entdeckt zu werden, war hoch. Außerdem konnte Adang das Satellitentelefon im Dschungel vergraben haben. Mat verwarf den Plan, um ihn schon im nächsten Moment wieder aufzugreifen – ein Zeichen dafür, dass er mit der Situation hoffnungslos überfordert war.

Irgendjemand im Lager hatte etwas vor, das er nicht verstand, so viel war sicher. Und das führte dazu, dass Mat in unregelmäßigen Abständen Angstattacken bekam, die ihm bewusst machten, in welch misslicher Situation er steckte. Mitten im Dschungel zu sein, bei einem Urwaldvolk, das mit Blasrohr und Bogen jagte, kein Funk- oder Ortungsgerät zu haben und auf das Wissen eines Dschungel-Guides angewiesen zu sein, verdeutlichte ihm seine Ohnmacht.

Gegen Mittag brachte ihm Darlene Früchte und einen Kaffee. „Willst du nicht mal aufstehen?"

Mat, immer noch in der Hängematte, nahm ihr den Becher ab. „Ich fühle mich nicht gut."

„Ich mache mir auch Sorgen wegen des Telefons", sagte sie. „Aber sieh es doch mal so: Immerhin haben wir noch Adang. Du warst es doch, der mir vor einigen Tagen gesagt hat, dass ich nicht jeden Schritt planen und auf die Fähigkeiten unseres Guides vertrauen soll."

„Habe ich das gesagt?"

„Na ja, so in etwa."

„Wenn ich wüsste, dass ich Adang vertrauen kann, würde es mir besser gehen", sagte Mat.

„Aus welchem Grund solltest du ihm nicht vertrauen?"

„Gute Frage. Sag du mir, warum ich es soll."

Darlene schüttelte den Kopf. Sie lächelte, sie tat so, als würde sie das alles nichts angehen, und das machte Mat wütend. Gleichzeitig wusste er, dass es keinen Sinn hatte, sauer zu werden. Darlene schaltete in solchen Situationen eher auf stur. Er wollte sie verunsichern, wollte, dass sie ihm zeigte, dass auch sie mit der Situation nicht umgehen konnte.

Dazu gab es nur ein Mittel: Er musste sie beunruhigen.

„Der Schatten", sagte Mat, „er ist hier im Dorf. Vor einigen Tagen habe ich ihn gesehen."

„Unsinn!“ Darlene schien zu ahnen, was er bezweckte.

„Das ist die Wahrheit.“

„Wahrheit!“ Sie wirkte nun doch erregt. „Jetzt behalt mal die Nerven. Dieser Schatten, von dem du sprichst, hat sich das letzte Mal in Luft aufgelöst, als du höchstpersönlich deine Taschenlampe auf ihn gerichtet hast.“

„Er war da. Du hast ihn selbst gesehen.“

Darlene zögerte. Mat wusste, dass auch sie diesen Augenblick nicht vergessen hatte.

„Na gut“, sagte Darlene, „sagen wir, es gibt ihn, diesen Schatten, was für einen Unterschied würde das machen?“

„Keine Ahnung! Vielleicht würde es erklären, warum eins der Telefone zerstört wurde und das andere spurlos verschwunden ist. Hast du mal darüber nachgedacht, dass dein Bruder uns folgen könnte?“

„James!? Jetzt drehst du völlig durch!“

„Ich finde das gar nicht mal so abwegig. Dein Bruder ist größer als die Penan, wie der Schatten. Und er hat gelernt, sich im Dschungel zu bewegen, ohne gesehen zu werden. Wenn er noch lebt, muss er diese Gabe perfektioniert haben. Vielleicht verfolgt er uns.“

„Wieso?“

„Keine Ahnung. Es ist nur so eine Idee. Ich habe den Schatten auch hier im Dorf gesehen. Einen Tag nach unserer Ankunft. Am Morgen nach der Feier im Baumhaus.“

„Mat, an dem Morgen warst du betrunken. Wir mussten dich am Abend davor in deine Hängematte tragen.“

„Stimmt. Und ich würde dir auch nicht davon erzählen, wenn du den Schatten nicht auch gesehen hättest. Und ich bin sicher, es war derselbe. Ja, es war bizarr, dass sich dieses Etwas aufgelöst hat, nachdem ich die Taschenlampe eingeschaltet habe. Aber es ist auch unwahrscheinlich, dass ich zweimal hintereinander die gleiche Sinnestäuschung hatte. Lass uns den Gedanken zu Ende spinnen ... Sagen wir, dein Bruder verfolgt uns. Möglicherweise wäre das gar nicht mal so eine schlechte Nachricht. Wenn dem so ist, wäre das vielleicht sogar eine Erklärung dafür, warum unsere Telefone verschwunden sind.“

„Wieso das denn?“

„James will ausschließen, dass irgendjemand von seiner Existenz erfährt, und wartet auf den richtigen Zeitpunkt, sich dir zu zeigen.

Davor will er aber sicherstellen, dass die Begegnung geheim bleibt. Deshalb klaut er unsere Telefone. Wenn er noch lebt, hat er doch mit Sicherheit ein Interesse daran, dich zu sehen. Verdammt noch mal! Du bist seine Schwester!“

Mat hatte erreicht, was er wollte. Darlene setzte sich im Schneidersitz auf den Boden und starrte nachdenklich in ihren Kaffeebecher.

Mat gab keine Ruhe. „Außerdem kennt dein Bruder sich in dieser Gegend aus. Wer weiß, ob die Penan uns wirklich die Wahrheit sagen. Die Zeit der großen Früchte ... Möglicherweise war das letzte Woche.“

„Wir sollten uns nicht über Dinge den Kopf zerbrechen, die wir nicht wissen“, insistierte Darlene. „Wenn es James war, dann wird er bald auftauchen. Aber bis dahin sollten wir nicht mehr über dieses Thema reden.“

„Wir haben kein Satellitentelefon mehr. Ich finde durchaus, dass wir uns darüber unterhalten sollten.“

„Okay, bitte. Und was sollen wir deiner Ansicht nach tun?“

„Wir durchsuchen das Gepäck der Träger und die Hütten der Penan.“

„Dir ist bewusst, dass sowohl die Träger als auch die Penan das als Affront auffassen werden? Das Gleichgewicht hier ist alles andere als stabil. Mal ganz abgesehen davon, dass die Helfer uns noch eine ganze Weile durch den Dschungel begleiten werden, hat uns der Häuptling gestern quasi aus dem Nichts heraus gefragt, ob wir wüssten, wie wir sein Volk retten könnten. Meiner Ansicht nach sollten wir von hier verschwinden, bevor irgendein verrückter Geist ihm eintrichtert, dass wir die Ursache für die Probleme seines Volkes sind.“

Mat trank einen Schluck Kaffee. Er wusste, dass sein Vorschlag riskant war.

„Wir sollten gar nichts tun“, sagte sie entschlossen und richtete sich auf. „Vielleicht war es ein Streich der Penan-Kinder. Ein Verlust, der ärgerlich ist, uns aber nicht unmittelbar in Gefahr bringt. Und jetzt lass uns die Zeit genießen, die uns mit den Penan bleibt. Vielleicht ist es das letzte Mal in unserem Leben, dass wir einem solchen Volk begegnen.“

Ohne auf eine Antwort zu warten, verschwand sie in Richtung Dorf.

*

Der letzte Abend im Dorf der Penan.

Der Sohn des Häuptlings hatte Darlene, Mat und Adang in seine Hütte eingeladen. Am äußersten Rand der Ansiedlung gelegen, erschien sie auf den ersten Blick größer als die Baumhäuser in der Dorfmitte. Ein wenig erinnerte sie an ein traditionelles Langhaus. Die meisten Häuser hier waren quadratisch, dieses dagegen war rechteckig.

Drei, vier Meter stiegen sie nach oben und kamen in den Wohnbereich. Ähnlich wie in den Dorfhütten waren die Wände mit dichtem Moos bewachsen. Um Licht in das Baumhaus zu lassen, gab es an einigen Stellen keine Wände. Die Penan hatten nur Wände oder keine Wände. Die Idee des Fensters war offenbar unbekannt.

Die Gäste wurden von Gelächter empfangen und von allen Seiten beäugt. Junge Penan, männlich und weiblich, sahen sie an und grinsten. Einige versteckten sich in Hängematten, andere saßen an den Wänden oder um das offene Feuer. In spiralförmigen Mustern stieg der Rauch nach oben und verschwand durch eine Öffnung in der Decke. Die Feuerstelle sah aus wie in dem Baumhaus, in dem sie an ihrem ersten Abend im Dorf gewesen waren, doch im hinteren Teil gab es etwas, das sich von allen anderen Häusern unterschied. Ein helles Licht flimmerte über die Wände, ließ Schatten entstehen und tauchte Gesichter in ein blasses Weiß.

Azit grinste. Er freute sich über das Staunen seiner Gäste und sagte etwas, das Adang übersetzte: „Ihr sollt euch wie zu Hause fühlen und seid herzlich eingeladen, euch einen Platz zu suchen."

Darlene und Mat setzten sich auf den Boden. Hinter ihnen ratterte eine alte Spule und auf einer löchrigen Leinwand bewegten sich Menschen. Sie sprangen von Dächern, wirbelten wie Geschosse durch die Luft und bekämpften sich mit Stöcken. Alles in Schwarz-Weiß.

„Kung Fu", sagte Azit. Seine Augen leuchteten. Zum ersten Mal war keine Übersetzung notwendig.

„Die haben hier doch tatsächlich ein kleines Kino. Mit Leinwand. Mitten im Dschungel." Mat starrte ungläubig auf den Filmprojektor. Im Hintergrund dröhnte ein mit Benzin betriebener Motor, der offensichtlich den für die Vorstellung notwendigen Strom erzeugte.

Azit wandte sich wieder an Adang. „Er will wissen, wie euch das hier gefällt?"

„Sehr gut", sagte Darlene und suchte nach Worten. Die Penan lebten wie in der Steinzeit, sie fürchteten sich vor der Macht der Sonne. Und jetzt saßen sie hier und schauten sich einen Kung-Fu-Film an.

„Wo haben die das her?", fragte Mat.

Adang übersetzte die Frage.

„Azit sagt, dass ein Onkel, der mittlerweile in der Stadt lebt, ihnen das Gerät mitgebracht hat. Sein Vater schaut nicht so gerne Filme an. Aber er und seine Freunde sind ganz verrückt danach. Er will wissen, ob wir auch so ein Gerät haben?"

Mat blickte auf die ratternde Filmspule. Er dachte an seinen Fernseher, der stechend scharfe Bilder in HD übertrug, und an sein Dolby Surround System, das einem Sounderlebnis im Kino erstaunlich nahe kam. Offensichtlich hielt Azit seine Filmspule für eine ultramoderne Erfindung, ein magisches Gerät, das Dinge, die eigentlich nicht existierten, zum Leben erwecken konnte. Was sollte er sagen? Wie würde der Penan reagieren, wenn er ihm erklärte, dass man solche Geräte schon lange nicht mehr verwendete?

„Sag ihm, dass wir uns auch gerne Kung-Fu-Filme anschauen", sagte Darlene.

Azit freute sich. Gemeinsam saßen sie eine Weile einfach nur da und sahen den Kung-Fu-Kämpfern zu, die scheinbar schwerelos über die Leinwand wirbelten.

„Ich hatte keine Ahnung, dass die Penan hier so etwas besitzen", meinte Darlene. „Davon hat James nichts geschrieben."

Als der Film zu Ende war, verschwand Azit und kam mit einem jungen, sehr hübschen Mädchen zurück. Sie war splitternackt und ihre dunkle Haut sah aus wie Samt. Ihr Anblick verwirrte Mat und sein Gesicht wurde knallrot. Verlegen wandte er die Augen ab.

Azit sagte etwas. Und während er sprach, sah er das Mädchen an. Schüchtern blickte sie auf den Boden. Adang übersetzte: „Azit sagt, das ist seine zukünftige Frau. Er will mit ihr viele Kinder zeugen und hofft, dass auch seine Kinder hier im Dschungel aufwachsen können. Allerdings will er seinen Kindern auch die Stadt zeigen. Er selbst ist noch nie dort gewesen, aber wenn sein Vater einverstanden ist, dann reist er bald einmal dorthin."

Der Anblick des nackten Mädchens überforderte Mat. Darlene erfasste instinktiv, dass sie das Gespräch führen musste. So wie Mat die Frau anstarrte, würde er unfähig sein, etwas zu sagen. Eine ähnliche Reaktion hatte sie bei seiner Ankunft im Resort beobachtet. Damals hatte er sie angestarrt und die Fassung verloren. Dass eine andere Frau das bei Mat auslösen konnte, machte sie, auch wenn sie es sich nicht gern eingestand, eifersüchtig. Sie versuchte, das Gefühl zu ignorieren, und fragte Azit, warum er denn vorhabe, in die Stadt zu reisen.

„Azit hat gehört, dass es in der Stadt viele Filme gibt", übersetzte Adang. „Sein Onkel hat erzählt, es gibt sogar Häuser, riesig wie Bäume, mit hunderten von Menschen, die vor Wänden sitzen und sich Filme anschauen. Er weiß auch, dass man diese Häuser Kinos nennt."

„Vielleicht sollten wir Geld sammeln und den Penan ein Kino im Dschungel bauen", sagte Mat auf Deutsch. Mit einem Lächeln beobachtete er, wie Azits Frau sich mit der Hand über den rechten Oberschenkel fuhr.

„Vielleicht solltest du die Kleine nicht so anstarren", zischte Darlene.

„Oh!" Mat wandte den Blick ab. „Bin ich aufdringlich?"

„Du gaffst sie an, als würdest du gleich über sie herfallen."

„Oh!"

Azit blickte zu Adang und sagte noch etwas. Seine Stimme klang leise, fast andächtig.

„Was sagt er?", fragte Darlene ungeduldig.

„Er wünscht euch viel Glück bei der Suche nach deinem Bruder. Er hofft, der Heilige Berg wird euch weiterhelfen. Aber ihr sollt euch vor den Holzfällern und der Sonne in Acht nehmen."

Mat nickte, immer noch befangen von der Faszination, die die junge Frau auf ihn ausübte. Dann fiel ihm plötzlich wieder ein, welche Frage ihm schon seit geraumer Zeit unter den Nägeln brannte. „Adang, bitte frag Azit, ob er oder sein Vater ein Funkgerät oder ein Satellitentelefon besitzen."

Darlene sah Mat böse an. Adang verzog keine Mine, als er die Frage übersetzte, ebenso wenig wie der Sohn des Häuptlings. Azits Kopfschütteln ließ Mat vermuten, dass es nichts Derartiges im Dorf der Penan gab. „Sie haben nur diesen Filmprojektor", erklärte Adang.

Azit stand auf und setzte sich wieder vor die Leinwand. Jemand hatte die Spule wieder eingerichtet und der Film wurde von vorn gezeigt. Die gleichen Akteure wirbelten umher, flogen über Dächer und durch Fenster.

*

Zurück in ihrem Lager, bereiteten sie sich auf die Nacht vor. Mit der Taschenlampe kontrollierte Mat seinen Rucksack. Feinsäuberlich hatte er sich zurechtgelegt, was er morgen früh anziehen würde. Khakihose, schweißneutrales Nylon-Shirt, Tropenhut, Sportsocken und Wanderschuhe.

Endlich würden sie ihren Trip fortsetzen. Das Telefon war nicht aufgetaucht, doch daran konnte er nichts mehr ändern. Spätestens bei dem Besuch bei Azit hatte er beschlossen, alle Recherchen einzustellen. Darlene hatte recht. Der Erhalt des Gleichgewichts der Gruppe war wichtiger als eine Untersuchung, die möglicherweise zu nichts führen würde.

Darlene hatte ihre Kopflampe angeschaltet und beobachtete Mat. Ihr gefiel, wie er sich um den Verlust des Satellitentelefons sorgte. Er und sie gegen den Rest der Welt ... das war seine Haltung, und sie hatte das Potenzial, die gute Stimmung der Expedition massiv zu beeinträchtigen. Sie war immer noch überrascht, wie stark ihre Eifersucht im Baumhaus gewesen war. Eigentlich konnte es ihr egal sein, wie Mat andere Frauen ansah. Doch das war es nicht.

Sie bemerkte, dass sie Mat anstarrte, der mit nacktem Oberkörper vor ihr stand. Seine muskulösen Arme gefielen ihr, seine silbergrauen Schläfen verliehen ihm die Eleganz eines echten Gentleman. Sein Gesicht wirkte jung, was, wie sie glaubte, an seinen Augen lag. Sie standen im Widerspruch zu seiner gesetzten Aura. In ihnen lag eine kindliche Neugier. Vor allem im Dschungel schienen die Augen überall ein Geheimnis zu vermuten. Auch wenn Darlene es nicht gerne zugab, fühlte sie sich von dieser Neugier angezogen.

Es war ein Impuls, eine unbewusste, aber starke Reaktion, die sie dazu veranlasste, auf ihn zuzugehen. Wie in einem Film sah sie sich selbst dabei zu, wie sie ihre Arme von hinten um seinen Bauch schlang, sich auf die Zehenspitzen stellte und ihr Kinn vorsichtig auf seine Schulter legte.

Mat zuckte zusammen und wollte einen Schritt zurückweichen. Sie flüsterte: „Gib zu, dass dir die Kleine gefallen hat!"

Er sagte nichts und wartete ab.

Darlene spreizte ihre Finger. Sie spürte seinen Bauch. Er war erstaunlich hart für sein Alter.

„Mir gefällt dein Bauch", sagte sie und bewegte ihre Hand nach unten, spürte die leichte Erhebung.

Mat atmete tief ein.

Mit der linken Hand schaltete sie die Kopflampe aus und ließ es zu, dass die Dunkelheit sie umschloss.

*

Mat öffnete die Augen und stellte fest, dass er allein war. Die Hängematte neben ihm war nicht mehr da und der Boden platt getreten. Er schob das hauchdünne Moskitonetz zur Seite und setzte die Füße auf die Erde.

Er zog sich an und dachte an die letzte Nacht. Seine Haut roch nach Darlene. Der Duft erregte ihn, aber gleichzeitig hatte er ein schlechtes Gewissen. Am liebsten wäre er in den Fluss gesprungen und hätte sich gewaschen. Doch dem Stand der Sonne nach zu urteilen, war dafür keine Zeit mehr. Vom Lager drangen Stimmen zu ihm herauf. Vermutlich ging es gleich los. Mat griff nach der Wasserflasche und putzte sich die Zähne. Er spuckte den Schaum in die Büsche, spülte seinen Mund aus und baute sein Lager ab.

Darlene saß bereits am Feuer. In ihrer rechten Hand hielt sie einen Becher Kaffee. „Morgen." In ihrer Stimme lag Distanz. Sie war bemüht, ihm nicht in die Augen zu sehen.

„Morgen."

„Im Kochtopf ist heißes Wasser. Wenn du Lust auf Kaffee hast, bedien dich."

„Gut." Er schnürte seinen Rucksack auf und nahm seinen Becher aus Messing heraus.

„Dort unten steht der Instant-Kaffee."

Mat musste schmunzeln. Er war sich nicht sicher, ob er das tat, weil sie noch immer Instant-Kaffee tranken, oder weil er nicht recht begreifen konnte, was gestern Nacht zwischen ihnen passiert war.

Ihm wurde bewusst, dass er seine Frau betrogen hatte. Er sollte sich jetzt schlecht fühlen, doch er fühlte sich lebendig, ungewöhnlich entspannt. Sein Verstand sagte ihm, dass er falsch gehandelt, dass er die Grundfesten seines Lebens ins Wanken gebracht hatte. Doch in seinem müden Körper spürte er noch die Lust, die gestern Nacht von ihm Besitz ergriffen hatte.

Es dauerte keine zehn Minuten, bis das schlechte Gewissen stärker wurde. War er gerade im Begriff, sein Leben zu ruinieren? Michele! Er brauchte seine Frau. Sie war eine Konstante, ohne die er sich sein Leben nicht vorstellen konnte. Natürlich hatte er sich hin und wieder gewünscht, dass so etwas wie gestern Nacht passieren würde. Doch Gedanken konnte man kontrollieren. Sie tauchten auf und verschwanden wieder, hinterließen keine emotionalen Narben. Es gab nun etwas, das seine Ehe zerstören konnte, etwas, das Michele unter keinen Umständen erfahren durfte.

Er versuchte, sich zu beruhigen. Er war ein erwachsener Mann. So etwas wie gestern Nacht passierte. Andere Männer hatten das schon hunderte Male getan und ihre Frauen wussten nichts davon. Und natürlich gab es auch Frauen, die ihre Ehemänner betrogen.

Paradoxerweise wurde Mat plötzlich eifersüchtig und fragte sich, was Michele in seiner Abwesenheit trieb.

Unsinn! Er sollte nicht über solche Dinge nachdenken. Sie waren mitten im Dschungel, hatten nicht einmal ein Satellitentelefon; Funkstille, Niemandsland. Nichts von dem, was sich hier abspielte, drang nach außen, in die eigentliche Welt; das Leben, das er kannte, war weit weg, abgeschnitten, entgrenzt von diesem Ort.

Michele würde es nicht erfahren.

Die Geister der letzten Nacht waren sein Problem. Und nicht das von Michele. Sie durfte es nicht erfahren. Niemals.

Die Penan verabschiedeten ihre Gäste mit einem Tanz. Sie hatten sich bemalt und trugen Federschmuck. Ihre mit Holzringen gespickten Ohrläppchen hüpften auf und ab, während Pajak auf einem Bein vor den Gästen stand und den Schrei eines Affen nachahmte. Im Hintergrund sah Mat die junge Frau, Azits Freundin. Scheu stand sie im Schatten ihres Mannes und starrte zu ihm herüber. Auf ihrer Schulter saß ein kleiner Affe. Mat fragte sich, ob Darlene ohne die kleine Penan gestern Abend zu ihm gekommen wäre. Seine Reaktion hatte

Darlene eifersüchtig gemacht. Ja, vermutlich war Eifersucht ihr Motiv gewesen. Dass sie in ihn verliebt war, glaubte er nicht. Aber dass es passiert war, stimmte ihn zufrieden. Und bereitete ihm Sorgen.

Die Schneise

Sie brauchten vier Stunden. Dann lag sie vor ihnen – die Schneise. Eine Linie bis zum Horizont, bewachsen mit Gras und Gestrüpp. An ihren Rändern begann der Dschungel sich zurückzuholen, was man ihm genommen hatte. Bäume und Lianen dehnten sich aus, mannshohe Farne überwucherten den Boden und streckten sich der Sonne entgegen.

Adang ordnete eine Pause an. Im Schatten eines Baumes stellten alle ihre Taschen ab. Wasserflaschen und Bananen wurden verteilt.

Mat saß neben dem Guide. Er dachte an Pajak und Azit, dachte daran, wie sie an dieser Stelle gesessen und von der Bedrohung durch die Holzfäller erzählt hatten. Und er hatte versprochen, ihnen zu helfen.

„Du stehst in ihrer Pflicht", sagte Adang, als wüsste er, woran Mat gerade dachte. „Die Ahnen der Penan werden dich beim Wort nehmen."

Die Worte klangen wie ein Witz, doch Mat konnte nicht lachen. „Was passiert, wenn ich mein Versprechen nicht einhalten kann?"

„Du verlierst das Wichtigste, was ein Mann verlieren kann." Adangs Stimme klang ernst. „Deine Ehre." Er machte eine Pause. „Du hast es versprochen. Worte sollten nur ausgesprochen werden, wenn ihnen auch Taten folgen."

„Das klingt sehr griechisch."

„Dieses Wort kenne ich nicht."

„Griechisch. Griechenland ist ein Land, aus dem viele bedeutende Denker hervorgegangen sind. Die Griechen waren dafür bekannt, dass sie nur Menschen, die ihre Worte einlösten, respektierten. Der Rang eines Einzelnen wurde danach bemessen, ob er den Mut hatte, seine Worte in die Tat umzusetzen, selbst wenn das bedeutete, dass man für seine Worte sterben musste."

„Das klingt nach einem guten Land.“ Adang reichte Mat eine Flasche mit Wasser und sagte dann mit leiser, eindringlicher Stimme: „Versprich mir, dass du für die Rechte der Penan eintreten wirst.“

„Um ehrlich zu sein, ich habe keine Ahnung, ob ich imstande bin, den Penan zu helfen“, sagte Mat. Erzähl mir lieber, was deine wahren Absichten sind und warum du das Telefon aus meinem Rucksack gestohlen hast, dachte er, verkniff es sich aber, dieses heikle Thema anzusprechen.

*

Adang orientierte sich an der Schneise. Weil sie nicht um Baumriesen herumgehen mussten und einfach geradeaus laufen konnten, kamen sie zügig voran. Dass es keine Bäume gab, hatte allerdings den Nachteil einer ungehemmten Vegetation. Zum ersten Mal kamen die Macheten zum Einsatz. Im Dschungel hatten sie die Macheten so gut wie nie gebraucht. Die Bäume und Palmen waren dort hoch und dicht. Hier waren sie von meterhohe Gräsern und Sträuchern behindert. Schwer atmend bahnten sich die Helfer mit den Macheten einen Weg durch das Dickicht.

Die Sonne brannte mit voller Wucht vom Himmel. Mat spritzte sich immer wieder Wasser ins Gesicht. Regelmäßiges Trinken war wichtig. Ohne die ständige Zufuhr von Wasser konnte man leicht dehydrieren.

„Wieso gehen wir nicht zurück in den Dschungel?“, fragte er. „Diese Hitze ist ja nicht auszuhalten.“

Darlene zuckte mit den Schultern. „Offenbar kommen wir so schneller voran.“

„Die Sonne tut uns nicht gut.“

„Noch ist noch keiner von uns in Flammen aufgegangen.“

„Es ist ein Fehler der Menschheit, die Kraft der Sonne zu unterschätzen.“

„Ein Fehler der Menschheit.“ Darlene musste laut lachen. Zum ersten Mal an diesem Tag sah sie ihm in die Augen. „Trink dein Wasser und sei still“, sagte sie. Die Worte klangen härter, als sie gemeint waren.

Mat schob Darlene leicht zur Seite und berührte dabei ihre Schultern. An seinen Händen klebte ihr Schweiß. Am liebsten hätte er sie festgehalten und in die Arme genommen, hätte sich vergewissert, dass sie so gut roch, wie er es in Erinnerung hatte. Mit einem Schlag machte die Expedition wieder Sinn. Egal was passieren würde, die letzte Nacht würde bleiben. Für immer.

Er fühlte sich wie ein Teenager. Ein wohliges Gefühl durchströmte seinen Körper. Sein Herz tanzte im Rhythmus der vom Wind bewegten Gräser. Der Gesang der Vögel ertönte hell und klar. Leichtigkeit erfüllte ihn. Auch wenn er es nicht gern zugab, er war sicher, dass er sich in Darlene verliebt hatte. Doch dann dachte er wieder an Michele, bekam augenblicklich ein schlechtes Gewissen und versuchte, sich zusammenzureißen.

*

Am frühen Abend bauten sie das Camp im Dschungel auf. In der Schneise gab es nicht genügend Bäume, um die Hängematten zu befestigen.

„Hast du den Hügel dort drüben gesehen?" Darlene zeigte in Richtung Schneise auf eine mit Gras bewachsene Anhöhe

„Sieht irgendwie unnatürlich aus."

„Ich werde mir das mal genauer anschauen. Das ist der erste Hügel, den ich sehe, seitdem wir hier die Schneise entlanglaufen."

Mat testete die Befestigung seiner Hängematte, stemmte sich mit den Handflächen darauf und legte sich probeweise hinein. Er war stolz, wie schnell er mittlerweile sein Lager aufschlagen konnte. Er hängte noch das Moskitonetz auf, überprüfte seinen Rucksack auf Skorpione und legte ihn ans Fußende seiner Hängematte.

Zusammen verließen sie das Lager und gingen auf den Hügel zu. Die Sonne färbte den Himmel orange. Es sah aus, als ob der Dschungel brennen würde. Ein irrsinniges Farbspektakel.

„Wir sollten wirklich mal ein paar Fotos machen", sagte Mat, während er mit einer Machete Gräser wegschlug und immer wieder aufmerksam den Boden nach Tieren absuchte.

„Ich habe Fotos gemacht."

„Echt? Ist mir gar nicht aufgefallen."

„Ich habe dich fotografiert, als du dich mit den Penan betrunken hast. Alles hier drauf!" Darlene nahm eine kleine Digitalkamera aus der Bauchtasche und schwenkte sie wie eine Trophäe durch die Luft.

Sie erreichten den Hügel. Er war nicht bewachsen. In der mit Pflanzen überwucherten Schneise wirkte er künstlich, wie von Menschenhand geschaffen. Bisher war die Schneise durchweg flach gewesen, mit Gräsern und Büschen bewachsen, aber immer eben.

Darlene gab Mat ihre Kamera und sagte: „Los, mach mal ein Bild von mir. Ich stelle mich auf den Hügel."

Mit einem Satz sprang sie auf die Anhöhe. Trockener Staub wirbelte auf und Mat musste sich abwenden. Darlene kletterte weiter. Oben angekommen, posierte sie mit ausgestreckten Armen.

Als Mat den Auslöser der Kamera bediente, gab es einen kleinen Erdrutsch. Darlene geriet ins Wanken, erneut wurde Staub aufgewirbelt. Sie verlor das Gleichgewicht und landete auf ihrem Hintern.

„Alles klar bei dir?"

Sie nickte. „Ja. Alles klar."

Ihre Stimme klang leise. Sie schien sich erschreckt zu haben. Vorsichtig richtete sie sich auf.

Wo eben noch Erde und Staub gewesen war, kamen Fässer zum Vorschein. Mat ging einen Schritt näher. Irgendwo hatte er diese Fässer schon einmal gesehen. Er trat gegen eins und noch mehr trockene Erde geriet ins Rutschen. Darlene machte einen Schritt rückwärts. Mat nahm beide Hände zur Hilfe und scharrte die Erde zur Seite.

Der Hügel schien aus Fässern zu bestehen, aus schwarzen und blauen Fässern. Die Plantagen, dachte er. Die Arbeiter dort hatten solche Fässer auf ihren Köpfen über die Straße balanciert.

„Das sind ..."

„... Pestizide." Darlene hatte die Augen weit aufgerissen. Sie bildete sich ein, Chlor zu riechen. Ihr wurde schwindelig, sie musste husten. Zuerst nur kurz, dann heftig. Sie hechelte nach Luft und versuchte vergeblich, ihre Lungen mit Sauerstoff zu füllen.

„Darlene!" Er ging auf sie zu.

Sie hustete.

Er wusste nicht, was er tun sollte, dachte kurz daran, ihr auf den Rücken zu klopfen, doch im gleichen Augenblick hörte er Schritte.

In Darlenes Blick lag Panik, Schrecken, eine unbestimmte Warnung.

Dann kam der Schlag. Direkt auf den Hinterkopf. Mat spürte einen stechenden Schmerz. Er wollte sich umdrehen, doch dann wurde alles schwarz.

3. Teil

Die Villa des Präfekten

Der Raum war heiß und stickig. Ein klappriger Ventilator rührte feuchte Luft um, kämpfte gegen Rauch, der aus der Zigarette eines uniformierten Beamten an die Decke kroch. Allein schon der Versuch zu atmen löste im Hals ein Kratzen aus. Eine Klimaanlage wäre gut gewesen, aber die gab es nicht.

Diese alte, verbrauchte Luft war vielleicht auch der Grund, warum die Einrichtung der Villa porös und modrig wirkte. Das Holz der Vitrinen war verbogen, die Ledereinbände der Bücher in den Regalen aufgeweicht, die Seiten gewellt, als hätte man sie in Wasser getaucht. Mat hatte den Eindruck, als habe die feuchte Hitze alles durchdrungen. Und dann die Moskitos! Unbeirrt flogen sie in Richtung Kronleuchter, irrten um das staubige Licht, blieben in Spinnweben hängen und verschwanden wieder in der Tiefe des Raumes. Mat hasste dieses Surren, diese plötzliche, aus dem Nichts kommende Gefahr. Er schlug sich in den Nacken. Patsch! Zu spät. Alles was blieb, war Schweiß und Blut.

Den ganzen Tag saß er nun schon hier und wartete darauf, dass der Präfekt ihm den Kaufvertrag überreichte. Doch bis auf den uniformierten Beamten, der ihm gegenüber saß und Nelkenzigaretten rauchte, hatte sich niemand blicken lassen. Er trat ans Fenster und beobachtete den Himmel über Kuching. Wolken zogen auf, die ohnehin schon unerträgliche Hitze wurde noch drückender. Mat rechnete mit einem Gewitter und dachte daran, die Villa zu verlassen. Wenn der Monsun losbrach, würde die Stadt im Wasser versinken. Fehlende Abwasserkanäle würden für Verkehrschaos sorgen und er würde hier feststecken. Doch er konnte sich keine Verzögerung leisten.

„Wie sieht es aus, Sir?", fragte Mat den Beamten auf Englisch. „Glauben Sie, dass man mir den Vertrag heute noch aushändigen wird?"

Der Mann machte sich nicht einmal die Mühe, ihn anzusehen. Er zuckte nur mit den Schultern und widmete sich wieder seiner Nelkenzigarette. Spiralförmig stieg der Rauch in die Luft, löste sich langsam auf und setzte sich im schwammigen Stuck der Villa fest.

Geschlagene vier Stunden lang passierte nichts. Der Beamte ging hin und wieder aus dem von Rauch und Moder durchtränkten Raum und ließ Mat hungrig und halb schlafend zurück. Das Warten kam Mat vor wie eine Folter. Die Zeit lief ihm davon. Er machte sich bewusst, dass es Darlene vielleicht schlechter ging. Was hatten sie ihr angetan? Er versuchte, die Gedanken zu verdrängen, doch vor seinem inneren Auge tauchte immer wieder ein Bild auf, das er vor Jahren im Fernsehen gesehen und das sich tief in sein Bewusstsein eingebrannt hatte. Ein mit Mullbinden verbundener Mann war von einer Terroreinheit befreit worden. Die Entführer hatten ihn zwei Jahre lang bestialisch gequält, ihm Ohren und Nase abgeschnitten, den rechten Fuß abgehackt und dann mit einem heißen Eisen das blutende Fleisch versiegelt. Zwar hatte der Mann die Entführung überlebt, doch Mat wollte nicht daran denken, welche Albträume ihn bis zu seinem Lebensende quälen würden.

Er beobachtete die Moskitos, die in einer schattigen Ecke des Raumes verschwanden und dann plötzlich wieder auftauchten. Ein immer wiederkehrendes Spiel, an dem er merkte, dass die Zeit langsam, träge, fast schon wachsartig verging. Irgendwann tauchte ein unscheinbarer Mann auf. Er trat auf den Beamten zu, der schräg gegenüber von Mat saß, und überreichte ihm einen Umschlag. Dann verließ er wieder wortlos den Raum.

Der Beamte stand langsam auf, ging auf Mat zu und übergab den Umschlag.

„*For you.*"

Mat nickte.

„*You must leave now, Sir. We're closing.*" Und schon geleitete der Beamte ihn nach draußen.

„*When should I come back?*" Stundenlang hatte er gewartet, geschwitzt und ausgeharrt. War dieser Umschlag alles, was er erreichen konnte?

Der Beamte gab keine Antwort.

Wut stieg in Mat auf. Er wollte sich aufbäumen und diesem Mann einen Vortrag halten. Aber dann siegte die Vernunft. Immerhin hatte er den Umschlag. Das war besser als nichts – ein Anfang.

Draußen war es stürmisch. Palmen schwankten im Wind. Der Himmel war grau. Es sah nach Regen aus.

Mat riss das Kuvert auf. Das Papier zitterte im Wind. Er traute seinen Augen nicht.

Seit Jahren spielte Geld in seinem Leben keine Rolle. Über den Wert eines Gegenstandes machte er sich nur äußerst selten Gedanken, aus dem einfachen Grund, weil er es nicht musste. Es war vielmehr die umgekehrte Frage, die ihn belastete: Wie konnte er sein Geld sinnvoll ausgeben? Zahlreiche Gespräche hatte er diesbezüglich mit Michele und seinem engsten Freund und Anwalt Walter Borchert geführt. Beide hatten ihm geraten, sein Geld anzulegen und einen Teil zu stiften.

In dem Moment, als Mat vor dem Eingang der Villa stand und den Brief des Präfekten las, blitzte diese Problematik kurz an der äußersten Peripherie seiner Hirnrinde auf. Eine antiquiert wirkende Schreibmaschinenschrift teilte ihm auf Englisch mit, dass die Regierung von Sawarak den von Matthias Endesfelder (sein Name war korrekt geschrieben) eingereichten Kaufantrag (an dieser Stelle waren die gleichen Koordinaten verzeichnet, die man ihm am Telefon durchgegeben hatte) dann akzeptieren würde, wenn er, Matthias Endesfelder, bereit sei, 127 Millionen Dollar für das obig ausgezeichnete Dschungelgebiet zu zahlen.

Mat trat einen Schritt zurück; zitternd suchten seine Hände nach Halt. Ein Pfeiler half ihm, sein Gleichgewicht zu halten. Mit weit aufgerissenen Augen sah er erneut auf die Zahl: *127 Millionen Dollar.*

Wie kamen diese Leute auf eine so irrsinnig hohe Summe? Eine Zahl, die sogar Mat den Brustkorb zuschnürte, die so außergewöhnlich hoch war, dass er sie im ersten Moment für einen schlechten Witz hielt. Augenblicklich begann es in seinen Ohren zu fiepen. Die Umrisse der grau umrandeten Wolken, die sich bedrohlich schnell über der Stadt ausbreiteten, wirkten fremd; ein falscher, ein verkehrter Himmel.

127 Millionen Dollar.

Das musste ein Missverständnis sein.

Welche Entführer stellten so eine Forderung? Und woher wussten sie, dass er – zumindest theoretisch – in der Lage war, diese Summe zu begleichen?

Als sich das Zittern seiner Hände gelegt hatte, beschloss er, der Sache augenblicklich auf den Grund zu gehen. Er trat einen Schritt vor, legte seine rechte Hand auf die Türklinke, drückte sie nach unten und stemmte sich gegen die Tür.

Sie bewegte sich nicht.

Er stemmte sich mit der Schulter dagegen. Nichts passierte. Ohne dass er es bemerkt hätte, hatten sie ihn aus der Villa ausgeschlossen.

Das Hotelzimmer

Unruhig ging er im Zimmer auf und ab, warf immer wieder einen Blick auf den grauen Himmel über Kuching. Es war nur eine Frage der Zeit, bis ein Unwetter losbrechen würde. Es fiel ihm schwer, zu begreifen, was hier wirklich passierte. Es hatte den Anschein, als werde er in ein Spiel hineingezogen, dessen Regeln er nicht verstand, und, was noch schlimmer war, dessen Konsequenzen er nicht abschätzen konnte. Was würde geschehen, wenn er sich einfach in den nächstbesten Flieger setzen und nach Hause fliegen würde? Würden die Entführer Darlene wirklich töten?

Ihm wurde schlecht, sein Magen drehte sich.

Sein erster Gedanke war: Setz dich. Doch er tat etwas anderes. Er ging zum Rucksack, nahm die Landkarte heraus und markierte die Koordinaten, die man ihm durchgegeben hatte. Das Gebiet, das er kaufen sollte, lag in dem Bereich, den sie bereist hatten. Es erstreckte sich von dem großen Fluss, an dem sie die Boote festgemacht hatten, über das Dorf der Penan bis hin zum Heiligen Berg.

Wenn Mat es richtig verstand, sollte er für 127 Millionen Dollar einen Dschungel kaufen, in dem er mit Darlene nach James und den Luft gesucht hatte. Ein Stück Dschungel, das er den Penan versprochen hatte? Ein eisiger Schauer jagte über seinen Rücken.

Vielleicht war es der Mangel an Alternativen, der ihn dazu bewegte, seine Frau anzurufen. Er hörte Micheles verschlafene Stimme. „Matthias? Bist du das?"

„Habe ich dich geweckt?"

„Schon in Ordnung. Ich bin auf der Couch eingeschlafen." Irgendetwas im Hintergrund raschelte. Michele schien sich aufzurichten. „Ich habe mir Sorgen gemacht. Alles in Ordnung? Du hast dich seit Tagen nicht gemeldet."

„Tut mir leid. Jemand hat unser Satellitentelefon gestohlen."

„Gestohlen? Im Dschungel?"

Mat zögerte. Er wusste nicht, was er ihr erzählen sollte.

„Wo bist du jetzt?"

„In Kuching. Der Hauptstadt von Sarawak. Unsere Expedition ..." Mat zögerte erneut. „Sie wurde früher abgebrochen. Aber mir geht es gut." Er brachte es nicht übers Herz, seiner Frau von der Entführung zu erzählen. Er konnte ihr nicht sagen, dass sie ihn bewusstlos geschlagen und mit einem Hubschrauber in ein Holzfällercamp geflogen hatten, von wo er mit einem schäbigen Bus nach Kuching gefahren war. Und er konnte ihr auch nicht sagen, dass sie Darlene und Adang in ihrer Gewalt hatten. Die Gefahr, dass sie auf eigene Faust die Botschaft informieren würde, war zu groß. Er würde das alleine durchstehen müssen. Michele hatte damit nichts zu tun.

„Du klingst seltsam."

„Müde", sagte er schnell, „ich bin nur müde. Das ist alles."

„Und konntet ihr James und die Luft finden?"

Mat wusste nicht, was er sagen sollte.

„Habt ihr James und die Luft gefunden?"

Kein Wort.

„Mat? Bist du noch da?"

„Ja."

„Wann kommst du wieder zurück?" Michele klang nun ernsthaft besorgt.

„Ich ... ich wollte nur sagen, dass alles gut ist."

Dann legte er auf.

Er konnte seiner Frau unmöglich die Wahrheit sagen. Er allein hatte sich in diese Lage hineinmanövriert. Er hatte Darlene auf die Expedition begleitet, er hatte ...

Und dann kam ihm plötzlich eine Idee: die Penan!

Er griff zum Hörer und wählte die Rückruftaste. Ein Tuten. Zuerst hob niemand ab. Michele schien verärgert, dass er sie mitten in der Nacht geweckt und beunruhigt hatte. Aber jetzt wusste er, wie er die Sache angehen musste.

„Ich hoffe, dass es sich dieses Mal auch lohnt, mit dir zu reden", sagte Michele.

„Tut mir leid. Ich wusste nicht, wie ich dir die Sache erklären sollte", erwiderte Mat. „Also, wir haben James und die Luft nicht gefunden. Aber wir waren bei einem anderen Volksstamm, den Penan." Mat erzählte seiner Frau von den Baumhäusern, dem Sago und dem Ausflug zur Schneise. Er erzählte ihr von der Bedrohung durch die Holzfäller und von seinem Versprechen.

„Ich habe mich entschieden, den Penan zu helfen", sagte er schließlich.

„Und wie willst du diesen Leuten helfen?" Michele wirkte gelangweilt. Das änderte sich jedoch schlagartig, als Mat ihr eröffnete, dass er den Penan einen Dschungel kaufen wolle.

„Und was kostet so ein Dschungel?"

„127 Millionen Dollar."

Stille.

„Bist du noch dran?"

„Du spinnst", sagte sie.

„Weil ich so viel Geld ausgebe?"

„Weil du dich damit finanziell ruinierst. Du müsstest die Immobilien verkaufen, vermutlich sogar das Gestüt in Richmond."

„Es würde noch genug für uns übrig bleiben. Selbst wenn ich 150 Millionen Dollar ausgeben würde, würde für uns vermutlich noch genug übrig bleiben. Was sollen wir denn mit dem ganzen Geld? Die Penan werden aussterben, wenn ich ihnen nicht helfe."

Mat fühlte sich unwohl bei dem Satz. Es war kein edles Motiv, das ihn antrieb, sondern der immense Druck einer räuberischen Erpressung.

„Du solltest mit Walter telefonieren", sagte Michele.

Das stimmte. Wieso war er selbst nicht auf diesen Gedanken gekommen? Natürlich! Walter! Er musste ihn anrufen. Wenn ihm jemand helfen konnte, dann war es Walter Borchert. Walter war ein ausgezeichneter Anwalt mit außergewöhnlich guten Beziehungen auf internationaler Ebene, und er schuldete ihm noch einen Gefallen. Schließlich hatte er es Mat zu verdanken, dass er so erfolgreich war. Mat war derjenige gewesen, der den unerfahrenen Anwalt mit dem Verkauf seines Unternehmens an Microsoft Inc. betraut hatte. Seitdem war Walter ein gefragter Anwalt für Firmenübernahmen und hatte eine gut gehende Sozietät mit Standorten in Frankfurt, London und Singapur aufgebaut.

Walter würde nicht gerne nach Borneo kommen, aber er würde es tun. „Guter Vorschlag", sagte Mat, „ich werde mit ihm reden."

„Du solltest noch mal darüber nachdenken, ob du diesem Urwaldvolk dein Vermögen vermachen willst. Was ist, wenn wir doch noch ein Kind adoptieren?"

Er schluckte. Ein vertrauter Schmerz setzte ein und er fühlte die Wunde, die sich schon seit Jahren tief in ihm eingenistet hatte. Er hatte so viel in seinem Leben erreicht. Aber den Kinderwunsch seiner Frau, den hatte er nicht erfüllen können.

„Was ist dann?", wiederholte sie.

Er machte Michele keinen Vorwurf. Er war es, der es nicht übers Herz brachte, ihr die Wahrheit zu sagen. Seine Worte klangen ehrenwert, großzügig und selbstlos. In Wirklichkeit wusste er nicht, was mit dem Dschungel passieren würde. Vielleicht würde er 127 Millionen bezahlen und damit zum Untergang der Penan beitragen.

„Ich werde den Dschungel kaufen. Ich habe keine Wahl."

Dieses Mal war es seine Frau, die das Gespräch beendete.

Die alte Villa

Zwei Tage später

Der Raum schien sich nicht verändert zu haben. Über ihm das Klappern des Ventilators, um ihn herum feuchtheiße Luft und Regalwände, gefüllt mit alten, von Feuchtigkeit aufgeblähten Büchern, ihm gegenüber der Beamte in Uniform, der mit dem Rauch seiner Zigaretten die Moskitos von sich fernhielt.

Seit Tagen schlief er nicht. Stattdessen entwarf er Theorien, von denen er sich erhoffte, seine Situation besser begreifen zu können. In regelmäßigen Abständen beschuldigte er die muslimischen Helfer der Entführung, dann wieder Adang und zeitweise sogar die Penan, um schließlich wieder über die Holzmafia und James Waltz nachzudenken. Diese Theorien brachten ihn nicht weiter. Er war in einem Netz gefangen, dessen wahre Beschaffenheit er nicht einmal im Ansatz überblickte und dessen schiere Existenz jede seiner Bewegungen diktierte.

Mat war es gewohnt, selbst zu entscheiden. Seit Jahrzehnten gab es keine Person (bis auf Michele), die ihm vorschrieb, was er zu tun oder lassen hatte. Zwar war er jemand, der Entscheidungen nicht willkürlich revidierte, sondern möglichst lange an ihnen festhielt. Aber Befehle zu empfangen, das war ungewohnt für ihn. Darauf zu warten, vom Präfekten empfangen zu werden, passte ihm gar nicht. Doch er hatte keine Wahl. Würde er sich den Anweisungen des Anrufers widersetzen, wäre das Leben von Darlene, Adang und, falls sie nicht hinter der Entführung steckten, vermutlich auch den muslimischen Helfern in Gefahr.

Nervös rutschte er auf dem Stuhl hin und her. Seit Stunden versuchte er, eine bequeme Position zu finden. Es gelang ihm nicht. Dieser Ort war ein Albtraum.

Er sollte mit Walter reden, der Hals über Kopf London verlassen und nach Borneo geflogen war. Walter kurierte im Hotel seinen Jetlag aus, nachdem er ihn mit Fragen zum Kauf des Dschungels gelöchert hatte.

Mat hatte auch seinem Anwalt gegenüber die Entführung nicht erwähnt. 127 Millionen Dollar. Für einen Dschungel. Das hatte gereicht, dass Walter in London alles stehen und liegen gelassen hatte, um nach Borneo zu kommen. Mat hatte ihm die gleiche Geschichte wie seiner Frau erzählt, und natürlich hielt auch Walter den Kauf des Dschungels für einen Scherz, eine spontane Schnapsidee, die er seinem Freund ausreden musste.

Mat hatte Walter fast mit Gewalt dazu drängen müssen, sich im Hotelzimmer auszuruhen, während er in die Villa des Präfekten gegangen war, um weitere Informationen über den Kauf des Dschungels zu bekommen. Er hatte seinem Freund hoch und heilig versprechen müssen, keinen Vertrag zu unterzeichnen, den Walter nicht geprüft hatte. Aber hier gab es nichts. Keine Information, keinen Vertrag, nichts.

Das hier war Zeitverschwendung. Einem plötzlichen inneren Impuls folgend, stand er auf und verließ die Villa.

Als er auf dem Treppenabsatz war, klingelte das Satellitentelefon.

Mat riss den Verschluss der Bauchtasche auf, in der er das Telefon aufbewahrte. Der grüne Hörer auf dem Display blinkte auf. Sein

Magen zog sich zusammen. Aber er hatte keine Wahl. Er musste den Anruf entgegennehmen. „Ja?"

„*Are you Herr Endesfelder?*" Eine englische Stimme, die das „Herr" sehr deutlich und betont auf Deutsch aussprach. Es war nicht die Stimme, die Mat erwartet hatte, was ihn verwirrte und gleichzeitig erleichterte „Ja. Das bin ich."

„Sie kennen mich nicht. Aber ich habe ein paar Fragen an Sie. Fragen, die ich nicht am Telefon besprechen möchte. Wir sollten uns in einer halben Stunde in der Backbone Bar treffen. Nehmen Sie sich ein Taxi. Ich bin sicher, der Fahrer kennt den Weg."

Der Mann am Telefon hatte einen Oxbridge-Akzent. Über zwanzig Jahre London waren nicht spurlos an Mat vorübergegangen. So etwas erkannte er sofort.

„Wer sind Sie?"

„Das spielt keine Rolle. Kommen Sie einfach in die Bar."

„Backbone Bar", wiederholte Mat.

„*Yes. Thirty minutes.*" Dann wurde aufgelegt.

Den Bruchteil einer Sekunde dachte er daran, Walter anzurufen. Aber dann vergaß er jegliche Vorsichtsmaßnahme, lief die steile Treppe hinunter auf die Straße und nahm sich ein Taxi.

*

Am Eingang der Bar standen zwei Türsteher. Sie hatten Kopfhörer in den Ohren, trugen schwarze Anzüge und Sonnenbrillen. Sie waren klein und untersetzt. Männer auf Borneo waren durchschnittlich etwa eins siebzig groß. Die beiden Türsteher waren wesentlich kleiner. Sie wirkten fast zwergenhaft.

Als Mat an ihnen vorbei wollte, versperrten sie ihm den Weg. Wen man bitteschön melden dürfe, fragte einer der Zwerge in schlechtem Englisch.

„Matthias Endesfelder." Das letzte Mal, dass er seinen vollen Namen benutzt hatte, war bei der Ankunft im Resort gewesen. Es funktionierte. Der Zwerg trat zur Seite.

Die Backbone Bar war groß und schummrig. Im Gegensatz zu den mit Bambus und landestypischen Masken verzierten Bars, die Mat kannte, schien man hier einem modernen Minimalismus zu folgen.

Hinter einer langgezogenen Stahltheke mixten schwarz gekleidete Kellner Cocktails. Auf den Tischen aus Glas brannten Kerzen; fast alle Tische waren besetzt. Auch an der Bar saßen Gäste und gönnten sich Longdrinks. Muslimische Gesetze wie das Alkoholverbot schien man locker zu handhaben. Mat erinnerte die Location an eine Lounge in einem Geschäftsviertel.

Ihm wurde ein leerer Tisch in der Mitte des Raumes zugewiesen. *„Please wait!"*

Es war zum Verrücktwerden. Seitdem er versuchte, den Dschungel zu kaufen, wartete er eigentlich nur noch. Alles, aber auch wirklich alles auf Borneo brauchte seine Zeit. Sogar der Kellner ließ ihn warten. Mat begann zu schwitzen, trotz der klimatisierten Luft.

Nach einer halben Stunde kam ein Mann zu ihm an den Tisch. Sein Gesicht war faltig, sein graues Haar kurz geschnitten. Mat schätzte ihn auf etwa siebzig Jahre. Er trug ein Jackett, vermutlich maßgeschneidert, darunter ein graues T-Shirt. Seine Erscheinung wirkte modern. Wären seine Hände nicht so groß und schwer gewesen, hätte Mat ihn vielleicht für einen Künstler gehalten. Doch diese mächtigen Pranken ließen ihn unberechenbar und gefährlich wirken.

„Dürfte ich mich zu Ihnen setzen?" Es war die Stimme vom Telefon. Oxbridge-Akzent. Kein Zweifel.

„Woher haben Sie meine Nummer?", fragte Mat.

Der Alte grinste nur und setzte sich. Im gleichen Augenblick eilte ein Kellner heran und nahm Bestellungen auf. Mat entschied sich für einen Lagavulin Single Malt Scotch.

„Ein sehr guter Whisky", sagte der Alte und bestellte ein Mineralwasser.

„Woher haben Sie meine Nummer?", wiederholte Mat.

Der Mann machte keine Anstalten, die Frage zu beantworten. Stattdessen sagte er: „Von Abstinenzlern halte ich nichts. Die Abstinenzler, die ich kenne, haben entweder keinen Humor oder ein ernsthaftes Alkoholproblem. Mir sind sowohl die einen als auch die anderen suspekt. Ich kann aus gesundheitlichen Gründen nicht trinken. Nun ja, das Alter. Hätte ich keine Enkelkinder, würde ich mich wohl nicht darum scheren. Doch die Kleinen sind jede Woche meines Lebens wert. Da verzichte ich gerne auf Alkohol. Haben Sie Kinder, Herr Endesfelder?"

Mat war verwirrt. Die Frage kam so unerwartet, dass er für einen Moment seinen Zorn vergaß. „Nein. Ich habe keine Kinder."

„Kinder sind ein Segen. Sie haben etwas, das Erwachsenen vollkommen fremd ist."

„Und das wäre?"

„Unbefangenheit."

Was wollte der Alte ihm damit sagen? Kinder! Was für ein seltsames Thema.

„Kinder sind Pragmatiker. Sie setzten sich unmittelbare Ziele: Ein Stuhl soll bestiegen werden, ein Tischbein dient als Hilfe, um sich aufzurichten, ein Gegenstand wird untersucht und in den Mund genommen. Man probiert alles aus. *Trial and error.* Aber in der frühen Jugend passiert etwas mit den Kindern, das ich bis heute nicht recht begreife. Sie verlieren ihren Pragmatismus und werden empfänglich für Träumereien. Wie sehen Sie das, Herr Endesfelder? Sind Sie ein Pragmatiker oder ein Träumer?"

Mat wurde ungeduldig. Wut stieg in ihm auf. Zorn. Er dachte daran, aufzustehen und zu gehen, doch der Gedanke an Darlene und Adang hielt ihn davon ab. Er musste geduldig sein. „Warum bin ich hier?"

Der Alte grinste. Mats Verwirrung bereitete ihm Freude. Als der Kellner die Getränke brachte, setzte er zu einer Erklärung an.

„Sie sind hier, weil Sie ein Stück Dschungel kaufen wollen. Für 127 Millionen Dollar, wenn man mich richtig informiert hat."

Mat brachte kein Wort über die Lippen. Woher wusste der Alte davon?

„Sehen Sie, man kann einen Dschungel kaufen, kann ihn nutzen, ihn ausbeuten oder auch schützen. Aber wenn ich das richtig verstehe, sind Sie weder an der Rodung interessiert, noch wollen Sie Rohstoffe abbauen. Sie wollen nicht einmal Tiere jagen. Und soweit ich weiß, haben Sie auch kein Interesse daran, den Regenwald zu schützen. Also stelle ich mir die Frage: Warum wollen Sie den Dschungel kaufen?"

Mat zögerte. Er konnte dem Alten unmöglich von dem Anrufer erzählen, nicht einmal Walter wusste davon. Niemand wusste davon. Er brauchte einen anderen Grund. „Solange Menschen sinnlose Dinge tun, die keinen Zweiten gefährden", sagte er, „mache ich mir um das Bestehen der Menschheit keine Gedanken."

Der Alte lachte. „Sie haben wirklich keine Ahnung von Borneo, Herr Endesfelder. Alles was diese Insel besitzt, ist der Dschungel. Das Wohl unserer Kinder hängt davon ab. Wenn irgendwelche dahergelaufenen Millionäre aus uneinsichtigen Gründen unsere Regenwälder kaufen, dann gefährdet das den Wohlstand unseres Landes. Wenn Sie sinnlose Dinge tun wollen, die niemanden gefährden, dann rate ich Ihnen, Ihr Geld zu verbrennen. Das schadet niemandem und ist auch sinnlos."

„Ich biete 127 Millionen. Dieses Geld geht an den Staat. Was Ihre Regierung damit macht, ist nicht meine Angelegenheit. Bauen Sie Schulen und Universitäten, bilden Sie Ihre Kinder aus, machen Sie, was Sie wollen. Ich biete hier eine anständige Summe. Warum ich das tue, geht Sie, um ehrlich zu sein, nichts an." Dass er so direkt sein würde, überraschte ihn. Aber er hatte es satt, dieses Warten. Er war bereit, das Geld zu zahlen, damit diese Sache endlich ein Ende nehmen würde.

„Erstens scheinen Sie keine Ahnung davon zu haben, was dieser Wald wirklich wert ist. Und zweitens kaufe ich Ihnen nicht ab, dass Sie das nur aus Spaß tun. Also, warum wollen Sie diesen Dschungel kaufen?"

Mat tat sich schwer mit einer weiteren Ausflucht, entschied sich dann aber doch dafür. „Ich will den Dschungel kaufen, damit die Penan nicht ausgerottet werden."

„Das Dschungelvolk?" Der Alte wirkte überrascht.

„Der Wald, den ich kaufe, liegt genau in dem Gebiet, in dem die Penan ihre Jagdgründe haben."

„Sie sind also doch Umweltschützer", sagte der Mann.

„So würde ich das nicht bezeichnen."

Plötzlich änderte sich der Ton des Alten. Seine Stimme wurde weich und verständnisvoll. „Natürlich ist es bedauerlich, dass die Penan verschwinden werden. Aber im Laufe der Geschichte kam der Fortschritt fast immer vor der Einsicht. Erst wenn ein Großteil der Bevölkerung in dieser Region sich nicht mehr täglich um seine Grundversorgung kümmern muss, werden wir an den Schutz der Penan denken. Der Mensch muss ein gewisses Maß an Zerstörung verursachen, bevor er sich Gedanken um Begriffe wie Nachhaltigkeit macht. Außerdem wächst der Dschungel wieder nach."

„Bei dem Urwald, den ich kaufen will, handelt es sich um den ältesten Regenwald der Welt“, sagte Mat trotzig. „Er ist Millionen Jahre alt. Dieses Ökosystem wächst nicht einfach so wieder nach. Mir geht es darum, etwas zu erhalten, das dabei ist, zu verschwinden. Und zwar für immer.“ Überrascht davon, wie leidenschaftlich seine Stimme klang, lehnte Mat sich in seinem Stuhl zurück.

Es war eine Farce, was er hier veranstaltete. Er hatte den Penan versprochen, den Dschungel zu kaufen. Doch er war nicht hier, weil er das Versprechen in die Tat umsetzen wollte, sondern weil ihn jemand erpresste. Er saß nicht aus freien Stücken hier in dieser Bar, sondern weil er musste.

Das Hotelzimmer

Es war schon spät, als Mat zurück ins Hotelzimmer kam.

Walter hatte auf ihn gewartet. Müde saß er auf einem Hocker an der Bar, in der Hand einen Whisky on the rocks.

„Wo zum Teufel warst du so lange?“ Walter kramte in seiner Tasche nach einem Tuch und tupfte sich den Schweiß von der Stirn.

„Zuerst in der Villa. Hab vergeblich gewartet, wieder mal ist nichts passiert. Aber dann hat mich jemand in eine Bar beordert.“

„Wer?“

„Ein alter Mann“, sagte Mat, immer noch sichtlich verwirrt. „Er wollte wissen, ob ich Familie habe. Und dann fragte er, aus welchem Grund ich den Dschungel kaufen will.“

„Das ist eine sehr gute Frage“, sagte Walter. „Ich hoffe, er konnte dich davon überzeugen, dass du gerade dabei bist, den größten Fehler deines Lebens zu begehen. Ich verstehe nicht, warum du ausgerechnet diesen Penan einen Dschungel kaufen willst. Das ist ...“ Walter suchte nach den richtigen Worten. „Das ist irre! Und ich wünschte, du könntest mir erklären, warum du das tun willst.“

Diese Sache wuchs Mat über den Kopf. Es war naiv gewesen, zu glauben, dass er das alleine durchstehen könnte. Walter war eine

Vertrauensperson. Er war gekommen, weil er ihn brauchte, weil er ihn darum gebeten hatte. Also musste er ihn auch in Kenntnis setzten. Walter war der Einzige, den er in dieser Situation hatte. Er war Anwalt. Und sein Freund.

Mat trat ans Fenster und starrte in die Nacht. Eine ganze Weile schwieg er, dann sagte er: „Jemand setzt mich unter Druck."

Es kam ihm vor wie ein Geständnis, das er jahrelang mit sich herumgeschleppt hatte, und es fühlte sich gut an, endlich darüber zu sprechen.

„Wer setzt dich unter Druck?"

Da erzählte Mat seinem Freund die ganze Geschichte. Er berichtete von Mataking, dem Treffen mit Darlene, von ihrem Bruder James, dem Tauchunfall, der Expedition, dem Treffen mit den Penan, vom Schlag auf seinen Hinterkopf und den beiden Anrufen. Er erzählte alles. Nur die Tatsache, dass er mit Darlene geschlafen hatte, ließ er (aus Respekt vor seiner Frau) unerwähnt.

„Moment." Walter versuchte sich zu sammeln. „Lass mich das richtig verstehen. Wenn du diesen Dschungel nicht kaufst, dann wird der Mann, der dich zweimal angerufen hat, Darlene ..."

„... töten. Er wird sie töten." Mit einem heftigen Nicken beendete Mat den Satz.

Walter trank seinen Whisky in einem Zug leer. „Das ist Irrsinn!"

„Ich habe die Stimme von Darlene gehört. Und Schreie. Laute Schreie. Angstschreie. Ich hoffe, sie fügen ihr keine Schmerzen zu. Sie kommt nur frei, wenn ich den Dschungel kaufe. Ich habe zwei Wochen Zeit, um alles abzuwickeln. Jetzt habe ich noch elf Tage."

Walter füllte sich Whisky nach. Dann massierte er seine Schläfen. Alles um ihn herum drehte sich. Verzweifelt versuchte er, seine Gedanken neu zu ordnen. Vor zehn Minuten dachte er noch, Mat sei durchgedreht: 127 Millionen für einen Dschungel, nur um ein Urwaldvolk zu retten, das niemand kannte. Aber das hier änderte alles.

„Wir müssen die Botschaft informieren", sagte er.

„Wenn wir die Botschaft einschalten, werden wir nichts mehr von ihnen hören. Das hier ist Borneo, Walter. Der Kerl wird ihr den Kopf abschlagen, wenn ich nicht kaufe."

„Offensichtlich hat der Anrufer keine Ahnung, wie schwer es ist, einen Dschungel zu kaufen. Wie sollen wir das anstellen? Bis Ende nächster Woche in der Villa rumsitzen und warten? Warum will er kein Lösegeld?"

Mat gab keine Antwort. Er stand immer noch vor dem Fenster. Angezogen von dem matten, dämmrigen Licht, blickte er nach draußen. Er versuchte, seine Gedanken zu sortieren, Klarheit zu schaffen. Doch die von wenigen Lichtern erhellte Silhouette der Stadt bedrückte ihn. Das tiefe Schwarz erschien ihm befremdlich.

„Ich fasse das jetzt mal zusammen", sagte Walter. „Du fliegst nach Mataking und triffst Darlene Waltz. Sie erzählt dir von ihrem Bruder, der bei diesem Volksstamm, den Luft, im Dschungel von Sarawak gelebt hat."

„So weit ist das korrekt."

„James Waltz gelangt in der Öffentlichkeit zu etwas Ruhm, weil er mit den Ureinwohnern gegen die Holzmafia demonstriert. Er macht einen Riesenwirbel in der Presse, stellt die malaysische Regierung in der Weltöffentlichkeit bloß und hilft den Luft, ihr Territorium zu verteidigen. Daraufhin werden die Regierung und die Holzmafia sauer."

Mat nickte.

„Auf James wird ein Kopfgeld ausgesetzt und kurz darauf verschwindet er irgendwo im Dschungel."

„Zeitgleich mit den Luft."

„Familie Waltz organisiert Suchtrupps. Aber niemand findet James. Und einige Jahre danach triffst du Darlene. Sie erzählt von ihrem Bruder und du beschließt, vermutlich einem spontanen Lustprinzip folgend, ihr zu helfen. Du überweist ihr 30.000 Euro und schließt dich der Expedition an. Die Reise in den Dschungel dauert für dich etwa zwei Wochen. Adang ist der Führer eurer Gruppe, ein Mann, der im Dschungel aufgewachsen, aber mittlerweile sesshaft ist und sich auf Expeditionen spezialisiert hat. Unterstützt werdet ihr von muslimischen Trägern. Deiner Beschreibung nach sind alle gläubig und zuvorkommend. „Nachdem ihr eine Weile durch den Dschungel irrt, trefft ihr die Penan. Die kochen euch Sago, führen euch zu einer Schneise und erzählen euch, dass man sie bedroht."

„Man hat vor, sie auszurotten."

„Und du versprichst, ihnen zu helfen."

„Ich erinnere mich, dass Adang mich mehrmals darauf hingewiesen hat, dass es meine Pflicht sei, mein Versprechen einzuhalten. Er sagte, sonst würde ich das Wichtigste verlieren, was ich hätte, meine Ehre."

„Glaubst du, er steckt dahinter?"

„Der Dschungel-Guide?" Mat zuckte mit den Schultern, „Ich weiß es nicht. Als mein Telefon verschwunden war und das von Darlene zerstört wurde, hatte ich das Gefühl, dass Adang dahinterstecken könnte."

„Aus welchem Grund?"

„Geld. Möglicherweise hat die Holzmafia ihn bezahlt. Er hat vor, seine beiden Söhne nach Oxford zu schicken. Er wusste sogar, dass ein Jahr in Oxford um die 30.000 Pfund kostet. Vielleicht hat ihm irgendjemand viel Geld gegeben, um die Entführung zu initiieren."

„Aber Beweise hast du nicht?" Auch wenn Walter wusste, dass sie zu diesem Zeitpunkt nichts anderes als Mutmaßungen anstellen konnten, sehnte er sich nach einem konkreten Anhaltspunkt.

„Nein, Beweise habe ich nicht."

„Gut, weiter. Ihr verlasst das Dorf der Penan und setzt die Expedition fort, weil ihr zum Heiligen Berg wollt. Ihr geht zu der Schneise, die euch die Penan gezeigt haben, und dort taucht dieser Hügel auf. Darlene und du gehen hin. Du schießt ein Foto, sie rutscht ab. Du willst ihr helfen und in dem Moment bekommst du einen Schlag auf den Hinterkopf."

„Der Hügel bestand aus Fässern mit Pestiziden. Blauen und schwarzen Fässern. Sie verwenden sie auf den Plantagen."

Walter ignorierte die Bemerkung. „Man bringt dich mit einem Hubschrauber weg, in eine Art Holzfällercamp. Und dann kommt der erste Anruf. Du reist nach Kuching und checkst hier im Hotel ein. Beim zweiten Anruf gibt man dir Koordinaten durch und sagt dir, dass du einen Dschungel kaufen sollst. Und dieser Dschungel befindet sich genau in dem Gebiet, in dem ihr nach James und den Luft gesucht habt. In dem Gebiet, das du versprochen hast, den Penan zu kaufen."

Mat nickte erneut.

„Und dann schickt man dich zum Präfekten von Kuching, wo man eine Art Kaufantrag eingereicht hat, lässt dich aber warten." Walter schien einen Moment all diese Informationen zu verarbeiten und sagte dann mit lauter Stimme: „Die entscheidende Frage ist, wer hat ein Interesse daran, dass du den Wald kaufst?"

„Wir müssen uns bewusst machen, dass der Dschungel extrem

wertvoll ist. Aber nur, wenn man ihn nutzt", sagte Mat. „Das heißt, Holz rodet und Flächen wirtschaftlich ausbeutet. Das macht die Holzmafia zu einem Verdächtigen."

„Dann haben wir noch Abu Sayyaf", sagte Walter, „vielleicht waren die Helfer wirklich Terroristen."

„Ich habe gelesen, dass Abu Sayyaf in den letzten Jahren nur selten das geforderte Lösegeld bekommen hat. Allerdings forderten sie meistens irgendwas zwischen 100.000 Dollar und einer Million."

„Du meinst, 127 Millionen sind für eine Terrororganisation ungewöhnlich viel?"

„Erstens das, und zweitens, was sollen die mit einem Dschungel anstellen, der offiziell mir gehört?"

„Was ist mit den Penan?", fragte Walter. „Immerhin haben sie euch zu der Schneise geführt. Sie wussten, wohin ihr gehen würdet."

„Diese Leute können weder lesen noch schreiben. Wie sollen sie es geschafft haben, in meinem Namen einen Kaufvertrag beim Präfekten von Kuching einzureichen? Und mich mit einem Hubschrauber wegzufliegen?"

Walter kramte aus seiner braunen Aktentasche ein Blatt Papier und einen Stift, legte das Blatt auf den rechteckigen Couchtisch und schrieb untereinander alle Verdächtigen auf:

Holzmafia
Abu Sayyaf
Penan
Adang
James Waltz

Mat betrachtete das Blatt.

„Wieso James Waltz?"

„Was spricht dagegen? Vielleicht hat er mit den Penan zusammengearbeitet. James hat Beziehungen, und er könnte, zumindest theoretisch, wissen, wie man einen falschen Vertrag einreicht."

„James und die Luft existieren nicht. In dem Dschungel existiert nichts außer den Penan und jede Menge Pflanzen und schreiende Tiere. Ich glaube nicht, dass James und die Luft in der Schneise waren." Er klang unsicher. Einen Augenblick dachte er an den Schatten. Doch dieses Erlebnis wollte er lieber für sich behalten. Walter war auch so schon überfordert.

„Das glaubst du, aber du weißt es nicht“, warf Walter ein. „Wir müssen auch diese Möglichkeit in Betracht ziehen. Die Penan und die Luft und auch James Waltz hätten ein Interesse daran, den Rest ihrer Tage in einem Privatdschungel zu verbringen. Dort wären sie jedenfalls sicher vor der, wie sagst du gleich noch mal ...“

„Holzmafia.“

„Das würde erklären, warum niemand Lösegeld fordert. Was sollen James und die Luft mit Geld anfangen? Sie brauchen Platz zum Leben, den sie jetzt bekommen, weil du ihnen den Dschungel kaufst.“

„Und Darlene?“

„Sie hat davon gewusst.“

„Das glaube ich nicht.“

„Es wäre äußerst geschickt.“

„Walter! Das hier ist Borneo. Auf dieser Insel verschwinden Menschen. Piraten kapern Schiffe, entführen Touristen. James Waltz hat sich mit der Holzmafia angelegt, einer kriminellen Organisation, die in diesem Land Milliarden umsetzt. Wenn jemand will, dass man für immer verschwindet, dann ist Borneo der ideale Ort dafür. James Waltz ist tot. Drei Expeditionen haben ihn nicht finden können. Ich glaube nicht, dass er plötzlich aus dem Dickicht des Dschungels gesprungen ist, als ich in der Schneise war, und mich jetzt erpresst. Das ist absurd. Möglich ja, aber absolut unwahrscheinlich. Ich glaube nicht, dass die Anrufe mit James oder den Luft zu tun haben.“

„Du glaubst also, dass diese Holzmafia dahintersteckt. Wer soll das überhaupt sein, die Holzmafia?“

„Wenn ich das wüsste, wären wir einen Schritt weiter“, sagte Mat. „Ich weiß nur, dass sie den Dschungel ausbeuten, illegal Holz schlagen und Brandrodung betreiben. Vermutlich sind sie auch am Palmölgeschäft beteiligt, denn wo Regenwald gerodet und niedergebrannt wird, entstehen in vielen Fällen Palmöl-Plantagen. Darlene hat von Green Prime Borneo Inc. gesprochen, einem Konzern, der mit Holz und Palmöl handelt und sehr eng mit der Holzmafia zusammenarbeitet. Die Abkürzung von Green Prime Borneo Inc. ist GPB.“

„Du meinst, diese Firma kümmert sich um das offizielle Geschäft und im Hintergrund sorgt eine Mafia dafür, dass illegal Edelhölzer gerodet werden können und Dschungel niedergebrannt wird, damit der Konzern Palmöl-Plantagen anlegen kann?"

„So hat es Darlene dargestellt."

Walter massierte sich die Schläfen. „Die Holzmafia. Ich weiß nicht ... Wer wusste eigentlich davon, dass du so reich bist? 127 Millionen Dollar ... Du könntest den Betrag aufbringen, auch wenn du vermutlich eine Hypothek auf deinen Estate anmelden müsstest. Die Erpresser müssen das gewusst haben."

„Ich habe einigen Leuten auf Mataking erzählt, dass ich meine Firma an Microsoft verkauft habe."

„Hast du Zahlen genannt?"

„Nein."

Walter stand auf, ging zur Bar und schenkte sich ein Glas Eiswasser ein.

„Wenn wir auf Mataking suchen, müssen wir auch in London und vielleicht sogar bei meinen Eltern in Essen Nachforschungen anstellen", sagte Mat. „Viele meiner Freunde wissen von meinem Geld. Aber ich glaube, unser einziger Ansatzpunkt ist dieser Alte."

„Wir sollten die Botschaft verständigen", sagte Walter, „die Sache ist eine Nummer zu groß für uns."

„Das werden wir tun, wenn wir mehr wissen", beharrte Mat. „Zuerst will ich erfahren, mit wem wir es zu tun haben. Vielleicht sollten wir diesen Konzern durchleuchten, den Darlene genannt hat: Green Prime Borneo Inc."

*

Gegen Mitternacht klopfte Walter an Mats Zimmertür. Er hatte seinen Laptop unter dem Arm und wirkte müde. Mat ließ ihn herein und schaltete das Fernsehgerät leiser.

Während Walter Nachforschungen angestellt hatte, hatte Mat auf seinem King-Size-Bett gesessen und darüber nachgedacht, wem er eine räuberische Erpressung zutrauen würde. Es war keine bestimmte Person, es war eine ganze Reihe von Gesichtern, die durch sein Bewusstsein jagten. Aber eigentlich fiel ihm niemand ein, der wirklich dafür in Frage kam. Seit Jahren führte er ein ruhiges Leben. Abgesehen von den Differenzen zwischen ihm und seiner

Familie gab es niemanden, mit dem er Meinungsverschiedenheiten hatte. Und die meisten seiner Bekannten waren selbst wohlhabend, sodass er es für unwahrscheinlich hielt, dass sie ihn erpressen würden. Trotzdem wühlte ihn die Frage auf, brachte ihn um den Schlaf, den er dringend brauchte.

„Was schaust du dir da im Fernsehen an?", fragte Walter und machte sich daran, die Gardinen zuzuziehen.

„Die zeigen schon den ganzen Abend irgendwelche Börsensachen. Ich brauche jetzt bunte Berieselung."

„Ich habe versucht, etwas über Green Prime Borneo Inc., bekannt als GPB, in Erfahrung zu bringen."

„Und?" Mat sah Walter an. Feine Falten liefen über seine Stirn. Er wirkte angespannt, nachdenklich und gleichzeitig übermüdet.

„GPB gehört einem Mann, der sich Mihdi Peduncha nennt. Aber viel mehr konnte ich leider nicht herausbekommen. Sogar ein Kontakt bei White & Case, der in Singapur arbeitet und uns in der Regel mit Informationen aus dieser Gegend versorgt, hat nichts über das Unternehmen in Erfahrung bringen können."

„Du hast jemandem von der Sache erzählt?" Mat riss die Augen auf. Rote Äderchen durchzogen seinen Augapfel.

„Ich habe ihm erzählt, dass ich für einen Mandanten tätig bin, der in Palmöl investieren möchte. Also keine Panik!"

Mat brauchte einen Moment, um sich von dieser Nachricht zu erholen. „Wir wissen also nur, dass Mihdi Peduncha der Besitzer von Green Prime Borneo Inc. ist."

„Ja, ihm scheint die Firma zu gehören, zumindest steht das so im indonesischen Handelsregister. Natürlich hat GPB auch eine Internetpräsenz." Walter klappte seinen Laptop auf, wählte sich ins Netz des Hotels ein und zeigte auf den Bildschirm. Im Browser erschien eine altmodische Internetseite. Auf Englisch stand dort, dass GPB Inc. ein Familienkonzern sei, der Palmöl produziere und vertreibe. Es gab weder Unterseiten noch Bilder noch Links, nicht mal eine E-Mail-Adresse war zu sehen. Allerdings standen im Impressum der Webseite eine Ortsadresse und eine Zahlenfolge, die Walter als malaysische Steuernummer identifizieren konnte.

„Hier und da finden sich im Netz natürlich Spuren von GPB", berichtete er, „ich werde mir das später noch mal genauer anschauen.

Bisher habe ich nur belanglose Infos gefunden. Zum Beispiel, dass das Unternehmen Zulieferer einiger großer Food-Konzerne wie Unilever und P & G ist. Seltsamerweise konnte ich im Internet keinen einzigen Artikel über Mihdi Peduncha finden."

„Vielleicht ist Borneo eher printaffin", sagte Mat.

„Wie meinst du das?"

„Ich könnte mir vorstellen, dass die Presse hier nicht jeden Artikel ins Netz stellt. Vielleicht würden wir in einem Zeitungsarchiv mehr über das Unternehmen und Mihdi Peduncha finden."

Walter nahm seine Brille ab, schloss die Augen und massierte sich wieder die Schläfen. Seine Gedanken drehten sich, schwirrten durch seinen Kopf wie Konfetti. „Wir sollten die Botschaft verständigen. Was wir hier tun, ist lächerlich. Wir suchen nach der Nadel im Heuhaufen. Nur weil Darlene von GPB Inc. gesprochen hat, heißt das noch lange nicht, dass uns das weiterhilft."

Mat war anderer Meinung, aber er wollte keinen Streit. Nachdem er Walters Satz eine Weile im Raum stehen lassen hatte, sagte er: „Was ist mit dem Alten, mit dem ich mich in dieser Backbone Bar getroffen habe? Vielleicht hilft uns der irgendwie weiter?"

Walter schüttelte den Kopf. Wie konnte er seinem Freund nur erklären, dass sie professionelle Hilfe brauchten? Aber er wollte Mat nicht bedrängen. Er war gekommen, um seinen alten Freund zu unterstützen, nicht um ihn zu belehren. Mat musste die Entscheidungen treffen. Er hatte darauf hingewiesen, was er an seiner Stelle tun würde. Mehr konnte er nicht leisten. Auf ihn, Walter Borchert, hörten die Mitarbeiter und Anwälte seiner Kanzlei. Aber nicht Mat. Er hatte in ihrer Beziehung schon immer den Ton angegeben. Er war schon immer der Abenteurer gewesen, der Erfinder und Macher, dem Walter bedingungslos gefolgt war. Zwar vertraute Mat auf seinen rechtlichen Rat und hatte seiner Kanzlei die Verwaltung und rechtliche Sicherung seines Vermögens anvertraut, war aber der festen Überzeugung, dass Walter nur so erfolgreich war, weil er ihn damals damit beauftragt hatte, die Übernahme seiner Firma durch Microsoft zu betreuen. Das alles machte es für Walter extrem schwierig, Mat davon zu überzeugen, dass sie diese Sache unmöglich auf eigene Faust durchziehen konnten.

Außerdem hatte Walter seinem Freund noch nicht gesagt, was mit seinem Geld geschehen war. Ein Gedanke, der ihm den Schweiß auf die Stirn trieb.

*

Am späten Abend bekamen sie Hunger. Sie studierten die Speisekarte, die neben der Minibar lag und eine Vielzahl unterschiedlicher Gerichte anbot. Mat und Walter hatten es sich über die Jahre zur Regel gemacht, im asiatischen Raum auf Pasta, Pizza und Burger zu verzichten, weshalb sie zuerst die einheimischen Gerichte durchgingen: Kopa Ayam, Kolo Mee, Sarawak Laksa ...

Mat erklärte Walter, dass Kopa Ayam Chicken Wings waren, Kolo Mee ein Nudelgericht und Sarawk Laksa ein mit Kokosmilch angereichertes Essen, das in der Regel mit Gemüse und Meeresfrüchten serviert wurde.

Sie blätterten weiter. Im hinteren Teil der Karte waren westliche Gerichte aufgelistet: Hamburger, Pasta und Pizza. Sie sahen sich an und lachten. Ohne ein Wort zu sagen, warfen sie ihre Regel über Bord und bestellten Burger. Vielleicht war es das Bedürfnis, wenigstens beim Essen auf etwas Vertrautes zurückzugreifen.

Die Chickenburger mit Pommes schmeckten überraschend gut. Das knusprige Hähnchen war so köstlich, dass Mat sich in einen wahren Heißhunger hineinsteigerte. Seit er das Dorf der Penan verlassen hatte, hatte er kaum etwas gegessen. Mit jedem Bissen spürte er, wie neue Kraft durch seinen Körper strömte.

Trotz ihres Schweigens während des Essens, in dem nur das Summen der Minibar zu hören war, fühlten sich beide wohl. Sie hatten schon hunderte Male zusammen gegessen. Jahrelang hatten sie sich jeden Donnerstagabend in einem Restaurant am Hoxton Square getroffen. Irgendwann waren diese Männerabende immer seltener geworden, dann waren sie schließlich ganz ausgeblieben. Der Grund dafür war einfach: Sie hatten sich nach fast dreißig Jahren Freundschaft nur noch wenig zu sagen und führten Leben, die sehr unterschiedlich waren. Am Anfang hatte gerade das für Gesprächsstoff gesorgt, mittlerweile aber war beiden diese Unterschiedlichkeit bewusst und damit langweilig geworden.

Walter Borchert lebte für die Kanzlei, hatte keine Frau und fuhr so gut wie nie in den Urlaub. Er war ein Workaholic. Mat dagegen arbeitete wenig, höchstens vier Stunden am Tag, kümmerte sich um seine Ehe, machte Sport und fuhr sechs Wochen im Jahr zum Tauchen an exotische Orte, von denen Walter noch nie gehört hatte.

Walters gelegentliche Liebschaften waren lange Zeit ein großes Thema gewesen. Aber selbst das hatte sich irgendwann wiederholt und Walter hatte aufgehört, Mat davon zu erzählen. Dass Walter Borchert seit einigen Jahren junge Frauen bezahlte, damit sie mit ihm schliefen, wusste sein Freund nicht. Umgekehrt sah Mat auch keinen Grund, Walter von seiner Nacht mit Darlene zu berichten. Mit anderen Worten: Sie hatten mittlerweile Geheimnisse voreinander. Mat kannte Walter jedoch gut genug, um zu wissen, dass er nicht gerne an Orte mit feuchtheißer Luft voller Moskitos und schlechten Straßen reiste. Auch deshalb rechnete er es seinem alten Freund hoch an, dass er in seiner Kanzlei alles hatte stehen und liegen gelassen und trotzdem nach Kuching gekommen war.

„Ich weiß es zu schätzen, dass du hier bist", sagte Mat, „und es tut mir aufrichtig leid, dass ich dir nicht von Anfang an die Wahrheit erzählt habe. Aber ich wollte vermeiden, dass Michele von der Sache erfährt."

Walter sah ihn vornübergebeugt über seine Brille hinweg an, der Blick eines Professors, skeptisch und streng. „Kein Problem", sagte er ernst.

Mat wusste, dass er zu viel von seinem Freund verlangte. Er wusste auch, dass Walter recht hatte. Es war verrückt, auf eigene Faust zu ermitteln. Sie sollten die Botschaft einschalten und nicht willkürlich irgendwelchen Anhaltspunkten nachjagen, die er in Gesprächen mit Darlene aufgeschnappt hatte. Aber Mat wurde das Gefühl nicht los, dass GPB Inc. sie auf die richtige Fährte führen würde. Er konnte es nicht erklären, wusste um die Irrationalität der Vermutung, glaubte aber, dass es zu früh war, aufzugeben.

Er aß seine letzten Pommes, stand auf, ging zur Minibar und gönnte sich ein asiatisches Tiger Beer. Dann sah er Walter an und sagte: „Ich habe dir doch von dem Tauchunfall erzählt. Ohne diesen Unfall hätte ich Darlene niemals bei der Suche nach ihrem Bruder unterstützt. Vermutlich hätte ich ohne den Unfall nicht einmal von der Sache mit James erfahren." Er hielt kurz inne, trank noch einen Schluck.

„Darlene hat mich nach dem Unfall zu einer Nachuntersuchung aufs Festland gefahren. Und erst dort erzählte sie mir, dass sie seit zwei Jahren auf Borneo ist, um nach ihrem Bruder zu suchen. Sie hat nur im Tauchresort gearbeitet, um die Suche nach James zu finanzieren."

„Kommt Darlene nicht aus einer Diplomatenfamilie? Ich meine, die müssen doch genug Geld haben."

„Ihr Vater ist Diplomat. Ich glaube, Geld ist in der Familie nicht das Problem. Aber der Vater hat mit der Suche nach seinem Sohn abgeschlossen und Darlene nicht. Er hat zwei Expeditionen aus eigener Tasche finanziert, dann aber aufgegeben und James für tot erklärt, was Darlene rasend gemacht hat."

Mat stellte das Bier auf der Minibar ab und trat wieder ans Fenster. Von hier konnte er die ganze Stadt überblicken. „Darlenes Konzentration auf eine Sache, ihre Besessenheit und ihr Durchhaltevermögen ... das hat mich an mich selbst erinnert, wie ich früher war: dieser Wille, diese Neugier, die Frage, wie weit man gehen will. Kann man wirklich schaffen, was man sich vorgenommen hat, trotz der extrem hohen Gefahr, zu scheitern?"

Er blickte hinaus und schwieg.

„Aber anstatt ihr zu helfen, habe ich sie in einen Albtraum gedrängt. Vielleicht hätte Darlene ohne mein Zutun niemals diese Reise angetreten und würde immer noch im Tauchresort arbeiten."

„Man kann es auch so sehen: Wenn du nicht wärst, hätten die Entführer Darlene vielleicht schon längst getötet."

„Unsinn!", brüllte Mat. Eine plötzliche Erregung hatte ihn gepackt, ein innerer Aufruhr wie aus dem Nichts. „Das ist doch ..." Er hielt inne, versuchte sich zu beruhigen, drehte sich wieder zurück zum Fenster. Er musste ruhig bleiben.

Einatmen. Ausatmen ...

Er dachte an die Worte von Sami, der sie gewissenhaft auf jeden Tauchgang vorbereitet und mit seinen ausführlichen Erklärungen über den Umgang mit den Druckverhältnissen dafür gesorgt hatte, dass sich diese beiden Wort wie ein Mantra in seinem Unterbewusstsein festgesaugt hatten: *Einatmen. Ausatmen ...*

Dann hatte er plötzlich eine Idee.

Er drehte sich zu Walter um und sagte ganz ruhig: „Du hast recht. Wir wissen nicht, was passiert wäre, wenn ich Darlene nicht finanziell unterstützt und auf die Expedition begleitet hätte, aber dafür weiß ich jetzt, wie wir vielleicht mehr über diesen Mihdi Peduncha und GPB Inc. herausfinden können."

„Mat", brach es nun aus Walter heraus, „wir müssen reden. Ich habe ..."

„Warte", unterbrach ihn Mat, „ich weiß jetzt, wie wir an Informationen über Peduncha rankommen."

„Aber das, was ich dir zu sagen habe ..."

„... das kann warten", sagte Mat brüsk und begann nach einem Zettel zu suchen, von dem er wusste, dass er ihn seit Wochen in seiner Tasche aufbewahrte.

Das Telefon hatte bereits fünfmal geklingelt. Mat spielte mit dem Gedanken, wieder aufzulegen. Vermutlich war es doch eine Schnapsidee gewesen, John Blakely auf seinem englischen Handy anzurufen.

Ein befreundeter Investmentbanker hatte Mat vor einigen Jahren erzählt, dass die meisten global agierenden Banken über interne Datenbanken und Archive verfügten, mit deren Hilfe sie innerhalb weniger Stunden sehr ausführliche Informationen über Unternehmen in allen Ländern dieser Welt zusammentragen konnten. John Blakely arbeitete in einer solchen Bank und er war ihm noch einen Gefallen schuldig.

„Blakely!"

Mat tippelte vor Aufregung mit dem Schuh auf dem Boden, als er die Stimme hörte.

„John!", sagte er in einem jovialen, vielleicht zu freundlichen Ton. „Hier ist Mat Endesfelder. Ich habe gehört, dass Sie wieder bei Kräften sind."

Blakely antwortete, dass es ihm gut ginge und er seit einigen Tagen sogar wieder arbeite.

„Sehr gut! Freut mich zu hören." Und dann berichtete Mat in kurzen Sätzen von seinem Vorhaben, einen Dschungel zu kaufen, dass dieser Dschungel in einem Gebiet liege, das von GPB Inc. kontrolliert würde, und er dringend Informationen über dieses Unternehmen bräuchte.

„Einen Dschungel?" Blakely war überrascht. „Was zum Teufel wollen Sie denn mit einem Dschungel?"

Mat hatte weder Lust noch die Nerven, ihn über weitere Details seines Vorhabens aufzuklären, geschweige denn die Erpressung zu erwähnen. Blumig sprach er von „persönlichen Gründen“ und fragte Blakely dann sehr direkt, ob er in der Lage sei, Informationen über GPB zu beschaffen.

„Kein Problem“, behauptete Blakely, das würde keine Stunde in Anspruch nehmen. Mat solle ihm einfach die Nummer seines Hotelzimmers geben.

Walter hatte währenddessen schweigend auf der Couch gesessen und Mats Telefonat verfolgt. Ihm ging nur ein Gedanke durch den Kopf: Sie sollten dringend die Botschaft verständigen.

Vierzig Minuten später klingelte das Telefon. Es war Blakely. Über eine Datenbank hatte er tatsächlich Informationen über GPB Inc. bekommen. Er berichtete, dass Mihdi Peduncha offiziell der Besitzer der Firma sei. Und er hatte einen Verweis auf einen Rechtsstreit entdeckt, in dem die Firma seine eigenen Manager und einen Zulieferer verklagt hatte.

Mat bat Blakely, sämtliche Unterlagen, die er im System gefunden hatte, an die Mailadresse seines Anwalts zu schicken.

„Gut. Ist unterwegs, zwei Dateien“, sagte Blakely. Mat hatte das Telefon laut gestellt, damit Walter mithören konnte. Der Banker fuhr fort: „Im Wesentlichen steht dort, dass die Firma im Holz- und Palmölgeschäft aktiv ist und eben Mihdi Peduncha gehört. Weitere Mitarbeiterstrukturen oder auch Infos über den CEO gibt es nicht, was ungewöhnlich ist und zeigt, dass die Firma offensichtlich sehr zurückhaltend kommuniziert. Dieser Peduncha hat meinen Infos zufolge in Oxford Literatur und Business Administration studiert und ist Ende vierzig.“

Blakelys Mail war bereits bei Walter eingegangen. Er öffnete den Anhang und zeigte auf das Bild eines Mannes, der hager wirkte und dessen Augen scharf und intelligent blickten. Unter dem Bild stand *Mihdi Peduncha*.

„Dieser Mihdi hat die Fima von seinem Vater geerbt und etwas getan, das sehr ungewöhnlich ist“, fuhr Blakely fort. „In einem Prozess hat er vor einigen Jahren persönlich zwei Regierungsbeamte wegen Bestechung verklagt und behauptet, dass sie einem Manager von GPB abgebrannte Flächen Regenwald verkauften haben.“

Er machte eine kurze Pause und sagte dann: „Noch ungewöhnlicher ist, dass er nicht nur die Beamten verklagte, sondern auch einen seiner eigenen Manager, der die Beamten bestochen haben soll."

„Er hat Anzeige gegen sich selbst erstattet?" Mat sah Walter an.

„Das könnte man so sehen", sagte Blakely, „gerade wenn man bedenkt, dass GPB selbst Teil des Palmölgeschäfts ist. Soweit ich weiß, sind Bestechungen auf Borneo keine Ausnahme. Es ist bizarr, dass er sich quasi das eigene Geschäft kaputt macht."

„Und was war das Ergebnis des Prozesses?"

„Das Gericht hat Mihdi Peduncha offiziell Recht gegeben, zumindest was die Bestechung der Politiker und die illegalen Aktivitäten seines Managers anbelangt."

Während Walter die Gesichter der drei Angeklagten auf dem Bildschirm seines Laptops aufflimmern ließ, fasste Blakely weiter zusammen, was er herausgefunden hatte: „Wenn ich das richtig kapiert habe, richtete der Prozess aber keinen großen Schaden an. Sowohl die Beamten, die im Auftrag des Wirtschaftsministers von Malaysia gehandelt haben, als auch der Manager von GPB wurden zur Zahlung von kleineren Summen verurteilt. Spannend ist aber Folgendes: In einer Nebenklage beschuldigte Mihdi Peduncha einen weiteren Mann, den im Prozess erwähnten Regenwald zuerst illegal gerodet und dann niedergebrannt zu haben. Doch diese Klage wurde aus Mangel an Beweisen fallen gelassen."

„Moment!", sagte Mat. „Nur dass ich das richtig verstehe: Der Regenwald, den Pedunchas Manager illegal dem Staat abgekauft hatte, wurde im Auftrag dieses anderen Mannes gerodet und niedergebrannt."

„So steht es hier", sagte Blakely, „aber die Anklage wurde wie gesagt fallen gelassen. Während man im Prozess darüber stritt, ob dieser neue Angeklagte an der illegalen Rodung von Edelhölzern beteiligt war, tauchte dessen Name in der Presse auf. Es handelt sich um eine Schlüsselfigur der Holzmafia."

„Holzmafia!", wiederholte Mat etwas theatralisch und tat so, als habe er diesen Begriff noch nie gehört.

„So steht es hier."

„Mihdi Peduncha, der Besitzer von GPB Inc., hat also versucht, die Holzmafia anzugreifen?"

„Hört sich so an", erwiderte Blakely. „Der Name des Angeklagten ist Benan Ifarim." Er räusperte sich. „Es wird vermutet, dass dieser Benan Ifarim eine Privatarmee besitzt und sehr enge Kontakte bis nach ganz oben in die malaysische und indonesische Regierung pflegt. Das ist alles, was ich über ihn herausfinden konnte. Im Laufe des Prozesses sind in der Presse Bilder von Ifarim aufgetaucht, die sollten ebenfalls im Anhang sein." Walter öffnete das zweite Dokument und scrollte nach unten, bis zwei Fotos angezeigt wurden.

Auf einem war ein alter Mann bei einem offiziellen Anlass in Anzug und Krawatte abgebildet. Auf dem zweiten Bild war er bei einem Pferderennen zu sehen. Das blasse, von tiefen Falten zerfurchte Gesicht war unverwechselbar.

Mat schluckte. Es war der Alte.

„Mehr weiß ich leider auch nicht", sagte Blakely.

„Ja, gut ... danke." Mat atmete schwer.

„Noch eine Sache", meinte Blakely. Es dauerte eine Weile, bis er sich die richtigen Worte zurechtgelegt hatte. „Mir ist bewusst, dass ich tief in Ihrer Schuld stehe. Ich verdanke Ihnen mein Leben. Dafür bin ich Ihnen sehr dankbar. Wenn Sie noch irgendetwas brauchen, rufen Sie mich an, jederzeit. Das hier ist zwar nicht wirklich legal und ich bitte Sie, die Informationen vertraulich zu behandeln, aber für Sie mache ich das jederzeit. Verstehen Sie? Ich bin Ihr Mann!"

„Ja ... kein Problem ... danke", stammelte Mat. Er wollte bereits auflegen, als Blakely noch hinzufügte: „Wie geht es eigentlich Darlene? Mir ist zu Ohren gekommen, dass Sie zusammen irgendeine Expedition unternommen hätten."

„Gut ... es geht ihr gut ...", log Mat. „Danke und auf Wiederhören." Dann beendete er das Gespräch.

Er war schweißgebadet. Seine Hände zitterten.

„Das ... das ist er", sagte er zu Walter. Seine Stimme klang gehetzt. „Das ist der Mann, den ich in der Backbone Bar getroffen habe."

„Bist du sicher?"

„Ganz sicher."

Walters Augen weiteten sich. „Dann haben wir es in der Tat mit der Holzmafia zu tun." Er hielt einen Augenblick inne. „Wir müssen die Botschaft verständigen."

„Wir müssen herausfinden, wie wir Peduncha erreichen können", entgegnete Mat. Er hatte Angst, aber er fühlte sich zugleich wie elektrisiert. Endlich ging es voran. Endlich gab es einen Anhaltspunkt. „Wenn jemand den Alten kennt, dann dieser Mihdi Peduncha."

Walter rückte seine Brille zurecht. „Als dein Anwalt rate ich dir, professionelle Unterstützung in Anspruch zu nehmen."

Mat hatte sich wieder unter Kontrolle. Er nahm Walters Laptop, öffnete den Internetbrowser und rief die Webseite von GPB Inc. auf. Im Impressum fand er, wonach er suchte: eine Adresse.

„Dort fahren wir hin", sagte er, stand auf, ging zur Minibar, nahm ein Tiger Beer heraus und trank es in einem Zug leer.

*

Bevor der Muezzin zum ersten Gebet aufrief, verließen Walter und Mat das Pullman Hotel. Sie schlichen an der Rezeption vorbei und versuchten, möglichst unbemerkt nach draußen zu gelangen. Ein dunkles Grau deutete einen Hauch von Morgen an. Bis die Sonne aufging, würde es noch eine Stunde dauern.

Sie gingen vorbei an parkenden Autos. Alles war still. Irgendwo bellte ein Hund. Hier und da huschten Ratten über den Gehsteig und verschwanden dann wieder in stinkenden Müllhaufen.

Zwei Straßenecken weiter klopfte Mat an die Scheibe eines Taxis. Es dauerte einige Sekunden, bis der Fahrer die Augen öffnete und sich von einem Zwanzigdollarschein überzeugen ließ.

Eine Viertelstunde später hatten sie die Stadt verlassen.

„Ich habe kein gutes Gefühl bei der Sache", bemerkte Walter. „Wir sollten zurückfahren."

„Der Alte, Benan Ifarim, ist unser einziger Ansatzpunkt. Und Mihdi Peduncha vielleicht der Einzige, der uns helfen kann."

„Das ist verrückt."

„Verrückt ist, dass ich für 127 Millionen einen Dschungel kaufen soll und Darlene getötet wird, wenn ich das nicht hinbekomme. Ich habe nur noch bis Ende der Woche Zeit."

Das Anwesen der Pedunchas

Vier Stunden später. Ein Kontrollpunkt. Vor einer Baracke Wachleute, bewaffnet mit Maschinengewehren, AK 47, Kalaschnikow, unter einem schattigen Vordach. Geschützt von der Sonne beäugten sie das heranfahrende Taxi. Ein schweres Stahltor, umspannt mit Rollen aus Stacheldraht, versperrte die Straße. Auch daneben lagen gewaltige Rollen aus Stacheldraht. Wie ein Faden, gespickt mit scharfen Zähnen, schlängelten sie sich bis zum Horizont. Man brauchte schon einen Panzer, um hier ohne offizielle Genehmigung durchzukommen.

Das Taxi hielt an. Einer der Wachleute kam auf den Wagen zu. „*No trespassing here. This is private property.*"

Walter blinzelte. Die Sonne blendete ihn. Doch er war Profi genug, um Herr der Situation zu bleiben. Wenn er etwas im Gerichtssaal gelernt hatte, dann den Mut zur Improvisation. Sie seien Geschäftsleute aus Deutschland, erklärte er dem Wachmann, und man wolle sich die berühmteste Palmölfabrik der Insel anschauen.

„*Do you have an appointment?*""

Walter verneinte.

„*No appointment, no access.*"

Walter erklärte, dass man versucht habe, den Besitzer der Fabrik, Mihdi Peduncha, telefonisch zu erreichen, was allerdings nicht gelungen sei. Deshalb sei man vorbeigekommen, um auf diesem Weg um ein Treffen zu bitten.

„*What you wanna talk about?*"

„*We have a common enemy. A man who wants to stop us doing business here. Benan Ifarim.*"

Der Name hatte Gewicht. Der Wachmann ging zurück zur Baracke, öffnete die Tür und verschwand im Inneren. Einige Minuten vergingen, dann wurde das Stahltor geöffnet und man ließ sie ein. Ohne eine weitere Anweisung erhalten zu haben, folgten sie dem Verlauf der Straße, die durch weite abgebrannte Flächen führte. Es roch stark nach Ruß. Windböen wehten schwarzen Staub auf und verdunkelten die Sicht. Der Taxifahrer schaltete die Scheibenwischer ein und winzige Staubpartikel huschten über das Glas, wie Schneeflocken, nur grau.

Mat war sich nicht sicher, ob die schwarzen Felder neben ihm noch brannten oder ob es der Ruß war, der in Böen durch die Luft jagte und alles verdunkelte.

Nach wenigen Minuten wurde der Staub durchlässiger. Die Sicht wurde klarer, ein Fluss tauchte auf und die Landschaft wurde plötzlich grün. Sie sahen Bäume, Palmen und Buschwerk. Es war, als betrete man eine andere Welt. Schlingpflanzen legten sich wie Girlanden um riesige Bäume, Vögel zwitscherten, fremde Geräusche drangen in das Taxi. Am Straßenrand wucherten dichte Farne.

„Wie kann es sein, dass hier alles verbrannt ist und wir plötzlich im Dschungel sind?“, fragte Walter.

„Ich vermute Brandrohdung“, sagte Mat.

„Auf dem eigenen Grundstück?“

Mat zuckte mit den Schultern. „Wer sich selbst anzeigt, zündet vielleicht auch sein eigenes Land an.“

Die Straße schlängelte sich durch die wilde grüne Landschaft. Drei, vier Kilometer lang sahen sie keine Menschenseele. Nur das leise Brummen des Taximotors und der wilde Sound der Natur. Dann tauchte ein zweiter Kontrollpunkt auf. Was die ersten Wachleute versäumt hatten, wurde hier umso genauer nachgeholt. Mat, Walter und der Taxifahrer mussten aussteigen und wurden von Kopf bis Fuß kontrolliert. Auch Mats Bauchtasche mit dem Satellitentelefon wurde in die Baracke gebracht und untersucht. Währenddessen nahmen sich zwei Wachmänner mit einem Schäferhund das Taxi vor, öffneten Motorhaube und Kofferraum, ließen den Hund überall schnuppern und begutachteten mit langen Spiegeln die Unterseite des Autos.

„*Routine check*“, sagte einer der Männer.

Dann wurde das nächste Tor geöffnet. Sie durften nicht allein weiterfahren, sondern mussten einem Militärjeep folgen. Die Umgebung blieb grün, wirkte aber nicht mehr so ungezähmt. Zwischen Bäumen und Palmen lagen weite Grasflächen. Halb verwilderte Orchideen wuchsen am Straßenrand und die Geräusche der Natur wurden leiser. Walter kurbelte das Fenster herunter. Eine leichte Brise wehte herein. Es roch nach frisch gemähtem Gras. Sie umfuhren eine Wiese, umrandet von Palmen. Arbeiter schoben Rasenmäher und Schubkarren vor sich her; es sah aus wie in einem öffentlichen Park. Dann brach die Vegetation plötzlich ab. Fabrikhallen und betonierter Untergrund lagen neben der Straße. Dahinter riesige Schornsteine, aus denen weiße Abgase aufstiegen. Gegenüber der Fabrikanlage stand eine Villa. Herrschaftlich posierte sie auf englischem Rasen und bot der Fabrik die Stirn. Erhabene Bourgeoisie neben schaffendem Proletariat. Karl Marx hätte sich an dem Anblick erfreut, dachte Mat.

Der Militärjeep, dem sie gefolgt waren, hielt auf dem Vorhof der Villa. Mat und Walter stiegen aus. Ein bewaffneter Mann in grünem Tarnanzug und schwarzen Stiefeln wies ihnen den Weg. Sie steuerten nicht auf die Haupthalle der Villa zu, sondern auf ein angrenzendes Gebäude. Dort ließ man sie durch einen Seiteneingang in einen hellen, lichtdurchfluteten Raum mit einem kreisförmigen Glasdach eintreten. Mat war sich sicher, dass der Raum einmal eine Orangerie gewesen sein musste. Einige Palmen in Kübeln standen neben einer Vielzahl von Kakteen, die in Reih und Glied auf dem Boden aufgereiht waren. Alles wirkte aufgeräumt und steril. Am anderen Ende des Raumes sahen sie einen mächtigen Schreibtisch aus dunklem Mahagoni. Dahinter saß ein jugendlich aussehender Mann. Er trug ein weißes, halb offenes Hemd mit einem gestärkten Kragen, das auf seiner sehr dunklen, fast schwarzen Haut förmlich leuchtete. Seine Augen konzentrierten sich auf einige Schriftstücke vor ihm. Hinter ihm stand ein bewaffneter Mann – offensichtlich eine Art Bodyguard.

Ein Angestellter wies Mat und Walter zwei Stühle direkt vor dem Schreibtisch zu. Vertieft in seine Arbeit, schenkte der dunkelhäutige Mann in dem weißen Hemd den Gästen zunächst keine Beachtung. Er überflog die Papiere und setzte seine Signatur unter die Dokumente.

„Entschuldigen Sie meine Unaufmerksamkeit“, sagte er schließlich. „Formalitäten. Unwichtige Dinge, die aber leider nicht warten können.“ Sein Englisch war ausgezeichnet, nahezu perfekt. Mat tippte auf Oxford. Hatte er nicht gelesen, dass Peduncha dort Business Administration studiert hatte?

„Danke, dass Sie uns empfangen“, sagte Walter und stellte sich als der Anwalt von Matthias Endesfelder vor. Er deutete dabei sehr formell auf Mat, was vielleicht vor Gericht Sinn gemacht hätte, hier aber unpassend wirkte. „Mein Mandant denkt darüber nach, ein Geschäft zu tätigen, bei dem es offensichtlich einer Art Zustimmung von einem Mann bedarf, den auch Sie gut kennen.“

„Sie wollen Informationen über Benan Ifarim."

„Das ist korrekt."

Der bewaffnete Mann hinter dem Schreibtisch war leicht zusammengezuckt, als der Name Ifarim gefallen war.

„Mein Mandant beabsichtigt, ein sehr großes Stück Dschungel in Sarawak zu kaufen", sagte Walter. „Aus einem uns unbekannten Grund will Herr Ifarim über alle Details des Vertrages informiert werden."

„Warum sollte ich Ihnen dabei helfen, in die Seele von Ifarim zu schauen?" Der Mann hinter dem Mahagonischreibtisch verzog sein Gesicht.

Walter spielte mit dem Gedanken, ein Beratungshonorar in Aussicht zu stellen, doch Mat kam seinem Freund zuvor. „Wird sind auf Sie gestoßen, weil Sie Benan Ifarim verklagt haben. Schauen Sie, ich versuche, ein Stück Regenwald im Landesinneren zu kaufen. Dieses Geschäft sollte eigentlich mit dem Präfekten von Kuching abgewickelt werden. Doch der ließ mich mehrere Tage in seiner Villa warten. Und dann rief plötzlich dieser Alte an, zitierte mich an einen Ort, der sich Backbone Bar nennt, und stellte mir eine Reihe von Fragen, die ich, um ehrlich zu sein, nicht wirklich einordnen konnte. Seit dem Treffen haben wir kein einziges Wort mehr vom Präfekten gehört. Mein Anwalt hat herausgefunden, dass Sie Ifarim verklagt haben. Also sind wir hierher gekommen."

„Sie scheinen dem Alten tatsächlich begegnet zu sein. Backbone Bar, unklare Fragen. Klingt ganz nach Ifarim. Es muss sich um ein großes Geschäft handeln, wenn er Sie treffen wollte." Der Mann, der immer noch nicht seinen Namen genannt hatte, war neugierig geworden.

„Es geht um 127 Millionen Dollar", sagte Walter.

Sonderlich beeindruckt schien ihr Gegenüber von der Summe nicht zu sein. „Hat Ifarim Bedingungen gestellt?"

„Ich bin nicht sicher", sagte Mat.

„Wie meinen Sie das?"

„Er wollte wissen, warum ich den Dschungel kaufen will."

„Wie lautete Ihre Antwort?"

Mat sah Walter an. Dann sagte er: „Ich kaufe den Regenwald, weil ich den Penan einen geschützten Lebensraum sichern möchte."

„Das ist großzügig von Ihnen." Die Stimme des Mannes klang

ironisch. Bevor Mat antworten konnte, fuhr er fort: „Sie kommen aber zu spät. Ich glaube nicht, dass der Staat Ihnen auch nur ein Stück Regenwald verkaufen wird. Vor zehn oder fünfzehn Jahren hätten Sie vielleicht Erfolg gehabt. Mittlerweile ist die inoffizielle politische Haltung in Bezug auf alle Urwaldvölker Umsiedlung. Hin und wieder gibt es erfolgreiche Klagen von Seiten der Urvölker gegen diese Maßnahmen, weil sich einige auf das von den Briten eingeführte Recht auf Lebensraum berufen. Aber das sind nur Nebenschauplätze. Fakt ist, der Regenwald auf Borneo ist eine Goldgrube. Für 127 Millionen bekommen Sie nichts, vielleicht einen Garten, aber keinen Dschungel. In ein paar Jahren werden selbst die entlegensten Gebiete bewirtschaftet sein. Hier und da wird es Naturschutzgebiete geben. Vielleicht errichtet jemand auch ein Penan-Schutzgebiet, wo reiche Leute Ureinwohner bestaunen können. Ich würde Ihnen nicht raten, so etwas zu versuchen. Ausländische Investoren ohne Netzwerk haben auf Borneo keine Chance.

In jedem Fall ist der Regenwald ein gutes Geschäft. Er schafft Arbeitsplätze, sorgt für ein steigendes Bruttoinlandsprodukt und beschert vielen Unternehmen enorme Profite. Erst verkauft man Holz, dann baut man Palmöl an. Malaysia und Indonesien werden bald den Weltmarkt beherrschen, schon jetzt stammen fast siebzig Prozent des Palmöls aus Südostasien. Diese Insel beutet sich selbst aus, damit Ihre Liebsten sich die Haare waschen können." Die Stimme des Mannes klang erregt. „Und jetzt kommen Sie daher und wollen Regenwald für die Penan kaufen. Der edle Retter aus dem Westen! Seien Sie lieber froh, dass Sie Ihr Geld noch haben. Früher oder später würde man Ihren Wald niederbrennen, Sie enteignen und auf der gesamten Fläche Palmöl-Plantagen anlegen."

„Erlauben Sie mir eine Frage", sagte Mat. „Wieso haben Sie den Prozess geführt, die Politiker der Bestechung bezichtigt und versucht, Benan Ifarim zu verklagen? Wenn das Schicksal der Insel bereits besiegelt ist, wäre der Prozess doch nicht notwendig gewesen?"

„Das ist eine gute Frage, die ich selbst nicht verstehe, aber auch nicht beantworten kann, weil nicht ich, sondern mein Bruder, die Klage eingereicht hat."

„Sie sind also gar nicht Mihdi ..."

Der junge Mann mit der dunklen, fast schwarzen Haut schüttelte den Kopf. „Nein. Ich bin sein jüngerer Bruder Mohammed, ich leite seit einiger Zeit die Firma, bin sozusagen CEO. Mein Bruder Mihdi ist aus dem laufenden Geschäft ausgestiegen."

Aus beruflichen Gründen hätte Walter diesem Mohammed beinahe empfohlen, dringend das Impressum seiner Webseite zu ändern, entschied sich dann aber doch dagegen und sagte: „Der Prozess hat Benan Ifarim Probleme bereitet. Beinahe wäre er angeklagt worden. Im Laufe des Prozesses ist sogar ein Bild von ihm in der Presse aufgetaucht. Was ist danach passiert? Hat man Sie bedroht?"

„Das sollten Sie besser meinen Bruder fragen. Er kann ..." Einen Moment hielt Mohammed Peduncha inne und schien nachzudenken. Auf seinem schneeweißen Hemd bildete sich in Brusthöhe ein Schweißfleck. Sein dunkles Gesicht wirkte weiterhin glatt und kühl. „Mihdi kann das definitiv mit mehr Überzeugungskraft erzählen als ich. Ich werde fragen, ob er Sie empfängt. Immerhin haben Sie es schon bis hierher geschafft." Ohne sich zu verabschieden, stand er auf, ging an den in Reih und Glied aufgestellten Kakteen entlang und verließ die Orangerie.

*

Ein intensiver, leicht modriger Torfgeruch schwappte ihnen entgegen. Ein Bediensteter hatte sie in einen weiter hinten gelegenen Teil der Orangerie geführt. Meterhohe Pflanzen wuchsen hier und kämpften um Licht; ihr Wildwuchs verdunkelte den Raum. Ähnlich einem Dschungel, war der Boden nur spärlich bewachsen. Schlammige Erde breitete sich wie ein Teppich zwischen Palmen, Efeublättern und Orchideen aus. Die dichte, eng gewobene Pflanzendecke erinnerte Mat an die Expedition. Allerdings gab es in der Orangerie keine Geräusche. Man hätte den Flügelschlag eines Schmetterlings hören können.

In der Mitte des Raumes, zwischen den Pflanzen, lag eine quadratische Holzfläche, die von einer hohen Wand begrenzt wurde, vor der eine verglaste Bücherwand und mit Leder überzogene Clubsessel standen. Mat betrachtete die Bücher hinter dem Glas. Hunderte von Ledereinbänden mit Goldschnitt. Sie wirkten alt und wertvoll. Es hatte fast den Anschein, als befinde sich das Wissen der Welt in diesem Vakuum.

Mat und Walter wurden angewiesen, sich zu setzen. Der Bedienstete verschwand und kam dann mit einem Teeservice zurück. Ohne zu fragen, goss er ihnen ein und stellte die Tassen auf einen flachen Tisch.

„Entschuldigen Sie das Gestrüpp und den Gestank. Im Gegensatz zu meinem Bruder lege ich keinen großen Wert auf eine festgelegte Ordnung. Kakteen in Reih und Glied sind nicht mein Ding. Wussten Sie, dass mein Bruder sogar den Staub von seinen Kakteen wischt, damit sich ihre Poren öffnen und sie besser atmen können?" Die gebückte Gestalt, die sich ihnen näherte, wirkte gebrechlich. Sie stützte sich auf einen Stock, das Gesicht zum Boden gewandt.

Walter und Mat rutschten unentschlossen auf ihren Clubsesseln herum und wussten nicht, ob sie aufstehen oder sitzen bleiben sollten.

„Tun Sie sich keinen Zwang an, meine Herren", sagte die Gestalt mit klarer Stimme, setzte sich in den Sessel vor der Bücherwand und hob den Kopf. Erschrocken blickten Walter und Mat in ein entstelltes Gesicht. Die Nase von Mihdi Peduncha bestand aus zwei Löchern, die von vernarbtem Gewebe umgeben war.

„Das sind Verbrennungen. Wenn ich den Anblick nicht kennen würde, hätte ich wohl auch ein erhöhtes Interesse an meiner Person." Ein hustendes Lachen ertönte. „Mein Gesicht ist das, was uns verbindet. Es ist das Werk von Benan Ifarim."

Walter und Mat wussten nicht, was sie sagen sollten. Die direkte Art des Mannes überforderte sie.

„Wenn ich es richtig verstanden habe, sind Sie doch hier, um Informationen über Ifarim zu bekommen?"

Mat bestätigte, dass die Vermutung richtig sei, und erzählte vom geplanten Kauf des Dschungels.

Regungslos saß Mihdi Peduncha vor den Büchern hinter den dicken Glasplatten. Sein entstelltes Gesicht gab keine Emotionen preis.

„Seit meinem Unfall führe ich ein zurückgezogenes Leben. Ich beschäftige mich kaum noch mit der Außenwelt. Ich bin der falsche Ansprechpartner, wenn es um den Kauf eines Dschungels geht."

„Uns würde es schon reichen, wenn Sie uns einige Informationen über Benan Ifarim geben würden. Wer ist dieser Mann?" Walter sah Mihdi Peduncha hoffnungsvoll an.

„Wissen Sie, ich bin ein Mensch der Gewohnheiten. Jeden Tag komme ich zur gleichen Zeit an diesen Ort und trinke eine Tasse englischen Tee, mit viel Milch und etwas Zucker. Sie müssen übrigens den Tee kosten. Ich lasse ihn extra aus dem Harrods importieren." Mihdi zeigte auf die verschnörkelten Teetassen. „Auch vor dem Unfall war ich ein Mensch der Gewohnheiten, und genau das wurde mir zum Verhängnis. Jeden Morgen bin ich durch meinen Wald spazieren gegangen. Immer die gleiche Strecke, tagein, tagaus. Direkt nach dem Aufstehen, fünf Kilometer. Das war herrlich. Ich habe Vögel beobachtet und dem Wind zugehört. Wundervolle Geräusche. Ifarim und seine Leute müssen irgendwie von meinem Spaziergang erfahren haben. Als sie sicher waren, dass ich immer die gleiche Route ging, legten sie ein kreisförmiges Feuer."

Er machte eine kurze Pause. „Die größte Gefahr bei einem Feuer geht nicht von den Flammen aus, sondern von den Gasen. Das ist übrigens auch der Grund, warum die meisten Brandopfer nicht verbrennen, sondern ersticken. Der Rauch raubt ihnen die Luft. Wie ein übergroßer toxischer Staubsauger malträtiert er ihre Lungen. Zuerst wird einem schummrig, dann atmet man Gase und Rußpartikel ein, hechelt nach Sauerstoff und schließlich verliert man das Bewusstsein."

Mat und Walter schwiegen.

„Es war Zufall, dass zwei Arbeiter in der Nähe damit beschäftigt waren, Blumen mit Haluxan zu besprühen, ein Pestizid, das wir hin und wieder verwenden. Es ist ein weiterer Zufall, dass sie Schutzanzüge und Atemmasken getragen haben. Dadurch konnten sie sich vor dem Rauch schützen und mich aus den Flammen ziehen."

Mihdi Peduncha hielt einen Moment inne. „Hinter der ersten Absperrung, die Sie auf dem Weg hierher passiert haben, dort, wo alles niedergebrannt ist, befindet sich ein kleiner Flusslauf. Er trennt das abgebrannte Gebiet vom Dschungel."

Mat erinnerte sich.

„Ifarims Leute haben wohl seine Wirkung unterschätzt. Der Fluss hat die Flammen aufgehalten und wir konnten durch das Wasser vor dem Feuer fliehen."

„Eine schreckliche Sache", sagte Walter.

Das entstellte Gesicht von Mihdi zeigte keine Regung. „Nun ja, in einem gewissen Sinn hatte der Unfall auch etwas Positives: Ich habe eingesehen, wie sinnlos mein ganzes Unterfangen war. Es war dumm zu glauben, dass ich die Macht hätte, das moralisch zutiefst verwerfliche Wirtschaftssystem dieser Insel zu ändern. Leider musste ich feststellen, dass ich nicht in der Lage bin, etwas an dem Kreislauf aus krimineller Energie, Bestechung und Profit zu ändern. Ein Teufelskreis, von dem ich verrückterweise ja selbst profitiere. Es war naiv von mir zu glauben, dass Benan Ifarim untätig dabei zusehen würde, wie ich seinen Ruf in der Öffentlichkeit zerstöre. Dieser Mann ist skrupellos. Wenn Sie etwas über ihn wissen sollten, dann das."

Mat und Walter sagten nichts.

„Lassen Sie sich nicht von seinem pseudo-intellektuellen Geschwätz beeindrucken. Ifarim ist ein Betrüger, der es über die Jahre geschafft hat, sich einen erstaunlich echt klingenden Oxford-Akzent anzueignen. Er befolgt eine ziemlich einfache Strategie. Entweder man folgt seinen Vorgaben und ist sein Freund. Oder man ist sein Feind."

Mat dachte an den gekreuzigten Stammeshäuptling, beschloss aber, die Sache nicht zu erwähnen. „Was wissen Sie noch über Ifarim?", fragte er stattdessen.

„Wenn es stimmt, was ich über ihn gehört habe, wurde er in der Sulusee als Sohn eines Piraten geboren. Aber das kann falsch sein. Fakt ist, dass Ifarims Vater sich sehr früh dem Widerstand auf den Philippinen angeschlossen hat. Ifarim senior hat im Zweiten Weltkrieg den Amerikanern geholfen, die Japaner von den Philippinen zu vertreiben. Nachdem die Amerikaner gemeinsam mit philippinischen Guerillatruppen 18.000 Japaner abgeschlachtet hatten, konnte Ifarims Familie einige Besitztümer für sich beanspruchen. Man sagt, sie hätten damals ganze Inseln beschlagnahmt. Ausgestattet mit Besitz und Beziehungen zum amerikanischen General Douglas MacArthur, der sich selbst als Befreier der Philippinen, als ein amerikanischer Cäsar betrachtete, stieg Ifarim senior zu einem gefragten militärischen Berater auf.

1946 wurden die Philippinen zu einem unabhängigen Staat erklärt. In dieser Zeit machte Ifarims Familie viel Geld mit allen möglichen Dingen. Sie müssen sich vorstellen, dass die Philippinen nach dem Zweiten Weltkrieg einige Zeit neben Japan das reichste Land in Ostasien waren. Ifarims Familie hat damals mit dem Handel von Kupfer, Kokosöl und Früchten ein Vermögen gemacht. Doch anstatt es sich gut gehen zu lassen, hat Benan Ifarim das Erbe seines Vaters fortgeführt und eine Söldnerarmee aufgebaut. Vielleicht war er sogar der erste Mann in ganz Südostasien, der eine moderne Privatarmee kontrollierte. Und durch die guten Beziehungen zu den USA kam die Armee auch regelmäßig zum Einsatz: der Vietnamkrieg, der Golfkrieg, der Kampf um die Spratley Inseln ... Benan Ifarim hat mit all diesen Kriegen seine Familie noch reicher gemacht und ein einflussreiches Netzwerk aufgebaut, das sich über Borneo, Malaysia, Brunei, Vietnam und China erstreckt."

„Wieso interessiert er sich für den Regenwald?", wollte Walter wissen.

„Benan Ifarim interessiert sich für alles, womit man Geld verdienen kann. Palmöl ist neben Edelhölzern, Öl und der Jagd auf Terroristen wohl der lukrativste Wirtschaftszweig in dieser Region."

„Haben Sie eine Erklärung dafür, warum sich Ifarim in den Kauf eines Dschungels einmischt?"

Mihdi schüttelte den Kopf. „Wenn ich Sie wäre, würde ich meine Millionen nicht in diese Insel stecken. Und einen Dschungel würde ich auf gar keinen Fall kaufen. Die Penan sind nicht mehr zu retten. Der Fortschritt ist nicht mehr aufzuhalten. Je schneller wir alles zerstören, desto weniger müssen die Penan leiden."

Ähnlich hatte auch das Argument von Ifarim geklungen. Obwohl sich die beiden spinnefeind waren, schienen sie ähnliche Ansichten zu haben. Mat hätte Peduncha gerne mit Überzeugung widersprochen, ihm am liebsten gesagt, dass es doch möglich sein müsse, einem Volksstamm wie den Penan einen Lebensraum zur Verfügung zu stellen und ihr Wissen zu erhalten.

Doch wenn er ehrlich war, ging es hier nicht um die Penan. Es ging um räuberische Erpressung. Um die Rettung von Darlene Waltz.

Das Hotelzimmer

„Wenn wir ehrlich sind, müssen wir zugeben, dass weder Mohammed noch Mihdi Peduncha uns weiterhelfen konnten", resümierte Walter.

„Doch", entgegnete Mat und ließ sich auf die Couch neben der modernen Anrichte fallen, „beide Pedunchas haben uns bestätigt, dass der Alte gefährlich ist."

„Wussten wir das nicht schon vorher?"

„Wir haben es vermutet, nicht gewusst."

Walter ging zur Minibar. Er brauchte jetzt etwas Starkes. Er entschied sich für einen Jameson. Der Whisky schmeckte bitter, fast wie Benzin. Noch bevor der torfige Nachgeschmack seine Wirkung entfaltete, schüttelte es ihn. Er drehte sich zu Mat um und sagte: „Ich habe etwas getan, das mir sehr leid tut. Ich schwöre dir, dass ich dich fragen wollte, dass ich versucht habe, dich zu erreichen, mehrmals, Michele kann das bestätigen. Aber du warst auf dieser Expedition. Ich habe wirklich versucht, mit dir zu reden. Aber ich konnte einfach nicht länger warten ..."

Mat verstand nicht, worauf Walter hinauswollte. Fragend sah er ihn an und wartete, dass er fortfuhr.

„Ich habe die Kanzlei nun fast seit zwanzig Jahren. Du weißt, sie liegt mir am Herzen. Vermutlich ist sie ein Familienersatz für mich." Walter sah nachdenklich in seinen Whisky. Er wusste, dass er zum Punkt kommen musste, hatte aber keine Idee, wie er seinem Freund die Sache beichten sollte. „Jedenfalls steckt die Kanzlei seit einiger Zeit in Schwierigkeiten. Wir haben uns verspekuliert, sind zu schnell gewachsen, haben zu viele neue Büros eröffnet, und dann haben wir vor einigen Monaten einen wichtigen Fall in den Staaten verloren, in dem wir pro bono aktiv waren."

„Walter!", unterbrach Mat. „Was willst du mir damit sagen?"

„Um eine Insolvenz zu vermeiden, habe ich Geld gebraucht. Einige Partner und ich haben so viel privates Geld, wie wir konnten, in die Firma gesteckt und unseren Kreditrahmen bei den Banken voll ausgeschöpft. Doch es war immer noch nicht genug."

Mat wurde heiß. Er schwitzte, Blut schoss in seinen Kopf. Er hatte eine leise Vorahnung, was Walter jetzt gleich sagen würde. Wenn Leute in seiner Gegenwart über Geld sprachen, ging es früher oder später auch um sein eigenes Geld.

„Du weißt, dass ich dein Freund bin", sagte Walter und starrte immer noch in sein Glas. „Seit vielen Jahren habe ich dein Geld verwaltet, habe dir geholfen, die richtigen Entscheidungen zu treffen ..."

„Wie viel hast du genommen?" Mat war kreidebleich.

„Ich habe es nur geliehen. Auf dem Konto lag es ohnehin nur herum. Vermutlich dauert es nicht mal ein Jahr, bis du es wieder zurück hast. Natürlich mit Zinsen und ...“

„Nicht mal ein Jahr? Ein Jahr!!!“, schrie Mat und sprang auf. „Ich brauche das Geld sofort! Verstehst du das? Darlene ist jetzt in Gefahr! Verdammt noch mal!! Wenn sie stirbt, ist es deine Schuld!“ Aufgeregt lief er im Zimmer auf und ab.

Er versuchte, sich wieder zu fangen, logisch zu denken. „Wie viel?“

„47 Millionen Dollar.“

Mat blieb stehen, riss die Augen auf. Vor ihm stand der Fernseher, irgendein Nachrichtenkanal lief; am liebsten hätte er das Gerät genommen und auf den Boden geschleudert. Das Ding zertrümmert und seiner Wut freien Lauf gelassen. Doch es gelang ihm, diesen Reflex zu unterdrücken.

„Das sind die kompletten Bargeldbestände“, gab Walter kleinlaut zu.

Mat sagte kein Wort. Er bewegte sich nicht, starrte auf den Boden. Bilder von Darlene schossen ihm durch den Kopf. Er sah, wie die Entführer sie quälten. Sie schrie seinen Namen. Doch er konnte nichts tun, konnte ihr nicht helfen. Er schämte sich, dass er der Frau, die er liebte, diese Schmerzen nicht ersparen konnte, dass sie leiden musste, weil die Entführer sein Geld wollten. Geld, das er nicht mehr hatte. Er würde es sich nie verzeihen, wenn er nicht verhinderte, dass ihr etwas zustieß.

Mat versuchte nachzudenken. In der Vergangenheit hatte er Walters Kanzlei öfter Kredite gegeben. Das war selbstverständlich gewesen unter Freunden. Doch jetzt brauchte er das Geld dringend. Die 47 Millionen Dollar wären der Grundstock gewesen, um den Dschungel zu kaufen. Wie hatte ihn sein Freund nur so hintergehen können? Nach allem, was er für ihn getan hatte. Aber das war im Augenblick zweitrangig. Mat versuchte, diese Gedanken wegzuschieben. Es ging jetzt nur darum, wie er Darlene retten konnte.

„Wie viel Geld kannst du auftreiben, wenn du auf alle meine Immobilien eine Hypothek aufnimmst?“, fragte er bemüht sachlich. Er sah den Freund nicht an, um nicht doch noch die Fassung zu verlieren.

„Ich zahle dir das Geld zurück“, sagte Walter nun fast jammernd. „Jeden Cent. Es tut mir leid, ich hätte das nicht ...“

„Finde heraus, ob wir das Geld auftreiben können", sagte Mat hart. „Morgen gehe ich in die Villa des Präfekten und warte dort so lange, bis sie mir den Kaufvertrag aushändigen."

Walter war verwirrt. Mit dieser Reaktion hatte er nicht gerechnet. Er beichtete ihm, dass er die Bargeldbestände leergeräumt hatte, und Mat wollte die Forderung der Entführer erst recht erfüllen.

„Mat, das ist ..."

„... die einzige Lösung, damit dieser Wahnsinn endlich ein Ende hat."

Walter schüttelte den Kopf. Was sein Freund tun wollte, war unverantwortlich. Er war nicht nach Borneo gereist, um mit anzusehen, wie Mat sich ruinierte. Er musste handeln, auch wenn er es war, der sich etwas hatte zuschulden kommen lassen. „Ich bin dagegen", sagte er, „wir sollten die Botschaft einschalten oder einen Unterhändler, der mit den Entführern Kontakt aufnimmt."

„Sie werden ihr den Kopf abschlagen, wenn wir die Botschaft einschalten."

„Wenn die Entführer Darlene töten, haben sie nichts, gar nichts."

„Du hast mein gesamtes Geld genommen, ohne mich zu fragen!" Mat wurde plötzlich laut und sah Walter zornig an. „Du bist der Letzte, von dem ich Ratschläge brauche. Und jetzt kümmere dich gefälligst darum, den Schaden zu begrenzen."

„Du brauchst einen Unterhändler", insistierte Walter. „Und du solltest noch mal darüber schlafen und dich fragen, ob du für ein Mädchen, das du kaum kennst, so viel Geld ausgeben willst."

„Sie ist nicht irgendein Mädchen!", schrie Mat. Er war außer sich. „Ihr Name ist Darlene Waltz und ich liebe sie. Und jetzt ist sie in den Händen von diesen Leuten, die ihr etwas antun werden, wenn ich nicht zahle. "

Walter sah seinen Freund fassungslos an.

„Ich werde den Vertrag unterzeichnen. Und damit basta." Mat verließ das Zimmer. Die Tür fiel ins Schloss.

Kuching

Schattenlose Gestalten irrten durch die Gassen. Nur wenige Lichter kämpften gegen die Dunkelheit. Der Muezzin hatte bereits zum Gebet gerufen. Frei von jeder Sünde, bereiteten sich alle auf die Nacht vor. Überall herrschte Bewegung. Rikscha- und Taxifahrer brachten Einheimische und Touristen zu unterschiedlichen Orten. Hunde schlichen vorbei und suchten nach Essensresten. Es roch nach Müll und fremden Gewürzen. An den Marktständen brachten die Händler ihre letzten Waren unters Volk. Mat ignorierte die Rufe der Teppichhändler und Möbelverkäufer. Er wich Schlaglöchern und aufgerissenen Müllsäcken aus. Die ganze Stadt summte wie ein Bienenstock, es klapperte, krächzte und fiepte. Die Abwesenheit des Lichts lockte Nachtschwärmer an, Tausende suchten nach Abwechslung und Zerstreuung.

Mat ließ sich von der Masse durch die Innenstadt treiben, sah knallbunte Leuchtreklamen und eine schier endlose Menge von Straßenverkäufern. Er blieb vor einer Bar stehen, bestellte sich bei einem der Kellner einen Tee und setzte sich. Jemand bot ihm eine Zigarette aus gerollten Bananenblättern an. Zunächst machte sie ihn schwindelig. Das letzte Mal hatte er vor Jahren geraucht. Doch dann erschien ihm alles plötzlich viel klarer und er hatte das Gefühl, als würde der Rauch seine Gedanken ordnen.

Walter hatte recht. Er hatte nicht die geringste Ahnung, wie er sich verhalten sollte. Es war Wahnsinn, fast sein ganzes Vermögen für eine Frau auszugeben, die er kaum kannte. Vermutlich wäre es richtig, die Botschaft einzuschalten. Doch die Gefahr, dass die Entführer Darlene töten würden, war zu groß. Er würde nie wieder glücklich werden, wenn sie ihr etwas antaten. Sein Bauchgefühl sagte ihm, dass er die Sache selbst regeln musste.

Trotzdem hatte Walter in einem Punkt recht. Sie brauchten Hilfe von Experten, die sich mit Entführungen auskannten. Und er brauchte möglicherweise auch Experten, die über den wahren Wert des Dschungels Bescheid wussten. Was genau würde er für die 127 Millionen Dollar eigentlich bekommen?

Rational betrachtet, waren Unterhändler am wichtigsten, die die Summe herunterhandeln konnten. Er war sich nach Walters

Geständnis nicht mehr sicher, ob er überhaupt ohne Kredit so viel Geld aufbringen konnte. Andererseits war es nur Geld, das er verlieren würde. Wenn man es genau betrachtete, würde er sich mit einem Schlag von der Last seines gesamten Vermögens befreien.

Walters Neuigkeiten hatte ihn paradoxerweise davon überzeugt, dass er handeln musste. Er würde es nicht ertragen, den Tod von Darlene verschuldet zu haben, egal, wie viel es ihn kostete. Er besaß genügend Immobilien, um die Erpresser zu bezahlen. Er war sich sicher, dass seine Bank ihm einen Kredit ausstellen würde, wenn sie als Sicherheit seine Besitztümer bekäme.

Er musste es tun, und zwar jetzt. Damit dieser Irrsinn ein Ende hatte.

Er hatte einmal gelesen, dass Geld wie Luft sei: unsichtbar und doch relevant. Und das stimmte. Niemand, auch er nicht, konnte sehen, wer wirklich reich war. Und doch hatte Geld Relevanz.

Endlich bekam sein Vermögen einen Sinn. Er konnte Darlene befreien. Der Rest war Nebensache. Das Geld war eine Grundlage, genau wie die Luft. Die Luft war die Essenz des Planeten, der Grund, warum wir alle am Leben waren.

Luft gewährte Leben, aber sie lebte nicht.

Was waren schon 127 Millionen Dollar weniger, nichts weiter als das Verschwinden von Luft ...

Die alte Villa

Noch vier Tage bis zum Ablauf des Ultimatums.

Die alte Villa roch unverändert nach Moder. Die Regale waren mit grünem Schimmel überzogen. Die Seiten der Bücher schienen gewellt, aufgequollen, sahen aus, als hätte man sie mit Wasser übergossen.

Walter und Mat hatten vier Stunden gewartet, bis der Präfekt von Kuching sie empfing. Natürlich saß der Politiker, ein Mann mit einem exzentrischen Schnurrbart, hinter einem schweren Schreibtisch, der die Bedeutung seiner Person um ein Vielfaches zu erhöhen schien. Neben dem Präfekten stand ein Mann, der sich als Assistent vorstellte und das Wort ergriff. „Das ist Ihr Kaufvertrag“, sagte er und reichte ihnen einen Stapel Papier.

„Wie lange haben wir Zeit, um den Vertrag zu prüfen?“, fragte Walter.

„Wie lange brauchen Sie?“

Mat hatte versprochen, nichts zu unterschreiben, was Walter nicht geprüft hatte. Wenn Mat schon entschlossen war, diesen „kapitalen Fehler“ zu begehen, wollte Walter zumindest abschätzen, in welche rechtlichen Schwierigkeiten sich sein Freund hineinmanövrierte.

„Geben Sie uns zwölf Stunden“, sagte Walter.

„In Ordnung“, sagte der Assistent. Er ging um den Schreibtisch herum und geleitete die beiden zur Tür. Das Parkett knirschte. Nach wenigen Metern ertönte zum ersten Mal die Stimme des Präfekten. Sie klang tief, aber unaufgeregt.

„Wir haben keine Eile. Ich will Ihnen nur sagen, dass ich den Vertrag bereits unterschrieben habe. Alles ist in bester Ordnung.“

Walter war stehen geblieben und blätterte auf die letzte Seite der Unterlagen. Eine schwungvolle Unterschrift, ähnlich dem Schnurrbart des Präfekten, klebte am unteren Rand der letzten Seite. Und jede einzelne Seite war vorbildlich mit einem Kürzel versehen, das Walter als JMS identifizierte.

„Ich wünsche Ihnen einen schönen Tag“, sagte der Präfekt und tat so, als würde er auf seinem Schreibtisch nach einem wichtigen Papier suchen. Die Tür wurde geschlossen.

Walter sah Mat an. „Wir haben keine Garantie, dass die Entführer Darlene freilassen, wenn du diesen Vertrag unterschreibst“, sagte er eindringlich. Es war ein letzter Versuch, ein letztes Aufbäumen. Er war gegen diesen Schritt. „Als dein Anwalt rate ich dir dringend, einen Unterhändler einzuschalten. Jemand, der mit den Entführern Kontakt aufnimmt und eine Garantie erwirken kann.“

„Wir haben die Zusage meiner Bank, dass sie uns einen Kredit über 127 Millionen Dollar gewähren wird.“

Walter hatte die ganze Nacht damit verbracht, mit einem weisungsbefugten Berater der Bank zu verhandeln, der sich um die finanziellen Angelegenheiten von Ultra High Networth Individuals kümmerte. Das waren Leute, die mehr als dreißig Millionen US-Dollar auf ihrem Konto hatten oder – wie im Falle von Mat – über sehr lange Zeit gehabt hatten. Walter hatte mehrere juristische Kniffe angewandt, um den Berater davon zu überzeugen, dass man quasi über Nacht einen Kredit in Höhe von 127 Millionen Dollar bräuchte. Doch all diese Bemühungen waren ins Leere gelaufen. Erst als Walter als Konto-Bevollmächtigter damit drohte, die Geschäftsbeziehungen mit der Bank zu kündigen, hatte sich der Berater eine Bedenkzeit erbeten und am frühen Morgen das von ihnen angefragte Kreditvolumen gewährt, unter der Voraussetzung, dass Endesfelder im Gegenzug alle seine Immobilienbesitze als Sicherheit in das Geschäft einbringen würde. Walter fand es verrückt, dass die Bank bei dem Deal tatsächlich mitmachte. Über Monate hatte er versucht, einen sehr viel kleineren Kredit für seine Kanzlei zu erhalten. Doch Mat fiel eben in eine Kategorie von ganz speziellen Kunden, für die man offenbar alles möglich machte. Wenn nötig, sogar über Nacht. Mat hatte das Dokument, das die Bank am frühen Morgen an die Hotelrezeption gefaxt hatte, unterschrieben, ohne es überhaupt auch nur zu lesen, was Walter ihm jetzt am liebsten zum Vorwurf gemacht hätte.

„Hast du die Hypothek auf meinen Estate als Garantie beschränkt?", fragte Mat. „Wenn es geht, würde ich gerne das Gestüt in Richmond nicht belasten. Michele liegt dieses Anwesen sehr am Herzen."

„Du weißt, das ist nicht möglich", entgegnete Walter erschöpft. „Du hast den Vertrag selbst unterschrieben. Die Hypothek auf alle deine Immobilien entspricht ziemlich genau dem Wert von 127 Millionen Dollar."

Mat dachte kurz nach. „Stimmt, du hattest etwas von Sicherheit aller Immobilien erwähnt." Er sah Walter skeptisch an. „Aber ich wusste nicht, dass die 127 Millionen Dollar genau den Wert meines Immobilienportfolios abbilden." Über diese Information verfügte niemand außer Walter und vielleicht noch seine Frau Michele. Nur sie hatten Zugang zu solch vertraulichen Informationen. Ihn beschlich ein flaues Gefühl bei diesem Gedanken, aber er versuchte, ihn zu verdrängen.

In diesem Moment surrte das Satellitentelefon. Mat schrak zusammen. Er machte sich an seiner Bauchtasche zu schaffen; ruckartig versuchte er, den Reißverschluss zu öffnen. Er klemmte und hakte. Erst nach einigen nervösen Versuchen bekam er die Tasche auf.

Das grüne Display leuchtete. Mat nahm das Gespräch entgegen. „Hallo?"

„Wie ich höre, haben Sie sich entschieden, den Vertrag zu unterzeichnen." Es war die Stimme des Alten.

„Woher zum Teufel haben Sie eigentlich diese Nummer?" Mat war aufgebracht, aber auch erleichtert. Er hatte mit dem Entführer gerechnet.

„Sie haben die Nummer schon vor über zwei Wochen auf das Antragsformular geschrieben, das Sie beim Präfekten von Kuching eingereicht haben."

Ich habe keinen Antrag eingereicht, hätte Mat am liebsten gesagt. Stattdessen sagte er nur: „Das ist Verschlusssache."

„Sagen wir, ich habe meine Wege, mich zu informieren."

„Benan Ifarim hat seine Wege", korrigierte Mat.

Als er seinen Namen hörte, lachte der Alte. „Gute Arbeit, Herr Endesfelder. Es ist nicht einfach, meinen Namen in Erfahrung zu bringen."

„Was wollen Sie von mir?"

„Nachfragen, ob Sie wissen, was es bedeutet, einen Dschungel auf Borneo zu besitzen und zu verwalten."

Mat wusste nicht, was er sagen sollte.

„Sehen Sie, Herr Endesfelder, nun ja, wie soll ich es sagen ... Sie sind ein durchaus interessanter Mann. Ich mag Sie. Aber ich bin mir sicher, dass Sie mit dem Kauf des Dschungels einen Fehler machen."

„Einen Fehler?" Mat verstand das alles nicht mehr. Wieso hielt Benan Ifarim den Kauf für einen Fehler?

„Ich will Ihnen einen Vorschlag unterbreiten. Ich würde gerne mit Ihnen einen kleinen Ausflug machen. Wenn Sie vorhaben, die Penan zu schützen, müssen Sie wissen, was es heißt, einen Dschungel zu besitzen. Bringen Sie Ihren Anwalt mit. Den Vertrag zu studieren ist lange nicht so wichtig wie das, was ich Ihnen zeigen werde. Ich hole Sie mit meinem Helikopter ab. Gegen Abend sind Sie wieder zurück. Darauf gebe ich Ihnen mein Wort."

Ein lang anhaltendes Tuten blieb in der Leitung. Der Alte hatte aufgelegt.

Feuer

Walter Borchert hatte eine festgelegte Ordnung für fast alles, was er besaß. In seiner Londoner Wohnung hatte er die Gläser in seinem Küchenschrank der Größe nach aufgereiht, seine Plattensammlung war alphabetisch und sein Kleiderschrank nach Gelegenheiten sortiert. Walter Borcherts Ordnungswahn und sein fast schon krankhaftes Bedürfnis nach Korrektheit machten ihn zu einer Katastrophe für Frauen und zu einem herausragenden Juristen. Dass er zwei Fälle an jüngere und damit unerfahrenere Kollegen abgetreten hatte und nach Borneo geflogen war, um seinem alten Freund zu helfen, war eine absolute Ausnahme, eine Abweichung von der Norm, ein Zugeständnis an die Freundschaft mit Matthias Endesfelder. Dass Matthias aber versucht hatte, ihn von der Prüfung des Vertrages abzuhalten, weil das aus irgendeinem fadenscheinigen Grund „unnötig" und „überflüssig" sei, hatte ihn gekränkt.

„Ich bleibe hier", hatte Walter gesagt und sich geweigert, die Villa zu verlassen. Militärhubschrauber, die plötzlich im Garten einer Regierungsvilla landeten und an unbestimmte Orte flogen, machten ihm Angst. Ein Risiko, das er nicht einschätzen konnte. Sein Instinkt, seine Vernunft, ja sein ganzes Wesen rebellierten gegen dieses Ereignis.

Die Druckwelle der Militärmaschine wühlte die Büsche auf. Mat schloss die Augen. Er spürte einen Hauch von Panik, als der Helikopter abhob. War es richtig, dem Alten zu vertrauen? Er wusste es nicht. Aber mehr als 127 Millionen Dollar konnte er nicht verlieren. Tot würde er niemandem von Nutzen sein. Mit seinem Tod würde sich sein Vermögen automatisch auf eine Vielzahl von Personen, Organisationen und Verbände aufteilen. Die Entführer brauchten ihn.

„Haben Sie Flugangst?"

Mat öffnete langsam die Augen und sah den Alten an. Zwischen zwei Soldaten saß er ihm direkt gegenüber. Das war also der Mann, der angeblich der Kopf der Mafia war und über eine eigene Privatarmee verfügte. Aber Mat sah weiterhin nur die Gestalt eines alten Mannes vor sich.

„Sie wirken angespannt." Der Alte griff in die Innentasche seines Tarnanzugs und holte eine Feldflasche heraus. „Whisky?"

Mat schüttelte den Kopf. „Nein, danke."

Der Alte drehte den Verschluss auf und nahm einen kräftigen Schluck.

„Ich dachte, Sie trinken nicht."

„Ausnahmen bestätigen bekanntlich die Regel", sagte Ifarim.

Unter ihnen entfernten sich die Dächer von Kuching. Die Häuser wirkten von hier oben wie Pappkartons. Nach einer Weile flogen sie über wildes Grün und sich dahinwindende Flussläufe. Dann tauchten die Palmöl-Plantagen auf, die immer wieder von freien Flächen zerrissen wurden. Irgendwann sah Mat für eine Weile nur noch Brachland – es wirkte wie eine Mondlandschaft.

Und dann kam das Feuer. Die ersten Anzeichen waren dunkler Rauch und eine von Rußpartikeln erfüllte Luft. Der Rauch verschluckte den Militärhubschrauber und nahm ihnen die Sicht.

„Ziehen Sie die Maske an." Ein Soldat neben Ifarim reichte ihm eine Atemschutzmaske. Mat spannte sie über Mund und Nase.

Der Alte tat es ihm gleich. Vereinzelt brachen die dunklen Wolken jetzt auseinander. Mat sah ungezügelte Flammen, dunkle Rauchsäulen stiegen aus dem Dschungel auf.

Sie brennen den Wald nieder, dachte er. Dabei nahmen sie in Kauf, dass das Feuer die giftigen, im Boden gebündelten Gase befreite und ungefiltert in die Atmosphäre schickte. Pures Gift war das, mit Stickstoff verseuchte aggressive Schadstoffe. Schlimmer als jeder Verbrennungsmotor. Mat hatte gelesen, dass Experten des UN-Klimarates die Brandrodung der Regenwälder als extrem gefährlich einstuften, sie war einer der Hauptgründe für den Treibhauseffekt.

Mat zog die Maske herunter, beugte sich zu Ifarim und schrie gegen den Lärm des Helikopters an: „Sie machen Platz für Plantagen?"

Ifarim nickte.

„Das ist Wahnsinn."

„Die Nachfrage bestimmt das Angebot. Ich mache nur das, was diesem Land und seiner Wirtschaft hilft."

„Sie machen das für die Konzerne?"

„Für mich und die Konzerne. In diesem Fall ist es allerdings so, dass mir der Regenwald gehört. Oder sagen wir mal so: gleich gehören wird."

„Wie können Sie das mit Ihrem Gewissen vereinbaren?"

Der Alte grinste. „Wenn ich mich recht entsinne, sind Sie doch gerade dabei, einen Dschungel zu kaufen."

„Aber nur, weil ich erpresst werde", hätte Mat am liebsten gesagt. Doch er musste husten. Rauchpartikel setzten sich auf seiner Lunge ab. Er sah keine andere Möglichkeit, als die Maske wieder überzustreifen.

*

Als der Hubschrauber zur Landung ansetzte, war der Himmel wieder blau. Die Sonne brannte. Unter ihnen lag ein Dorf mitten im Dschungel. Holzhäuser mit Dächern aus Lianen waren zu sehen und ein auf Stelzen errichtetes Langhaus.

Sie landeten. Die Rotoren wirbelten Staub auf, Palmen bogen sich zur Seite. Mat folgte Ifarim und seinen Männern und kletterte aus dem Helikopter.

Das Dorf erinnerte Mat an den Heimatort von Adang. Neben den Häusern stapelten sich Müllsäcke und Plastikflaschen. Allerdings gab es keine alten Frauen, die in den Hauseingängen standen und die Besucher kritisch beäugten. Hier gab es niemanden.

Eine bedrückende Stille lag in der Luft.

Vor dem Langhaus saßen zwei bewaffnete Soldaten. Als sie Ifarim und sein Gefolge sahen, sprangen sie auf und salutierten. Der Alte verzog keine Miene und betrat das Gebäude. Der Innenraum war heiß und stickig und vor allem dunkel. Es gab keine Fenster. Bis auf die Lichtfäden, die durch die brüchigen Holzwände fielen, wirkte alles düster und grau. Mats Augen brauchten eine Weile, bis sie sich an die Dunkelheit gewöhnten. Seine Füße tasteten sich langsam voran.

Unter dem dichten Dach gab es ein offenes Gebälk. Es ließ den Raum groß und hoch wirken. Im Gegensatz zu den beengten Baumhäusern der Penan war dieses Langhaus ein echter Palast. In der Mitte stand ein mächtiger Holzpfeiler, von ihm ausgehend verzweigte sich das Gebälk in alle Richtungen. Oben herrschte Bewegung. Stimmen waren zu hören. Graue Gestalten huschten umher wie Schatten. Es roch nach Schweiß und Urin.

Als sie näher kamen, wurde deutlich, was sich hier abspielte. Drei Männer hingen mit dem Kopf nach unten an den Balken. Sie waren nackt. Ihre Füße waren an die Balken gefesselt. Wie tote Tiere hingen sie dort, mit dem einzigen Unterschied, dass sie noch atmeten.

Mat zwang sich, hinzusehen. Die schwitzenden Körper bewegten sich. Ihre Gesichter waren geschwollen und blutverkrustet.

„Was ist hier los?“, fragte Mat verstört.

„Diese Männer haben sich geweigert, mit uns zu kooperieren“, stellte Ifarim sachlich fest.

Mat stützte sich an einem Balken ab. Das harte Holz gab ihm die bittere Bestätigung, dass er nicht träumte.

„Wir haben diesen Leuten angeboten, ihnen bei der Umsiedlung zu helfen, finanziell und logistisch. Das haben sie abgelehnt. Und das, obwohl das Land, auf dem sie leben, rechtlich gesehen mir gehört.“

Der Alte umkreiste seine Opfer wie eine Hyäne. „Aber diese Leute sind stur geblieben. Sie sind der Ansicht, dass das Land ihnen gehört.“

„Das ist nicht in Ordnung.“ Mat zwang sich, die Männer weiter anzusehen.

„Meine Worte.“

„Nein! *Das hier* ist nicht in Ordnung. Das ist Folter. Das ist ...“

„... notwendig“, beendete der Alte den Satz. „Es ist eine effiziente Methode, die die US-Truppen mir vor vielen Jahren beigebracht haben. Man hängt jemanden kopfüber auf und führt ihm rektal eine offene Chilischote ein.“ Er betrachtete die Männer von allen Seiten. Dabei wirkte er wie ein Oberlehrer, der streng kontrollierte, ob seine Schüler alles richtig gemacht hatten. „Auf diese Art und Weise habe ich schon aus so manchem Christen einen Muslim gemacht. Wie Ihnen mein lieber Freund Mihdi Peduncha und sein Bruder bestimmt erzählt haben, arbeite ich seit geraumer Zeit für die Amerikaner. Da wird einem nie langweilig. Zuerst hatten die Amerikaner etwas gegen die Dschungelkämpfer des Vietcong. Jetzt machen sie Jagd auf Terrororganisationen. Über die Jahre haben sich die Aufgaben geändert. Aber diese Methode kommt schon sehr lange zum Einsatz. Ein treuer Begleiter, der fast immer seinen Zweck erfüllt. Und deshalb bin ich mir auch sicher, dass unser Häuptling Widerstand hier“, Ifarim deutete auf den Mann in der Mitte, „mir gleich seine Unterschrift geben wird.“

Auf Befehl des Alten wurde der Häuptling befreit. Vorsichtig banden die Soldaten ihn los und wuchteten seinen Körper auf den Boden. Bei jeder Annäherung der Männer zuckte er zusammen.

Der Alte ließ sich von einem Begleiter ein Stück Papier reichen und kniete sich neben den nackten Mann. Jemand reichte ihm einen Stift und der Häuptling tat, was man von ihm verlangte. Er unterschrieb.

„Wir sind fertig", sagte der Alte zu Mat. „Der Häuptling hat sein Einverständnis gegeben, dass wir das Land hier in eine Palmöl-Plantage verwandeln dürfen. Großzügig wie ich bin, bezahle ich im Gegenzug sogar den Umzug seiner Stammesmitglieder und sorge für neue Arbeitsplätze."

„Das ist ..." Mat suchte nach Worten.

„... der einzige Weg, um den Dschungel profitabel zu bewirtschaften. Der einzige Weg, um dieses Land zu retten und der wachsenden Nachfrage des Westens nach Konsumgütern nachzukommen."

Kurz darauf wurde der Motor des Helikopters wieder angeworfen. Farne, Gräser und mit Moos bewachsene Bäume neigten sich, als das mechanische Insekt abhob und eine weitere Fläche zurückließ, die in naher Zukunft brennen würde.

Das Hotelzimmer

Mat stand am Fenster seiner Suite. Unter ihm lagen die schimmernden Lichter der Stadt. Kuching sah von hier oben aufgeräumt aus.

Nachdem Ifarims Militärhubschrauber ihn im Garten der Villa abgesetzt hatte, hatte Mat sich kreidebleich und sichtlich angeschlagen auf den Rasen gesetzt. Irgendwann war er aufgestanden, hatte sich ein Taxi genommen und war zurück ins Hotel gefahren.

Der Fernseher war eingeschaltet. Walter saß auf der Couch und trank einen Whisky. Mat stand nun schon fast seit einer halben Stunde vor dem Fenster. Er starrte hinaus und schien auf etwas zu warten, das einfach nicht auftauchen wollte. Walter dachte daran, hinauszugehen und ihn allein zu lassen, entschied sich aber dagegen. Schließlich stellte er den Fernseher lauter und sah einer Frau zu, die die Wetterkarte erklärte und ankündigte, dass es in Kuching sonnig bleiben würde.

Schweigend stand Mat vor dem Fenster und versuchte zu verstehen, warum der Alte ihm das Dorf und seine Foltermethoden gezeigt hatte. Als er den Hubschrauber verließ, hatte Benan Ifarim ihm seine Visitenkarte zugesteckt. Jederzeit könne er sich melden. Dann war der Helikopter wieder aufgestiegen.

Mat drehte die Visitenkarte zwischen seinen Fingern. Das Papier fühlte sich an wie Papyrus. In zarten, silbernen Lettern stand dort *Benan Ifarim, consultant*. Darunter eine Telefonnummer.

Was wollte der Alte ihm mit der Aktion sagen? Wenn Ifarim wollte, dass er den Dschungel kaufte, hätte er ihn dann heute in dieses Dorf geflogen?

Noch einmal blickte Mat aus dem Fenster auf die Stadt und sagte dann zu Walter: „Der Alte steckt nicht dahinter."

„Wie kannst du dir da so sicher sein?"

„Er hat heute ganz bewusst verhindert, dass ich den Vertrag unterschreibe. Wenn Ifarim wirklich gewollt hätte, dass ich den Vertrag abschließe, hätte er mich unter keinen Umständen heute Nachmittag in ein Dschungeldorf geflogen und mir gezeigt, wie er einen Stammeshäuptling foltert."

Walter schwieg.

„Der Häuptling hat behauptet, dass sein Land ihm und nicht Ifarim gehört. Daraufhin hat Ifarim ihn und zwei seiner Leute kopfüber an eine Decke aufgehängt und ihnen rektal Chilischoten eingeführt."

„Rektal? Du meinst, in den Arsch?" Walter berührte den dünnen Bügel seiner Brille.

„Eine Methode, die ihm angeblich die US-Armee gezeigt hat. Laut Ifarim äußerst effizient. Der Häuptling hat etwas über sechs Stunden ausgehalten, dann hat er sein Land an Ifarim abgetreten. Die Frage ist, warum fliegt der Alte mich in ein Dorf im Dschungel und zeigt mir das?"

„Um dir zu sagen, dass er das Gleiche mit dir macht, wenn du dich ihm in den Weg stellst."

„Aber wäre es nicht viel schlauer gewesen, mich einfach den Vertrag unterschreiben zu lassen? Wenn er hinter der Sache stecken würde, hätte er den Deal längst abgewickelt. Mit jedem Tag einer Geiselnahme wächst die Unsicherheit. Der Erpresste ändert vielleicht seine Meinung, zahlt nicht, Geiseln sterben oder man fliegt auf. Je schneller alles über die Bühne geht, desto besser ist das für beide Parteien. Ich behaupte, Ifarim weiß das. Er kann nicht dahinterstecken. Die Frage ist, was will er dann? Ich glaube, es geht ihm darum, herauszufinden, warum ich für 127 Millionen Dollar einen Dschungel kaufen will. Er versteht meine Motivation nicht", sagte Mat. „Er glaubt mir nicht, dass ich den Dschungel kaufe, um den Penan zu helfen."

In diesem Moment klingelte das Telefon neben dem Bett. Walter stand auf und nahm den Anruf entgegen.

„Ein Paket?", fragte er und hörte dann schweigend zu. Er legte auf und wandte sich an Mat. „Jemand hat ein Paket an der Rezeption abgegeben. Ich habe veranlasst, dass es aufs Zimmer gebracht wird."

„Wer?"

„Wissen sie nicht, ist per Kurier gekommen." Walter setzte sich wieder auf die Couch. „Du glaubst, der Alte hat dich getroffen, um herauszufinden, warum du den Dschungel kaufen willst."

„Er besitzt viel Land. Wenn da in seiner Gegend plötzlich ein Europäer auftaucht und einen Regenwald für 127 Millionen kaufen will, wird er neugierig. Seine Interessen könnten in Gefahr sein. Wenn beispielsweise mehr reiche Europäer meinem Vorbild folgen, könnten die Preise für den Wald steigen. Das will er mit Sicherheit vermeiden."

„127 Millionen sind eine Stange Geld", sagte Walter.

Es klopfte. Walter stand auf, ging zur Tür und ließ sich von einem Angestellten ein Paket aushändigen. Das Paket war schwer. Walter stellte es auf den flachen Tisch vor dem Sofa.

„Sollen wir das Ding wirklich öffnen?"

„Wir haben den Vertrag noch nicht unterschrieben. Wenn das hier eine Briefbombe ist, werden die Erpresser den Dschungel nicht bekommen."

Walter hatte ein flaues Gefühl. Am liebsten hätte er die Polizei verständigt oder die Botschaft. Irgendjemanden, der sich mit solchen Dingen auskannte. Doch die Neugier siegte. Ruckartig beugte er sich vor und machte sich an dem Paket zu schaffen. Gestank stieg ihm entgegen. Ein schwarzer Müllsack kam zum Vorschein. Walter riss ihn auseinander.

Mat trat einen Schritt zurück. Er blickte in offen stehende Augen.

Das war Irrsinn.

Walter blieb ruhig. Kalt und überlegt, wie von einem wissenschaftlichen Drang getrieben, zog er die schwarze Folie weiter auseinander.

Die Plastikfolie fühlte sich kalt an. Offenbar hatte jemand den Kopf während des Transports gekühlt. Wie ein Organ, das noch verpflanzt werden sollte. Walter suchte nach einer Nachricht. Doch da war nichts, nur Haut und Knochen, und Blut, das nun einen Weg in den Karton gefunden hatte und dabei war, die Pappe zu durchweichen.

„Keine Botschaft", sagte Walter. „Wer das hier getan hat, hat damit bereits alles gesagt."

Mat ging zum Sofa hinüber. Langsam ein- und wieder ausatmend, machte er so lange einen Schritt nach dem anderen, bis er sich setzen konnte. Er stützte die Ellbogen auf den Oberschenkeln ab und ließ das Gesicht in seine Hände sinken. „Adang", murmelte er, „das ist Adang. Der Dschungel-Guide."

Walter schüttelte den Kopf. „Das hier ..." Sein Magen begann zu rebellieren. „Das hier wächst uns definitiv über den Kopf."

Mat bemühte sich, seine Gedanken zu ordnen. Er durfte jetzt keinen Fehler machen, durfte sich nicht unter Druck setzten lassen, auch wenn Walter recht hatte: Das wuchs ihnen über den Kopf. Vor seinen Augen tauchte wieder Darlene auf. Sie schrie. Das Geräusch einer Säge ertönte. Die Entführer hatten ihre Hände und Füße gefesselt. Sie schwitzte und blutete. Er stand daneben und konnte nichts tun. Panisch blickten ihre Augen ihn an. Blut, überall war Blut. Aufgeschürfte, eitrige Wunden.

In seinen Ohren fiepte es. Mat schloss die Augen und merkte, dass ihn ein heftiger Schwindel befiel.

Was zum Teufel ging hier vor? Einen Augenblick lang war er nicht sicher, ob er träumte, ob das alles nicht ein endloser Albtraum war, aus dem er gleich schweißgebadet aufwachen würde.

Walters Stimme brachte ihn zurück in die Wirklichkeit, in den Raum, in dessen Mitte der grausame Fund platziert war. „Was machen wir jetzt?"

„Wir rufen den Alten an", sagte Mat.

„Wie bitte?"

„Er hat mir seine Visitenkarte gegeben."

„Das ist nicht dein Ernst. Wieso sollen wir jemanden anrufen, der möglicherweise hinter der Sache steckt?"

„Ifarim steckt nicht dahinter", wiederholte Mat und nahm die Visitenkarte aus der Tasche. „Er versteht nur nicht, warum ich den Dschungel kaufen will. Und jetzt tue ich dem alten Mann den Gefallen und sage ihm, was er wissen will – die Wahrheit."

Backbone Bar

Es gibt Leute, die immer und auf jeden Fall kommen, wenn ein Problem auftritt. Verlässliche Leute, Freunde, Vertraute. Und es gibt Menschen, die, egal was passiert, unter gar keinen Umständen kommen, sondern zu denen man, will man sie sehen, gehen muss. Benan Ifarim gehörte definitiv letzterer Kategorie an.

Mat und Walter betraten die Backbone Bar. Walter trug das Paket. In einem Plastikbeutel, auf dem der Name des Pullman Hotels stand, brachten sie das blutige Geschenk auf Anweisung von Ifarim in die Bar mit.

„Und der Kopf?", hatte Mat am Telefon gefragt, als der Alte darauf beharrt hatte, sie in seiner Bar zu treffen.

„Den bringen Sie einfach mit." Dann hatte Ifarim aufgelegt.

Die Backbone Bar war voll. Vor allem Männer in Anzügen saßen an den von Kerzen beschienenen Tischen. Der Raum war genauso, wie Mat ihn in Erinnerung hatte: einfache und klare Linien, nüchterne Ausstattung, viel Glas. Keine Frauen. Einer der zwergenhaften Türsteher führte Mat und Walter herein und durch die Bar, nicht an einen Tisch, sondern in ein Separee.

Zwei Türen und ein schwarzer Vorhang trennten sie von den restlichen Gästen.

Ifarim saß bereits an einem Tisch, auf dem eine Tasse Tee stand und eine aufgeschlagene Zeitung lag. Das Separee war klein, es hatte vielleicht Platz für vier Leute und erinnerte eher an eine Rumpelkammer als an den Sitzungsraum eines einflussreichen Mannes. Ifarim bot den beiden einen Platz an und schickte den Türsteher weg. Walter stellte das Paket auf den Tisch. Unnötig zu erwähnen, dass er gegen das Treffen mit dem Alten gewesen war. Allein schon aus Prinzip. Er verstand nicht, warum Mat sich dem Mann anvertrauen wollte.

„Ist das der Grund für Ihre Aufregung?“ Ifarim deutete auf das Paket.

Mat nickte.

Ifarim stand auf, öffnete die Plastiktüte und warf einen Blick hinein. Völlig regungslos, nahezu unbeeindruckt, als würde er den Brief eines Werbeanbieters begutachten, betrachtete er den Inhalt.

„Ich werde erpresst“, sagte Mat. „Jemand zwingt mich, für 127 Millionen Dollar diesen Dschungel zu kaufen.“

Ifarim setzte sich und trank einen Schluck Tee. Diese Information erschien ihm interessanter als der Kopf, den die beiden Europäer angeschleppt hatten.

Walter war von seinem Stuhl aufgesprungen. „Matthias“, ermahnte er seinen Freund auf Deutsch, „warum tust du das? Wir sollten nicht hier sein. Wir sollten ...“

Mat reagierte nicht. Er hielt einen Moment lang inne und wandte sich dann wieder an Ifarim. „Aus irgendeinem mir völlig unbekannten Grund soll ich diesen Dschungel kaufen. Und um ehrlich zu sein, habe ich lange geglaubt, dass Sie hinter dieser Sache stecken.“

Der Alte verzog keine Miene. Wenn er aufgeregt war, sah man es ihm nicht an. „Mit wem oder was erpressen Sie diese Leute?“

Mat begann zu erzählen. Er erzählte, wie er Darlene Waltz auf Mataking getroffen hatte, von der Expedition in den Dschungel, die sie gemeinsam mit Adang und einigen muslimischen Helfern durchgeführt hatten. Er erzählte von der Suche nach James Waltz und den Luft und dem Treffen mit den Penan sowie von dem Schlag auf seinen Hinterkopf in der Schneise. Er erzählte von dem Helikopter, der ihn in das Holzfäller-Dorf gebracht hatte, und von dem Anruf, in dem man ihn aufgefordert hatte, den Dschungel zu kaufen.

„Adang, der Dschungel-Guide, ist tot“, fasste Ifarim nüchtern zusammen. „Hat man Sie gewarnt, dass man ihn töten würde?“

„Sie haben gesagt, wenn ich den Dschungel nicht innerhalb von zwei Wochen kaufe, wird Darlene sterben.“

„Und wie würde Darlene sterben?“

„So.“ Mat zeigte auf das Paket.

„Aber die zwei Wochen sind noch nicht abgelaufen?"
Mat schüttelte den Kopf.
„Dann muss das hier ein Unfall gewesen sein. Nicht einmal Abu Sayyaf köpft Gefangene, wenn sie es nicht unbedingt müssen. Außerdem erscheint es mir, als hätte jemand eine Knochensäge verwendet, um den Kopf vom Körper zu trennen. Aber das werde ich überprüfen lassen. Wie hat man Sie kontaktiert, nachdem Sie im Pullman Hotel eingecheckt haben?", wollte Ifarim wissen.
„Ich habe ein Satellitentelefon."
„Mit GPS?"
„Keine Ahnung." Mat hob sein T-Shirt ein Stück an, öffnete den Reißverschluss seiner Bauchtasche und legte das Telefon auf den Tisch.
„Es ist gut, dass Sie zu mir gekommen sind. Ich helfe Ihnen. Im Erfolgsfall liegt meine Marge bei zwanzig Prozent der Forderung. Erzielen wir kein Ergebnis, verzichte ich auf Bezahlung", sagte Ifarim.
„Erfolgsfall bedeutet was?"
„Die Befreiung von Darlene."
„Und den islamischen Helfern", fügte Mat hinzu.
„Wenn sie entführt wurden, befreien wir sie. Wenn sie hinter der Sache stecken, gehören sie mir."
„Zehn Prozent und wir haben einen Deal", entgegnete Mat und streckte dem Alten die Hand hin.
Ifarim zögerte. „Fünfzehn"
„Okay", sagte Mat.
Ifarims Händedruck war fest. Schraubstockartig umfasste er Mats Hand und drückte zu.
Walter saß schweigend daneben. Am liebsten hätte er wieder die Botschaft ins Spiel gebracht. Doch er wusste, dass es zu spät war. Sie mussten sich jetzt auf Ifarim verlassen und darauf, dass er für neunzehn Millionen Dollar Darlene befreien würde. Ganz seiner rationalen Art entsprechend, versuchte er sich einzureden, dass sie gerade Mats Vermögen gerettet hatten. Doch Walter traute dem Alten nicht. Jemand, der Fremde mit einem Helikopter zu Folterpartys flog, hielt er nicht für vertrauenswürdig. Auf der anderen Seite war es an der Zeit zu handeln, bevor sie ein Paket mit dem Kopf von Darlene Waltz bekamen.

Das Hotelzimmer

Zwei Stunden nach dem Treffen bauten Ifarims Männer Tische, Stühle und technische Geräte in Mats Hotelzimmer auf. Der Alte hatte weniger als sechzig Minuten gebraucht, um ein Team zusammenzustellen. Mat und Walter waren beeindruckt von der Geschwindigkeit. Was sie nicht wussten, war, dass Ifarim ein Experte war, wenn es um Entführungen ging. Hätte er eine Präsentation über seine Firma gehalten, hätte er drei Bereiche nennen können, in denen er regelmäßig aktiv war: Lobbyismus, Palmöl- und Holzhandel und Security. Das letzte Tätigkeitsfeld beinhaltete ein umfassendes Tätigkeitsspektrum, das von Industriespionage, Bewachung von Diplomaten und Top-Managern bis hin zu aktiver Unterstützung im Kriegsfall so ziemlich alles abdeckte, was im weitesten Sinne mit Sicherheit zu tun hatte. Entführungen und/oder Befreiungen von Geiseln fielen ebenfalls in diesen Bereich. Und da Attacken von Piraten auf Touristen oder Privatjachten in Sulusee in den letzten Jahren zugenommen hatten, war diese Säule von Ifarims Unternehmen extrem professionalisiert. GPS- und GPRS-Experten, Informatiker und Elektroingenieure gehörten genauso zu seinen Teams wie ehemalige Elitesoldaten, die in kürzester Zeit ein ganzes Dschungeldorf einnehmen oder jemanden aus einem Hotel verschwinden lassen konnten.

Ifarim hatte den Bereich aus zwei Gründen so stark ausgebaut: Erstens war er finanziell lukrativ, zweitens betrachtete er sich im Herzen als Soldat. Er war ein Problemlöser, der auch in Situationen ruhig blieb, in denen den anderen die Schweißperlen übers Gesicht liefen.

Als Ifarim das Zimmer betrat, hatten seine Männer bereits Campingtische aufgebaut, auf denen Laptops, Abhörgeräte und ultradünne GPS-Ortungsgeräte standen. Gemeinsam mit ihm kamen zwei drahtig wirkende Männer in den Raum. Sie trugen schwarze Kampfanzüge und waren bewaffnet. Schweigend blieben sie neben der Tür des Hotelzimmers stehen und schienen auf weitere Anweisungen zu warten.

Der Alte unterhielt sich mit den Technikern. Sie teilten ihm mit, dass das Satellitentelefon von Endesfelder keine GPS-Funktion hatte, sie aber dabei waren, die angenommen Anrufe zu prüfen. Wenn alles glatt lief und der Satelliten-Anbieter mitspielte, konnten sie alle eingegangen Anrufe zurückverfolgen. Wenn die Anrufer ihrerseits über GPS verfügten, wäre sogar eine Rückverfolgung des Standorts bis auf eine Distanz von zwanzig bis fünfzig Metern möglich. Hatte der Anrufer keinen GPS-Sender, konnten die Techniker den Standort nur bestimmen, wenn sich der Entführer wieder meldete.

Während draußen die Nachmittagssonne langsam ihre Kraft verlor, klärte Ifarim Mat und Walter über die GPS-Ortung auf und sagte dann: „Wenn alles gut läuft, haben wir die Sache in vierundzwanzig Stunden hinter uns."

„Wir haben noch zweieinhalb Tage, um den Vertrag abzuschließen", warf Walter ein. „Ansonsten ..."

„Bevor die Deadline abläuft, haben wir die Entführer und Darlene Waltz gefunden." Ifarim wollte keine Nervosität aufkommen lassen. Theoretische Annahmen über mögliche Konsequenzen und andere Was-wäre-wenn-Gedanken hielt er für unnötig und kontraproduktiv. Der Anwalt kannte sich vielleicht mit Gesetzen aus und besaß eine gewisse Grundskepsis, was ihm in seinem Job gewiss behilflich war. Doch in Situationen extremer Unsicherheit war Skepsis nutzlos. Sie mussten schnell und zielgerichtet handeln.

„Erzählen Sie mir mehr über das Mädchen? Wie kam es dazu, dass Sie mit ihr in den Dschungel gereist sind?"

Mat berichtete von ihrem Treffen auf Mataking und von ihrem Besuch auf der Plantage, wo sie ihm von ihrem verschwundenen Bruder erzählt hatte. Er sprach darüber, wie Darlenes Begeisterung ihn angesteckt hatte, dass er sich in ihr selbst gesehen hatte, und er gab zum ersten Mal zu, dass er sich von ihr angezogen fühlte.

Ifarim fasste den Bericht nüchtern zusammen. „Sie waren kurz davor, für ein Mädchen, das sie kaum kennen, 127 Millionen Dollar zu bezahlen."

„Das ist korrekt", bestätigte Walter.

„So würde ich es nicht ausdrücken", sagte Mat.

„Weiß Ihre Frau davon?"

Mat schüttelte den Kopf. „Ich habe ihr erzählt, dass ich die Chance hätte, mit dem Kauf des Regenwaldes ein Dschungelvolk zu retten."

Ifarim dachte kurz nach und fragte dann: „Haben Sie Nachforschungen zu James Waltz angestellt?"

„Wir wissen, dass er einige Jahre im Dschungel lebte und zusammen mit den Luft und anderen Urwaldvölkern gegen die Holzmafia protestierte, was international für Aufsehen gesorgt hat. Danach ist er spurlos verschwunden." Bei dem Wort „Holzmafia" hatte Walter sehr genau auf die Mimik von Ifarim geachtet, der das Wort ohne Reaktion zur Kenntnis genommen hatte. Was, wenn der Alte genau das hier beabsichtigte und sie gerade dabei waren, ihm einen Gefallen zu tun? Möglicherweise war Ifarim hinter James Waltz her und wollte sie benutzen, um ihn zu finden. Dieser Gedanke lähmte Walter. Er musste unbedingt mit Mat darüber reden, musste ihm einschärfen, dass sie dem Alten gegenüber vorsichtig sein sollten. Der Mann war unberechenbar.

„Er ist also spurlos verschwunden", sagte Ifarim. „Woher wissen wir, dass Darlene wirklich seine Schwester ist?"

„Wir haben Nachforschungen über Familie Waltz angestellt. Darlene ist eindeutig seine Schwester. Ich habe Bilder und Artikel aus Zeitungen auf meinem Laptop, die das belegen."

„Holen Sie die Bilder", sagte Ifarim. Dann wandte er sich wieder seinen Technikern zu und sprach mit ihnen in einer fremden Sprache.

Walter seufzte; es fiel ihm schwer, die Anweisungen des Alten zu befolgen. Irgendetwas sagte ihm, dass Ifarim ihnen etwas verschwieg, etwas im Schilde führte, das großes Unheil anrichten würde. Er zwang sich, trotzdem von der Couch aufzustehen, und verließ das Zimmer, um seinen Laptop zu holen.

„Wen haben Sie noch auf Mataking getroffen? Mit wem haben Sie Zeit verbracht oder sich unterhalten?", fragte Ifraim Mat.

„Ein Pärchen aus Australien. Anthony und Grace. Und dann gab es noch den Tauchunfall mit diesem Investmentbanker aus London. Sein Name war John Blakely. Ich habe ihn, nun ja, gerettet, als er in fünfzig Meter Tiefe durchgedreht ist. Ich kann mir aber beim besten Willen nicht vorstellen, dass einer dieser Leute mit der Sache zu tun hat." Mat hielt kurz inne. „Ich glaube nicht, dass die Banker oder Anthony und Grace dahinterstecken. Die Banker sind froh, dass Blakely noch am Leben ist. Und Tony hat eine erfolgreiche Firma, die Verpackungsmaterialien herstellt. Dieser Mann braucht kein Geld mehr. Warum sollte er so etwas tun?"

„Haben Sie eine notariell beglaubigte Urkunde der Firma des Australiers eingesehen oder einen börsennotierten Geschäftsbericht?"

Mat verneinte.

„Bis nicht das Gegenteil bewiesen ist, sind alle, mit denen Sie auf dieser Insel Kontakt hatten, verdächtig", sagte Ifarim und sah sich im Zimmer um. „Was ist mit Walter Borchert, Ihrem Anwalt?"

„Walter?" Mat konnte nicht glauben, dass Ifarim das ernst meinte. Er lehnte sich zurück und lachte, zuerst laut, dann verhalten.

„Vielleicht hat er ein Verhältnis mit Ihrer Frau? Und jetzt will er mit ihr und Ihrem Geld durchbrennen."

„Nein. Walter und Michele, das ist ein bisschen wie Schwefel und Feuer. Michele mag ihn, aber sie würde auf gar keinen Fall mit seinem Ordnungswahn klarkommen. Walter Borchert ist ein Pedant. Sie haben ja keine Ahnung. Der Typ sortiert seine Klamotten nach Gelegenheiten."

Jetzt musste sogar Ifarim grinsen.

Mat trank einen Schluck Wasser. „Ich kenne Walter seit meiner Kindheit in Essen. Vielleicht hört sich das jetzt ein wenig naiv an, aber ich würde ihm fast mehr vertrauen als meiner Frau, ganz zu schweigen von meiner eigenen Mutter."

„Weiß er, wie viel Geld Sie genau haben?" Es war eine Vermutung, Ifarim wusste nicht, wer Mats Geld verwaltete. Er wusste nur, dass er selbst vor einigen Jahren seinem Anwalt den rechten Arm abhacken lassen musste, weil dieser versucht hatte, ihn um einige Millionen zu erleichtern.

„Ja, er weiß, wie viel ich besitze." Plötzlich war Mat sich gar nicht mehr so sicher, ob Walter nicht Teil des Spiels war. Walter wusste, dass 127 Millionen Dollar eine Forderung waren, die er, zumindest theoretisch, erfüllen konnte. Er wusste auch, dass dies ziemlich genau der Wert seines gesamten Immobilienportfolios war. Und er hatte gewusst, dass er zum Tauchen nach Mataking Island geflogen war. Aber warum sollte Walter Borchert ihn erpressen?

Walter hatte seinen Computer bereits hochgefahren, als er das Hotelzimmer betrat. Das Licht des Bildschirms schien in sein angespanntes Gesicht. „Hier sind die Artikel." Er stellte den Laptop auf den Tisch.

Auf dem Bildschirm waren die PDF-Versionen mehrerer Zeitungsartikel zu sehen. *„Diplomatensohn im Regenwald verschollen"*, *„Kampf gegen Holzmultis"*, *„Kopfgeld auf Schweizer Naturschützer ausgesetzt"*.

Ifarim schaute sich die Texte an.

„Der Name Darlene Waltz taucht nur selten auf", sagte Walter. „Ich habe zwei Artikel über ihre Abiturfeier in einer Züricher Lokalzeitung gefunden. Darlene hat als Jahrgangsbeste in Deutsch und Englisch abgeschnitten, was uns an dieser Stelle aber wohl kaum weiterbringt."

Einer der Techniker mischte sich ein. „Wir konnten eindeutig nachvollziehen, dass Darlene Waltz vor zwei Jahren mit einem Arbeitsvisum nach Borneo gekommen ist", sagte er.

„Das ist nichts Neues", erwiderte Walter. „Sie hat zwei Jahre auf Mataking gearbeitet. Was ist mit Familie Waltz? Wir könnten sie kontaktieren und fragen, ob sie vielleicht einen Anruf von ihrer Tochter erhalten haben."

„Nein", sagte Mat entschlossen, „wenn wir die Familie kontaktieren, ist es nur eine Frage der Zeit, bis sie herausfinden, dass Darlene entführt wurde. Und wenn das passiert, schalten sie mit Sicherheit die Schweizer Botschaft ein. Das ist zu riskant."

Riskant ist es, einem Mann zu vertrauen, der eine Vorliebe für Folter hat. Einem Mann, der Darlene vielleicht nur deshalb finden will, um sie als Druckmittel zu benutzen und ihren Bruder aufzustöbern. Der Alte ist Teil der Holzmafia. Er ist kein unabhängiger Berater, sondern ein Krimineller, der Hand in Hand mit korrupten Politikern und Unternehmern arbeitet. Wenn jemand am Tod von James Waltz interessiert ist, dann er. Wir dürfen ihm nicht trauen, hätte Walter am liebsten gesagt. Aber er schwieg.

Ifarim schien eine Weile über die Situation nachzudenken und sagte dann: „Ich glaube, wir kommen an dieser Stelle nicht weiter. Wir sollten nach Mataking fliegen. Vielleicht gibt es dort einen Hinweis. Wir übersehen irgendetwas, das ganz nahe liegt."

Mataking

Mat sah zuerst den Steg, der bis weit hinaus ins Meer reichte. An seinem Ende lag der Hubschrauberlandeplatz. Das weiche Licht, das diffus durch eine zarte Wolkendecke schien, deutete den Sonnenaufgang an. Es würde noch etwa eine Stunde dauern, bis die Sonne das Meer zuerst blau und dann türkis färbte.

Aus der Luft hatte Mataking die Form eines Gitarrenkörpers. Die Strandhütten, der Grillplatz und die große Hütte der Rezeption lagen am unteren, schöneren Ende, die Baracken der Arbeiter im oberen Teil, umstanden von Palmen und Büschen, sodass sie vom Strand aus für die Touristen nicht einsehbar waren.

Doch Mat hatte in diesem Moment keinen Blick für die Insel. Ihre Schönheit trat zurück angesichts eines lähmenden Gefühls der Angst, das wie eine Faust seinen Magen zusammenzog. Zum ersten Mal seit Jahren sprach er leise ein Abendgebet, das er als Kind von seiner Mutter gelernt hatte. *Vater unser im Himmel ... beschütze uns vor dem Bösen ...* Er hoffte inständig, dass seine Worte in Erfüllung gehen und diese Sache bald zu Ende sein würde.

Was, wenn Walter recht hatte und der Alte sie in eine Falle lockte? Walter hatte ihn zur Seite genommen und ihm nahegelegt, die Zusammenarbeit zu beenden. Er vermutete, dass der Alte sie benutzte, um selbst an Darlene heranzukommen, die er dann als Druckmittel nutzen würde, um James Waltz zu finden.

Walter! Dieser Zweifler. Immer hatte er Bedenken. Dabei war er es gewesen, der sich sein Geld geliehen hatte und es ihm damit schwerer machte, die Forderungen der Entführer zu erfüllen. Oder hatte Walter am Ende andere, ganz eigene Gründe, aus denen er Mat gegen den Alten aufbringen wollte?

Ja, vielleicht war es so. Vielleicht wollte Ifarim über sie an James Waltz herankommen. Vielleicht war das aber auch Unsinn. Doch sie mussten handeln, mussten versuchen, Darlene zu befreien, die jeden Moment das gleiche Schicksal wie Adang ereilen konnte. Die Angst vor diesem Szenario hatte Mat die Kraft gegeben, in diesen Helikopter zu steigen, sich neben schwerbewaffnete Soldaten zu setzen und neben einen alten Mann, dessen Absichten unklar waren.

Obwohl der Hubschrauber einen irrsinnigen Lärm machte, kam niemand aus den Hütten. Mat hatte mit einem empörten Resort-Manager gerechnet, der wutentbrannt über den Steg auf sie zu rennen und umgehend eine Erklärung verlangen würde. Doch der Steg war leer. Es schien noch zu früh am Morgen zu sein. Gäste und Angestellte befanden sich noch im Tiefschlaf.

Der Pilot schaltete den Motor ab und nahm den Rotoren den Schub.

Der Alte und seine Begleiter trugen Kampfanzüge. Gefolgt von Mat und Walter, stiegen sie aus dem Helikopter und betraten die offene Hütte der Rezeption. Die mit weißen Kissen ausstaffierten Bastsessel sahen aus wie bei Mats Ankunft. Doch die Freude, die er vor einigen Wochen verspürt hatte, als er diesen Ort betreten hatte, war verschwunden. Heute gab es keine Empfangsdame, die ihn anlächelte, die ihn glauben ließ, alles sei möglich. Heute überkam ihm nur eine tiefe Trauer, weil dies der Ort war, an dem er Darlene zum ersten Mal begegnet war. Auf den Tischen lagen Zeitungen, überall standen geschnitzte Götter und Geister der unterschiedlichsten Religionen. Bei seiner Ankunft hatte er die Schnitzereien bezaubernd gefunden, heute jagten sie ihm Angst ein.

„Suchen wir die Hütten ab", schlug Ifarim vor.

„Der Resort-Manager wohnt in der Strandhütte unterhalb des Grillplatzes", sagte Mat. „Hüttenabsuchen ist keine gute Idee."

„Wir wollen ja nicht die Gäste verschrecken, sondern Informationen erhalten. Kooperation ist Ihnen vielleicht kein Begriff, funktioniert in den meisten Fällen aber ganz gut", fügte Walter hinzu und verbuchte das als einen ersten Etappensieg gegenüber Ifarim.

*

Auf dem Nachttisch des Schweizer Resort-Managers Lucien Steiner lag eine Packung Musaril. Ein Freund aus Basel hatte ihm das Medikament zur Muskelentspannung vor zwei Tagen mitgebracht. Seit Wochen hatte er mit Rückenschmerzen zu kämpfen und konnte nachts kaum schlafen. Seit er abends eine Musaril-Tablette schluckte, schlief er wie ein Baby. Das Mittel entspannte ihn derart, dass er förmlich in den Schlaf schwebte.

Ganz entfernt nahm Steiner ein Klopfen wahr. Einen Augenblick lang kam ihm das Bild eines Embryos in den Sinn, das im Bauch der Mutter lag und nicht einmal den Hauch einer Vorstellung von der Außenwelt hatte. Erst das Splittern der Tür in den Scharnieren zerrte ihn aus dem Schlaf.

Ifarims Männer hatten angeklopft. Nachdem aber keine Antwort gekommen war, hatte einer der Männer mit einem Frontkick die Tür eingetreten. Mit gezogenen Pistolen drangen sie in den Schlafraum ein. Walter und Mat waren nicht dabei; Ifarim hatte ihnen befohlen, in der offenen Halle der Rezeption zu warten. Dort saß Mat in einem Korbsessel und sagte kein Wort, während der Anwalt versuchte, ihn weiterhin zu überzeugen, dass es richtig wäre, diese Aktion zu beenden.

„Was ist, wenn der Alte Darlene finden will, um an James Waltz heranzukommen?", wiederholte er.

Mat schüttelte nur den Kopf. Er war kreidebleich. Sein Magen schmerzte, ihm war übel und er wusste nicht mehr, was richtig und was falsch war.

„Der Alte ist unberechenbar."

„Ja", gab Mat zu, „aber er hat einen Plan."

„Er gibt vor, einen Plan zu haben. Er hat einen Hubschrauber und bewaffnete Soldaten. Was er wirklich vorhat, wissen wir nicht."

„Walter! Wir müssen versuchen, ihm zu vertrauen. Jetzt gib endlich Ruhe!" Mat vergrub sein Gesicht in den Händen.

Lucien Steiner blinzelte. Das Bild des Embryos, das entspannt im Fruchtwasser der Mutter schwamm, hatte sich aufgelöst und war verschwunden. Ruckartig setzte Steiner sich in seinem Bett auf und fragte sich, ob die Männer, die mit ihren Pistolen vor ihm standen, Teil eines weiteren abstrusen Traums waren. Als einer das Moskitonetz niederriss, war er vom Gegenteil überzeugt. Ungläubig starrte er die Eindringlinge an.

„Guten Tag, Herr Steiner", sagte Ifarim und setzte sich in aller Ruhe auf einen Stuhl, der neben dem Bett stand.

„Was wollen Sie?"

„Ihnen ein paar Fragen stellen. Keine Angst, wenn Sie kooperativ sind, sind wir gleich wieder weg." Ifarim sprach Englisch und es ärgerte ihn, dass er das Wort „kooperativ" verwendete hatte, dieses Wort, das der Anwalt ihm vor wenigen Minuten in den Mund gelegt hatte.

„Wer sind Sie?"

Der Alte ignorierte die Frage. „Kommen wir direkt zu Sache: Wir sind wegen Darlene Waltz hier."

„Darlene!" Steiner war überrascht.

„Wo ist sie?"

Steiner atmete tief durch. Er ließ die Bettdecke fallen und spürte die entspannende Nachwirkung des Musaril. Das Auftauchen der Männer war mit Sicherheit ein Missverständnis, das man schnell aus der Welt schaffen konnte. Wenn diese Leute nach Darlene fragten und ihm zu diesem Zeitpunkt noch kein Gewehr in die Rippen gepresst hatten, konnte er sicher sein, dass es keine Piraten waren.

„Darlene hat vor einigen Wochen ihre Stelle hier gekündigt", erklärte Lucien Steiner. „Wenn ich richtig informiert bin, hat sie sich auf so eine Art Dschungel-Expedition begeben. Matthias Endesfelder, ein Gast, hat sie begleitet."

„Matthias Endesfelder?" Ifarim tat so, als hätte er den Namen des Deutschen noch nie zuvor gehört.

„Er war zu Besuch. Ein Deutscher, der seit Jahren in London wohnt. Matthias Endesfelder war zum Tauchen auf Mataking, er war sehr erfahren, hatte mehrere Tauschscheine und hing immer mit Grace und Anthony rum, einem Ehepaar aus Sydney. Er schien sich mit Darlene angefreundet zu haben."

Ifarim war enttäuscht. Steiner schien die Wahrheit zu sagen. So schnell und ängstlich, wie der Manager Informationen herausrückte, hatte er weder den Schneid noch die kriminelle Energie, Darlene zu entführen und Mat Endesfelder zu erpressen. Trotzdem bohrte Ifarim weiter: „Warum die Dschungel-Expedition?"

„Nun ja, sie hat nie darüber gesprochen. Aber ich vermute, das hängt mit ihrem Bruder zusammen. Es war ja in allen Zeitungen. James Waltz. Der Junge ist fast so bekannt wie Bruno Manser. Er war ihr Bruder. James hat viele Jahre bei einem Dschungelvolk gelebt und ist dann unter ungeklärten Umständen verschwunden. Ich hatte immer das Gefühl, dass Darlene hier war, um ihn zu finden."

„Sie haben mit ihr darüber gesprochen?"

Steiner richtete sich im Bett auf, suchte nach einer bequemeren Position. „Darlene hat das Thema nie angesprochen. Also habe ich sie auch nicht gefragt. In dieser Hinsicht bin ich nun wirklich nicht aufdringlich." Dass Steiner Darlene Waltz regelmäßig zum Rapport in seine Wohnung bestellt hatte, um Details aus ihrem Liebesleben zu erfahren, verschwieg er. Er hatte sich nichts zuschulden kommen lassen, hatte sie gut behandelt, gut bezahlt. Dass sie ihm ab und an erzählte, welche Männer sie attraktiv fand, war auf freiwilliger Basis geschehen.

„Hatten Sie eine sexuelle Beziehung zu Darlene?"

Steiner schluckte. „Nein."

„Warum, glauben Sie, ist Darlene Waltz zusammen mit Matthias Endesfelder in den Dschungel gereist?"

„Soviel ich weiß, hat er ihr Geld geboten, damit er mitkommen durfte."

„Geld?" Dieses Detail war Ifarim neu. „Woher wissen Sie das?"

„Einer meiner Tauchlehrer hat es mir erzählt. Endesfelder ist zu Darlene gegangen und hat ihr 30.000 Euro angeboten, damit sie ihn mit auf die Expedition nimmt."

Ifarim dachte einen Augenblick nach. Warum hatte Endesfelder ihm das verschwiegen? Aber es war jetzt keine Zeit, solche Fragen zu klären. Er musste überlegt vorgehen, um dieses Projekt schnell und vor allem erfolgreich zu beenden. Eine Entführung war immer heikel. Würden Darlenes Entführer von der Sache hier Wind bekommen, wäre ihr Leben in Gefahr. Auch wenn er selbst die Gefährlichkeit des Besuchs auf Mataking heruntergespielt hatte, bestand die Möglichkeit, dass es auf der Insel einen Kontaktmann gab. Deshalb durften sie nichts übersehen.

„Wir müssen jetzt an Ihre Daten", sagte Ifarim und stand auf. „Geben Sie uns Einblick in Ihren Computer. Ich nehme an, dort sind die Namen aller Gäste aufgeführt. Zudem will ich die Namen aller Angestellten, die legal oder illegal hier beschäftigt sind. Und wenn Sie versuchen, etwas vor mir zu verheimlichen, bekommen Sie Probleme." Ein Begleiter des Alten trat einen Schritt vor, entsicherte seine Walter PKK und hielt dem Hotelmanager den geladenen Lauf an die Schläfe. „Haben Sie das verstanden?", fragte Ifarim.

Steiner nickte. „Mein Computer ist im Büro. Flur und dann zweite Tür rechts."

Ifarim wollte bereits vorgehen, als ihm noch eine Frage einfiel. „Hatte Darlene Waltz eine Beziehung zu jemandem auf Mataking?"

Steiner war dabei, das Bett zu verlassen. Nur in Unterhose, suchte er nach seinem Bademantel. „Sie meinen sexuell?" Er wollte keinen Fehler machen. Er zitterte, konnte sich nur schlecht konzentrieren. Wo hatte er den Bademantel? Seine Gedanken kreisten, fanden keinen Halt. Die entsicherte Pistole, das plötzliche Auftauchen dieser Leute überforderten ihn. Einen Moment spürte er wieder das Musaril. Sein

Körper entspannte sich. Eine absurde Situation. Wie aus der Ferne hörte er die ungeduldige Stimme des Alten, suchte nach Worten, merkte, wie erneut ein Gefühl von Panik in ihm aufstieg. Er durfte nichts Falsches sagen. Er wusste von Darlenes Beziehung. Es hatte ihn viel Überredungskunst und einige seiner besten Weine gekostet, bis er die Details erfahren hatte.

„Ich wiederhole mich nur äußerst ungern", sagte Benan Ifarim und ging ein Stück auf Steiner zu.

„Ja, sie hatte eine sexuelle Beziehung."

„Mit wem?"

Steiner erinnerte sich an den Abend, als sie es ihm erzählt hatte. Aber jetzt verdrängte er diese Erinnerung, solche Details waren überflüssig. Lucien Steiner kam zum Punkt.

„Sie hatte eine Affäre mit Sami. Dem Tauchlehrer."

Steiners Büro lag im seitlichen Flügel des Hauses. Durch die Glastüren sah man auf die Terrasse. Sichtbarkeit war für den Resort-Manager ein wichtiges Kriterium. Während Steiner hier am Vormittag seine Büroarbeit verrichtete, konnte er durch die Glastüren die Gäste sehen, die über die Terrasse hinunter zum Strand gingen. Für Ifarim und seine Männer war der von außen einzusehende Büroraum ein Nachteil: Sie wussten nicht, ob jemand sie beobachtete. Vielleicht war ein Gast vom Lärm des Helikopters aufgeschreckt und ihnen gefolgt. Ihnen war zwar nichts aufgefallen, aber möglich war es. Ifarim gab seinen Männern die Anweisung, die Pistolen einzustecken.

„Irgendwo hier habe ich das Gästebuch", murmelte Steiner und suchte nach dem Lederband, den er vor einigen Tagen auf seinen Schreibtisch gelegt hatte. Er räumte Zeitungen und Rechnungen zur Seite. Verdammt, wo war das Ding nur? Er hatte es doch gerade erst gegen ein neues ausgetauscht, weil das alte voll gewesen war. Steiner packte einen großen Stapel Broschüren zur Seite.

Gott sei Dank! Da lag es.

„Das Gästebuch. Vielleicht hilft Ihnen das bei Ihrer Suche. Wenn ich es richtig in Erinnerung habe, müssten auch Anthony und Grace ein paar Zeilen hinterlassen haben."

Während Ifarim in dem Buch blätterte, fuhr Steiner seinen

Computer hoch und schaute immer wieder zu den drahtig wirkenden Männern in den schwarzen Kampfanzügen hinüber. In ihren Augen lag eine emotionslose Kälte. Ohne nachzudenken, schienen sie jede Anweisung des Alten auszuführen. Roboterartig und gewissenlos. Wenn dieser Mann den Befehl erteilte, ihn zu erschießen, würden sie ihn erschießen, dachte er, als das typische Windows-Geräusch ertönte und ihn aufforderte, sein Passwort einzugeben. Er tippte das Geburtsdatum seiner Tochter ein, wartete kurz und öffnete dann den Gästeordner. Akribisch genau hatte Steiner in einer Excel-Tabelle festgehalten, wann wer wie lange hier gewesen war. Er markierte einige Spalten und drückte auf „Drucken".

„Ich drucke Ihnen gerade die Gästeliste der letzten drei Monate aus", erklärte er, „wenn Sie noch mehr Infos brauchen ..."

„Haben Sie auch eine Liste Ihrer Angestellten?"

Steiner nickte.

„Drucken Sie mir da die letzten sechs Monate aus."

Steiner tat, was ihm gesagt wurde.

Ifarim hatte das Gästebuch wieder geschlossen, darin konnte er später noch stöbern. Bevor er die Insel wieder verließ, musste er dem Resort-Manager alle wichtigen Fragen gestellt haben. In seinem Kopf ließ er das Gespräch kurz Revue passieren. Die Beziehung zu Sami. Das war ein echter Anhaltspunkt.

„Dieser Sami, der Tauchlehrer", sagte Ifarim, „der mit Darlene eine Beziehung hatte, wo ist er jetzt?"

„Ein paar Tage, nachdem Darlene die Insel verlassen hat, ist er für vier Wochen in Urlaub gefahren."

„Wohin?"

„Mindanao. Das macht er zweimal pro Jahr. Alle Angestellten dürfen alle sechs Monate vier Wochen bezahlten Heimaturlaub nehmen."

„Interessant", sagte Ifarim und holte sich die Blätter aus dem Drucker. „Seien Sie doch so nett und markieren Sie den Namen des Tauchlehrers für mich. Wie ich sehe, haben Sie ja sogar die Ausweisnummern Ihrer Angestellten."

„Alle sind offiziell gemeldet."

„Vorbildlich. Leider sind wir nicht hier, um uns erkenntlich zu zeigen. Trotzdem, danke für die Informationen, Herr Steiner. Sollten Sie jemandem von diesem Treffen erzählen, komme ich zurück und jage

Ihnen persönlich eine Kugel in Ihren Schädel." Der Alte stapelte die Ausdrucke ordentlich und verließ das Büro.

Fünfunddreißig Minuten nach der Landung auf Mataking hob der Hubschrauber wieder ab. Einige der Gäste waren aufgewacht und reckten ihre Köpfe aus den Fenstern der Strandhäuser. Ifarim war sich sicher, dass Steiner eine gute Erklärung für ihren Besuch finden würde. Steiner war ein Pragmatiker. Er hatte weder Interesse an Schwierigkeiten, noch wollte er den Frieden seines Inselparadieses gefährden.

Der Alte überflog die Liste der Angestellten und reichte sie einem seiner Männer. „Geben Sie den Namen, den der Manager gelb markiert hat, an unsere Kontaktmänner weiter. Wir müssen wissen, ob dieser Mann wirklich auf Mindanao ist. Wenn ja, dann statten wir ihm einen Besuch ab. Und wenn er nicht auf Mindanao ist, fliegen wir trotzdem hin und besorgen uns ein Druckmittel gegen ihn."

Ifarim sah Mat an. „Kennen Sie diesen Tauchlehrer?"

Mat erinnerte sich daran, wie gewissenhaft Sami die Touristen auf die Tauchgänge vorbereitet, wie geduldig er ihnen das Boylsche Gesetz erklärt hatte. Was hatte Sami mit der Entführung zu tun?

Er dachte an seine Worte: *Atmet regelmäßig ein und aus und steigt langsam auf.*

„Dieser Sami hatte eine Beziehung mit Darlene Waltz", sagte der Alte.

Dschungel

Darlene saß in einer Ecke des Baumhauses. Ihre Hände umfassten ihre Schienbeine. Unentwegt wippte sie hin und her. Draußen zersägten die Zikaden mit ihrem Lärm die Luft, Schreie drangen durch das Dickicht. Vielleicht Affen, vielleicht auch andere Kreaturen, Menschen oder Geister. Es war Darlene egal. Sie fühlte sich schwach und fiebrig. Schweiß klebte auf ihrem Rücken, haftete schon seit Tagen an ihr wie eine zweite Haut, die sie am liebsten abstreifen wollte, die aber zu ihr gehörte und Teil von ihr war, ob sie das nun wollte oder nicht. Ein eitriger Ausschlag auf ihrer Haut breitete sich immer mehr aus. Sie hatte das Gefühl, als sei dieser Ort die Endstation ihres kurzen Lebens, als müsse sie für immer hier oben in diesem Baumhaus vegetieren. Das Einzige, womit sie sich noch beruhigen konnte, war dieses langsame Hin-und-Her-Wippen, dessen Takt sie kontrollierte.

Durch die mit Moos bewachsenen Fugen beobachtete sie Sami. Ungeduldig ging er auf und ab. Das Herumtigern war ein sicheres Zeichen dafür, dass er nervös war. Genauso hatte er sich auf Mataking verhalten, als er sich ihr genähert hatte. Bei seinen abendlichen Streifzügen hatten sie Blicke ausgetauscht. Viele der asiatischen Männer auf Mataking hatten sie am Anfang so angeschaut, oftmals mit einer Mischung aus Neugier, Angst und naiver Begeisterung. Einige von ihnen hatten noch nie in ihrem Leben mit einer weißen Frau zusammengearbeitet. Und schon gar nicht mit einer weißen Frau, die in ihrer Nachbarschaft lebte.

Doch in Samis Blick hatte sie noch etwas anderes gelesen, etwas, das sie angezogen und nervös gemacht hatte. Das erste Mal, als sie ihn berührte, waren ihr seine Hände aufgefallen. Er hatte schöne Hände. Schlank und kräftig – eine interessante Mischung. Doch es hatte sie gewundert, dass seine Haut so rau war, untypisch für einen Tauchlehrer. Sie hatte sich vorgestellt, dass er früher mit diesen Händen schwer gearbeitet hatte. Erst viel später, als sie gemeinsam mit ihm nach Mindanao geflogen war, hatte sie verstanden, dass er in einer Wellblechhütte neben einem stinkenden Fluss aufgewachsen war, in dem Abfälle, tote Ratten und Fäkalien schwammen; einer Gegend, die so anders als ihr Zuhause in Zürich war, dass sie einen Kloß im Hals verspürt hatte. Immer wenn er sie mit seiner Hand berührte, hatte sie an ihren Bruder gedacht und sich gefragt, ob James im Dschungel auch so raue, lederartige Hände bekommen hatte.

Sami hatte geglaubt, die Trennung hinge mit ihrer unterschiedlichen Herkunft zusammen, was auf eine gewisse Art und Weise wohl auch stimmte; doch es war nicht nur die Rauheit seiner Hände, sondern auch das Abflachen ihrer Gefühle gewesen, warum sie die Sache beendet hatte. Darlene war einfach nicht bereit für eine Beziehung gewesen.

Sie hatte in Zürich alles stehen und liegen lassen, um hier auf Borneo nach ihrem Bruder zu suchen. Sami war der Einzige auf Mataking, mit dem sie über ihr Vorhaben gesprochen hatte. Darin, dass sie Geld brauchte, um eine Expedition zu finanzieren, hatte er eine Chance gewittert. Ohne Darlenes Geschichte zu verraten, hatte Sami versucht, Geldgeber aufzutreiben. Er erzählte den Gästen von den Luft und einem weißen König aus Europa, der seit einigen Jahren wie die Ureinwohner verschwunden sei. Er brauche Geld, um das Urvolk und ihren weißen König wiederzufinden. Bei den meisten Gästen war er auf taube Ohren gestoßen.

„*Stick to diving, boy*", hatten ihm einige Engländer gesagt. Auch die englischen Investmentbanker.

„*Might be worth a thought*", hatten einige der Ehefrauen ihm ins Ohr geflüstert, nachdem er ihre schlaffen weißen Körper geliebt hatte, während ihre Männer einen Ausflug auf das Festland machten. (Natürlich war er zu diesem Zeitpunkt schon von Darlene getrennt gewesen.)

Ein Jahr und vier Monate lang waren seine Mühen erfolglos gewesen. Dann hatte er den schwarzen Briten kennengelernt. Im Grunde genommen war der Mann weder schwarz noch Brite; Sami vermutete, dass er Malaie war. Seine Haut war jedoch sehr dunkel. Er hatte ein gestochen scharfes Oxford-Englisch gesprochen und sich geweigert, mit irgendjemandem auf Mataking Malaysisch zu reden. Seine Leibwächter, die ihm nicht von der Seite gewichen waren und ständig Pistolen trugen, hatten ihn Master genannt. Damit hatte er sich unter den Angestellten auf Mataking den Spitznamen der schwarze Brite eingehandelt.

Der Mann hatte sich nicht für die anderen Urlauber auf Mataking interessiert und sein Essen zusammen mit seinen bewaffneten Sicherheitsleuten in seiner luxuriösen Strandhütte eingenommen. Dafür, dass Sami ihm persönlich zur Verfügung stand und ihm die Tauchreviere der Gegend zeigte, hatte er einen Aufpreis bezahlt.

An einem ruhigen Nachmittag hatten sie müde vom letzten Tauchgang auf dem Boot gelegen, eisgekühlte Sushi gegessen und sich ausführlich über Siapadan unterhalten, die Insel, die der Staat vor einigen Jahren zu einem Naturschutzgebiet erklärt hatte. Der Master hatte sich wohlwollend über die Maßnahme der Regierung geäußert und die These vertreten, dass es sinnvoll sei, ähnliche Naturschutzgebiete auf Zentralborneo zu errichten. Naturschutz und Zentralborneo waren für Sami die entscheidenden Stichworte gewesen. Vorsichtig hatte er angefangen, über die Dezimierung des Regenwaldes zu reden und sich eine Weile bei der illegalen Holzrodung aufgehalten, bis er schließlich auf die Luft zu sprechen gekommen war.

„Meinst du den verschwundenen Volksstamm?" Dem schwarzen Briten waren die Luft offenbar ein Begriff.

Sami hatte genickt.

„Eine Freundin von mir sucht ihren Bruder. Er hat lange bei den Luft gelebt und ist seit einigen Jahren verschwunden. Genau wie die Luft. Ich versuche, Sponsoren aufzutreiben, damit sie ihn finden kann."

„Du kennst die Schwester von James Waltz?" Die Augen des schwarzen Briten waren plötzlich hellwach gewesen.

Sami hatte wieder genickt.

„Waltz hat es geschafft, das gesamte politische und wirtschaftliche Establishment der Insel gegen sich aufzubringen, nur weil er ein paar Ureinwohner zu einem politischen Protest gegen einen Holzkonzern bewegt hat."

„Sie haben ein Kopfgeld auf ihn ausgesetzt", hatte Sami hinzugefügt.

„400.000 Dollar."

„Werden Sie uns helfen, James Waltz zu finden?"

Der schwarze Brite hatte lange auf den Ozean geschaut. Dann hatte er gesagt: „Ich glaube nicht, dass James Waltz noch lebt. Ich bin mir sicher, dass der Alte dafür gesorgt hat. Und damit es keine Zeugen gibt, hat er die Luft gleich noch mit aus dem Weg geräumt."

„Der Alte?"

„Unwichtig. Ich sollte nicht so viel reden. Lass uns das Thema wechseln, ich bin im Urlaub." Damit war das Gespräch beendet gewesen.

Sami hatte ein fürstliches Trinkgeld, aber wieder einmal kein Geld für die Expedition bekommen. Nur eine weiße Visitenkarte, auf der eine Telefonnummer stand. Und den Hinweis, dass er den „Master" in Bezug auf die Expedition auf dem Laufenden halten solle.

Und dann war Mat gekommen, hatte den Helden markiert, indem er den Investmentbanker rettete und Darlene überzeugte, ihn mit in den Dschungel zu nehmen. Mat Endesfelder hatte 30.000 Euro geboten;

30.000 Euro, die Sami nicht hatte. 30.000 Euro, die ihn von Darlene trennten. Alles, was er noch tun konnte, war, den schwarzen Briten anzurufen.

Das war mittlerweile Wochen her.

Darlene beobachtete vom Baumhaus aus, wie Sami sein allerletztes Telefongespräch führte.

Mindanao

Als Mat zwölf Jahre alt war, hatte sein Vater ihm einen Helikopter-Flug geschenkt und war mit ihm eine halbe Stunde über Essen geflogen. Sie hatten das Reihenhaus, in dem sie wohnten, von oben gesehen, die Kohlegruben, den Rhein und die Wälder, in denen er früher mit Freunden gespielt hatte. Es war eine große Sache gewesen. Sein Vater hatte für den Rundflug – für seine Verhältnisse – viel Geld bezahlt und war stolz gewesen, seinem Sohn etwas bieten zu können.

Ifarims Hubschrauber, der über die kristallklare Celebes Sea nach Mindanao jagte, war nicht zu vergleichen mit dem winzigen Helikopter, von dem aus Mat damals seine Heimat von oben gesehen hatte. Der Militärhubschrauber erinnerte an eine dicke Hummel, während der Heli, den sie damals benutzt hatten, eher einer fragilen Eintagsfliege geähnelt hatte. Trotzdem fühlte Mat sich wie damals, als er mit zwölf die Hand seines Vaters umklammert und aufgeregt die Landschaft betrachtet hatte. Wie damals befürchtete Mat, dass etwas Unvorhersehbares passieren könnte, etwas, das sich seiner Kontrolle entzog.

Damals waren sie nach einer halben Stunde wieder auf einem Feld gelandet, waren aus dem Helikopter gestiegen und hatten in einem Restaurant eine kalte Apfelschorle getrunken. Während sich der Militärhubschrauber dem Festland von Mindanao näherte, war Mat der festen Überzeugung, dass etwas ähnlich Erfreuliches bei ihrer Ankunft eine Illusion bleiben würde. Die Waffen ihrer

Begleiter und der unbändige Wille in den Augen des Alten schnürten ihm die Kehle zu. Walter und Mat saßen schweigend und wie gelähmt nebeneinander.

Der Hubschrauber war geräumig, neben Mat, Walter und dem Alten saßen die Soldaten und Techniker, die im Hotelzimmer ihre Ortungs- und GPS-Geräte aufgebaut hatten. Während Ifarim zusammen mit den Soldaten auf einem Tablet eine Landkarte studierte, starrten die Techniker auf ihre Laptops.

Unter ihnen tauchte das Festland auf. Sie überflogen Palmen und Waldgebiete.

„Wir sind jetzt auf Mindanao auf den Philippinen“, sagte Ifarim und zeigte nach unten.

„Was machen wir hier?“

„Wir verschaffen uns Sicherheit.“

„Und das heißt genau was?“ Walter wurde ungeduldig. Er hatte es satt, von Ifarim im Ungewissen gelassen zu werden.

„Nach Angaben des Resort-Managers hat der Tauchlehrer, kurz nachdem Darlene und Mat zu ihrer Expedition aufgebrochen sind, Urlaub genommen und ist nach Mindanao gefahren. Aber Sami ist offiziell nie dort eingereist, was seltsam ist, weil er in den letzten vier Jahren jedes Jahr zur gleichen Zeit seine Familie besucht hat. Möglicherweise hat er etwas mit der Sache zu tun.“ Ifarim schaute auf sein Tablet und fuhr fort: „Wenn die Kollegen vom Zoll keinen Fehler gemacht haben, ist Sami vor eineinhalb Jahren gemeinsam mit Darlene nach Mindanao gereist.“

„Das heißt noch gar nichts“, sagte Walter trotzig.

„Richtig“, bestätigte Ifarim, während unter ihnen die Peripherie einer Stadt auftauchte, „aber um sicherzugehen, was es genau bedeutet, sind wir hier.“

Mat dachte an Sami. Er konnte sich nur schwer vorstellen, dass der zurückhaltende Mann hinter der Sache steckte. Seltsam war aber in der Tat, dass Darlene während der Expedition kein einziges Wort über Sami verloren hatte. Es hätte mehr als genug Gelegenheiten gegeben, ihm von der Affäre mit dem Tauchlehrer zu erzählen. Aber sie hatte es nicht getan.

„Wenn Sami nichts mit der Entführung von Darlene zu tun hat, werden wir das von seiner Familie erfahren“, sagte Ifarim und nickte den Soldaten zu, die ihre Ausrüstung überprüften, ihre Handfeuerwaffen checkten und sich Rucksäcke umschnallten.

Der Hubschrauber ließ sich langsam absinken. Unter ihnen erschienen Wellblechhütten. Wäscheleinen hingen über verfaulten Stegen, und je tiefer sie flogen, desto mehr vermischte sich die frische Morgenluft mit dem Geruch nach Müll und Fäkalien. Sie steuerten auf den Rand des Armenviertels zu und näherten sich einer freien Fläche. Mat erkannte zwei Militärjeeps. Ifarim redete auf Malaysisch mit den Soldaten, schien ihnen letzte Befehle zu erteilen. Dann machte sich der Pilot bereit zur Landung.

Im gleichen Moment wurde einer der Techniker nervös. Immer wieder schaute er in Richtung Ifarim. Angespannt und unentschlossen huschten seine Blicke zwischen seinem Laptop und dem Alten hin und her. Kurz bevor der Hubschrauber auf dem Boden aufsetzte, sagte der Techniker etwas. Mat und Walter verstanden kein Wort. Ifarim reagierte zuerst genervt, dann interessiert. Nach der Landung setzte er sich sofort neben den Techniker und starrte auf den Monitor des Laptops. „Ich glaube", sagte er auf Englisch zu Mat und Walter, „wir haben gerade das Satellitentelefon geortet. Zumindest empfangen wir Signale ganz in der Nähe von dort, wo man Sie, Herr Endesfelder, überwältigt hat."

Mat jagte ein Schauer über den Rücken. Unsicher, ob er sich über die Information freuen oder Angst vor den Konsequenzen haben sollte. Was, wenn die Entführer Darlene gefoltert oder entstellt hatten? Das Bild von Adangs abgetrenntem Kopf tauchte vor seinem inneren Auge auf. Er hatte das Gefühl, sich gleich übergeben zu müssen.

Walter blieb pragmatisch. „Wo genau halten sich die Entführer auf?"

Ifarim hatte den Blick weiterhin auf den Laptop gerichtet. „Vielleicht eine Flugstunde vom Batu Lawi entfernt, dem Ort, den Sie als Heiligen Berg kennen. Von hier aus sind es mit dem Hubschrauber etwa vier Flugstunden."

„Wir sollten keine Zeit verlieren", sagte Walter.

Die Soldaten, die bereits unter den noch kreisenden Rotoren standen, warteten auf Anweisungen. Ifarim nickte ihnen zu. Sie salutierten und liefen gebückt in Richtung eines Militärjeeps.

„Was zum Teufel machen Sie?" Walter verstand nicht, warum Ifarim das Manöver nicht abbrechen ließ.

„Wir dürfen nicht nervös werden“, sagte der Alte. „Wenn Sami hinter der Sache steckt, wird es uns Vorteile bringen, wenn wir seine Familie haben. Nichts ist besser als ein gutes Druckmittel.“ Er grinste. Die ganze Sache schien ihm Spaß zu machen. Er war in seinem Element.

Walter begann zu schwitzen. Druckmittel! Instinktiv verstand er, dass Ifarim hier für Mat, der diesem alten Bastard die Hand gereicht und ihn um Hilfe gebeten hatte, etwas in Gang setzte, das Darlene vielleicht helfen, aber unschuldige Menschen in Lebensgefahr bringen würde. Eine Gefahr, die sie mitzuverantworten hatten.

Ifarim nahm ungerührt ein silbernes Etui aus seiner Jackentasche und zündete sich eine Nelkenzigarette an.

Zusammen mit dem Alten warteten Mat und Walter im Hubschrauber. Benan Ifarim schaute immer wieder auf sein Tablet, der Techniker, der neben ihm saß, erklärte ihm hin und wieder etwas auf Malaysisch.

Der Pilot hatte den Motor abgestellt. Die Rotoren standen still. Schwer und bleiern hingen die länglichen Schwerter in der Luft. Im Gegensatz zu einem gewöhnlichen Helikopter wirkten die Rotoren der bulligen Militärmaschine riesig. Doch weder die Größe des Innenraums noch die offen stehenden Schiebetüren konnten verhindern, dass es glühend heiß wurde. Walter und Mat schwitzten. Ifarim war völlig ruhig, seine faltige Stirn wirkte trocken. Kein einziger Schweißtropfen war zu sehen. Walter nahm regelmäßig ein Stofftaschentuch zur Hand, mit dem er sich Stirn und Brille abtupfte. Eine ganze Weile passierte nichts. Wie Fremde in einem Warteraum verharrten sie in der Maschine, ohne auch nur ein Wort zu wechseln. Jeder war mit sich selbst beschäftigt, während die Soldaten die Familie des Tauchlehrers entführten. Walter suchte krampfhaft nach einem Argument, um diesen Einsatz zu stoppen. Doch ihm fiel nichts ein. Er konnte nur hoffen, dass dieser Irrsinn über die Bühne ging, ohne dass jemand getötet wurde. Die ganze Aktion war dermaßen aus den Fugen geraten, dass weder er noch Mat die Kraft hatten, das, was sie angeschoben hatten, abzubrechen. Ifarim wusste das und es bereitete ihm Freude.

Das Dröhnen eines weiteren Militärhubschraubers durchbrach die Stille. Mat und Walter beobachteten, wie die Maschine in unmittelbarer Nähe landete. Ifarim verzog keine Miene, offensichtlich hatte er damit gerechnet. Wenn es stimmte, was sie über ihn wussten, dachte Walter, dann verfügte der Alte in der Tat über eine Privatarmee.

Ifarim schaute auf und bot Mat und Walter von seinen Nelkenzigaretten an. Beide lehnten ab.

„Ich habe übrigens den Kopf, den Sie mir gebracht haben, untersuchen lassen", sagte der Alte. „Ein Mediziner hat mir bestätigt, dass er mit einer Wahrscheinlichkeit von neunundneunzig Prozent abgetrennt wurde, nachdem der Mann tot war."

Mat starrte Ifarim entsetzt an. „Wie können Sie sich da so sicher sein?"

„Wer auch immer den Kopf abgetrennt hat, muss das mit einer Knochensäge getan haben. An der Art der Wunden haben wir das feststellen können. Es ist äußerst schwierig, einem lebenden Menschen bei Bewusstsein den Kopf abzusägen. In der Regel wird ein Kopf durch einen festen Hieb mit einer Axt oder einem Schwert abgetrennt. Glauben Sie mir, ich weiß, wovon ich spreche. Schließlich hat mein Vater den Amerikanern geholfen, Mindanao von den Japanern zu befreien. Und die Japaner haben Schwerter verwendet. Heutzutage werden Köpfe meistens mit Motorsägen abgetrennt."

„Ersparen Sie uns bitte weitere Details", sagte Walter mit dünner Stimme.

„Da ist noch eine interessante Sache", sagte Ifarim. „Wir haben eine Blutprobe gemacht und einen sehr hohen Anteil vom Gift einer Grubenotter, einer sogenannten Pit Viper, im Blut des Mannes gefunden. Möglicherweise war das die Todesursache." Der Alte wandte sich wieder seinem Tablet zu. „Es wird also höchstwahrscheinlich ein Unfall gewesen sein."

Etwa eine Stunde war vergangen, als die Jeeps zurückkamen und die Soldaten zwei Geiseln aus dem Wagen zerrten. Beim Anblick der Säcke, die man ihnen über den Kopf gestülpt hatte, musste Mat schlucken. Auch er war mittlerweile nicht mehr sicher, ob es eine kluge Entscheidung gewesen war, Ifarim um Hilfe zu bitten. Was, wenn Sami gar nicht hinter der Sache steckte?

Erschrocken sah Walter den Alten an und sagte: „Was zum Teufel soll das?"

Ifarim gab keine Antwort. In aller Ruhe beobachtete er, wie seine Männer die Geiseln in die zweite Militärmaschine verfrachteten. Dann sagte er: „Sie gehören zur Familie von Sami. Sie sind die Lebensversicherung von Darlene Waltz."

Das Anwesen der Pedunchas

Das schräg einfallende Sonnenlicht ließ die Kakteen in einem satten, dunklen Grün schimmern. Es gab unterschiedliche Arten; in Reih und Glied aufgereiht, standen sie in der Orangerie des Familienanwesens der Pedunchas. Mohammed Peduncha höchstpersönlich hatte sie aus Südamerika einfliegen lassen. Viele stammten aus Mexiko, Argentinien und Bolivien, einige sogar aus Patagonien. Seit dem Unfall seines Bruders hatte er es sich zur Angewohnheit gemacht, die Pflanzen jeden Morgen mit einem leicht angefeuchteten Seidentuch zu reinigen. Eine Aufgabe, die ein überaus hohes Maß an Konzentration erforderte, da man sich schnell an den spitzen Dornen verletzen konnte. Mohammed hatte irgendwo gelesen, dass Kakteen besser atmen konnten, wenn man den Staub von ihren Poren wischte. Jemandem, der jeden Morgen um sechs seine Kakteensammlung reinigte, hätte man leicht eine abergläubische Tendenz unterstellen können. Paradoxerweise war das Gegenteil der Fall: Mohammed war Atheist. Spätestens als er mit vierzehn Jahren Newton entdeckt und es zum Erstaunen seines verblüfften Vaters geschafft hatte, den vollständigen Beweis der Axiome nachzurechnen, hatte er für sich beschlossen, Allah durch den Gott der Zahlen zu ersetzen. Er war immer noch davon überzeugt, dass eine logische Abfolge von Zahlen harmonischer war als die schwammige Idee eines allmächtigen Gottes. Doch Mohammed Peduncha, der die dunkle, fast schwarze Haut seiner Mutter und den scharfen Verstand seines Vaters geerbt hatte, hatte Zuflucht in einem Ritual gefunden, das man (je nach Weltanschauung) als sinnlose Sisyphusarbeit oder mystische Spinnerei bezeichnen konnte. Wenn er früh morgens hinter den großen Fenstern der Orangerie stand und über seine Kakteen wischte, kam ihm das an einigen Tagen selbst ein wenig lächerlich vor. Wenn er aber dem Zustand der inneren Leere durch das Ausüben seiner einfachen, fast schon stupiden Tätigkeit wieder einmal erstaunlich nahe kam, wusste er, dass sein Ritual sehr wohl einen Sinn hatte. Daher zwang er sich auch an diesem Morgen, seine Kakteen zu säubern.

Nach fünfundvierzig Minuten beendete er die Arbeit, trank einen Schluck Milchkaffee, den ihm ein Bediensteter auf seinen Schreibtisch gestellt hatte, und trat dann nach draußen. Vor der Orangerie duftete es nach frisch gemähtem Gras, Vögel zwitscherten und in nicht einmal zweihundert Metern Entfernung vernahm er das dumpfe Rauschen der Industrieanlage, die unentwegt Palmöl produzierte.

Es war die Idee seines Großvaters gewesen, das englische Herrenhaus zu kaufen und die Fabrik direkt neben der Villa zu errichten. Inspiriert durch die Engländer, die es sich als Kolonialherren zur Angewohnheit gemacht hatten, ihre Bediensteten als erweiterten Teil ihres Haushaltes anzusehen, war das Ziel des Großvaters gewesen, eine Firmenkultur aus familiärer Nähe und Kontrolle zu erschaffen. Fleiß und Treue wurden so gut entlohnt, dass es seit über hundert Jahren keinen Arbeiteraufstand gegeben hatte. Noch heute arbeiteten bei ihnen die Enkel der Menschen, die sein Großvater einmal eingestellt hatte. Und noch heute war es selbstverständlich, dass auch ihre Urenkel hier Arbeit bekommen würden. Mohammeds Vater hatte sogar bezahlten Urlaub eingeführt und sein Bruder eine Gewerkschaft. Sie waren ein modernes Unternehmen geworden, das mittlerweile sogar Wert auf Bildung und Kindererziehung legte. Es gab lange Listen von Bewerbern, die alles dafür gaben, Teil des Peduncha-Konzerns zu werden, Teil eines stabilen Systems, in dem es zwar strenge Regeln gab, aber keine willkürlichen Schläge.

Seine westlichen Freunde, die er beim Studium in Cambridge kennengelernt hatte, konnten nicht einmal im Ansatz nachvollziehen, welche Leistung seine Familie vollbracht hatte, in einem zutiefst korrupten Land wie Borneo solch ein stabiles und profitables Unternehmen aufzubauen. Der Großvater hatte als weitsichtiger Spiritus Rector ein System etabliert, das Arbeiter nicht wie Sklaven behandelte und Freizeit als eine menschliche Notwendigkeit betrachtete.

Ein System, von dem die Familie Peduncha und tausende von Arbeitern profitierten.

Doch seitdem der Alte mit allen Mitteln versuchte, ihre Familie zu zerstören, war das Imperium ins Wanken geraten. Der Alte würde nicht ruhen, bis er das Unternehmen ruiniert und in den Konkurs getrieben hatte. Mohammed Peduncha sah es als seine Pflicht an, das Erbe seiner Familie zu verteidigen. Würde sein Plan nicht funktionieren, müsste er zum ersten Mal in der Geschichte des Konzerns Angestellte, die seit Generationen bei ihnen arbeiteten, entlassen. So schlecht stand es um sie. Seit Monaten weigerten sich Regierungsvertreter, ihm Palmöl abzukaufen, und auch Unterhändler verweigerten ihre Dienste. Mohammed wusste, dass der Alte dahintersteckte, einer der Unterhändler hatte ihm das sogar offen gesagt und ihm nahegelegt, über eine Schließung des Konzerns nachzudenken.

„Niemand legt sich mit dem Alten an", lautete die Botschaft, die ihm überall entgegenschwappte.

Umso wichtiger, dass sein Plan funktionierte. Das Schlimmste war, dass er zu diesem Zeitpunkt nur noch warten konnte. Selbst wenn alles so lief, wie er es geplant hatte, und alle Beteiligten ihre Aufgaben erfüllten, konnte er nicht mehr aktiv in das Geschehen eingreifen. Er konnte nur hoffen, dass jeder genau das tat, was er ihm befohlen hatte.

Dschungel

Darlene hatte wieder ihre Knie umfasst und schaukelte langsam vor und zurück. Mit den Fußsohlen und dem Gewicht ihres Körpers bestimmte sie den Rhythmus. Klein und zusammengekauert wie ein Embryo saß sie auf dem Holzboden und dachte angestrengt nach. Ihre Gedanken suchten nach Lösungen, kehrten aber immer wieder zum Ausgangspunkt zurück. Vergebens.

Sie wusste es, wusste, warum alles so gekommen war. Eine schnelle Bewegung, einige wenige Handgriffe, dann war alles entschieden gewesen. Ihr Puls hatte gerast, ihre Hände waren ruhig gewesen, als sie das Satellitentelefon entwendet hatte. Es war ganz einfach gewesen: Sie hatte Mats Rucksack geöffnet, das Telefon gefunden, es herausgenommen und alles wieder verschnürt und verschlossen. Beim nächsten Toilettengang hatte sie das Telefon in einer Plastikhülle verpackt unter einem großen Stein im Dschungel vergraben. Noch bevor Mat zu ihr gekommen war und sich über den Verlust des Telefons beklagte, hatte sie zwei Dinge getan: Sie hatte per GPS-Signal die Koordinaten der Schneise gesendet und ihr eigenes Telefon zerstört. Um die Spuren der Zerstörung dramatischer erscheinen zu lassen, hatte sie ein Plastiksäckchen geöffnet (das Sami ihr vor der Expedition zugesteckt hatte) und die mitgebrachten Splitter in ihrem Rucksack verteilt. Dann war Mat zu ihr gekommen und sie hatte unter seinen Augen ihren Rucksack durchsucht und die Splitter der Solarplatte gefunden. Sie hatte sie hochgehalten und gefragt: „Wie konnte das passieren?"

Wenn sie heute daran dachte, wusste sie, dass ihre Stimme ernstlich überrascht geklungen hatte. Vielleicht war sie wirklich überrascht gewesen, dass es ihr so leicht fiel, diesen Mann zu hintergehen.

„Die Frage muss eher lauten: Wer hat das getan?", hatte Mat entgegnet.

Ein Säckchen mit Splittern. Sami hatte nichts dem Zufall überlassen, alles ganz genau geplant. Vielleicht hatte sie ihm deshalb vertraut. Vielleicht war es aber auch die Aussicht auf 400.000 Dollar gewesen, die sie erhalten sollte, sobald die ganze Angelegenheit hier vorbei sein würde. Viel Geld für eine Studentin, die ihr Studium abgebrochen und zwei Jahre lang in einem Luxusresort das Mädchen für alles gespielt hatte. Vielleicht war es eine Trotzreaktion gewesen, eine Absicherung gegen die Angst davor, ihren Bruder nie wiederzusehen. Von dem Geld konnte sie weiter nach ihm suchen, und sie könnte davon leben, zumindest eine Weile, sorglos und unabhängig. Sie wäre niemandem mehr Rechenschaft schuldig. Weder ihren Eltern noch dem Resortbesitzer. Das Geld würde sie frei machen. Das war das eine. Eine Erklärung, die sie sich selbst immer wieder versuchte schmackhaft zu machen.

Es gab aber auch andere, tiefer sitzende Beweggründe, warum sie sich auf die Sache eingelassen hatte. Vielleicht war ihr Handeln eine Art Trotzreaktion gegen alles, was man ihr angetan hatte, dagegen, dass ihr Bruder ihr die unbeschwerte Jugend geraubt hatte? Niemand in der Familie hatte verstanden, warum ihr Bruder sich abgewandt hatte und mit einem Urwaldvolk leben wollte. Unbeeindruckt von den Sorgen der Familie, die er in Zürich zurückgelassen hatte, war er aufgebrochen. Ihre Mutter wäre beinahe wahnsinnig geworden, ihr Vater hatte sich in einen Geist verwandelt, einen Scheintoten, der blass und schweigend durch das Haus schlich und jeden Morgen in Pantoffeln und Morgenmantel auf den Briefträger wartete. Das Verschwinden von James hatte alles geändert. Vielleicht war ihr Bruder selbst glücklich über seine radikale Entscheidung gewesen, stolz, ein Leben jenseits aller Konventionen geführt zu haben, jenseits von Europa, jenseits von Zürich, jenseits ihrer Familie. Für die Familie war seine Abwesenheit zu einem Albtraum geworden, von dem sich auch Darlene nie wirklich erholt hatte. Während ihre Freunde ihre Karrieren planten, Beziehungen pflegten und Familien gründeten, hatte sie auf ihren Bruder gewartet. Alles, was James ihr hinterlassen hatte, war Asthma bronchialis, eine Krankheit, die er ihr eingebrockt hatte, ein durch giftiges Chlor ausgelöstes Leiden. Ja. Leiden! Das traf zu. Er hatte ihr nichts als Leid zugefügt. Sie hatte nach ihm gesucht und nichts außer einem Dschungelvolk gefunden, das ihren Bruder irgendwann einmal gesehen hatte. Er war tot und sie am Leben.

Sie schaukelte vor und zurück. Unruhig, nervös, aufgelöst. Alles hatte sie geopfert: ihr Leben in Zürich, ihre Freunde, ihr Studium, sogar ihre Familie. Borneo hatte vor allem Verzicht bedeutet und die Unterordnung unter die Regeln eines Luxusresorts. Alles was ihr blieb, war, einem Phantom hinterherzujagen, das in erster Linie undankbar war, weil es nicht antwortete und schwieg. Sie hatte ihrem Bruder ihr Leben geopfert und nichts zu Ende gebracht, Lebensjahre und sehr viel Energie verschwendet. Bald schon würde sie ihre Zwanziger beenden und nichts, gar nichts, geleistet haben.

400.000 Dollar.

Das Angebot war verlockend gewesen. Doch nun war Adang tot und es war ihre Schuld.

Darlenes Zustand hatte sich in den letzten Tagen verschlechtert. Es war der Tod von Adang, der sie aus der Bahn geworfen hatte, Sami war sich sicher.

Es war ein Unfall gewesen. Niemand hatte gewusst, dass unter der Hütte, in die sie den Guide gesperrt hatten, eine Giftschlange lebte. Als sie ihn gefunden hatten, war er bereits tot gewesen. Sami machte sich Vorwürfe, dass er Darlene davon erzählt hatte. Seine Aufgabe wäre es gewesen, ihr den Tod von Adang zu verschweigen. Denn jetzt stellte sie plötzlich alles in Frage. Dabei war der Plan so einfach gewesen.

Als Darlene ihm offenbart hatte, dass sie gemeinsam mit Mat Endesfelder Mataking verlassen und ihre Expedition antreten würde, hatte Sami den schwarzen Briten informiert und ein Angebot erhalten, das er nicht ausschlagen konnte.

Man hatte ihm und Darlene 800.000 Dollar in Aussicht gestellt, mit einer sofortigen Anzahlung von 200.000 Dollar pro Person, auf ein Konto ihrer Wahl. Dafür musste Darlene nichts weiter tun, als ihren Auftraggebern während der Expedition die Koordinaten ihres Aufenthaltsortes zu senden. Sami sollte nach der Entführung dazustoßen, um auf Darlene aufzupassen. Niemand würde verletzt werden, das hatte ihm der schwarze Brite zugesichert. Weder Mat noch einer der muslimischen Helfer inklusive dem Dschungel-Guide, geschweige denn Darlene hätten etwas zu befürchten. Die direkte Anzahlung von 200.000 Dollar wäre eine Garantie für dieses Versprechen, hatte der schwarze Brite behauptet. Darlene gegenüber hatte Sami beim Leben seiner Familie geschworen, dass Mat Endesfelder nichts zustoßen würde.

„Ich sende ein Signal von unserem Aufenthaltsort und dann findet eine Entführung statt, die eigentlich keine Entführung ist?“, hatte Darlene skeptisch nachgefragt.

„Richtig.“

„Was für ein Interesse hat dein Auftraggeber an so einem Spektakel? Will er Geld von Endesfelder?“ Sami hatte den Plan des schwarzen Briten nicht ganz durchschaut. Er wusste nur, dass die Entführung ein Lockmittel sein sollte, eine persönliche Angelegenheit, die nicht näher erläutert werden konnte. Es gäbe eine Entführung, aber keine Entführten. Es gäbe auch eine Lösegeldforderung, die man aber nie eintreiben würde. Wichtig wären nur zwei Dinge: Mat Endesfelder durfte unter keinen Umständen von diesem Plan erfahren und Darlene musste die Koordinaten aus dem Dschungel senden. Das war alles.

„Die Entführung ist ein Lockmittel für was?“, hatte Darlene nachgebohrt, doch Sami wusste keine Antwort.

„Das klingt nach einem wirklich unseriösen Angebot“, hatte sie gesagt und vehement den Kopf geschüttelt, als sie im dämmrigen Licht vor ihrer Hütte im Lager der Bediensteten gesessen hatten.

Auf Borneo waren unbürokratische Lösungen keine Seltenheit. Aber eine Entführung vorzutäuschen, Mat vorzuspielen, er müsse Geld aufbringen, weil sie in Gefahr sei, war kein Scherz, sondern ein heikles Unterfangen, das sie unweigerlich ablehnte. Eine ganze Weile lang hegte Darlene sogar den Verdacht, dass dies ein Trick von Sami sei, um ihre Aufmerksamkeit zu gewinnen. Als er ihr einen Tag später jedoch mitteilte, sie solle ihr Bankkonto einsehen, lagen dort 200.000 Dollar. Betreff: Dschungeltour-Spende.

Das unseriöse Angebot hatte sich in 200.000 Dollar verwandelt, die auf ihrem malaysischen Bankkonto lagen, das sie für die Gehaltszahlungen des Resorts eingerichtet hatte; ein Bankkonto, von dem sie wusste, dass es Teil einer Offshore Bank war, der – im Gegensatz zur Schweiz – das Bankgeheimnis noch als heilig galt.

Darlene geriet in Versuchung.

Sami hatte den schwarzen Briten darum gebeten, die Summe als Vertrauensvorschuss zu überweisen. Als Darlene zudem noch aushandeln konnte, dass sie mindestens zwei bis drei Wochen Zeit haben wollte, nach ihrem Bruder zu suchen, und der schwarze Brite auch diese Bedingung akzeptierte, hatte Darlene zugestimmt. Wenn niemand verletzt werden würde, hatte sie nichts zu verlieren.

Nachdem Darlene mit Mat Mataking verlassen hatte, blieb Sami noch ein paar Tage auf der Insel, bis er seinen Jahresurlaub antrat und nach Sarawak reiste, wo er in einem anonymen Hotel Hendrix vorgestellt worden war. Hendrix würde die Expedition leiten, hatte der schwarze Brite ihm gesagt. Er habe uneingeschränkt Vertrauen in Hendrix und wolle, dass man im Dschungel allen seinen Befehlen bedingungslos folge. Niemand, der Teil der Expedition sei, würde zu Schaden kommen. Dafür würde Hendrix sorgen. Alles würde glatt laufen, Sami solle sich nur um Darlene kümmern, das sei seine einzige Aufgabe. Einen Moment lang war Sami bei diesem Treffen der Gedanke gekommen, dass es vielleicht Verletzte geben würde, Verletzte unter Menschen, die nicht Teil der Expedition waren. Aber die 200.000 Dollar, die bereits auf seinem Bankkonto lagen, hatten ihn keine weiteren Fragen stellen lassen.

Jetzt waren es nur noch Tage, vielleicht sogar nur noch Stunden, dann wäre hier endlich alles vorbei. Sami musste Darlene nur an einen sicheren Ort bringen, fernab vom Lager, und seine größte Sorge war, dass er Darlene vielleicht nicht überreden konnte, von hier zu verschwinden. Wenn sie nicht freiwillig ging, würde Hendrix, die rechte Hand des schwarzen Briten, sie zwingen. Und das konnte übel werden. Sami hatte gesehen, wie Hendrix, der Malaie, einen protestierenden Helfer halb tot geprügelt hatte, weil dieser sich darüber beschwert hatte, dass die Fußfesseln ihn beim Gebet stören würden. Und er hatte gesehen, wie Hendrix Adang mit einer Säge den Kopf abgetrennt hatte. Was dieser Mann tun würde, wenn Darlene sich weigerte, das Lager zu verlassen, wollte Sami sich lieber nicht vorstellen.

Er kniete vor Darlene und versuchte ihr klarzumachen, dass sie das Baumhaus verlassen müssten. Sie reagierte nicht. Den Kopf in den Armen vergraben, saß sie auf dem Boden und gab sich ihren Wahnvorstellungen hin.

„Darlene! Wir müssen los."

Sie schien ihn nicht wahrzunehmen. Entweder sie stellte sich stur oder sie stand wirklich unter Schock. Bisher hatte alles perfekt funktioniert. Sie hatte das GPS-Signal mit der Standortbestimmung gesendet und ihnen verraten, dass Endesfelder den Penan versprochen hatte, einen Dschungel zu kaufen. Der Rest war wie im Zeitraffer verlaufen: die Entführung, das Fortbringen der Geiseln. Sie waren kurz davor, die Sache zu beenden, und jetzt schien sie nicht mehr mitzuspielen, saß schweigend auf dem Holzboden und tat, als würde sie nichts verstehen.

Sami hatte keine Ahnung, warum der schwarze Brite wollte, dass er und Darlene aus dem Lager verschwanden. Aber es war ein Befehl und er musste gehorchen. Es gab viele Dinge, die er von Anfang an nicht verstanden hatte. Dass Matthias Endesfelder zum Beispiel jetzt plötzlich für mehr als hundert Millionen Dollar irgendeinen Dschungel kaufen sollte, war ihm äußerst seltsam vorgekommen. Aber die Aussicht auf das Geld hatte ihn schweigen lassen. Er war in einem Slum aufgewachsen und arbeitete seit Jahren in einem Resort, wo Millionäre Urlaub machten. Die Aussicht auf 400.000 Dollar war ein Traum, ein Ausweg, eine Chance.

Das durfte auf keinen Fall schiefgehen.

„Du bist Teil dieser Sache“, sagte Sami zu Darlene und berührte sie am Oberarm, versuchte, ihren Bewegungsdrang zu stoppen. „Hörst du? Lass uns das jetzt zusammen beenden. Hast du gehört? *Zusammen.*“

Samis raue Hand hatte Darlenes Oberarm fest umschlossen. Er schob sie durch das Unterholz. Es schmerzte sie, doch sie sagte nichts und gehorchte. Der Befehl lautete nun mal, das Camp zu verlassen.

Während Sami dafür sorgte, dass sie tiefer in den Dschungel eindrangen, dachte Darlene an ihre erste Begegnung mit Mat. Wie ein Schuljunge hatte er auf Mataking plötzlich vor ihr gestanden und auf das Namensschild über ihrem Busen gestarrt. Sprachlos und aufgeregt war er gewesen. Überfordert von der Schönheit der Insel und vermutlich auch ein wenig von ihrem Lächeln. Dass er sie wenig später davon überzeugte, dass er gemeinsam mit ihr in den Dschungel reisen müsse, hatte sie überrascht. Seine überschwängliche Begeisterung hatte ihr geschmeichelt. Diese von Neugier getriebene Hingabe war reizend gewesen, aber eben nicht überzeugend genug, um das Angebot von Sami abzulehnen.

400.000 Dollar – für das Senden von GPS-Koordinaten.

Darlene war fest davon überzeugt, dass Mats Begeisterung für die Expedition echt gewesen war. Und auch die sexuelle Spannung in jener Nacht im Dorf der Penan war echt gewesen. Ein Schaudern ging durch ihren Körper, wenn sie daran dachte. Ja, es war eine glückliche Erinnerung, aber sie verblasste, wenn sie sich bewusst machte, dass sie ihn verraten hatte.

Samis Hand steuerte ihren Körper und führte sie zwischen riesigen Bäumen hindurch, während sie in Gedanken nach einer Erklärung suchte. Wieso hatte sie das getan? Was war aus dem achtzehnjährigen Mädchen geworden, das am Fenster ihres Elternhauses stand und beobachtete, wie das Laub der Blätter durch die Luft wehte und irgendwann auf der Oberfläche des Zürichsees landete? James hatte sie verlassen. Einfach so. Von einem Tag auf den anderen. Ein Riss war entstanden, der seit seinem Verschwinden noch größer geworden war. Ein Riss, der dafür gesorgt hatte, dass sie in einem falschen Leben gelandet war, ein Leben vergiftet vom Geist ihres Bruders.

Alles, was zwischen ihr und Mat existiert hatte, würde unbedeutend sein, wenn er die Wahrheit herausfand. Alles würde sich ändern, wenn er wusste, dass sie das GPS-Signal ausgelöst hatte. Echte Gefühle würden erlöschen und rückblickend als Betrug erscheinen.

Sie hatte nichts mehr mit dem achtzehnjährigen Mädchen gemeinsam, das auf den Zürichsee gestarrt hatte, das sich um das Wohl des Vaters sorgte, der jeden Tag im Morgenmantel auf den Briefträger wartete, um seinem verlorenen Sohn ein kleines Stück näher zu sein. Sie verdiente es, gepeinigt zu werden. Der Schmerz in ihrem Oberarm war eine Erleichterung. Sie war schuldig und der Schmerz reinigte sie.

Die Ankunft im Dschungel

Zuerst war da ein Surren gewesen, ein leises, entferntes Geräusch, ähnlich einem drohenden Unwetter, das sich irgendwo in der Ferne zusammenbraute. Jetzt wurden die Rotoren lauter, pulsierender. Man hatte sie gefunden.

Sami und Darlene hatten sich unter einer Baumwurzel versteckt. Wie zwei Insekten saßen sie unter dem Jahrtausende alten Baum. Sein massiver Stamm ragte fast hundert Meter in die Höhe. Angesichts des Alters dieses Baumes erschien ihr Schicksal unbedeutend.

Wie Hendrix es ihm aufgetragen hatte, hatte Sami das Satellitentelefon in die Baracke gelegt und war dann mit Darlene losgezogen. Er redete sich ein, dass er alles richtig gemacht hatte. Im schlimmsten Fall mussten sie eben eine Weile im Dschungel bleiben. Die Konserven, die er bei sich hatte, würden für eine Woche reichen. Wasser gab es genug. Hendrix und die anderen Soldaten hatten ihm gezeigt, wie man eine Liane zerschneiden und anschließend aus ihr trinken konnte.

Trotzdem ... Er betete und schwitzte, hoffte, dass Hendrix bald auftauchen würde. Nervös umklammerte er Darlenes Körper. Ihre Nähe zu spüren, half ihm zu glauben, dass es nur noch eine Frage der Zeit war, bis sie diesen Dschungel wieder verlassen würden.

*

Hendrix saß in einem Baum, vierzig Meter über dem Boden. In seinem Gesicht glänzte dunkelgrüne Tarnfarbe. Schweiß hatte die Farbe leicht verwischt. Wie ein Urwaldforscher hatte er sich hier oben zwischen Ästen und Blättern ein Lager eingerichtet, in dem er auf seine Beute wartete. Aber er wartete nicht auf Tiere, sondern auf die Ankunft von Benan Ifarim.

Die Rotoren wurden lauter. Im Geist spielte er noch einmal durch, ob er alle Sprengsätze richtig angebracht hatte. Sobald Ifarim die Baracke betrat, würde er den Zünder betätigen. Und wenn der Alte die Baracke nicht betreten würde, hatten er und seine Leute von hier oben eine hervorragende Sicht. Das Camp war eine tödliche Falle, die zuschnappen würde, sobald der Alte einen Fuß in diesen Dschungel setzte. Hendrix war sicher, dass Ifraim persönlich auftauchen würde. Auch wenn er nicht mehr der Jüngste war, würde er seine Beute inspizieren wollen. Ifarim würde es sich nicht nehmen lassen, den Mann zu sehen, der versucht hatte, ihm sein Territorium streitig zu machen. Entführungen waren Teil seines Geschäfts. Teil seines Imperiums, das er aufgebaut hatte, Teil seines Stolzes, den er im Übermaß besaß. Er würde kommen.

Hendrix überprüfte den Zünder, fixierte das Fernrohr seines Gewehrs und schaute zu seinen Männern in den Baumkronen ringsum. Jeder von ihnen war bereit, tödliche Schüsse abzufeuern. Und wenn seine Männer nicht trafen, dann würde er die Sache zu Ende bringen. Seine Schüsse trafen immer, das war sicher wie das Amen in der Kirche. Und auch der Grund, warum sein Auftraggeber ihm die Mission anvertraut hatte. Deshalb nannten sie ihn ja Hendrix, weil er sein Gewehr kontrollierte wie Jimi die elektrische Gitarre.

*

Ifarim höchstpersönlich bereitete den Angriff vor. Auf seinem Tablet hatte er während des Flugs von Mindanao zurück nach Borneo den Aufenthaltsort der Entführer anhand von Satellitenfotos studiert. Der Ort war sogar aus der Luft auszumachen, was dafür sprach, dass die Entführer echte Amateure waren. Auf den hochaufgelösten Fotos konnte Ifarim Baracken erkennen. In einer Linie standen etwa fünf direkt nebeneinander. Vermutlich handelte es sich um ein ehemaliges Holzfällercamp.

Sein Plan bestand darin, von zwei Seiten anzugreifen. Die Hubschrauber würden auf einer freien Fläche nahe dem Camp landen und er würde zwei Teams getrennt voneinander losschicken. Einige Männer würden sich von Norden den Baracken nähern, die anderen von Süden. Oberste Devise war ein schnelles und zügiges Vorankommen. Die Rotoren der Helikopter würden sie ankündigen, was ein langsames Anschleichen überflüssig machte.

Der Alte konnte es kaum glauben, dass die Entführer ein so leicht einsehbares Gebiet gewählt hatten. Auch wenn er in der Regel vorsichtig war, hielt Ifarim den bevorstehenden Angriff – auch wenn er das niemals gesagt hätte – für ein Kinderspiel.

„Was haben Sie vor?" Walter brüllte gegen den Lärm der Rotoren an.

„Darlene Waltz zurückholen." Ifarim grinste.

„Was ist mit der Familie des Tauchlehrers?"

„Das hängt ganz davon ab, wie kooperativ die Entführer sind", sagte Ifarim gelassen. Dann murmelte er einige Befehle in sein Headset.

Mat hatte ein mulmiges Gefühl. Der Gedanke, dass sie gleich Darlenes Entführer begegneten, bereitete ihm Magenschmerzen. Und dass er die Geiselnahme von Samis Familie zu verantworten hatte, machte alles noch schlimmer. Am liebsten hätte er die Aktion beendet, doch das war jetzt, kurz vor dem Ziel, sinnlos. Da unten wartete Darlene. Sie brauchte Hilfe. Sie brauchte ihn.

Der Hubschrauber setzte zur Landung an. Die Soldaten sprangen hinaus. Die Gewehre im Anschlag, spähten Ifarims Männer zwischen den vom Wind platt gedrückten Sträuchern und Bäumen nach feindlichen Regungen.

Ifarim gab Mat und Walter zwei Helme.

„Sie halten sich im Hintergrund. Verstanden?" Ohne auf eine Reaktion zu warten, stieg der Alte aus dem Helikopter, lief unter den Rotoren durch und verschwand im mannshohen Gebüsch. Für sein Alter bewegte er sich unglaublich schnell.

Ein Soldat wandte sich an Mat und Walter. „*You! Follow me!*"

Sie stiegen aus. Doch anstatt den anderen ins Dickicht zu folgen, mussten sie sich flach auf den Boden legen. Wie zwei Zivilisten, die zum ersten Mal eine militärische Übung mitmachten, lagen sie im Gras und beobachteten, wie die Rotoren des Helis langsamer wurden und schließlich zum Stillstand kamen.

Der Soldat kniete neben ihnen. Wie ein Beschützer behielt er die beiden im Auge. Er zeigte auf sein Sturmgewehr, ein G36 des deutschen Waffenbauers Heckler & Koch, und sagte: „*German weapon is a good weapon to protect my German friends.*“ Ein breites Grinsen, ein kurzer Augenblick der Heiterkeit. Dann wurde seine Miene wieder ernst und er forderte Mat und Walter auf, in Richtung Dschungel zu laufen.

*

Der Alte und seine Männer näherten sich dem Camp. Zügig liefen sie über den schlammigen Boden. Aufmerksam und ruhig sahen sie sich immer wieder um. Hinter jedem Baum, jedem Busch konnte sich ein potenzieller Feind verbergen. Sie mussten schnell vorankommen. Die Entführer mussten den Lärm der Helikopter gehört haben. Trotzdem wollte Ifarim den Vorteil der Überraschung ausnutzen und das Camp überrumpeln. Je sechs sich von zwei Seiten nähernde Soldaten in voller Montur und mit halbautomatischen Sturmgewehren im Anschlag würden abschreckend genug wirken. Den Entführern blieb nur eine Möglichkeit: die Flucht in den Dschungel. Dabei würde es darauf ankommen, wie schnell sie ihre Geiseln vorantreiben konnten. Die Chance, dass sie entkommen würden, war gering. Trotzdem mussten sie vorsichtig sein. Jeden Augenblick konnte auf sie geschossen werden. Ifarims Pulsschlag erhöhte sich. Doch nichts passierte, kein Geräusch, kein Schuss, keine Gegenwehr. Bis auf das Geschrei der Affen und das monotone Zirpen der Zikaden hörten sie nichts.

*

Hendrix beobachtete Ifarim und seine Männer durch sein Fernglas. Zwischen den Blättern und Ästen waren ihre mit Tarnfarbe bedeckten Helme nur schwer zu sehen. Sie waren jetzt unmittelbar neben dem Camp. In seiner rechten Hand hielt Hendrix den Zünder. Wenn

Ifarim die Baracken betrat, musste er nur noch den Auslöser betätigen. Und bum!

Bisher hatte alles nach Plan funktioniert. Die Idee des schwarzen Briten war heikel gewesen, an mehreren Punkten hätte das Szenario scheitern können. Dass alles so reibungslos lief, hätte Hendrix nicht gedacht. Sami und Darlene hatten funktioniert. Der Tod des Dschungel-Guides war ein Unfall gewesen, ein unwichtiger Nebenschauplatz. Er hatte schon fast wieder vergessen, dass er der Leiche den Kopf abgetrennt hatte.

Gleich war es so weit. Er ging noch einmal durch, ob er die Sprengsätze auch wirklich richtig positioniert hatte. Der Alte und seine Männer waren schneller angerückt, als sie erwartet hatten. Die Geschwindigkeit war beeindruckend, nur wenige Stunden, nachdem sie das GPS-Signal gesendet hatte, waren sie hier. Doch seine eigene Effizienz hatte Ifarim in eine Falle gelockt, die, mit etwas Glück, gleich zuschnappen würde. Nur noch wenige Schritte, dann würde eine gewaltige Druckwelle Benan Ifarim und seine Schergen in Stücke reißen.

*

Mat und Walter stiegen über querliegende Äste und folgten dem Soldaten. Walter war froh, dass sie langsam gingen. Er versuchte, den Gedanken zu verdrängen, dass jeden Augenblick etwas Unvorhersehbares passieren konnte. Die fremde Vegetation, der Geruch nach Fäulnis sowie die Nähe der Entführer wären jeweils für sich genommen schon Faktoren gewesen, die Walter nervös gemacht hätten. In ihrer Gesamtheit waren sie unerträglich.

Mat dagegen wurde ruhiger. Der Dschungel schien ihm gutzutun. Zirpende Zikaden, rauschende Blätter und sich über den Boden windende Wurzeln, all das erinnerte ihn an die Expedition und an Darlene. Er bildete sich ein, ihre Nähe zu spüren. Er atmete tief durch. Irgendwie schien alles mit diesem übermächtigen Organismus verwoben zu sein, seine Schritte, seine Gedanken, sein Leben.

Dass der Soldat sie nicht zum Camp, sondern tiefer in den Dschungel führte, merkten weder er noch Walter.

*

Darlene saß dicht neben Sami. Mit einer Hand klammerte sie sich an ihn, mit der anderen umfasste sie eine mit Moos bewachsene Wurzel. Seit Stunden hockten sie nun schon unter dem Baum, drückten ihre Körper in die Aushöhlung der Wurzeln und versuchten, sich vor der Welt zu verstecken. Sami zählte auf Malaysisch bis tausend. Das beruhigte ihn, gab ihm das Gefühl von Kontrolle. Darlene kämpfte mit einer heftigen Übelkeit. Ihr Magen rebellierte, presste sich gegen ihre Bauchdecke. Immer wieder hatte sie das Gefühl, sich übergeben zu müssen, bis sie dem Druck nicht mehr standhalten konnte. Sie beugte sich vor und erbrach. Sie schnappte nach Luft, stieß einen leisen Schrei aus und erleichterte sich erneut.

*

„Was ist los?", fragte Walter. „Warum bleiben wir stehen?"

Der Soldat hielt inne und presste den Zeigefinger auf die Lippen.

Walter sagte keinen Ton.

Der Soldat fasste die Maschinenpistole fester. Irgendwo in der Nähe hatte er ein Geräusch gehört.

*

Die Ruhe im Camp beunruhigte Ifarim. Kein Ton war zu hören, nur die vertrauten Geräusche des Waldes. Durch die dichten Farne beobachteten er und seine Männer die Baracken. Nichts. Keine Wachposten. Keine Bewegung. Nicht einmal ein streunender Hund.

Irgendetwas stimmte nicht.

Entweder sie würden gleich in einen Hinterhalt geraten oder die Entführer hatten rechtzeitig den Rückzug angetreten.

Das GPS-Signal des Satellitentelefons, das sie geortet hatten, war jedenfalls in ihrer Nähe. Das Leuchten auf dem Empfänger war deutlich zu erkennen. Es sah ganz danach aus, als würde das Telefon in einer der Baracken liegen, die direkt vor ihnen auf einer Freifläche standen, die (und das war ein Nachteil) vom Saum des Dschungels sehr gut einsehbar war. Würden sie die Baracken stürmen, wären sie eine leichte Zielscheibe für Heckenschützen. Allerdings konnten sie auch nicht ewig hier im Gebüsch warten.

Ifarim entschied sich für Blendgranaten. Auf seinen Befehl hin wurden die Granaten in Richtung Camp geworfen. Dunkler Nebel stieg auf. Als der Nebel dichter wurde, gab der Alte den Befehl, die Baracken zu stürmen.

*

Hendrix beobachtete aus der Vogelperspektive, wie der Rauch aufstieg. Der Einsatz von Blendgranaten war nicht ideal für ihn, so konnte er nicht sehen, wann Ifarim und seine Männer in den Baracken waren. Allerdings hatte der Nebel auch einen Vorteil: Die anderen konnten ihn nicht sehen. Er konzentrierte sich auf seinen GPS-Tracker. Wenn jemand das Satellitentelefon nur wenige Zentimeter bewegte, würde er den Zünder betätigen und das Camp in die Luft jagen.

*

Sie stürmten die Baracken. Jeden Winkel leuchteten sie aus, inspizierten jeden Stuhl, jedes Brett. Doch sie fanden niemanden. Alle schienen rechtzeitig geflohen zu sein.

Auf dem Boden lagen Essensreste. Es roch streng nach Fäkalien und Urin. Jemand musste die Entführer gewarnt haben. Oder, der Alte dachte kurz nach, sie hatten ihnen absichtlich ihren Standort gesendet. Ifarim bückte sich, hob eine leere Plastikflasche auf, hielt sie ins Licht. Wieso waren die Entführer so schnell verschwunden? Hatten sie die Hubschrauber gehört? Von der Landung bis zum Stürmen der Baracken waren keine zehn Minuten vergangen. Weit konnten sie nicht gekommen sein.

„Da ist es", sagte jemand neben ihm.

Ifarim drehte sich um. Das Satellitentelefon.

In diesem Moment lief es ihm eiskalt den Rücken hinunter. Sein Magen zog sich zusammen, er ließ die Plastikflasche fallen.

„Raus hier! Alle sofort raus hier!", brüllte er.

*

Das Röcheln wurde leiser. Sie hörten jetzt ein hastiges Atmen. Walter beobachtete, wie der Soldat seinen Finger auf den Abzug legte. Heckler & Koch. G36. Das Ordonanzgewehr der Bundeswehr. Walter hätte es nie für möglich gehalten, dieser Waffe je so nahe zu kommen. Der Soldat bewegte sich zielstrebig und sicher über den schlammigen Boden. Mat und Walter versuchten, ihm zu folgen.

Walter war nervös und erschöpft. Er war für so eine Situation nicht gemacht. Er taumelte und machte einen unbedachten Schritt. Mit einem lauten Knacken zerbrach ein Ast. Der Soldat drehte sich um, riss die Augen auf, wirkte verärgert. Und wieder war das Röcheln zu hören.

*

Hendrix hielt den Zünder in der Hand. Vor ihm lag der GPS-Tracker. Die ganze Zeit hatte er den Punkt fixiert, darauf gewartet, dass er sich bewegte. Jetzt war es so weit.

Um ihn herum der Rauch der Blendgranaten. Er hatte keine Sicht nach unten und wusste nicht, wo der Alte war. Aber der Punkt auf dem GPS bewegte sich.

Hendrix hielt den Atem an. Eine leichte Nervosität ergriff von ihm Besitz. Am liebsten hätte er alles noch einmal kontrolliert. Doch dazu war es zu spät. Er musste handeln.

Dann blieb der Punkt wieder stehen.

Er wartete fünf lange Sekunden und betätigte den Zünder.

*

Das Röcheln war immer noch zu hören. In der Ferne ertönte das Geschrei der Affen. Der Soldat legte sein Maschinengewehr dicht an seinen Körper. Gefolgt von Mat und Walter, umrundete er einen Baum. Sie steuerten auf das Röcheln zu. Auf den schweren Wurzeln dicht über dem feuchten, rutschigen Boden krochen Käfer und Ameisen. Ein strenger Geruch von Morast und verfaultem Laub stieg auf, vermischte sich mit ihrem Schweiß und der unerträglich heißen Luft.

Mat konzentrierte sich auf den Boden, versuchte, das Gleichgewicht zu halten. Immer wieder streifte sein Blick über die Wurzeln. Plötzlich wurde der Soldat vor ihnen schneller und lief auf etwas zu.

*

Absolute Stille. Hendrix hatte das Gefühl, dass die Geräusche des Dschungels für einen Moment verstummt waren. Er hörte nur noch das Klicken des Zünders. Klick, klick. Immer heftiger drückte er darauf, zuerst gefasst, dann ungeduldig.

Nichts passierte.

Keine Sprengung.

Keine Druckwelle.

Kein Geräusch.

Der Nebel der Blendgranaten lichtete sich. Die Sicht klarte langsam auf. Er wurde nervös, schluckte, fluchte. Der Zünder funktionierte nicht.

*

Ifarim stand der Schweiß im Gesicht. In seinem Rachen schmeckte er sein eigenes Blut. Geschützt von den Blättern der Mangroven, blickte er zurück zu den Baracken. Er rechnete damit, dass die Holzhütten jeden Moment explodieren würden. Doch nichts passierte.

Hatte er falschen Alarm gegeben? Hatte seine Intuition ihn getäuscht? Hatten die Entführer vielleicht wirklich das Weite gesucht und das Satellitentelefon in der Eile einfach liegen gelassen?

Es schien keinen Bewegungsmelder zu geben. Er blieb skeptisch. Sie durften jetzt keine unnötigen Risiken eingehen. Er befahl seinen Männern, nach den Entführern zu suchen und das Camp weitläufig zu umgehen.

*

Mat trat einen Schritt zurück. Er konnte nur schwer einschätzen, ob das, was er sah, real war.

Zusammengekauert saßen Darlene und Sami unter den Wurzeln des riesigen Baums. Ungläubig schauten sie in den Gewehrlauf der Heckler & Koch.

„*Hands up!*“, schrie der Soldat.

Darlene war kreidebleich. Speichelfäden hingen an ihrem Kinn.

Dünne, rote Äderchen im Weiß ihrer Augen. Sami hob die Arme. Er sagte kein Wort. In seiner Miene lag Entsetzen.

Der Soldat brüllte ihn auf Malaysisch an. Samis Gesicht verzerrte sich. Immer wieder schüttelte er den Kopf.

Darlene beugte sich ein Stück nach vorn. Einen Moment lang hielt sie ihre Hände auf den Magen, als wolle sie etwas zurückhalten. Dann erbrach sie sich erneut. Wieder das Röcheln. Sie sah Mat ins Gesicht und ihr wurde bewusst, dass sie diesem Mann Unrecht angetan hatte. Mühsam stand sie auf, schwankte. Sie ging auf Mat zu und blieb vor ihm stehen. „Ich habe dein Satellitentelefon zerstört."

Mat verstand kein Wort. Er hatte das Bedürfnis, sie in den Arm zu nehmen. Doch irgendetwas hielt ihn davon ab. „Welches Satellitentelefon?", fragte er ahnend. „Ich ..." Er suchte nach Worten.

„Es tut mir leid", sagte Darlene

„Aber ..." Mats Gedanken rasten. Was Darlene ihm gerade gesagt hatte, konnte unmöglich stimmen.

„Du steckst hinter der ganzen Sache?", sagte Walter.

Darlene nickte.

Mat trat einen Schritt zurück.

„Herr Endesfelder!" Das war Sami. „Es ist nicht so, wie Sie denken. Ich habe Darlene in diese Sache reingezogen, habe ihr das Satellitentelefon besorgt und ihr gesagt, dass sie uns verraten soll, wo sie sich aufhalten. Darlene hat nur getan, was ich ihr gesagt habe. Sie wollte nicht ..."

„Wer ist dieser Kerl?" Walter war verwirrt.

„Das ist Sami, mein Tauchlehrer", sagte Mat.

Walter trat auf ihn zu. Der Soldat hielt die Heckler & Koch weiter auf Sami gerichtet. „Du willst uns erzählen, dass du all das hier organisiert hast? Du? Hubschrauber, GPS-Tracker und einen ausgefüllten Antrag für den Kauf eines Dschungels beim Präfekten von Kuching?"

„Adang ist tot", sagte Darlene plötzlich und ließ sich auf den feuchten Dschungelboden sinken.

Mat verließen die Kräfte, er hätte sich am liebsten neben sie gesetzt. Doch er kämpfte gegen diesen Drang an.

Walter wandte sich erneut an Sami. „Wer steckt hinter dieser Sache?"

Sami schüttelte den Kopf.

„*Shoot!*", befahl Walter dem Soldaten. „*Shoot him!*"

Sami zitterte. Mat sah Walter entgeistert an. Der Soldat zielte weiter auf den Tauchlehrer.

„Wer steckt hinter der Sache?"

„Der schwarze Brite."

„Wer zum Teufel ist das?", brüllte Walter.

Wenn Sami den Namen seines Auftraggebers preisgab, würde Hendrix ihn töten. Aber vor ihm stand ein Soldat und drückte ihm das Gewehr an die Schläfe.

„Ob der Mann auch einen Namen hat, will ich wissen!" Walter war puterrot im Gesicht. „Wer ist der schwarze Brite?"

Der Lauf des Gewehrs drückte gegen seine Schläfe. Sami merkte, wie eine warme Flüssigkeit an seinem Bein herablief. Gedemütigt beschloss er, sich zu ergeben. „Mohammed Peduncha. Er ist der schwarze Brite."

Mat dachte an das Anwesen der Pedunchas, an den gefliesten Boden der Orangerie. Er dachte an die Kakteen. Ordentlich aufgereiht, standen sie hinter dem Schreibtisch aus Mahagoni, an dem der junge Mann saß. Mohammed Peduncha, CEO von Green Prime Borneo Inc. Mat dachte an sein weißes Hemd, seine dunkle Haut, die braunen Augen, die streitlustig gewirkt hatten, und seinen Oxford-Akzent.

„Mohammed Peduncha?", fragte Walter. „Der CEO von GPB? Aus welchem Grund sollte er das tun?"

Der Soldat erhöhte den Druck auf Samis Schläfe. Intuitiv verstand Sami, dass er reden musste. „Geld! Er wollte bestimmt das Geld! Millionen. Viele Millionen."

Sami wusste nicht, warum Mohammed Peduncha, der Bruder des entstellten Mihdi, all das hier initiiert hatte. Er war nur ein Handlanger, der keine Fragen stellte.

„Der schwarze Brite hat es mir gesagt."

Plötzlich knackten Äste. Stimmen waren zu hören. Walter drehte sich um. Es waren Ifarim und seine Männer. Der Alte redete sofort auf Malaysisch mit dem Soldaten, der Sami bedrohte, und sagte dann auf Englisch: „Bringt die Deutschen und das Mädchen in Sicherheit."

„*Go! Go!*", trieb einer von Ifarims Männern sie an.

Ein dumpfer Schlag war zu hören. Ifarim hatte Sami den Gewehrkolben ins Gesicht gerammt.

*

Hendrix hatte gewartet, bis der Alte und seine Männer im Dschungel verschwunden waren. Dann hatte er den Spiegel aus der Innentasche seines Kampfanzuges genommen und seinen Männern ein Lichtzeichen gegeben. Das Signal bedeutete Plan B.

Hendrix seilte sich ab, ärgerte sich darüber, dass dieser (vermeintlich einfache) Teil des Plans nicht funktioniert hatte. Verdammt! Langsam ließ er das Seil durch die Bremse laufen und stieß sich mit beiden Füßen vom Stamm des Baumes ab. Hin und wieder rastete die Bremse ein und er verharrte kurz. Er musste sichergehen, dass ihn niemand beobachtete. Würde ihn jemand vom Boden aus sehen, wäre er ein leichtes Ziel.

*

Samis Lippe war aufgeplatzt. Blut lief über sein Kinn. Wie ein Schwamm sog sein graues T-Shirt die rote Flüssigkeit auf. Ehrfürchtig sah er den alten Mann an. Seine Lippe war taub. Schmerzen hämmerten in seinem Kopf. Drei Soldaten standen um ihn herum, während er im Schlamm kniete. Eine Art Erschießungskommando. Alle drei hatten den Lauf ihrer halbautomatischen Pistolen an seinen Kopf gedrückt. Noch mehr Soldaten kamen aus dem Dickicht.

„Die Sache hier ist ganz einfach", sagte Ifarim. „Jede Antwort, mit der ich unzufrieden bin, wird bestraft." In den faltigen Händen des Alten sah Sami die Klinge eines Messers aufblitzten.

„Stimmt es, dass Mohammed Peduncha, der Bruder von Mihdi Peduncha, dich beauftragt hat, Darlene Waltz zu entführen? Ja oder nein?", fragte Ifarim auf Englisch.

So einfach war die Antwort nicht. Auch kannte er nicht den Bruder, von dem der Alte da sprach. Doch Sami nickte. „Ja."

„Wieso?"

Sami riss die Augen auf, schluckte, kalter Schweiß lief ihm über den Rücken. Er wusste nicht, warum Mohammed Peduncha die Entführung initiiert hatte. Er starrte auf das Messer und versuchte es mit der Wahrheit: „Ich weiß es nicht."

Das Messer bewegte sich nicht.

„Er hat mir Geld angeboten. Viel Geld", fuhr Sami fort, „und einige

Männer geschickt und einen Hubschrauber. Ich habe sie zu Darlene geführt. Ein Mann namens Hendrix war der Anführer. Er ist die rechte Hand des schwarzen Briten. Ich wollte nur das Geld und habe getan, was sie von mir verlangt haben."

„Und dieser Hendrix und die anderen sind genau wo?" Der Alte strich mit dem Daumen über die Klinge des Messers.

„Ich weiß es nicht. Sie haben mich und Darlene hierher geschickt. Wir sollten warten, bis alles vorbei ist."

„Wo sind die muslimischen Helfer?"

„Das letzte Mal, als ich sie gesehen habe, waren sie in den Baracken."

„Sucht sie!", sagte der Alte zu seinen Männern. „Ich will sie haben, aber lebend. Alle, diesen Hendrix und auch die Helfer."

Die Soldaten rückten ab, doch die drei Männer, die mit ihren Gewehrläufen auf ihn zielten, blieben.

„Was ist mit Darlene Waltz?", wollte Ifarim wissen. „Warum hat Mohammed Peduncha ausgerechnet sie entführt?"

Jetzt witterte Sami eine echte Chance. Er sagte: „Wir haben sie nicht entführt. Sie ..."

In dieser Sekunde schoss ein stechender Schmerz durch seinen Körper. Er riss die Augen auf und starrte auf die Klinge. Sie steckte in seinem Fuß. Wie ein Metzger, der zornig ein Stück Fleisch aufspießt, hatte Ifarim ihm die Klinge in den Fuß gejagt.

„Ich habe gesagt, keine Lügen", zischte der Alte und drehte die Klinge des Messers ein kleines Stück nach links. Sami stieß einen panischen Schrei aus.

*

Sie saßen im Hubschrauber und warteten auf den Alten und seine Männer. Mat sah in Darlenes bleiches Gesicht. Diese Frau, die ihm hier gegenübersaß, dieses Mädchen, hatte ihn hintergangen. All die Mühe, die er aufgebracht hatte, um sie zu finden ... Plötzlich spürte er einen ungeheuren Druck, eine physische Schwere, die auf seinem Brustkorb lastete. Ein Stein mit einem unerträglichen Gewicht, der ihm langsam die Luft abschnürte.

Er hatte sich ihr geöffnet, alles gegeben. Und Darlene hatte ihn schamlos ausgenutzt.

Zwischen ihnen lag eine unüberwindbare Distanz. Wut und Verzweiflung ergriffen von ihm Besitz. „Diese Rettungsaktion kostet mich neunzehn Millionen Dollar. Was in aller Welt haben sie dir angeboten, damit du dich auf diese Sache einlässt?", fragte er.

Darlene saß ihm direkt gegenüber. Sie hatte die Beine angezogen, ihre Hände umfassten ihre Knie. Erneut dachte sie an ihren Bruder, daran, dass sie ihm ihr Leben geopfert hatte. Seitdem sie achtzehn und er plötzlich nach Borneo aufgebrochen war, hatte sie nichts mehr zu Ende gebracht, hatte sich auf etwas versteift, das eine Fantasie war: James zu finden. Sie hatte Angst, ihn nie wiederzusehen, und gleichzeitig fürchtete sie sich davor, nie ihr eigenes Leben zu führen. Das Angebot war zu verlockend gewesen, hatte zu einfach geklungen. Aber alles war schiefgelaufen. Sie hatte sich allein vom Geld leiten lassen.

„Wie viel?", wiederholte Mat.

„400.000."

Mat lehnte sich zurück, schüttelte den Kopf.

„Es hat sich alles so einfach angehört", sagte Darlene.

„So einfach, dass Adang dabei umgekommen ist."

„Es war ein Unfall", flüsterte sie.

„Was ist mit Mohammed Peduncha? Welche Rolle spielt er in der ganzen Sache?", wollte Walter wissen. Es war ihm unbegreiflich, dass der Mann mit der dunklen Haut, dem weißen, glatt gebügelten Hemd, dem Oxford-Englisch hinter dieser Sache stecken sollte.

Darlenes Blick wanderte zu Walter. Seine Brille war beschlagen, sein Hemd nass und dreckig. Er wirkte erschöpft, gleichzeitig ging von ihm der unbedingte Wille nach Dominanz aus. Sie mochte ihn nicht und wollte seine Frage zuerst ignorieren. Doch Mat gegenüber fühlte sie sich verpflichtet, für Klarheit zu sorgen.

„Sami hat ihn vor einem Jahr auf Mataking beim Tauchen kennengelernt", erklärte sie. „Sami wollte damals Geld von ihm, damit ich die Expedition machen kann. Aber das hat den Kerl nicht interessiert. Erst als Sami ihm erzählte, dass ich gemeinsam mit einem Millionär die Expedition antreten würde, schien dieser schwarze Brite eine Chance zu wittern."

„Eine Chance auf was?", hakte Walter nach.

„Ich weiß es nicht. Ich weiß nur, dass all das hier, die Entführung, nur vorgetäuscht war." Ängstlich sah sie zu Mat hinüber, der ihrem Blick auswich.

„Mat sollte für 127 Millionen Dollar einen Dschungel kaufen, sonst würden sie dich töten. Mat wurde erpresst. Das war keine Täuschung! Das war echt! *Fucking real!*"

„Die Erpressung war nur ein Mittel zum Zweck. Ich weiß nur, dass ein Mann namens Hendrix die ganze Zeit das Kommando hatte. Hendrix ist die rechte Hand des schwarzen Briten oder so was in der Art. Eines Nachts habe ich mitbekommen, wie Hendrix seine Leute darauf eingeschworen hat, einen alten Mann zu töten, der sich Benan Ifarim nennt und der bald im Camp auftauchen würde. Der Tod des Alten habe höchste Priorität. Ich glaube, der Kauf des Dschungels war ein Vorwand, um die Aufmerksamkeit von diesem Alten zu bekommen."

Mat und Walter sagten kein Wort. Es war unbegreiflich. Der Kauf des Dschungels. 127 Millionen. Ein Vorwand! Damit der Alte sich einmischen und hier auftauchen würde. Das klang so unglaublich, dass sowohl Mat als auch Walter eine Zeit lang kein Wort mehr über die Lippen brachten.

Es war Mat, der sich als Erster wieder aus der Starre löste. „Und was war mit der Suche nach deinem Bruder? War das auch alles nur Show, damit der Alte hier auftaucht und du dein Geld bekommst?"

Darlene schüttelte den Kopf. „Dieses Geld, das da plötzlich in Aussicht stand, nur wenn ich ein paar GPS-Koordinaten senden und unseren Standpunkt verraten würde, das wollte ich verwenden, um weiter nach James zu suchen."

„Unsinn!", schrie Mat, „die Expedition war dir scheißegal! Wie dein Bruder! Wie naiv bist du eigentlich?"

Zuerst wollte sie insistieren. Doch dann verließ sie die Kraft und sie akzeptierte das Urteil. Vielleicht war es egal. James und die Luft, die Suche war von Anfang an zum Scheitern verurteilt gewesen. Ihr Bruder würde ein Rätsel bleiben, ein Enigma, das sie nicht lösen konnte. Wochenlang hatten sie nichts entdeckt. Wenn selbst die Penan, ein Dschungelvolk, das sich lautlos anschleichen konnte, nicht wussten, wo sich James aufhielt, war er tot oder unauffindbar.

„Wie ist Mohammed Peduncha auf die Idee gekommen, dass ich einen Dschungel kaufen soll, der genau in dem Gebiet liegt, wo die Penan leben?"

„Ich habe seinen Männern erzählt, dass du den Penan ein Versprechen gegeben hast", gestand Darlene.

„Dass ich ihnen einen Dschungel kaufen werde?"

Sie nickte.

*

Hendrix war außer Atem vor Anstrengung und Aufregung. Versteckt zwischen Büschen und Lianen, hatte er beobachtet, wie die beiden Helikopter ihre Rotoren anwarfen. Darlene und die Europäer waren mit einem Soldaten in einen Heli gestiegen. Der zweite Hubschrauber stand etwa zweihundert Meter dahinter.

Helikopter waren für ihn wespenartige Stahlgeschöpfe. Er selbst hatte als Soldat viele Tage darin verbracht, schmerzhaft unpräzise Schüsse auf feindliche Truppen abgegeben und mit angesehen, wie Kameraden zurückgeblieben waren, weil sie es im Feuergefecht nicht mehr in den Heli geschafft hatten. Es waren keine nostalgischen, von Emotionen verwaschenen Erinnerungen, sondern eine Reihe von neutralen Informationen, und die wichtigste Information bestand darin, dass er sich noch genau an die Schwachstellen der Stahlwespen erinnerte. Während diese Gedanken durch seinen Kopf wanderten, beobachtete er, wie einer seiner Kollegen mit einem Paket Sprengstoff durch das hüfthohe Gras robbte und es am Bauch des hinteren Hubschraubers anbrachte. Hendrix betete, dass dieses Mal alles glatt laufen würde. Es war ihre letzte Chance.

*

Umgeben von seinen Gefolgsleuten kam der Alte zurück zum Helikopter. Hinter ihm erkannte Mat seinen ehemaligen Tauchlehrer. Humpelnd und blutüberströmt hatte er Mühe, Schritt zu halten.

„Auftrag erfüllt!", sagte Ifarim und salutierte vor den Deutschen. Mat sah ein Lächeln in seinem Gesicht.

Niemand sagte etwas.

„Ich lasse Sie jetzt nach Kuching fliegen. Auch wenn Sie, Herr Endesfelder, so tun, als wüssten Sie nicht, wovon ich spreche, will ich

Sie hiermit ganz offiziell daran erinnern, dass Sie mir fünfzehn Prozent schulden. Neunzehn Millionen Dollar!"

Mat ignorierte die Worte. „Was ist mit Sami?"

„Den brauche ich noch", entgegnete Ifarim. „Ich werde ihn erst einmal seiner Familie im anderen Hubschrauber präsentieren." Er hob die Hand wie zum Abschied und ging mit seinen Männern davon. Mat war sich sicher, dass Sami mit seinen blutverkrusteten Augen seine Familie nicht erkennen würde.

Der Pilot startete den Motor. Langsam begannen sich die Rotoren zu drehen, ein leises Wummern setzte ein, schwerer Stahl verdrängte die Luft. Und dann ertönte ein heftiger Knall. Grelles Licht, gefolgt von einer Druckwelle. Scheiben splitterten. Mats Körper wurde gegen den Sitz geschleudert. Er schloss die Augen und hörte ein monströses Scheppern.

Stille.

In seinen Ohren fiepte es. Verängstigt riss Mat die Augen auf. Walters Mund war weit geöffnet, doch er hörte keinen Ton. Dann sah er Flammen auflodern.

Keine zweihundert Meter von ihnen entfernt stand der zweite Hubschrauber. Er brannte. Schüsse fielen. Mat presste sich gegen den Sitz. Er bemerkte, dass eine warme Flüssigkeit von ihm herabtropfte. Darlene sah ihn panisch vor Angst an. Mat berührte seinen Hinterkopf. Er blutete.

Wo vorher der zweite Heli gestanden hatte, stiegen Rauchsäulen auf. Überall lagen Splitter und Reste von Rotoren. Mat bemühte sich zu verstehen, was dort draußen passiert war. Offenbar hatte jemand den Helikopter in die Luft gesprengt. Waren das wirklich verkohlte menschliche Gliedmaßen, die er dort sah? War das das Ende? Dabei hatte er noch nicht mal einen Abschiedsbrief geschrieben.

Das Anwesen der Pedunchas

Mohammed Peduncha ging unruhig in der Orangerie auf und ab. In seiner Hand hielt er ein weiches Tuch, mit dem er Staub von seinen Kakteen strich. In letzter Zeit hatte er so oft die Kakteen entstaubt, dass er das Gefühl hatte, vom Personal argwöhnisch beobachtet zu werden. Egal.

Er hatte andere Sorgen, als sich um die Blicke seiner Angestellten zu kümmern. Er wartete auf das Klingeln seines Telefons. Wartete auf den Anruf, der über Erfolg oder Niederlage seiner Mission entscheiden sollte.

Dieses Warten war zum Verrücktwerden.

Immer wieder hatte er das Szenario durchgespielt, hatte versucht, alles perfekt zu inszenieren. Zuerst hatte er den Präfekten bestochen, der ihm innerhalb von vier Stunden einen gefälschten Kaufvertrag auf den Namen von Matthias Endesfelder ausgestellt hatte. Dann hatte er einen weiteren Mittelsmann aus dem Amt bezahlt, damit er Ifarim Informationen über den Kauf des Dschungels zuspielte. Und Benan Ifarim hatte tatsächlich reagiert und Endesfelder kontaktiert. Seit diesem ersten Kontakt wusste Mohammed Peduncha, dass der Alte sich einmischen würde. Wer hätte gedacht, dass man Benan Ifarim mit seinen eigenen Waffen schlagen konnte? Sein Ehrgeiz würde ihm zum Verhängnis werden.

Jetzt musste nur noch dieses verdammte Telefon klingen.

Er wischte Staub von einer Kaktee. Alles war nun sauber und aufgeräumt. Unter ihm strahlten die weißen Fliesen wie in einem Werbespot für Reinigungsmittel. Selbst das helle Licht, das durch die mit Glasfenstern bestückte Decke fiel, offenbarte weder Schlieren noch Schmutz. Peduncha nestelte an den Manschetten seines weißen Hemdes. Alles passte, schien bereit zu sein. Er, Mohammed Peduncha, würde dem Namen seiner Familie wieder Gewicht verleihen, würde die Schmach vergessen lassen, die wie eine Feuersbrunst über sie hinweggefegt war und das Gesicht seines Bruders entstellt hatte.

Der Alte hatte sie gedemütigt und mit einer brutalen Attacke beinahe den Tod seines Bruders provoziert. Wenn er mit erhobenem Haupt in Kuching Geschäfte machen wollte, musste er handeln. Seit dem Unfall war es kaum noch möglich, unter Menschen zu gehen. Ifarim hatte sie gesellschaftlich ruiniert, ihnen zwar ihr Reich gelassen, aber sie von den wichtigen Entscheidungen ausgeschlossen. Wenn er in Kuching war, wurde er schief angeschaut oder man betrachtete ihn als ein Opfer. Die Pedunchas und GPB Inc. waren zu weit gegangen, sagte man hinter vorgehaltener Hand. Sie hatten ihre politische und wirtschaftliche Macht vor Gericht und in der Öffentlichkeit überdehnt und bekommen, was sie verdienten.

Was für ein Unsinn! Die Elite in diesem Land hatte Angst vor einem alten Mann, der mit seiner Privatarmee diese Insel unterworfen hatte und sowohl den illegalen Holzhandel als auch den größten Teil des Palmölgeschäfts kontrollierte. Jeder in diesem Land wusste, wie sich Benan Ifarim die Bodenrechte der Urvölker erkaufte. Jeder wusste von den korrupten Politikern und den anonymen Spenden, die flossen. Doch das Geld, das den Politikern so wichtig war wie das Blut, das durch ihre Venen floss, ließ alle schweigen. Niemand in diesem Land schien sich dem Klüngel aus Besitz, Macht und krimineller Energie entgegenzustemmen. Auch Mohammed war im Gegensatz zu seinem Bruder nicht daran interessiert, dieses System zu ändern. Er wollte nur den Ruf seiner Familie und von GPB Inc. wiederherstellen. Mohammed Peduncha konnte nicht verstehen, warum sein Bruder aufgegeben hatte und mit seinem vernarbten Gesicht in einem feuchten Wintergarten voller Pflanzen, Insekten und alten Büchern vor sich hin vegetierte.

Ifarim gewähren zu lassen, würde früher oder später den Ruf der Familie gänzlich zerstören. Er wollte den Alten bluten sehen und er wollte seine Stellung als ehrenwerter Geschäftsmann zurück. Auf einer Insel wie Borneo kam es einem Todesstoß gleich, entehrt zu werden. Schattengeister quälten all jene, die sich willenlos zu Opfern degradieren ließen.

Dass der Tauchlehrer, der ihm die schönsten Riffe von Siapadan gezeigt hatte, einmal eine so entscheidende Rolle in seinem Leben spielen würde, überraschte ihn immer noch. Monatelang hatte er darüber nachgedacht, was er in Bezug auf Benan Ifarim unternehmen sollte. In vielen schlaflosen Nächten hatte er verschiedene Optionen durchgespielt, hatte darüber nachgedacht, ob er die Attacke auf seinen Bruder hinnehmen oder handeln sollte. Alle Pläne, die er sich ausgedacht hatte, waren entweder zu gefährlich oder zu naiv gewesen. Der Alte hatte eine Privatarmee, wurde von einflussreichen Politikern und Unternehmern geschützt. Und er war viel zu alt, um irgendeiner europäischen Schönheit zu verfallen. Selbstmörder, politische Intrigen, Giftspritzen, rechtliche Schritte ...

Er hatte alles durchdacht.

Dann war der Anruf des Tauchlehrers gekommen. Darlene würde mit einem deutschen Millionär in den Dschungel reisen, um nach ihrem Bruder zu suchen. Sofort hatte er gewusst, was zu tun war. Er musste Ifarim bei seiner Ehre als Soldat packen. Wenn jemand auf dieser Insel ein Monopol für Entführungen hatte, dann Benan Ifarim. Seine Tätigkeiten als Berater, Unternehmer und Netzwerker waren, wie Mohammed Peduncha glaubte, nur Nebenschauplätze, mit denen der Alte Geld verdiente. Was ihm wirklich Spaß machte, war Krieg zu spielen, und er würde schrecklich wütend sein, wenn jemand in sein Territorium pisste.

127 Millionen Dollar! Ifarim würde verstehen wollen, wer die Dreistigkeit besaß, so eine irrsinnig hohe Forderung zu stellen.

Mohammed war stolz auf seinen Plan. Darlene und den Tauchlehrer zu bestechen, damit sie die Entführung vortäuschten, war genial gewesen.

Bisher war das Glück auf seiner Seite gewesen. Jetzt musste Hendrix nur noch die Sache zum Abschluss bringen.

Aber warum meldete er sich nicht? Das Ganze sollte eigentlich längst vorbei sein.

Mohammed Peduncha griff wieder nach dem Tuch und strich über die grüne, lederartige Haut seiner Kakteen.

*

Hendrix und seine Männer stürmten los. Von drei Seiten näherten sie sich dem Helikopter, die Waffen schussbereit. Auf den zersplitterten Fenstern klebte Blut. Dieser Helikopter war der einzige Weg aus dem Dschungel. Den anderen hatten sie gerade in die Luft gejagt. Würden sie ihn nicht entern können, würden Ifarims Männer sie töten. Hendrix riss die Tür auf. Beide Piloten lagen bewegungslos über den Steuerknüppeln und Monitoren. Die Schädeldecke des einen war aufgeplatzt. Der andere blutete aus beiden Ohren. Während sie den hinteren Helikopter in die Luft jagten, hatte Hendrix die beiden Piloten des ersten Hubschraubers ins Visier genommen und offensichtlich hatten seine Kugeln ihre Ziele nicht verfehlt. Sie zerrten die Toten aus der Kabine.

„Fasten your seatbelts“, sagte er in die Runde und überprüfte die Instrumente.

Mat sah ihn entgeistert an. Die Stimme. Er kannte sie. Es war der Mann, der ihn angerufen hatte. Kein Zweifel.

„Anschnallen. Wir fliegen los“, wiederholte Hendrix.

„Er ist verwundet.“ Walter zeigte auf seinen blutüberströmten Freund.

Hendrix drehte Mat vorsichtig auf die Seite und tastete ihn ab. Er fand keine Wunde. Der Mann war in Ordnung. Das Blut an seinem Kopf musste von einem der Piloten stammen. Hendrix setzte sich. „Wir fliegen los“, sagte er.

Die Rotoren begannen sich zu drehen, nahmen Geschwindigkeit auf, schaufelten feuchtheiße Luft zur Seite.

Langsam begriff Mat, dass er noch am Leben war, während dort draußen jede Menge Tote lagen. Der zweite Helikopter war explodiert. Menschen waren gestorben. Der Geruch von verkohltem Fleisch hing in der Luft. Aber bis auf das Kreisen der Rotoren konnte er nichts hören. Nicht einmal Schreie.

Dann hoben sie ab.

„Wo ist Sami?“ Darlene war hellwach. Der startende Helikopter hatte sie aus ihrer Schockstarre befreit. „Wo ist Sami?“, wiederholte sie.

Hendrix beachtete sie nicht. Er setzte sich ein Headset auf, verband es mit seinem Handy und wählte eine Nummer. „Auftrag erledigt“, sagte er und legte auf.

„Wo verdammt noch mal ist Sami?“ Darlene gab keine Ruhe.

„Tot“, sagte Hendrix. „Sie sind alle tot.“

Ins Licht

Wie ein Faden zog sich das Licht durch den Raum und ließ ihn erwachen. Durch einen kleinen Ritz zwischen den zugezogenen Vorhängen fiel der Strahl. Verschlafen drehte er sich zur Seite. Jede Bewegung schmerzte. Eine bleierne Schwere ergriff von ihm Besitz. Niemals zuvor hatte er sich so müde und erschöpft gefühlt.

Wie von einer Spule rollten sich die Ereignisse der letzten Stunden vor seinem inneren Auge ab. Der Dschungel, die Explosion. Darlenes Verrat und der Plan einer Familiendynastie, die ihn als Spielball benutzt hatte, um einen Mann zu töten. Er wartete, dass Wut in ihm aufstieg, vielleicht sogar ein Gefühl von Rache. Aber er fühlte nichts. Die Müdigkeit schien alle Emotionen zu überdecken. Wenn er etwas spürte, dann das weiche, noch warme Kissen, das unter seinem Kopf lag, und die nach Lavendel riechende Bettdecke.

Einen Augenblick sah er sich in dem Raum um. Weiße Wände und helle, im Wind wehende Vorhänge. In der Ecke stand ein antik wirkender Sekretär mit einem Schreibtischstuhl, direkt daneben eine Anrichte mit einer Lampe aus Metall. Dort lag etwas. Langsam richtete er sich auf. Ein Zettel.

Mat,
ich weiß, du wirst es nie verstehen. Aber ich werde das jetzt zu Ende bringen. Ich habe lange genug mein Leben damit verschwendet, jemanden zu suchen, der möglicherweise schon lange tot ist. Das Geld ist für mich eine Möglichkeit, frei zu sein und aus eigener Kraft wieder zu dem Mensch zu werden, der ich mit achtzehn Jahren einmal gewesen bin.
Es tut mir leid.
Darlene

Die Worte fanden nur begrenzt Zugang in sein Bewusstsein. Er war zu müde, um ihre Bedeutung zu begreifen. Es erschien ihm absurd, dass Darlene ihn hintergangen hatte, *nur wegen Geld*. Aber ganz offensichtlich hatte er unterschätzt, was das Verschwinden ihres Bruders ihr angetan hatte.

Von draußen drang Vogelgezwitscher in den Raum. Je näher er dem

Fenster kam, desto differenzierter wurden die Geräusche. Außer dem Gezwitscher der Vögel hörte er das leise Rauschen des Windes. Ab und zu drangen Rufe von Kindern zu ihm durch. Irgendwo im Hintergrund hörte er den Motor eines Autos. Als er den Vorhang ein Stück zur Seite schob, sah er einen gepflegten Rasen, dahinter Palmen und Dschungel. Das Fenster reichte bis zum Boden, es war eher eine Tür, die auf eine ebenerdige Terrasse führte. Er öffnete sie und trat hinaus. Der Wind legte sich um ihn, die Sonne schien ihm ins Gesicht. Die Terrassenplatten waren warm, aber nicht heiß. Barfuß ging er voran, betrat das weiche Gras, das seine Schritte sachte abfederte.

Einatmen. Ausatmen.

Er konzentrierte sich darauf, sein Gleichgewicht nicht zu verlieren.

Die Grasfläche war von Erde, Humus und wilden Sträuchern begrenzt, doch diese Grenze hielt ihn nicht zurück. Sie war künstlich, das Konstrukt eines Willens, der völlig unabhängig von ihm existierte. Alles, was für ihn zählte, war, tiefer in den natürlichen Organismus vorzudringen und etwas zu empfangen, das nur für ihn bestimmt war. Die von Menschenhand bestimmte Anordnung der Pflanzen veränderte sich mit jedem Schritt. Farne wurden größer, wucherten in die Höhe, Lianen rankten sich um Jahrhunderte alte Urwaldriesen, der Boden wurde uneben. Mit sicheren Schritten ging er über den Boden, über Wurzeln und morsche Äste. Unter seinen Füßen wurde tote Materie wieder lebendig. In dem Bewusstsein, dass nie etwas zu Ende, sondern immer Teil von etwas Neuem war, ging er weiter.

Wie zarte Adern führten ihn Lianen und Blätter tiefer in den Wald. Er hatte das Gefühl, sich bewegen zu müssen, hatte das Gefühl, sich von den anderen entfernen zu müssen, weil ihn etwas rief, das er nicht recht einordnen konnte. Eine fremde Stimme, leise und zaghaft, wie damals im Dschungel, als er sich vom Lager entfernt hatte. Er hatte den Eindruck, als habe sich etwas um ihn herum verändert, als sei eine Tür aufgestoßen worden, von deren Existenz er nicht einmal gewusst hatte. Etwas schien sich verschoben zu haben, schien sich neu um ihn herum zusammenzusetzen. Vögel zwitscherten, Blätter raschelten und immer wieder hörte er die Geräusche dieser anderen Welt. Plötzlich und unbestimmt flogen die fremden Signale ihm entgegen, versteckten sich dann wieder hinter Farnen und Zweigen und verschwanden schließlich zwischen Wurzelwerk. Ihm war, als könne er den Puls der Umgebung spüren. Alles war in Bewegung, nichts war statisch. Alles war für die Ewigkeit und nichts hatte Bestand.

Er wusste nicht, wie lange er wirklich dort draußen geblieben war, vielleicht wenige Sekunden, vielleicht Stunden oder Tage. Alles, was zählte, war die unabdingbare Erkenntnis, dass er diesen Moment erlebt hatte.

Jetzt wusste er, dass er keine Wahl hatte, dass er tun musste, was ihm aufgetragen wurde, dass er sein Versprechen einhalten musste, um sich, wenn seine Zeit gekommen war, keine Vorwürfe zu machen. Er musste dieser Stimme folgen, weil sie alles war, was er hatte.

Seine nackten, mit Erde beschmutzten Füße hinterließen Spuren auf den weißen Fliesen. Zuerst nahm er die Kakteen wahr, die aufgereiht wie Soldaten in der Orangerie standen. Irgendwo vernahm er Stimmen. Sie waren laut und einnehmend, wirkten aber dennoch im ersten Moment wie Hintergrundgeräusche. Erst mit der Zeit realisierte er, dass in unmittelbarer Nähe von ihm Walter und Mohammed Peduncha standen und stritten.

„Damit kommen Sie nicht durch! Räuberische Erpressung, Entführung und Mord. Ja, Mord. Mord in mehreren Fällen. Das sind selbst in einem Land wie Borneo keine Kavaliersdelikte", tobte Walter und gestikulierte wild mit den Armen. „Und wenn Sie mir nicht sofort sagen, wo sich Matthias Endesfelder aufhält, dann schalte ich die deutsche Botschaft ein."

Peduncha schien ruhig zu bleiben. Er stand mit verschränkten Armen vor Walter und blickte auf seine Kakteen. Für ihn gab es nichts zu sagen. Die Sache war beendet. Hendrix hatte den Alten getötet. Die beiden Deutschen und Darlene Waltz waren unversehrt. Dass Adang und der Tauchlehrer ums Leben gekommen waren, war ein unschönes, aber aus Pedunchas Sicht vertretbares Ergebnis. Er hatte mit hohem Einsatz gespielt und gewonnen.

Darlene Waltz hatte er gleich nach der Landung weitere 200.000 Dollar überwiesen, ihr versprochen, die Verwandten von Sami mit dessen Anteil abzufinden, und sie vom Anwesen bringen lassen. Wenn alles funktionierte, saß sie in dieser Minute in einem Flieger nach Australien. Damit wäre sie als belastende Zeugin aus dem Rennen. Endesfelder und sein Anwalt würden vor Gericht keine Chance haben. Allein schon aus Selbstschutz würde Darlene besser schweigen, statt gegen ihn auszusagen. Außerdem hatte er nie persönlich mit Darlene Waltz gesprochen. Dass Matthias Endesfelder jedoch seit vierundzwanzig Stunden aus dem Zimmer, in dem man ihn untergebracht hatte, verschwunden war, bereitete Mohammed Peduncha Sorgen.

„Seit gestern suchen wir auf dem ganzen Anwesen nach ihm“, sagte er. „Wir haben Herrn Endesfelder nichts angetan. Wenn er nicht eigenmächtig gehandelt hat, ist ihm nichts passiert.“

„Das will ich auch hoffen“, entgegnete Walter. „Ich werde Ihre Familie verklagen. Ich ...“

„Walter!“

Peduncha und Walter drehten sich um. Sie erblickten einen mit Erde und Schlamm verdreckten Mann, der barfuß mitten in der Orangerie stand.

„Matthias!“ Walter rannte auf ihn zu. Völlig durcheinander umarmte er seinen Freund. „Was haben sie mit dir gemacht?“

„Es ist alles in Ordnung“, sagte Mat.

„Wo bist du gewesen?“

„Das ist eine lange Geschichte. Wir sollten uns auf den Weg machen und von hier verschwinden.“

„Ich lasse Sie zurück nach Kuching fahren“, meldete sich Mohammed Peduncha zu Wort. Mat und er sahen sich in die Augen. Peduncha zeigte keine Regung. Aber als verspüre er Reue, begann er, auf den Fersen auf und ab zu wippen. „Es musste sein“, sagte er, „ich erwarte nicht von Ihnen, dass Sie das verstehen. Trotzdem bin ich Ihnen zu Dank verpflichtet. Wenn es irgendetwas gibt, das meine Familie für Sie tun kann, dann lassen Sie es mich wissen.“

Er machte eine kurze Pause. Dann fuhr er fort: „Ich hätte Sie nicht in meine Pläne einweihen können. Das wäre lebensbedrohlich für Sie gewesen. Es war besser für Sie und Ihren Anwalt, dass Sie nichts wussten.“

„Sie haben Menschen getötet“, warf Walter ein. „Benan Ifarim, zwei Piloten, Adang, Sami und zwei Mitglieder seiner Familie, die mit der Sache nicht das Geringste zu tun hatten. Unschuldige.“

„Ich hatte keine Wahl“, entgegnete Peduncha. Er sah Mat an. „Was denken Sie, Herr Endesfelder?“

Mat betrachtete seine mit Schlamm beschmierten Füße. Eine Weile reagierte er nicht. Dann sah er Peduncha direkt in die Augen und sagte: „Was hätten Sie gemacht, wenn wir die Botschaft eingeschaltet hätten?“

„Nichts. Jeder Botschafter hätte einen Entführungsexperten eingeschaltet. Einen lokalen Fachmann, der sich mit solchen Dingen auskennt.“

„Benan Ifarim“, sagte Mat.

„Wichtig war nur, dass der Kauf des Dschungels viel Aufmerksamkeit erzeugen würde. Früher oder später hätte Ifarim von den 127 Millionen gehört und sich eingemischt. Selbst wenn ich von Darlene nicht erfahren hätte, dass Sie den Penan einen Dschungel versprochen haben, hätte die außergewöhnlich hohe Forderung Benan Ifarim neugierig gemacht.“

„Und wieso gerade 127 Millionen?“

„Das war einfach“, sagte Peduncha. „Es ist ziemlich genau der Wert Ihres Immobilien-Estates. Es war ein Kinderspiel, herauszufinden, bei welchen Immobilien sie als Eigentümer geführt werden. Ich habe einen Experten engagiert und den Wert Ihrer Immobilien schätzen lassen.“

„Sie hätten wenigstens Anstand bewahren und uns die Sache mit Adangs Kopf ersparen können!“

„Das war ein Unfall.“

„Dass Ihre Leute Adang mit einer Säge den Kopf abgetrennt haben, war kein Unfall, sondern eine Entscheidung, die Sie getroffen haben.“

Peduncha schwieg.

„Sie werden von uns hören“, sagte Walter. „Das garantiere ich Ihnen! Und es wird Ihnen nicht gefallen!“

Peduncha sah Mat an und sagte: „Es gibt übrigens ein Gerücht, das sich jahrelang gehalten hat und über das Sie Bescheid wissen sollten. Ifarim war hinter dem Kopfgeld her, das auf James Waltz ausgesetzt war. Und kurz danach hat niemand mehr etwas von Waltz und den Luft gesehen. Sie sind spurlos verschwunden.“

„Gibt es Beweise dafür?“

„Nein. Das sind nur Gerüchte“, sagte Peduncha.

„Gerüchte?“ Mat sah den schwarzen Briten genau an, versuchte zu erkennen, ob er die Wahrheit sagte.

„Wenn ich mehr wüsste, würde ich es Ihnen sagen.“

„Sie werden von uns hören!", blaffte Walter wieder.

Mohammed Peduncha sah ihnen schweigend nach, als sie die Orangerie verließen.

*

Ein Range Rover mit getönten Scheiben brachte Mat und Walter zurück nach Kuching. Während der gesamten Fahrt sprach Mat kein Wort. Walter, der seinen Freund immer wieder bedrängt hatte, ihm zu sagen, wo er gesteckt hatte, gab schließlich auf und schloss die Augen. Während draußen Palmöl-Plantagen vorbeizogen, dachte Mat darüber nach, ob er das, was er vorhatte, mit seinem Gewissen vereinbaren konnte. Wie würde Michele darüber denken? Es bestand die Gefahr, dass sie seine Entscheidung nicht akzeptierte und ihn – im schlimmsten Fall – sogar verlassen würde. Andererseits hatte sie bisher stets alles relativ gelassen genommen. Michele glaubte ja immer noch, dass er gerade dabei war, sein Vermögen gegen einen Dschungel einzutauschen.

Es war später Nachmittag, als sie Kuching erreichten. Auf den Straßen herrschte geschäftiges Treiben. Feuchtheiße Luft lag über der Stadt, vermischte sich mit Abgasen und dem Geruch nach Schweiß. Der Fahrer des Range Rovers hupte. Das Recht des Stärkeren war das Gesetz der Straße, wer sich am lautesten bemerkbar machte, durfte als Erster fahren. Langsam wurden sie von dem Verkehr der Stadt aufgesogen, wurden Teil eines Organismus, in dem jeder einen Ausgangspunkt und ein Ziel zu haben schien.

„Was ist mit Darlene?", fragte Mat.

Walter antwortete nicht. Er hatte es satt, ständig im Unklaren gelassen zu werden. Er hatte Mat geholfen, all das hier durchzustehen. Und immer wieder Schweigen als Dank. Darauf konnte er verzichten.

Müde rückte er seine Brille zurecht, blickte auf die mit Menschen und Autos verstopfte Straße und rang sich schließlich doch zu einer Antwort durch. „Die Pedunchas haben Darlene abgefunden und außer Landes fliegen lassen. Wenn ich es richtig verstanden habe, ist sie auf dem Weg nach Australien. Wir sollten Strafanzeige erstatten gegen sie und die Pedunchas."

Mat nickte. Er wollte Walter nicht widersprechen. Er hatte gemerkt, dass sein Freund gereizt und erschöpft war. Er hatte es nicht verdient, mit Schweigen bestraft zu werden. Und doch war es ihm zu diesem Zeitpunkt noch nicht möglich, offen über sein Vorhaben zu sprechen. Er wollte sich erst äußern, wenn er sich sicher war, dass es richtig war, was er vorhatte. Mat dachte einen Moment daran, dass Darlene Waltz plötzlich und unerwartet in sein Leben getreten und genauso plötzlich wieder verschwunden war. Rückblickend schien es so, als habe diese Frau sein Dasein innerhalb weniger Wochen komplett umgekrempelt. Sie hatte es geschafft, Gefühle in ihm zu wecken, die er seit Jahren nicht mehr gespürt hatte. Er hatte sich in sie verliebt, hatte ihr vertraut und war ihr bis zum bitteren Ende gefolgt. Und sie hatte das schamlos ausgenutzt. 400.000 Dollar waren viel Geld. Trotzdem war Mat sich nicht sicher, ob es allein das Geld war, das sie dazu gebracht hatte, gemeinsam mit Sami und Peduncha die Entführung vorzutäuschen.

Vielleicht hatte sie gewusst, dass die Suche nach James von Anfang an zum Scheitern verurteilt gewesen war. Über zehn Jahre hatte ihn niemand aufgespürt. Dass ausgerechnet sie erfolgreich sein würden, war Wunschdenken gewesen. Mat hatte das Gefühl, dass das Rätsel um James in Sarawak bleiben würde. Dieses Land wollte nicht verraten, was mit dem Schweizer passiert war.

Plötzlich bremste der Fahrer abrupt. Mat und Walter wurden in die Gurte geschleudert. Einen Moment war alles still. Niemand sagte etwas, auch nicht der Fahrer, der den Wagen zum Stehen gebracht hatte.

Vor ihnen stand ein Mann. Bis auf einen Lendenschurz war er nackt. Seine Haut war bleich, wirkte beinahe durchsichtig. Nur undeutlich setzten sich die Konturen seines Körpers von der Umwelt ab. Seine Haare waren lang und zerzaust. Konzentriert stand er vor der Motorhaube des Range Rovers, blickte in das Fahrzeug und hob seine rechte Hand. Wie zum Gruß streckte er sie aus. Er hatte große Hände. Weiße Hände.

Und er hatte sechs Finger.

Regungslos stand der nackte Mann vor ihnen.

Sein Blick wirkte nicht dumpf und verwirrt, sondern weitsichtig und scharf, so als wüsste er genau, was er tat.

Dann wandte der Mann sich ab und verschwand zwischen Rikschas und mit Körben und Hühnern beladenen Fahrrädern. Unmittelbar danach setzte ein Hupkonzert ein. Der Fahrer des Range Rovers blieb wie versteinert sitzen und bewegte sich keinen Zentimeter.

Walter schüttelte den Kopf und griff irritiert an seine Brille. „Wer zum Teufel war das?“

„Ein Schamane“, sagte der Fahrer.

„Ernsthaft?“ Walter schien nicht zu begreifen.

„Nur ein Schamane hat sechs Finger.“

„Was wollte der Mann?“

„Er wollte uns etwas sagen“, erklärte Mat.

„Und was?“

„Er war ein Penan.“ Der Fahrer hatte sich wieder gefangen, legte den ersten Gang ein, ließ die Kupplung kommen und verstärkte den Druck auf das Gaspedal. „Man sagt, ein Penan verliert seine Hautfarbe, wenn er zu lange der Sonne ausgesetzt ist. Dieser Mann war verflucht. Er hat versucht, uns zu verhexen.“ Die Hände des Fahrers zitterten. Vorsichtig fädelte er sich wieder in den Verkehr ein.

„Er hat uns nicht verflucht“, sagte Mat entschlossen. „Er wollte uns eine Botschaft übermitteln.“

„Eine Botschaft? Das ist verrückt. Der Mann wollte sich ganz offensichtlich umbringen. Er hatte Glück, dass wir ihn nicht überfahren haben.“

„Die Sonne verändert die Naturvölker“, sagte der Fahrer.

„Ich werde den Dschungel kaufen“, sagte Mat.

„Was?“ Walter zuckte zusammen. „Du kaufst den Dschungel, weil ein Irrer vor unser Auto springt?“

Mat schüttelte den Kopf. „Ich kaufe den Dschungel, weil ich den Penan mein Wort gegeben habe.“

„Du bist müde“, sagte Walter, „du brauchst Ruhe. Die letzten Tage waren anstrengend. Für uns alle.“

Mat öffnete die Tür des Wagens.

„Mat! Was soll das? Wir sind mitten auf der Straße!“

Der Fahrer verlangsamte das Tempo und blieb schließlich stehen. Hinter ihnen hupten Autos. Zornige Stimmen waren zu hören. Mat dachte gar nicht daran, die Tür wieder zu schließen. Er stieg aus und ging davon. Er hatte eine Aufgabe zu erledigen. Nie zuvor in seinem Leben hatte er so genau zu wissen geglaubt, was er tun musste. Es ging nicht um die Penan, nicht um James Waltz, Darlene oder die

Rache der Pedunchas. Es ging um seine Hinterlassenschaft. Sein Erbe.

Walter sah seinem Freund nach, der zwischen hupenden Autos hindurcheilte. Einen Moment lang wollte er ihm nachlaufen, ihn aufhalten, ihm klarmachen, dass er sich in rechtliche Schwierigkeiten brachte und alle Sicherheiten, die er aufgebaut hatte, verspielen würde. Doch er schaffte es nicht, den Wagen zu verlassen. Er saß einfach nur da und beobachtete, wie sein Freund davonging. Einen Moment hatte Walter das Gefühl, noch einmal den nackten, weißen Mann zu sehen, dessen Konturen sich kaum von der Luft unterschieden. Wie ein Schatten huschte der Mann an Mat vorbei, dann lösten sich ihre Umrisse auf, verschwanden in einem Luftloch, das sich öffnete und dann für immer schloss.

Danksagung

Dieses Buch wäre nicht zustande gekommen, wäre ich nicht auf die unglaubliche Lebensgeschichte des Schweizers Bruno Manser gestoßen. Sein abenteuerliches Leben hat mich zu dem Plot inspiriert. Wo auch immer er ist, ich hoffe, sein Wirken wird nicht in Vergessenheit geraten, sondern uns verdeutlichen, dass wir vom Leben der Urvölker und von ihrem behutsamen Umgang mit der Natur lernen können.

Ich bedanke mich bei meinen Eltern, die mich immer unterstützt haben. Und ich danke allen, die mich über die lange Strecke des Schreibens begleitet und mir geholfen haben, dieses Buch zu beenden: Barbara Seekatz, Catrin Schneider, Bastian Schwarz, Simon Weller, Medi Gwosdz, Cosima Glahn und meiner Schwester Lisa Kahl.

Besonderer Dank gilt meiner Agentin Ilona Jaeger, meiner Lektorin Gabriele Dietz vom Divan Verlag, Benedict Wells für all die guten Tipps und die Motivation über viele Jahre hinweg. Sokrates Evangelidis für die Unterstützung meiner ersten literarischen Schritte. Und ich bedanke mich bei Kira Kanthak, die in unseren gemeinsamen Jahren in London nicht wusste, was ich eigentlich schreibe, mir aber geduldig Mut zusprach und, als das Buch beendet war, mir ausführlich Feedback gab.

Vielen Dank auch an Lea Takacs für den unermüdlichen Support, die Liebe und den Glauben an mich als Autor.

C.K.

MORDKAP
Rainer Doh | Kriminalroman
Divan

Ein Projekt der BlueCat Multimedia GbR
Landgraf-Karl-Str. 40, 34131 Kassel
www.divan-verlag.de
Umschlag: Katrin Kawinkel, katika-media.de,
unter Verwendung eines Fotos von iordani/Shutterstock
Satz: Katrin Kawinkel, katika-media.de
Schrift: Gentinum Basic
Druck und Bindung: Axlo (Polen)
ISBN 978-3-86327-040-7